O FATOR HUMANO

Graham Greene

O FATOR HUMANO

Tradução de A. B. Pinheiro de Lemos

www.lpm.com.br

Coleção **L&PM** Pocket, vol. 526

Título do original: *The Human Factor*

Tradução: A.B. Pinheiro de Lemos
Revisão: Paulo Moreira e Jó Saldanha
Capa: Ivan Pinheiro Machado

ISBN: 85.254.1554-3

G799f   Greene, Graham, 1904-1991.
           O fator humano/ Graham Greene; tradução de A. B.
        Pinheiro de Lemos. -- Porto Alegre : L&PM, 2006.
        312 p. ; 18 cm. -- (Coleção L&PM Pocket)

        1.Literatura inglesa-romances. I.Título. II.Série.

                                      CDU 821.111-3

Catalogação elaborada por Izabel A. Merlo, CRB 10/329.

©1978 by Graham Greene

Todos os direitos desta edição reservados à L&PM Editores
PORTO ALEGRE: Rua Comendador Coruja 314, loja 9 - 90220-180
Floresta - RS / Fone: 51.3225.5777
PEDIDOS & DEPTO. COMERCIAL: vendas@lpm.com.br
FALE CONOSCO: info@lpm.com.br
www.lpm.com.br

IMPRESSO NO BRASIL
Inverno de 2006

Para minha irmã Elisabeth Dennys, que não pode negar alguma responsabilidade.

Uma história baseada na vida em qualquer serviço secreto deve necessariamente conter uma boa parte de fantasia, pois uma descrição realista iria quase certamente infringir dispositivos de alguma lei de segredos oficiais. A Operação Tio Remus é puramente um produto da imaginação do autor (e confio que assim continuará), assim como todas as personagens, inglesas, africanas, russas ou polonesas. Seja como for, para citar Hans Andersen, um sábio escritor que também tratou da fantasia, "é da realidade que moldamos as nossas histórias de imaginação".

PARTE UM

CAPÍTULO I

Desde que ingressara na firma, como um jovem recruta, havia mais de trinta anos, Castle sempre almoçava num restaurante atrás da St. James's Street, não muito longe do escritório. Se lhe perguntassem por que almoçava ali, teria que se referir à excelente qualidade dos frios; podia preferir um *bitter* diferente, da Watney's, mas a excelência dos frios superava isso. Castle estava sempre preparado para explicar suas ações, até mesmo as mais inocentes. E sempre estava rigorosamente no horário.

Assim, quando o relógio bateu uma hora da tarde, ele estava pronto para sair. Arthur Davis, seu assistente, com quem partilhava uma sala, saía para o almoço pontualmente ao meio-dia e voltava uma hora depois, se bem que freqüentemente apenas em teoria. Estava acertado que Davis ou ele próprio devia estar sempre presente, para receber um possível telegrama urgente, já decifrado. Mas ambos sabiam muito bem que, naquela subdivisão do departamento, nada jamais era realmente urgente. A diferença de horário entre a Inglaterra e as diversas partes da África oriental e meridional sob a responsabilidade deles era grande o bastante – até mesmo quando era pouco mais de uma hora, como no caso de Johannesburg   para que ninguém, fora do departamento, se preocupasse com a demora na entrega de uma mensagem. Davis costumava dizer que o destino do mundo jamais seria decidido no continente deles, não importa quantas embaixadas a China ou a Rússia pudessem abrir de Adis Abeba a Conakry ou quantos cubanos pudessem ali desembarcar. Castle escreveu rapidamente um bilhete para Davis: "Se o Zaire responder ao nº 172, mande cópias para o Tesouro e o

Foreign Office*". Olhou para o relógio. Davis estava dez minutos atrasado.

Castle começou a arrumar sua pasta: pôs um lembrete do que tinha de comprar para a esposa na loja de queijos da Jermyn Street e do presente para o filho, com quem fora ríspido demais naquela manhã (dois pacotes de Maltesers); pôs também um livro, *Clarissa Harlowe,* que nunca lera além do capítulo LXXIX do primeiro volume. Assim que ouviu a porta do elevador fechar e os passos de Davis soando no corredor, saiu da sala. Sua hora de almoço, na base de frios, estava reduzida em onze minutos. Ao contrário de Davis, ele sempre voltava pontualmente. Era uma das virtudes da idade.

Arthur Davis, no sóbrio escritório, destacava-se por suas excentricidades. Podia ser visto, agora, aproximando-se pela outra extremidade do longo corredor branco, vestido como se tivesse acabado de sair de um fim de semana esportivo no campo ou talvez da arquibancada de um prado. Usava um casaco esporte de *tweed,* com predominância do verde, e exibia um lenço vermelho estampado no bolsinho superior. De certa forma, Davis parecia um ator que fora incluído no elenco errado: quando tentava acertar no traje, geralmente confundia o papel. Se em Londres dava a impressão de ter acabado de chegar do campo, quando ia ao campo, numa visita a Castle, por exemplo, era inconfundivelmente um turista da cidade.

– Em cima da hora, como sempre – comentou Davis, com seu habitual sorriso culpado.

– Meu relógio está sempre um pouco adiantado – disse Castle, desculpando-se pela crítica que não fizera. – Suponho que seja um estado de ansiedade.

– Contrabandeando tremendos segredos, como sempre? – indagou Davis, fazendo menção, jovialmente, de se apoderar da pasta de Castle.

O hálito dele tinha um cheiro adocicado. Era um viciado em vinho do Porto.

---

* Departamento do governo inglês encarregado das relações exteriores (N. E.)

– Oh, não, deixei tudo aí para você vender. Pode conseguir um preço melhor, com seus contatos escusos.

– É muita bondade sua.

– Além do mais, você é solteiro. Precisa mais de dinheiro que um homem casado. Sempre consigo cortar as despesas pelo meio..

– Ah, a terrível alquimia doméstica! Não sei como se pode agüentar, o bife de ontem que se transforma no pastelão ou no picadinho de hoje. ... Será que vale a pena? Um homem casado nem mesmo se pode dar ao luxo de saborear um bom Porto!

Davis entrou na sala que ambos partilhavam e ligou imediatamente para Cynthia. Há dois anos que ele vinha tentando conquistar Cynthia, mas a filha de um general estava atrás de caça maior. Mesmo assim, Davis continuava a acalentar esperanças. Era sempre mais seguro, explicava ele, ter um caso dentro do próprio departamento, pois não envolvia um risco de segurança. Mas Castle sabia que, no fundo, Davis era profundamente afeiçoado a Cynthia. Demonstrava um desejo ardente pela monogamia e o humor defensivo de um homem solitário. Certa ocasião, Castle visitara-o no apartamento que partilhava com dois funcionários do Departamento do Meio Ambiente, por cima de uma loja de antigüidades, não muito longe do Claridge's, num ponto central.

"Devia se mudar para um lugar mais perto", Davis aconselhara a Castle, na sala abarrotada de coisas, com revistas dos gostos mais diferentes espalhadas pelo sofá, como *New Statesman, Penthouse* e *Nature,* copos remanescentes da festa de um deles, empurrados para o canto, à espera da empregada que vinha diariamente fazer a limpeza.

"Você sabe muito bem quanto nos pagam e não se esqueça de que sou um homem casado", respondera Castle.

"O que constitui um grave erro de julgamento."

"Não para mim, pois gosto da minha esposa."

"E há também o pequeno bastardo", continuou Davis. "Eu não poderia ter filhos e Porto ao mesmo tempo."

"Acontece que eu também gosto do pequeno bastardo."

Castle já ia descer os quatro degraus de pedra para Piccadilly quando o porteiro lhe disse:

– O General Tomlinson deseja falar-lhe, senhor.

– General Tomlinson?

– Isso mesmo, senhor. Sala A-3.

Castle só se encontrara uma vez com o General Tomlinson, há muitos anos, mais anos do que gostava de recordar. Fora no dia em que tinha sido nomeado, o dia em que assinara a Lei dos Segredos Oficiais. Naquela ocasião, o general era um oficial inferior, se é que era mesmo oficial. Tudo o que se recordava dele era de um bigodinho preto a pairar, como um objeto voador não-identificado, sobre um campo de mata-borrão, inteiramente liso e branco, talvez por razões de segurança. A mancha de sua assinatura, depois que assinara, tornara-se a única falha na superfície impecável. Quase certamente aquela folha de mata-borrão fora arrancada e despachada para o incinerador. Quase um século antes, o Caso Dreyfus denunciara os perigos de uma cesta de papéis.

– No fim do corredor, à esquerda – lembrou-lhe o porteiro, quando já ia seguir pelo caminho errado.

– Entre, entre, Castle – disse o General Tomlinson.

O bigodinho estava agora tão branco quanto o mata-borrão, e a passagem dos anos provocara um ligeiro estofamento da barriga sob o colete. A única coisa que permanecia constante era o posto duvidoso. Ninguém sabia a que regimento ele pertencera anteriormente, se tal regimento de fato existia. Afinal, naquele prédio, todos os títulos militares eram um pouco suspeitos. Os postos podiam simplesmente ser parte do disfarce universal.

– Creio que ainda não conhece o coronel Daintry, Castle.

– Não, acho que ainda não... Como tem passado?

Daintry, apesar do terno escuro impecável e do rosto fino, dava mais a impressão de ser um homem esportivo do que Davis jamais conseguiria. Se Davis causava a primeira impressão de alguém que estaria à vontade no estabelecimento de um *bookmaker,* o ambiente de Daintry poderia ser, sem dúvida, algum recinto elegante ou as charnecas. Castle gostava de fazer esboços rápidos dos colegas; às vezes, chegava mesmo a transferi-los para o papel.

– Acho que conheci um primo seu em Corpus – comentou Daintry.

A voz era cordial, mas parecia um pouco impaciente. Provavelmente ele tinha de pegar um trem para o norte, em King's Cross.

– O coronel Daintry é o nosso novo informante – explicou o General Tomlinson, a descrição provocando um ligeiro estremecimento em Daintry, que não passou despercebido a Castle. – Está substituindo Meredith na segurança. Mas não sei se chegou a conhecer Meredith.

– Deve estar se referindo ao meu primo Roger – disse Castle para Daintry. – Há anos que não o vejo. Ele formou-se em literatura clássica. Creio que está atualmente no Tesouro.

– Estava descrevendo a organização ao coronel Daintry – continuou o General Tomlinson, mantendo-se rigorosamente dentro de sua própria faixa de transmissão.

– Eu me formei em direito – disse Daintry. – Você fez história, não é mesmo?

– Exatamente.

– Em Oxford?

– Foi, sim.

– Expliquei ao coronel Daintry que somente você e Davis lidam com os telegramas ultra-secretos da Seção 6A – disse Tomlinson.

– Se é que se pode chamar alguma coisa de ultra-secreta em nossa seção. Mas não esqueçamos de que Watson também os vê.

– Davis... ele não é da Universidade Reading? – indagou Daintry, com o que dava a impressão de ser um ligeiro tom desdenhoso.

– Estou vendo que já andou fazendo o dever de casa.

– Para ser franco, acabei de ter uma conversa com o próprio Davis.

– Então foi por isso que ele chegou do almoço com dez minutos de atraso.

O sorriso de Daintry parecia a dolorosa reabertura de um ferimento. Ele tinha lábios muito vermelhos, que se entreabriram nos cantos com dificuldade.

– Conversei com Davis a seu respeito e por isso estou agora conversando com você a respeito de Davis. Uma verificação declarada. Espero que perdoe o novo informante por isso. Afinal, tenho que aprender as coisas.

Ele fez uma breve pausa, antes de acrescentar:

– É a regra... apesar da confiança que temos nos dois. Por falar nisso, ele o avisou?

– Não. Mas por que acreditar em mim? Podemos estar mancomunados.

O ferimento que era a boca tornou a se entreabrir ligeiramente e logo se fechou, comprimido com força.

– Pelo que sei, ele está um pouco para a esquerda, politicamente. É isso mesmo?

– Davis é membro do Partido Trabalhista. Imagino que ele já tenha lhe dado essa informação.

– Não há nada de errado nisso, é claro. E você?

– Não me meto em política. Espero que Davis lhe tenha dito isso também.

– Mas não vota de vez em quando?

– Acho que não voto desde a guerra. Os problemas políticos atualmente parecem um tanto... provincianos, digamos assim.

– Um ponto de vista interessante – comentou Daintry, com evidente desaprovação.

Castle compreendeu que dizer a verdade fora um erro de julgamento naquele caso. Contudo, exceto em ocasiões realmente importantes, ele sempre preferia dizer a verdade. Afinal, a verdade resistia a qualquer verificação. Daintry olhou para o relógio.

– Não vou prendê-lo por muito tempo. Tenho que pegar um trem em King's Cross.

– Vai caçar no fim de semana?

– Vou, sim. Como soube?

– Intuição.

Castle arrependeu-se novamente da resposta. Era sempre mais seguro passar despercebido. Havia ocasiões, que se tornavam mais freqüentes a cada ano, em que ele sonhava com a mais absoluta conformidade, assim como um caráter diferente poderia sonhar com alguma façanha dramática.

– Percebeu a minha caixa com a arma junto da porta, não é mesmo?

– Isso mesmo – respondeu Castle, que até então ainda não havia reparado. – Foi essa a pista.

Ele ficou contente ao constatar que Daintry parecia ter engolido aquilo e estava tranqüilo. Daintry acrescentou:

– Creio que sabe que não há nada de pessoal em tudo isso. É simplesmente uma verificação de rotina. Há tantas regras que às vezes algumas são negligenciadas. A natureza humana é assim mesmo. Um exemplo é o regulamento de não se levar trabalho para casa.

O olhar para a pasta de Castle foi bastante expressivo. Um oficial e cavalheiro teria imediatamente aberto a pasta para inspeção, dizendo alguma pilhéria a respeito. Mas Castle não era um oficial e jamais se considerara um cavalheiro. Queria ver até que ponto o novo informante era capaz de ir, até onde o novo vassoura poderia varrer, para usar a metáfora da firma. E foi por isso que disse:

– Não estou indo para casa, mas apenas saindo para almoçar.

– E será que não se importaria...?

Daintry estendeu a mão para a pasta, acrescentando:

– Pedi a mesma coisa a Davis.

– Davis não estava com uma pasta quando voltou do almoço.

Daintry corou pelo erro cometido. Castle tinha certeza de que o homem sentiria um constrangimento similar se tivesse atirado por engano num batedor.

– Então deve ter sido com o outro sujeito. Esqueci o nome dele.

– Watson? – sugeriu Tomlinson.

– Isso mesmo... Watson.

— Quer dizer que andou verificando até mesmo o nosso chefe?

— Faz parte do esquema.

Castle abriu a pasta, tirando um exemplar da *Berkhamsted Gazette*.

— O que é isso? — indagou Daintry.

— Meu jornal local. Pretendo lê-lo durante o almoço.

— Ah, sim, eu tinha esquecido... Você mora um bocado longe. Não acha um tanto inconveniente?

— É menos de uma hora de trem. E preciso de uma casa com jardim, pois tenho um filho... e um cachorro. Não se pode ter qualquer dos dois num apartamento. Ou pelo menos não com algum conforto.

— Notei que está lendo *Clarissa Harlowe*. Está gostando?

— Estou, sim, até agora. Mas ainda restam mais quatro volumes.

— E o que é isso?

— Uma relação das coisas de que devo me lembrar.

— Como assim?

— Minha lista de compras. — Sob o endereço impresso de sua casa, ele escrevera: "Dois Maltesers, trezentos gramas de Earl Grey. Queijo... Wensleydale ou Double Gloucester? Loção para a barba Yardley".

— Que diabo são Maltesers?

— Uma espécie de chocolate. Devia experimentar. São realmente deliciosos. Na minha opinião, melhores até do que os Kit Kats.

— Acha que poderiam agradar à minha anfitriã? Gostaria de levar-lhe algo fora do comum.

Daintry olhou novamente para o relógio, antes de acrescentar:

— Talvez eu possa mandar o porteiro comprar... ainda há tempo. Onde costuma comprá-los?

— Na LPG, no Strand.

— LPG?

— Loja de Pão Gasoso.

— Pão Gasoso? Mas que diabo... Oh, está bem, está

bem! Não há tempo para falar sobre isso agora. Tem certeza... de que esse chocolate vai agradar?

– Claro que tenho. O gosto é diferente do dos outros.

– Mas não posso mandar comprar no Fortnum's, que fica muito mais perto?

– Não irá encontrá-los lá. São baratos demais para o Fortnum's.

– Não quero parecer sovina.

– Compense com a quantidade. Mande comprar dois quilos.

– Como é mesmo o nome? Talvez seja melhor você dizer ao porteiro, na saída.

– Quer dizer que minha verificação está terminada? Estou livre de suspeitas?

– Claro, claro! Eu lhe disse que era apenas uma mera formalidade, Castle.

– Boa caçada.

– Muito obrigado.

Na saída, Castle deu o recado ao porteiro.

– Ele pediu dois quilos?

– Isso mesmo.

– Dois quilos de Maltesers!

– Exatamente.

– Posso requisitar um caminhão para buscar a encomenda?

O porteiro convocou seu assistente, que estava lendo uma revista.

– Vá comprar dois quilos de Maltesers para o coronel Daintry.

O homem fez os cálculos rapidamente e concluiu:

– Deve dar uns 120 pacotes ou por aí.

– Não é tão ruim quanto parece – comentou Castle.

– O peso não chega a ser de assustar.

Ele deixou os dois homens a fazer cálculos. Chegou quinze minutos atrasado ao *pub* e seu canto habitual estava ocupado. Comeu e bebeu rapidamente, calculando que conseguira com isso ganhar três minutos. Saiu e foi comprar a loção

Yardley em St. James's Arcade, o Earl Grey no Jackson's. Comprou um Double Gloucester ali também, para ganhar tempo, embora geralmente fosse até a loja de queijos da Jermyn Street. Ao chegar à LPG, os Maltesers já tinham acabado. O balconista informou-o que houvera uma procura inesperada. Assim, teve que se contentar em comprar mesmo Kit Kats. E estava apenas três minutos atrasado quando voltou à sala que partilhava com Davis, a quem disse:

— Não me contou que estavam fazendo uma verificação de segurança.

— Fui obrigado a jurar segredo. Ele o surpreendeu com alguma coisa?

— Não.

— Pois a mim surpreendeu. Perguntou o que eu tinha no bolso da capa. Era aquele relatório do 59800. Eu pretendia lê-lo novamente durante o almoço.

— E o que foi que ele disse?

— Deixou-me ir embora, com uma advertência. Falou que os regulamentos são feitos para serem cumpridos. E pensar que o tal de Blake (para que ele quis escapar?) pegou quarenta anos de isenção do imposto de renda, de pressões intelectuais e responsabilidades, deixando-nos aqui a sofrer por causa de seus atos.

— O coronel Daintry não foi muito duro comigo — comentou Castle. — Ele conheceu um primo meu em Corpus. É o tipo de coisa que sempre faz alguma diferença.

CAPÍTULO II

Castle geralmente pegava o trem das 18h35 da tarde, em Euston. Chegava a Berkhamsted pontualmente às 19h12. Sempre deixava a bicicleta na estação. Conhecia o bilheteiro há muitos anos e a bicicleta ficava aos cuidados dele. Seguia para casa pelo caminho mais longo, simplesmente por amor ao exercício. Atravessava a ponte sobre o canal, passava pela escola em estilo Tudor, percorria a High Street, passava pela igreja de pedras cinzentas onde havia um capacete de cruzado, subia a encosta de Chilterns, até sua casa, pequena e geminada, na King's Road. Sempre chegava a casa, se por acaso não havia telefonado antes de Londres para comunicar algum atraso, por volta das sete e meia. Tempo suficiente para desejar boa noite ao menino e tomar um ou dois uísques antes do jantar, servido às oito horas.

Numa profissão bizarra, qualquer coisa que integre uma rotina diária adquire imenso valor. Talvez fosse esse o motivo pelo qual, ao voltar da África do Sul, decidira retornar ao lugar onde nascera, ao canal sob os salgueiros chorões, à escola e às ruínas de um castelo outrora famoso, que resistira ao assédio do Príncipe João, da França, e no qual, segundo a lenda, Chaucer vivera. Quem sabe se um Castle ancestral não fora um artesão ali? O castelo não passava agora de algumas elevações cobertas de mato e uns poucos metros de muralha de pedra, de frente para o canal e para a linha do trem. Mais além, havia uma estrada comprida, afastando-se da cidade, margeada por sebes de espinheiros e castanheiros, até se chegar finalmente à liberdade do Common. Muitos anos atrás, os habitantes da aldeia haviam lutado pelo direito de levar seu gado a pastar no Common. Mas, no século XX, seria difícil algum animal, à exceção de um coelho ou uma cabra, conseguir encontrar alimentação entre as samambaias e urzes.

Quando Castle era menino, ainda havia no Common os remanescentes de antigas trincheiras, escavadas na argila vermelha durante a Primeira Guerra contra os alemães, por membros do Corpo de Treinamento de Oficiais das Escolas de Direito, jovens universitários e advogados recém-formados, que haviam praticado ali, antes de ir morrer na França ou Bélgica, como membros de unidades mais ortodoxas. Não era muito seguro vaguear pela área sem conhecê-la bem, já que as trincheiras haviam sido escavadas com alguns metros de profundidade, como as que existiam em torno de Ypres. Um estranho se arriscava a uma queda súbita e a quebrar a perna. As crianças que tinham crescido com o conhecimento da localização das trincheiras andavam por toda parte livremente, até que a memória começara a se desvanecer. Castle, por alguma razão, jamais esquecera. Às vezes, nos seus dias de folga no escritório, levava Sam a conhecer os esconderijos esquecidos e os múltiplos perigos do Common. Quantas guerrilhas ele não travara ali, em criança, enfrentando perigos incontáveis e um inimigo superior! Pois agora os tempos de guerrilha tinham voltado, os devaneios haviam se transformado em realidade. Vivendo assim, com as coisas que lhe eram familiares, sentia a mesma segurança do condenado que retorna a uma prisão já conhecida.

Castle empurrou a bicicleta pela King's Road acima. Comprara a casa com o financiamento de uma cooperativa imobiliária, depois de seu retorno à Inglaterra. Poderia facilmente ter poupado dinheiro, pagando à vista. Mas não tinha o menor desejo de parecer diferente dos professores que moravam nos dois lados, que não tinham a menor possibilidade de pagar à vista, pois dificilmente conseguiriam economizar alguma coisa com os salários que ganhavam. Pelo mesmo motivo, Castle mantinha o vitral um tanto espalhafatoso do Cavaleiro Risonho, por cima da porta da frente. Não gostava dele, porque o associava com os consultórios de dentistas. É que, nas pequenas cidades do interior, os vitrais coloridos geralmente ocultam a cadeira da agonia da vista dos que passam. Mas preferia não mexer no vitral, porque seus vizinhos também não o faziam. Os professores da King's Road eram ferrenhos defensores dos princípios estéticos de North Oxford, onde muitos haviam tomado chá com seus mestres. Lá também, na Banbury Road, a bicicleta de Castle se enquadraria perfeitamente no cenário, guardada no vestíbulo, debaixo da escada.

Ele abriu a porta com uma chave Yale. Já pensara em comprar uma fechadura de encaixe ou alguma coisa bastante especial, na Chubb's, que ficava na St. James's Street. Mas não o fizera, porque seus vizinhos contentavam-se com fechaduras Yale e nos últimos três anos não ocorrera nenhum assalto mais perto que Boxmoor para justificar a providência.

O vestíbulo estava vazio, assim como a sala de estar, que ele podia ver através da porta aberta. Não havia o menor barulho na cozinha. Percebeu imediatamente que a garrafa de uísque não estava pronta, ao lado do sifão, no aparador. O hábito de anos fora quebrado e Castle sentiu uma ansiedade súbita, como a picada de um inseto. Gritou "Sarah", mas não houve resposta. Ficou parado do lado de dentro da porta, junto do suporte de guarda-chuvas, absorvendo em rápidos olhares a cena familiar, onde só havia um elemento essencial faltando: a garrafa de uísque. Prendeu a respiração. Sempre tivera certeza, desde que haviam se instalado ali, de que um dia a tragédia os atingiria. E sabia que, quando isso acontecesse, não poderia se deixar trair pelo pânico. Deveria partir rapidamente, sem fazer qualquer tentativa de recolher e reunir os fragmentos da vida em comum. "Os que estão na Judéia devem se refugiar nas montanhas..." Por alguma razão, pensou no primo que trabalhava no Tesouro como se fosse um amuleto que pudesse protegê-lo, um pé de coelho que desse sorte. E no instante seguinte conseguiu respirar novamente, aliviado, ao ouvir vozes no segundo andar e logo depois os passos de Sarah descendo a escada.

– Não o ouvi chegar, querido. Estava falando com o dr. Barker.

O dr. Barker desceu atrás de Sarah. Era um homem de meia-idade, com uma marca vermelha na face esquerda, metido num terno cinza um tanto empoeirado, duas canetas-tinteiro no bolsinho do paletó. Talvez uma delas fosse na verdade uma lanterna de bolso, para espiar as gargantas dos pacientes.

– Alguma coisa errada?

– Sam está com sarampo, querido.

– Ele vai ficar logo bom – garantiu o dr. Barker. – Basta mantê-lo quieto. E será melhor evitar um pouco a claridade excessiva.

– Quer um uísque, doutor?

– Não, obrigado. Ainda tenho duas visitas para fazer e já estou atrasado para o jantar.

– Onde será que ele apanhou isso?

— Há quase uma epidemia por aí. Mas não precisa ficar preocupado. Não é um caso dos mais fortes.

Depois que o médico se retirou, Castle beijou a esposa. Passou a mão pelos cabelos pretos e duros, tocou-lhe os malares salientes. Sentiu os contornos negros do rosto de Sarah como um homem que recolhe um dos pedaços de uma escultura espalhados pelo chão de um hotel para turistas brancos. Estava se certificando de que a coisa que mais prezava no mundo ainda estava segura. Ao final de cada dia, experimentava a sensação de que estivera ausente durante anos, deixando-a indefesa. Contudo, ninguém por ali dava a menor importância ao sangue africano de Sarah. Não havia lei alguma para ameaçar a vida em comum dos dois. Estavam seguros... ou pelo menos tão seguros quanto poderiam.

— Qual é o problema, querido?

— Fiquei preocupado. Tudo parecia diferente e em desordem quando cheguei. Você não estava aqui embaixo, à minha espera. Nem mesmo o uísque...

— Mas que homem cheio de hábitos!

Castle pôs-se a tirar as coisas da pasta, enquanto a mulher preparava o uísque.

— Não há realmente motivo para preocupações, Sarah? Jamais gostei da maneira como os médicos falam, especialmente quando se mostram tranqüilizadores.

— Nada.

— Posso ir dar uma olhada em Sam?

— Ele está dormindo neste momento. Acho melhor não acordá-lo. Dei-lhe uma aspirina.

Castle tornou a meter na pasta o primeiro volume de *Clarissa Harlowe*.

— Já acabou de ler?

— Não, e duvido muito que consiga acabar. A vida está me parecendo um pouco curta demais.

— Mas sempre pensei que gostasse de livros grandes.

— Talvez eu experimente ler *Guerra e paz,* antes que seja tarde demais.

— Eis um livro que não temos.

– Vou comprar amanhã.

Sarah havia medido cuidadosamente uma dose quádrupla, pelos padrões dos *pubs* ingleses. Apertou o corpo contra a mão de Castle, como se fosse uma mensagem que ninguém mais deveria ler. Na verdade, o quanto ele bebia era um fato conhecido apenas dos dois. Quando estava com um colega ou mesmo com um estranho num *pub,* Castle tomava apenas cerveja. Qualquer insinuação de alcoolismo podia ser sempre encarada, em sua profissão, como um comportamento suspeito. Somente Davis demonstrava a indiferença de beber à vontade, com um abandono excepcional, não se importando com quem pudesse vê-lo. Mas é verdade que ele possuía a audácia que deriva de um senso de completa inocência. Castle perdera tanto a audácia como a inocência na África do Sul, enquanto esperava pelo golpe fatal.

– Não se importa de comer uma refeição fria esta noite, querido? Passei a tarde inteira ocupada com Sam.

– Claro que não.

Castle passou o braço em torno dela. A extensão do amor entre os dois era tão secreta quanto a dose quádrupla de uísque. Falar com os outros a respeito era um convite ao perigo. O amor constituía um risco total. A literatura sempre o proclamara. Tristão, Anna Karênina, até mesmo o desejo de Lovelace... ele já dera uma olhada no último volume de *Clarissa.* "Gosto da minha esposa" fora o máximo que jamais dissera, até mesmo a Davis.

– Não sei o que eu faria sem você, Sarah.

– Exatamente o que está fazendo agora: duas doses de uísque antes do jantar, às oito horas.

– Quando cheguei e não a encontrei aqui com o uísque, confesso que fiquei apavorado.

– Apavorado de quê?

– De ter ficado sozinho. Pobre Davis! Volta para casa e não encontra ninguém à sua espera.

– Talvez ele se divirta muito mais assim.

– Pois a minha diversão é a sensação de segurança.

– Será que a vida lá fora é tão perigosa assim?

Sarah tomou um gole de uísque do copo dele e roçou-lhe a boca com os lábios úmidos de J&B. Castle sempre comprava J&B por causa da cor. Uma dose grande, com soda, dava a impressão de não ser mais forte do que uma dose pequena de outra marca.

O telefone tocou, na mesinha junto ao sofá. Ele levantou o fone.

– Alô?

Ninguém respondeu.

– Alô?

Castle contou silenciosamente até quatro e depois tornou a pôr o fone no gancho, ao ouvir o estalido da ligação interrompida no outro lado do fio.

– Ninguém?

– Espero que tenha sido um número errado.

– Já aconteceu três vezes este mês. E sempre quando você fica até mais tarde no escritório. Não poderia ser um ladrão querendo verificar se estamos em casa?

– Não há nada que valha a pena roubar por aqui.

– Mas a gente lê nos jornais histórias tão horríveis, de homens com meias enfiadas na cabeça... Detesto o momento em que o sol já se pôs e você ainda não chegou em casa.

– Foi por isso que lhe comprei Buller. Por falar nisso, onde ele está?

– Deve estar no jardim, comendo grama. Alguma coisa o deixou meio doente. Você sabe como ele é com estranhos, como faz festa e abana o rabo.

– Talvez não fosse gostar de um homem com uma meia enfiada na cabeça.

– Buller certamente pensaria que era uma brincadeira. Lembre-se do que aconteceu no Natal... com os chapéus de papel...

– Antes de comprá-lo, eu sempre tinha pensado que os *boxers* eram cachorros ferozes.

– E são... mas só com os gatos.

A porta rangeu e Castle virou-se rapidamente. O focinho preto e quadrado de Buller empurrou a porta inteiramente. Um instante depois, o cachorro jogou-se em cima de Castle, como se fosse um saco de batatas. Mas Castle conseguiu esquivar-se.

– Deite, Buller, deite.

Uma longa faixa de saliva se estendia pela perna da calça de Castle.

– Se isso é fazer festa, qualquer ladrão correria por um quilômetro antes de parar para pensar.

Buller começou a latir espasmodicamente, a menear os quadris, recuando lentamente na direção da porta.

– Fique quieto, Buller.

– Ele quer apenas dar uma volta.

– A esta hora? Pensei que tivesse dito que ele estava doente.

– Parece que ele já comeu grama suficiente.

– Mas que diabo, Buller! Fique quieto logo de uma vez! Não vai ter nenhum passeio hoje!

Buller se deitou, babando no chão para se consolar.

– O medidor de luz ficou com medo dele esta manhã, mas Buller estava apenas querendo ser amigável.

– Mas o medidor já o conhece.

– Esse era novo.

– Novo? Por quê?

– Parece que o habitual está com uma forte gripe e não pode trabalhar.

– Pediu a identidade dele?

– Claro! Está com tanto medo assim de ladrões, querido? Pare com isso, Buller! Vamos, pare!

Buller estava lambendo as chamadas partes íntimas com o mesmo prazer de um conselheiro municipal a tomar sopa.

Castle passou por cima dele e foi até o vestíbulo. Examinou o relógio cuidadosamente, mas aparentemente não havia nada de errado. Voltou à sala.

– Está preocupado com alguma coisa, querido?

– Não é nada de importante, mas aconteceu uma coisa lá no escritório. Um novo homem de segurança assumiu e está querendo mostrar serviço. Fiquei irritado. Afinal, estou há mais de trinta anos na firma e, a esta altura, já deviam ter plena confiança em mim. Daqui a pouco estarão revistando nossos bolsos quando sairmos para o almoço. O homem chegou a revistar minha pasta!

– Seja justo, querido. A culpa não é deles, mas sim do próprio trabalho.

– Já é tarde demais para mudar isso.

– Nunca é tarde demais para qualquer coisa.

Castle desejava poder acreditar nisso. Sarah beijou-o novamente, a caminho da cozinha, onde ia buscar a carne fria. Quando já estavam sentados e Castle tomara outro uísque, ela comentou:

– Brincadeira à parte, acho que está bebendo demais, querido.

– Somente em casa. Ninguém me vê beber além de você.

– Não estou preocupada por causa do seu trabalho, mas sim por sua saúde. Não dou a menor importância a seu trabalho.

– Não?

– Não passa de um departamento do Foreign Office. Todo mundo sabe o que isso significa, mas você tem que viver de boca fechada, como se fosse um criminoso. Se contasse a mim, sua própria esposa, o que fez hoje, eles iriam despedi-lo. E eu bem que gostaria que o despedissem. O que fez hoje, querido?

– Conversei com Davis, fiz anotações em algumas fichas, despachei um telegrama... e fui interrogado pelo novo oficial de segurança. Ele conheceu meu primo em Corpus.

– Que primo?

– Roger.

– Aquele esnobe do Tesouro?

– Isso mesmo.

Ao subirem para o quarto, Castle indagou:

– Posso dar uma olhada em Sam?

– Claro! Mas agora ele já deve estar profundamente adormecido.

Buller seguiu-os e, para não perder o hábito, babou um pouco nas cobertas.

– Mas que diabo, Buller!

O cachorro abanou o que restava da cauda, como se tivesse sido elogiado. Para um *boxer,* não era nada inteligente. Custara muito dinheiro e talvez o *pedigree* fosse um pouco perfeito demais.

O menino estava deitado em diagonal na cama, dormindo, a cabeça apoiada numa caixa de soldadinhos de chumbo, em vez de no travesseiro. Um pé preto saía das cobertas e havia um oficial do Corpo de Tanques entre os dedos. Castle ficou observando Sarah arrumar o menino, pegar o oficial do Corpo de Tanques e um pára-quedista que estava debaixo da coxa. Ela mexia no menino com a indiferença da pessoa acostumada ao serviço, fazendo tudo sem acordá-lo.

– Ele está me parecendo muito quente e seco, Sarah.

– Você também estaria assim se estivesse com mais de 39 de febre.

Sam parecia mais africano do que a mãe. Castle recordou-se subitamente de uma fotografia de fome na África, um pequeno cadáver na areia do deserto, braços e pernas estendidos, com um abutre observando.

– É uma febre um bocado alta.

– Não para uma criança.

Castle sempre se surpreendia com a confiança da esposa. Sarah era perfeitamente capaz de preparar um novo prato sem consultar qualquer livro de culinária, sem que nada saísse errado. Naquele momento, ela rolou o menino de lado e ajeitou as cobertas, sem que ele sequer se remexesse no sono.

– Sam tem um sono realmente profundo.

– Exceto pelos pesadelos.

– Ele teve outro?

– É sempre o mesmo pesadelo. Nós dois partimos de trem e ele fica sozinho. Na plataforma, alguém que ele não sabe quem é segura-lhe o braço. Mas não há motivo para preocupações, querido. Sam está na idade de ter pesadelos. Li em algum lugar que as crianças na idade dele começam a ter pesadelos quando se sentem ameaçadas pela escola. Eu até gostaria que ele não tivesse de ir para a escola, pois pode ter problemas. Às vezes, eu quase gostaria que vocês também tivessem o *apartheid* aqui.

– Sam é um bom corredor. Na Inglaterra, não há problema quando o menino é bom em algum esporte.

Naquela noite, já na cama, Sarah despertou do primeiro sono e comentou, como se o pensamento tivesse lhe ocorrido durante um sonho:

– É estranho que você seja tão afeiçoado a Sam.

– Claro que sou! Por que não? Pensei que estivesse dormindo, Sarah.

– Não há nada de "claro", querido. Afinal, ele é um pequeno bastardo.

– É assim que Davis sempre o chama.

– Davis? Ele sabe de alguma coisa?

O medo de Sarah era evidente.

– Não, querida, ele não sabe de nada. Não se preocupe com isso. É a palavra que ele usa para se referir a qualquer criança.

– Fico contente de saber que o pai de Sam está debaixo de sete palmos de terra.

– Eu também fico. Pobre coitado! Afinal, ele poderia ter acabado casando com você.

– Isso era impossível. Era por você que eu estava apaixonada, o tempo todo. Mesmo quando concebi Sam, já estava apaixonada por você. Ele é mais seu filho que dele. Procurei pensar em você quando fazíamos amor. Ele era do tipo morno. Na universidade, costumavam chamá-lo de Pai Tomás. Sam não será morno, não é mesmo? Será quente ou frio, mas nunca morno.

– Por que estamos conversando sobre uma história tão antiga assim?

– Porque Sam está doente. Porque você está preocupado. Quando não me sinto segura, lembro-me do que senti quando tive de falar com você a respeito dele. Foi naquela primeira noite, no Hotel Polana, do outro lado da fronteira, já em Lourenço Marques. Cheguei a pensar: "Ele vai pôr as roupas de novo e irá embora para sempre". Mas você não partiu. Ficou. E fizemos amor, apesar de Sam já estar lá dentro.

Os dois ficaram deitados em silêncio, tantos anos depois, apenas ombro encostando em ombro. Castle perguntou-se se seria assim a felicidade da velhice, que já vira algumas vezes estampada no rosto de estranhos. Mas ele estaria morto muito antes de Sarah chegar à velhice. A velhice era algo que jamais poderiam partilhar juntos.

– Nunca se sente triste por não termos um filho nosso, querido?

– Sam já é responsabilidade suficiente.

– Não estou brincando, querido. Não gostaria de ter um filho nosso?

Desta vez, Castle sabia que a pergunta era do tipo a que não poderia se esquivar.

– Não.

– Por que não?

– Está querendo ver coisas onde não existem, Sarah. Amo Sam porque ele é seu. Porque não é meu. Porque não tenho de ver coisa alguma de mim nele, quando o contemplo. Vejo apenas alguma coisa de você. Não quero continuar para sempre. Ao contrário, quero que tudo o que sou deixe de existir comigo.

CAPÍTULO III

1

– Uma manhã maravilhosa – comentou o coronel Daintry para Lady Hargreaves, em tom um tanto indiferente, enquanto batia com os pés para limpar a lama, antes de entrar em casa. – As aves não deixaram de comparecer.

Os outros hóspedes saíam dos carros atrás dele, com a jovialidade forçada de uma equipe de futebol tentando demonstrar o seu intenso prazer esportivo e não querendo deixar transparecer o quanto se sentiam desolados pelo excesso de lama e frio.

– Os drinques estão esperando – disse Lady Hargreaves. – Sirvam-se, por gentileza. O almoço vai sair dentro de dez minutos.

Outro carro estava subindo a colina, através do parque, ainda longe. Alguém soltou um grito e riu, no ar úmido, e outro comentou:

– Lá vem Buffy finalmente. E bem a tempo para o almoço, como não podia deixar de ser.

– Vai ser o seu famoso pudim de carne e rim? – perguntou Daintry. – Ouvi falar maravilhas a respeito.

– Deve estar se referindo ao meu pastelão. Teve uma manhã realmente agradável, coronel?

A voz dela possuía um ligeiro sotaque americano, bastante agradável por ser apenas ligeiro, como o cheiro de um perfume caro.

– Não encontramos muitos faisões. Mas, afora isso, foi tudo ótimo.

– Harry! – chamou Lady Hargreaves, por cima do ombro. – Dicky! Onde está Dodo? Será que ele se perdeu?

Ninguém chamava Daintry pelo primeiro nome, simplesmente porque ninguém o conhecia. Com uma sensação de solidão, ele ficou observando o vulto esguio e gracioso de sua anfitriã descer os degraus de pedra, para saudar "Harry" com beijos nas duas faces. Daintry seguiu sozinho para a sala, onde os drinques estavam à espera, no bufê.

Um homem baixo mas corpulento, o rosto um pouco avermelhado, a quem Daintry tinha a impressão de já ter visto antes, estava preparando um martíni seco. Usava óculos de aros de prata, que faiscavam ao sol.

– Pode fazer mais um para mim, se os prepara realmente secos – disse Daintry.

– Pode apostar dez contra um como não dá outra coisa. É assim também que eu gosto. Você não é Daintry? Acho que se esqueceu de mim. Sou Percival. Já tirei sua pressão uma vez.

— Ah, sim, o dr. Percival! De certa forma, estamos na mesma firma, não é?

— Exatamente. C queria que nos encontrássemos discretamente. E aqui não há a menor necessidade de todas aquelas precauções absurdas. É uma coisa que sempre me confunde. O único problema é que não gosto de caçar. Só sei pescar. É a primeira vez que vem aqui?

— É, sim. Quando chegou?

— Por volta do meio-dia. Sou um viciado em Jaguar. Nunca consigo andar a menos de cem.

Daintry olhou para a mesa. Havia uma garrafa de cerveja em cada lugar. Ele não gostava de cerveja. Mas, por alguma razão inexplicável, parecia que a cerveja era invariavelmente considerada a única bebida apropriada para uma caçada. Talvez combinasse com a infantilidade da ocasião, como uma cerveja de gengibre quando se é criança. Só que Daintry não era infantil. Para ele, uma caçada era um exercício estritamente de habilidade competitiva. Já fora inclusive o segundo colocado na King's Cup. No centro da mesa, havia pequenas tigelas de prata, com os Maltesers que ele trouxera. Ficara um pouco embaraçado na noite anterior, ao presentear quase um engradado de Maltesers. Lady Hargreaves, obviamente, não tinha a menor idéia do que eram ou o que fazer com eles. Daintry teve a impressão de que fora deliberadamente enganado pelo tal de Castle. Ficou um pouco mais contente agora, ao ver que os Maltesers pareciam um pouco mais sofisticados nas tigelas de prata do que nas embalagens de plástico.

— Gosta de cerveja? — perguntou ele a Percival.

— Gosto de qualquer bebida alcoólica, à exceção de Fernet-Branca.

E nesse momento os rapazes entraram na sala, turbulentamente, Buffy e Dodo, Harry e Dicky e todos os demais. A prataria e cristais vibravam com a jovialidade. Daintry sentiu-se contente pela presença de Percival, pois parecia que ninguém sabia também o primeiro nome do médico.

Infelizmente, ficaram separados à mesa. Percival terminou de tomar rapidamente a primeira garrafa de cerveja e começou uma segunda. Daintry sentiu-se traído, pois Percival parecia estar se dando muito bem com seus vizinhos, como se também fossem membros da velha firma. Ele começara a contar uma história de pescaria, arrancando uma risada do homem chamado Dicky. Daintry estava sentado entre o homem que supunha ser Buffy e um homem magro e já velho, com cara de advogado. Ele próprio se apresentara e seu sobrenome parecia familiar. Era procurador-geral ou assistente do procurador-geral, mas Daintry não conseguia recordar qual dos dois; e a incerteza inibia a conversa.

Buffy disse subitamente:

– Ei, mas são Maltesers!

– Já conhecia esse chocolate? – indagou Daintry.

– Há anos que não provo um! Sempre os comprava quando ia ao cinema, nos tempos de garoto. O gosto é maravilhoso. Será que há algum cinema aqui por perto?

– Para dizer a verdade, eu os comprei em Londres.

– Gosta de ir ao cinema? Há anos que não piso num cinema. Ainda costumam vender Maltesers?

– Pode-se comprá-los também em lojas.

– Nunca soube disso. Onde foi que os encontrou?

– Numa LPG.

– LPG?

Daintry repetiu, desconfiado, o que Castle lhe dissera:

– Loja de Pão Gasoso.

– Extraordinário! O que vem a ser pão gasoso?

– Não tenho a menor idéia.

– É impressionante as coisas que inventam atualmente. Eu não ficaria surpreso se começassem a fabricar pães por computadores.

Buffy inclinou-se para a frente e pegou um Malteser, estalando-o junto ao ouvido, como se fosse um charuto. Lady Hargreaves chamou-lhe a atenção, do outro lado da mesa:

– Buffy! Não pode comer chocolates antes do meu pastelão!

– Desculpe, minha cara. Mas não pude resistir. Não como um chocolate destes deste que era menino.

Ele voltou a virar-se para Daintry e continuou a conversa:

– Os computadores são realmente extraordinários. Houve uma ocasião em que lhes paguei cinco libras para me encontrarem uma esposa.

– Não é casado? – perguntou Daintry, olhando para a aliança de ouro na mão de Buffy.

– Não. Sempre uso a aliança, para me proteger. Mas não foi nada realmente sério. Gosto de experimentar todas essas engenhocas modernas. Preenchi um formulário tão comprido quanto seu braço. Qualificações, interesses, profissão, tudo o que se pode imaginar.

Buffy fez uma pausa, para pegar outro Malteser, comentando:

– Sempre gostei de chocolate.

– E apareceu alguma candidata?

– Mandaram-me uma garota. Isto é, garota uma ova! Não devia ter menos de 35 anos. Tive que pedir chá para ela. Não tomo chá desde que minha mãe morreu. Perguntei: "Não se importa de tomar um uísque, minha cara? Conheço o garçom. Ele vai nos escorraçar!". Mas ela disse que não bebia. Imagine só! Não bebia!

– Será que o computador se enganou?

– Ela era formada em economia pela Universidade de Londres. E usava óculos imensos. Peito chato. Disse que era uma boa cozinheira. Expliquei que sempre fazia as refeições no White's.

– Nunca mais tornou a vê-la?

– Nunca mais nos encontramos. Mas certa ocasião ela me acenou de um ônibus, quando eu estava descendo os degraus do clube. Ah, que cena constrangedora! Eu estava com Dicky na ocasião. É isso o que pode acontecer só porque deixam os ônibus passarem pela St. James's Street. Ninguém está seguro.

Depois do pastelão, foi servido melaço com um imenso queijo Stilton. Sir John Hargreaves fez circular o Porto. Havia uma ligeira sensação de inquietação à mesa, como se os feriados tivessem se prolongado por tempo demasiado. As pessoas começaram a olhar pelas janelas, para o céu cinzento lá fora. Mais algumas horas e a luz do dia teria acabado. Beberam o Porto rapidamente, como que dominados por um sentimento de culpa. Não estavam ali para se divertir... à exceção de Percival, que não estava absolutamente preocupado. No momento, ele estava contando outra história de pescaria. Havia quatro garrafas vazias de cerveja ao seu lado.

O assistente do procurador-geral – ou seria o próprio procurador-geral? – disse:

– Acho que está na hora de começarmos os preparativos. O sol já está se pondo.

Era evidente que ele não estava ali para se divertir, mas sim para a execução. Daintry podia compreender perfeitamente a ansiedade dele. Hargreaves devia tomar logo uma decisão, mas acontece que estava quase dormindo. Depois de anos no Serviço Colonial, pois fora outrora um jovem comissário regional no que era então a Costa do Ouro, Hargreaves adquirira a capacidade de fazer a sesta mesmo nas circunstâncias mais desfavoráveis, cercado inclusive por chefes tribais a discutir, fazendo mais barulho que Buffy.

– Acorde, John – disse Lady Hargreaves, do outro lado da mesa.

Hargreaves abriu os olhos azuis, serenos e imperturbáveis, comentando:

– Um cochilo.

Dizia-se que, quando jovem, em algum ponto do território ashanti, ele comera carne humana, mas nem por isso sua digestão fora afetada. Segundo a história, ele dissera ao governador: "Não pude realmente me queixar, senhor. Eles estavam me prestando uma grande honra ao me convidar para o almoço".

Hargreaves virou-se para Daintry e disse:

– Acho que está na hora de começarmos o massacre, Daintry.

Ele se levantou, bocejou e acrescentou:

– Seu pastelão é bom demais, minha cara.

Daintry observava-o com a maior inveja. Em primeiro

lugar, invejava-o por sua posição. Era um dos poucos homens fora do serviço que já tinham sido nomeados para o cargo de C. Ninguém na firma sabia por que ele fora escolhido, e as influências mais recônditas tinham sido aventadas. Afinal, a única experiência de serviço secreto de Hargreaves fora na África, durante a guerra. Daintry invejava também a esposa dele, rica, decorativa, impecavelmente americana. Um casamento americano, ao que parecia, não podia ser classificado como um casamento estrangeiro. Casar com uma estrangeira exigia uma permissão especial, que freqüentemente era negada. Mas casar com uma americana talvez fosse a confirmação de um relacionamento especial. Mesmo assim, Daintry não podia deixar de imaginar que Lady Hargreaves devia ter sido investigada pelo MI5 e aprovada pelo FBI.

– Esta noite vamos ter uma conversinha, não é mesmo, Daintry? – disse Hargreaves. – Você, eu e Percival. Logo depois que esse bando for embora.

2

Sir John Hargreaves andou de um lado para outro, distribuindo charutos, servindo uísque, atiçando o fogo.

– Não gosto muito de caçar – disse ele. – Nunca me acostumei a atirar, nem mesmo quando estava na África. Preferia usar uma câmara. Mas minha esposa aprecia todos os velhos costumes ingleses. Quando se tem uma grande propriedade, diz ela, não se pode deixar de ter aves para caçar. Mas receio que não houvesse faisões suficientes. Não é mesmo, Daintry?

– Tive um dia dos mais agradáveis, em tudo e por tudo.

– Eu gostaria que houvesse aqui um riacho cheio de trutas – comentou o dr. Percival.

– Gosta mesmo é de pescar, não? Mas pode-se dizer que vamos agora fazer uma pescaria.

Ele empurrou uma acha com o atiçador.

– Sei que é inútil, mas adoro ver as fagulhas. Parece que há um vazamento na Seção 6.

— Em casa ou no campo? — indagou Percival.

— Não tenho certeza, mas tenho o desagradável pressentimento de que é mesmo aqui em casa. Numa das seções africanas... a 6A.

— Acabei de verificar a Seção 6A — disse Daintry. — Mas foi só uma verificação de rotina, mais para conhecer o pessoal.

— Foi o que me disseram. E por isso mesmo é que lhe pedi que viesse. E tive também o maior prazer em convidá-lo para a caçada, é claro. Percebeu alguma coisa fora do normal?

— A segurança anda um pouco frouxa. Mas isso também acontece em todas as outras seções. Fiz uma verificação por alto do que as pessoas costumam levar em suas pastas, na hora do almoço. Não encontrei nada de mais grave, mas fiquei impressionado com o número de pastas... No fundo, minha ação não passou de um aviso. Mas um aviso sempre pode apavorar um homem nervoso. Infelizmente, não podemos pedir a todos que se dispam antes de sair.

— Eles costumam fazer isso nas minas de diamantes, mas concordo que tal exigência pareceria um tanto esquisita em pleno West End.

— Alguém estava com algo comprometedor? — indagou Percival.

— Nada de mais grave. Davis, da 6A, estava levando um relatório. Disse que queria lê-lo na hora do almoço. É claro que o adverti, obrigando-o a deixar o relatório com o General Tomlinson. Examinei também todas as fichas. Os levantamentos têm sido muito eficientes desde o caso Blake. Mas ainda temos alguns homens que estão na firma desde os velhos tempos. Alguns remontam até a época de Burgess e Maclean. Podemos começar a investigá-los novamente, mas é muito difícil retomar uma pista já fria.

— Claro que é possível que o vazamento venha do exterior e os indícios tenham sido plantados aqui — disse C.

— Eles bem que gostariam de criar-nos dificuldades, abalar o moral e prejudicar nossas relações com os americanos. O conhecimento de que há um vazamento, se se tornar público, pode ser mais nocivo que o próprio vazamento em si.

– Era justamente isso o que eu estava pensando – disse Percival. – Indagações no Parlamento, todos os velhos nomes recordados... Vassal, o caso Portland, Philby. Mas se eles estão mesmo querendo publicidade, não há muita coisa que possamos fazer.

– Talvez fosse possível designar uma Comissão Real para tentar abafar o caso – disse Hargreaves. – Mas vamos supor por um momento que eles estejam realmente em busca de informações e não de um escândalo. A Seção 6 parece extremamente improvável para isso. Não há segredos atômicos na África, apenas guerrilhas, guerras tribais, mercenários, ditadores insignificantes, colheitas fracassadas, escândalos financeiros, minas de ouro... nada de muito secreto. Por isso é que me pergunto se o motivo não seria simplesmente provocar um escândalo, provar que conseguiram novamente penetrar no serviço secreto britânico.

– É um vazamento importante, C? – perguntou Percival.

– Podemos dizer que até agora é uma goteira muito pequena, principalmente econômica. Mas há um fato interessante: além das informações econômicas, estão transmitindo também informações sobre os chineses. Não seria possível que os russos, ainda noviços na África, estivessem querendo utilizar nosso serviço para obter informações sobre os chineses?

– Não conseguiriam descobrir muita coisa por nosso intermédio – comentou Percival.

– Mas você sabe perfeitamente o que acontece em todos os centros. Se há uma coisa que ninguém pode suportar é uma ficha em branco.

– Por que não lhes mandamos cópias em carbono, com os nossos cumprimentos, do que enviamos para os americanos? Não estamos, supostamente, numa *détente*? Pouparia um bocado de trabalho para todo mundo.

Percival tirou um tubo do bolso, borrifou um líquido nas lentes dos óculos e depois as limpou com um lenço branco e limpo.

– Sirvam-se de uísque – disse C. – Tenho alguma dificuldade em ficar me mexendo, depois dessa maldita caçada. Tem alguma idéia, Daintry?

— A maioria do pessoal da Seção 6 é pós-Blake. Se as fichas deles não são seguras, então ninguém merece confiança.

— Não obstante, a fonte parece ser a Seção 6... e provavelmente a 6A. Aqui em casa ou no exterior.

— O chefe da Seção 6, Watson, é relativamente novato – disse Daintry. – Foi meticulosamente verificado. Há também Castle. Está conosco há muito tempo. Voltou de Pretória há sete anos, porque precisavam dele na 6A. Havia também problemas pessoais, envolvendo a mulher com quem ele queria casar. Ele pertence, é claro, aos tempos em que a segurança era um tanto frouxa. Mas eu diria que é um homem seguro. Parece um tanto obtuso, mas é extremamente eficiente com os arquivos. Quase sempre os homens brilhantes e ambiciosos é que são perigosos. Castle é bem casado, pela segunda vez. A primeira esposa está morta. Tem um filho, uma casa hipotecada em Metroland. Tem também um seguro de vida. Todas as suas prestações estão em dia. Não vive com muito luxo. Nem mesmo tem carro. Se não me engano, vai diariamente de bicicleta até a estação. Formou-se em história, por Oxford. É cuidadoso e escrupuloso. Roger Castle, do Tesouro, é primo dele.

— Acha então que ele está livre de suspeitas?

— Tem suas excentricidades, mas eu não diria que são perigosas. Por exemplo: foi ele quem me sugeriu que trouxesse Maltesers para Lady Hargreaves.

— Maltesers?

— É uma história comprida. Não vou importuná-lo com ela neste momento. E há também Davis. Não me sinto tão seguro assim em relação a Davis, apesar de sua verificação positiva.

— Não quer me servir outro uísque, Percival? Todo ano eu juro a mim mesmo que será a última caçada.

— Mas os pastelões de sua esposa são deliciosos – comentou Percival. – Eu não os perderia por nada neste mundo.

— Mas bem que podíamos encontrar outro pretexto para comê-los.

— Poderia experimentar lançar algumas trutas no córrego.

Daintry experimentou novamente sua sensação de inveja. Sentia-se excluído. Não tinha nada em comum com seus companheiros, além das fronteiras de segurança. Mesmo como caçador, ele sentia-se um profissional. Dizia-se que Percival colecionava quadros. E C? Toda uma vida social movimentada se abrira diante dele, por intermédio da rica esposa americana. O pastelão era tudo o que Daintry podia partilhar com os dois fora do horário de expediente... pela primeira e talvez pela última vez.

– Fale-me mais alguma coisa a respeito de Davis – pediu C.

– Universidade Reading. Matemática e física. Prestou serviço militar em Aldermaston. Jamais apoiou as esquerdas, pelo menos abertamente. Mas é do Partido Trabalhista.

– Como 45 por cento da população – comentou C.

– Claro, claro. Mas, mesmo assim... Davis é solteiro. Mora sozinho. Gasta bastante. Gosta de vinho do Porto. Aposta em corridas de cavalos. Evidentemente, há um meio clássico para explicar como alguém como ele pode se dar ao luxo de ter...

– Ter o quê... além do Porto?

– Ele tem um Jaguar.

– Pois eu também tenho – declarou Percival. – Não poderia nos dizer agora como o vazamento foi descoberto?

– Eu não os teria chamado aqui se não pudesse dar essa informação. Watson já sabe, mas ninguém mais na Seção 6 tomou conhecimento. A fonte de informação é das mais incomuns: um desertor russo que permanece em seu posto.

– O vazamento não poderia estar localizado entre os agentes da Seção 6 no exterior? – indagou Daintry.

– É possível, mas duvido muito. É verdade que um dos relatórios que eles obtiveram parecia ter vindo diretamente de Lourenço Marques. Era praticamente o mesmo, palavra por palavra, que o 69300 havia escrito. Quase uma cópia fotostática do verdadeiro relatório. Se não fosse por algumas pequenas correções, podia-se até pensar que o vazamento era lá. Mas tais correções só poderiam ter sido feitas aqui, comparando-se o relatório com as informações de arquivo.

– Não poderia ser uma secretária? – sugeriu Percival.

— Começou sua verificação pelas secretárias, não foi mesmo, Daintry? Além do mais, as secretárias são mais intensamente investigadas que o resto do pessoal. Assim, só nos restam Watson, Castle e Davis.

— Uma coisa que me preocupa é o fato de Davis estar levando um relatório do escritório – disse Daintry. – Era um relatório de Pretória, que não parecia ter maior importância. Mas tinha uma referência aos chineses. Ele explicou que desejava relê-lo durante o almoço. De tarde, ele e Castle iam discutir o assunto com Watson. Claro que confirmei tal informação com Watson.

— O que sugere que façamos? – perguntou C.

— Podemos fazer uma verificação de segurança rigorosa, com a ajuda da 5 e do Serviço Especial. Sobre todo o pessoal da Seção 6. Cartas, telefonemas, microfones nas casas, observação constante de todos os movimentos.

— Se as coisas fossem assim tão simples, Daintry, eu não teria me dado ao trabalho de convidá-lo a vir até aqui. Afinal, só temos aqui uma caçada de segunda classe, e eu não tinha a menor dúvida de que os faisões iriam desapontá-lo.

Hargreaves levantou a perna doente com as duas mãos, virando-a na direção do fogo.

— Suponhamos que consigamos provar que Davis é culpado... ou Castle ou Watson. O que deveríamos fazer nesse caso?

— Creio que a decisão competiria aos tribunais – disse Daintry.

— Manchetes nos jornais. Outro julgamento *in camera*. Ninguém de fora saberia como as informações que transpiraram eram na verdade pequenas e sem qualquer importância. E quem quer que seja não vai pegar quarenta anos, como Blake. Talvez fique preso apenas uns dez anos, se a prisão for segura.

— Isso não é problema nosso.

— Não, Daintry, não é realmente. Mas não me agrada a idéia de um julgamento assim. Que cooperação poderemos esperar dos americanos depois? Há também o problema da nossa fonte. Como eu já disse, ele continua em seu posto. Não queremos denunciá-lo, enquanto ele puder ser-nos útil.

– De certa forma, seria melhor fecharmos os olhos, como um marido complacente – disse Percival. – Poderíamos transferir o culpado para algum departamento inócuo e esquecer o resto.

– E dar cobertura a um crime? – protestou Daintry.

– Ah, sim, um crime... – murmurou Percival, sorrindo para C, como se fossem companheiros numa conspiração. – Não estamos todos cometendo crimes em algum lugar, a todo instante? Isso faz parte do nosso trabalho.

– O problema é que a situação se parece um pouco com um casamento instável – comentou C. – Se o amante começa a se aborrecer com o marido complacente, sempre pode provocar um escândalo. Ele é que está no controle da situação. Pode escolher o momento mais apropriado. E eu não quero que haja nenhum escândalo.

Daintry detestava a irreverência. Era como um código secreto, para o qual não possuía a chave. Tinha o direito de ler os telegramas e relatórios marcados como ultra-secretos, mas irreverência como aquela era tão secreta que ele não tinha qualquer pista para compreendê-la. E declarou:

– Pessoalmente, prefiro renunciar a dar cobertura a um crime desses.

Pôs o copo de uísque em cima da mesa, batendo com tanta força que o lascou. Era um copo de cristal; Lady Hargreaves novamente, pensou ele. Ela é que devia ter insistido para só usarem copos de cristal.

– Desculpe... – murmurou ele.

– Claro que você está certo, Daintry – disse Hargreaves. – E não se preocupe com o copo. Por favor, não pense que o trouxe até aqui para tentar persuadi-lo a fechar os olhos, se conseguirmos provas suficientes... Mas um julgamento não é necessariamente a resposta certa. Os russos geralmente não levam seu pessoal a julgamento. O julgamento de Penkovski proporcionou a todos nós um moral alto. Eles até mesmo exageraram sua importância, assim como a CIA. Ainda não consegui entender por que o fizeram. Eu bem que gostaria de ser um jogador de xadrez. Você joga xadrez, Daintry?

– Não. Prefiro o bridge.

– Os russos não jogam bridge. Ou pelo menos foi o que me disseram.

– E isso é importante?

– Todos nós estamos empenhados em jogos, Daintry, de uma espécie ou outra. É importante não se levar um jogo muito a sério ou poderemos perdê-lo. Temos que nos manter permanentemente flexíveis. Mas também é importante, evidentemente, jogar o mesmo jogo.

– Lamento, senhor, mas não compreendo o que está falando.

Daintry estava consciente de que bebera uísque demais. Sabia também que C e Percival estavam deliberadamente evitando olhar um para o outro. Não queriam humilhá-lo.

– Vamos tomar mais um uísque – disse C. – Ou talvez seja melhor não... Pensando bem, foi um dia comprido e muito abafado. Percival...?

– Eu gostaria de tomar outro – disse Daintry.

Percival serviu os drinques. Já com o novo copo na mão, Daintry voltou a falar:

– Lamento estar sendo difícil, mas gostaria de esclarecer a situação mais um pouco, antes de ir deitar, caso contrário não conseguirei dormir.

– É muito simples – disse C. – Pode fazer a sua verificação de segurança rigorosa, se assim quiser. Isso pode revelar quem é o nosso pássaro, sem maiores problemas. Ele não vai demorar a perceber o que está acontecendo... isto é, se for culpado. Pode imaginar algum teste para confirmar. A velha técnica da nota de cinco libras marcada raramente falha. E depois que tivermos certeza absoluta de quem é o nosso homem, parece-me que teremos apenas de eliminá-lo. Sem julgamento, sem publicidade. Se pudermos obter antes informações a respeito dos contatos dele, tanto melhor. Mas não podemos nos arriscar a uma fuga espetacular e depois uma entrevista coletiva em Moscou. E também não podemos admitir uma prisão. Se o homem está de fato na Seção 6, não há possivelmente qualquer informação que ele possa dar capaz de nos prejudicar tanto como o escândalo de um julgamento público.

– Eliminação? Está querendo dizer...

– Sei que a eliminação é algo relativamente novo para nós. Está mais na linha da KGB ou da CIA. Foi por isso que eu pedi para Percival vir também, a fim de encontrá-lo. Podemos precisar da ajuda da turma da ciência. Nada de espetacular. Um atestado de óbito passado por um médico. E sem inquérito policial, se for possível evitar. Um suicídio seria muito fácil, mas implica inevitavelmente um inquérito, o que poderia provocar indagações na Câmara. Todo mundo sabe atualmente o que significa um "departamento do Foreign Office". Creio que pode perfeitamente imaginar os tipos de perguntas que alguns deputados certamente iriam fazer. E ninguém jamais acredita nas respostas oficiais. Muito menos os americanos.

– Compreendo perfeitamente – disse Percival. – O pobre-diabo deve morrer tranqüilamente, pacificamente, sem mesmo sentir qualquer dor. A dor algumas vezes transparece no rosto, e temos que pensar nos parentes. Uma morte natural...

– Sei que é um tanto difícil, com todos esses antibióticos novos – comentou C. – Vamos supor que o culpado seja Davis. É um homem de pouco mais de quarenta anos, no vigor da vida...

– Tem razão. Mas creio que se pode providenciar um ataque cardíaco. A menos que... Alguém sabe se ele bebe muito?

– Não falou que ele gostava de Porto, Daintry?

– Não estou insinuando que é ele o culpado.

– Nenhum de nós está, Daintry. Estamos apenas tomando Davis como um possível exemplo... para nos ajudar a estudar o problema.

– Eu precisaria dar uma olhada na ficha médica dele – disse Percival. – E também seria bom conhecê-lo, sob algum pretexto. Afinal, de certa forma, ele seria meu paciente, não é mesmo? Isto é, se...

– Você e Daintry podem se reunir para cuidar dos detalhes. Não há muita pressa. Precisamos ter certeza de que ele é de fato o nosso homem. E agora... foi um dia cansativo, com lebres demais e faisões de menos... durmam bem. O café da manhã será servido no quarto. Ovos e *bacon?* Frios? Chá ou café?

– Café, *bacon,* ovos e frios, se não é incômodo.

– Nove horas?

– Está certo.

– E você. Daintry?

– Apenas café e torradas. Oito horas, se não se incomoda. Não consigo dormir até tarde e não gosto de ficar esperando.

– Devia relaxar um pouco mais – comentou C.

3

O coronel Daintry era um barbeador compulsivo. Já fizera a barba antes do jantar, mas agora passava novamente o Remington no queixo. Depois, sacudiu um mínimo de barba na pia e passou os dedos pelo queixo, sentindo-se satisfeito. Ligou em seguida o jato d'água elétrico. O zumbido baixo do aparelho era suficiente para abafar a batida na porta. Por isso, ficou surpreso ao ver pelo espelho a porta se abrir e o dr. Percival entrar, parecendo um tanto hesitante.

– Desculpe incomodá-lo, Daintry.

– Entre, por favor. Esqueceu de trazer alguma coisa? Quer que lhe empreste algo?

– Não, obrigado. Queria apenas falar uma coisa com você, antes de ir para a cama. Aparelho engraçado, esse seu. E parece que está em moda. É realmente melhor que uma escova de dentes comum?

– A água passa entre os dentes. Foi meu dentista que recomendou.

– Sempre carrego um palito para isso.

Percival tirou do bolso uma pequena caixa vermelha da Cartier e acrescentou:

– Não acha uma beleza? São dezoito quilates. Meu pai usou antes de mim.

– Acho que meu aparelho é mais higiênico.

– Eu não estaria tão certo assim. Não se esqueça de que é muito fácil lavar um palito como o meu. Fui clínico-geral na Harley Street e tudo o mais, antes de me meter no espetáculo. Não sei por que eles me queriam... talvez para assinar atestados de óbito.

Percival deu uma volta pelo quarto, demonstrando interesse por tudo.

– Espero que não aceite também essa besteira de flúor.

Ele parou diante de uma fotografia, numa moldura dobrável, em cima da cômoda.

– É sua esposa?

– Não. É minha filha.

– Linda moça.

– Minha esposa e eu estamos separados.

– Nunca me casei – disse Percival. – Para dizer a verdade, nunca me interessei muito pelas mulheres. Mas não fique pensando em coisas, pois também não me interesso por rapazes. Já uma boa truta... Conhece o Aube?

– Não.

– É um pequeno córrego, com peixes muito grandes.

– Nunca tive muito interesse pela pesca – disse Daintry, começando a arrumar o aparelho.

– Não acha que faço um bocado de rodeios? Nunca vou direto ao assunto. É como pescar. Muitas vezes temos que lançar o anzol uma centena de vezes, antes de acertar no lugar certo.

– Não sou um peixe... e já passa da meia-noite.

– Desculpe, meu caro. Prometo que não vou prendê-lo por mais de um minuto. Apenas não queria que fosse para a cama perturbado.

– E eu estava perturbado?

– Tive a impressão de que ficou um pouco chocado com a atitude de C... em relação às coisas em geral.

– Talvez eu tenha ficado mesmo.

– Não está há muito tempo conosco, caso contrário saberia que todos vivemos em caixas... sabe como é... caixas...

– Continuo sem compreender.

– Já tinha dito isso antes, não é mesmo? Mas a compreensão não é tão necessária assim em nosso ofício. Estou vendo que lhe deram o quarto Ben Nicholson.

– Eu não...

– Fiquei no quarto Miró. Não acha que são excelentes litografias? Para dizer a verdade, essas decorações foram idéia minha. Lady Hargreaves queria gravuras esportivas. Para combinar com os faisões.

– Eu não entendo os quadros modernos.

– Dê uma olhada neste Nicholson. O equilíbrio é excepcional. Quadrados de cores diferentes. E, no entanto, convivem na mais perfeita harmonia. Sem qualquer atrito. O homem tem um olho maravilhoso. Basta mudar uma das cores, até mesmo o tamanho de um quadrado, para que o equilíbrio desapareça.

Percival apontou para um quadrado amarelo e acrescentou:

– Aqui está a sua Seção 6. É o seu quadrado, daqui por diante. Não precisa se preocupar com o vermelho nem com o azul. Tudo o que tem de fazer é localizar nosso homem e depois me dizer. Não tem a menor responsabilidade pelo que puder acontecer nos quadrados azul ou vermelho. Na verdade, nem mesmo no amarelo. Tudo o que precisa fazer é dar a informação. Não haverá problema de remorso. Nem de culpa.

– Uma ação nada tem a ver com suas conseqüências. É isso o que está querendo me dizer?

– As conseqüências são decididas em outra parte, Daintry. Não deve levar muito a sério a conversa desta noite. C gosta de lançar idéias no ar para ver como caem. Gosta de chocar. Creio que já conhece a história do canibal. Pelo que sei, o criminoso... se é que existe mesmo um criminoso... será entregue à polícia, à maneira conservadora. Não há motivo para que passe a noite acordado. Procure apenas tentar compreender este quadro. Especialmente o quadrado amarelo. Se puder vê-lo com os meus olhos, tenho certeza de que dormirá muito bem.

PARTE DOIS

CAPÍTULO I

1

Um velho-jovem, com os cabelos caídos pelos ombros e a expressão preocupada com o paraíso de um *abbé** do século XVIII, estava varrendo uma discoteca numa esquina da Little Compton Street quando Castle passou.

Castle tomara um trem mais cedo que o habitual e só teria de entrar no escritório dentro de 45 minutos. Naquela hora, o Soho ainda apresentava um pouco do encanto e da inocência de que ele se recordava, do tempo de sua juventude. Fora naquela esquina que ele escutara pela primeira vez uma língua estrangeira, fora no pequeno restaurante ordinário ao lado que tomara o seu primeiro copo de vinho. Naquele tempo, atravessar a Old Compton Street era o mais próximo que ele chegava de atravessar o canal da Mancha. Às nove horas da manhã, todos os clubes de *striptease* estavam fechados e somente as *delicatessens*** de sua memória é que se encontravam abertas. Os nomes nos cartazes – Lulu, Mimi e assim por diante – eram bastante sugestivos das atividades vespertinas e noturnas na Old Compton Street. Água limpa descia pelos ralos, e donas de casa passavam de um lado para outro, carregando sacolas repletas de salame e lingüiça, exibindo um ar de triunfo e felicidade. Não havia um guarda à vista. Depois do anoitecer é que eles costumavam aparecer, sempre aos pares. Castle atravessou a rua sossegada e entrou numa livraria que há anos freqüentava.

---

* Abade, padre. Em francês no original. (N. E.)
** Casas que vendem refeições prontas ou semiprontas, frios, petiscos etc. (N. E.)

Era uma livraria surpreendentemente respeitável para aquela área do Soho, muito diferente da livraria do outro lado da rua, bem em frente. Tinha uma placa onde estava escrita simplesmente a palavra "Livros", em letras vermelhas. Na vitrine por baixo da placa havia revistas pornográficas em exposição. Jamais se vira alguém comprar uma daquelas revistas. Eram na verdade um sinal, de um código fácil, há muito decifrado; indicavam a natureza dos artigos e interesses particulares que se negociavam lá dentro. Mas a livraria de Halliday & Son enfrentava o "Livros" em letras vermelhas com uma vitrine repleta de Penguins e Everyman, além de exemplares em segunda mão da World's Classics. O filho jamais era visto ali, somente o velho sr. Halliday, ombros curvados, cabeça branca, exibindo um ar de cortesia, como se fosse um terno antigo, com o qual provavelmente seria enterrado. Escrevia à mão todas as suas cartas comerciais. Naquele momento, estava ocupado em uma de suas cartas.

– Uma linda manhã de outono, sr. Castle – comentou o sr. Halliday, enquanto escrevia com extremo cuidado a frase "Seu criado sempre às ordens".

– Havia um vestígio de geada no campo esta manhã.

– Um pouco cedo para isso – disse o sr. Halliday.

– Tem por acaso um exemplar de *Guerra e paz?* Nunca o li, e acho que está na hora de começar.

– Já terminou de ler *Clarissa,* senhor?

– Ainda não. Mas acho que estou atolado. Só de pensar em todos os volumes que faltam... Preciso de um outro livro, para variar.

– A edição Macmillan está esgotada. Mas creio que tenho um excelente exemplar em segunda mão da World's Classics, num só volume. A tradução é de Aylmer Maude. Não existem traduções de Tolstói melhores que as de Aylmer Maude. Ele não foi um mero tradutor, pois era amigo pessoal do autor.

Ele largou a caneta, contemplando tristemente a frase "Seu criado sempre às ordens". Era evidente que a caligrafia não o estava satisfazendo.

– É essa a tradução que estou querendo. Dois exemplares, é claro.

– Como vão as coisas, se me permite perguntar, senhor?

– Meu garoto está doente, com sarampo. Mas não chega a preocupar. Não há complicações.

– Fico contente por saber disso, sr. Castle. O sarampo hoje em dia pode causar bastante preocupação. E está tudo bem no escritório? Não há nenhuma crise internacional?

– Nenhuma, ao que eu saiba. Está tudo muito tranqüilo. E estou começando a pensar, seriamente, em me aposentar.

– Lamento saber disso, senhor. Precisamos de cavalheiros viajados e experientes para tratar dos assuntos estrangeiros. Eles vão lhe dar uma boa pensão?

– Duvido muito. E como vão os negócios por aqui?

– Não vão lá muito bem. Os tempos mudam. Ainda me lembro da década de 1940, quando as pessoas faziam fila para comprar um novo World's Classics. Há pouca procura atualmente pelos grandes escritores. Os velhos estão mais velhos e os jovens... parece que ficam jovens por mais tempo e seus gostos diferem inteiramente dos nossos... Meu filho está indo melhor do que eu... na loja do outro lado da rua.

– Ele deve ter alguns fregueses bem estranhos.

– Não gosto muito de conversar a respeito disso, sr. Castle. Os dois negócios permanecem separados, algo em que sempre insisti. Nenhum policial jamais entrará aqui para o que se poderia chamar, cá entre nós, receber um suborno. Não que as coisas que o rapaz venda possam causar algum mal. Costumo dizer que é como pregar para os convertidos. Não se pode corromper quem já está corrompido, senhor.

– Um dia desses eu gostaria de conhecer seu filho.

– Ele sempre vem aqui no fim do dia, para me ajudar na escrita. Tem uma cabeça melhor para os números do que eu jamais tive. Falamos freqüentemente a seu respeito, senhor. Ele está sempre interessado em saber o que costuma comprar. Tenho a impressão de que o rapaz às vezes inveja o tipo de clientes que eu possuo, por poucos que sejam. A clientela dele é quase toda constituída por tipos furtivos e suspeitos, senhor. Não são de discutir um livro, como fazemos.

– Poderia dizer a seu filho que tenho uma edição de *Monsieur Nicolas* que estou querendo vender. Não creio que se enquadre muito bem no seu negócio aqui.

– Tenho a impressão de que também não se enquadra muito no negócio dele, senhor. Não pode deixar de admitir que se trata de um clássico. O título não é bastante sugestivo para os clientes *dele*. Além do mais, é um livro caro. Num catálogo, seria descrito como "erótico" ao invés de "curioso". Mas é claro que ele sempre pode encontrar quem queira tomá-lo emprestado. A maioria dos livros que ele negocia são praticamente emprestados. Os clientes levam um livro num dia e voltam para trocar no dia seguinte. Não são livros para se guardar... como se fazia antigamente, por exemplo, com uma coleção de Sir Walter Scott.

– Não vai esquecer de dar o recado? *Monsieur Nicolas*.

– Claro que não esquecerei, senhor. Restif de la Bretonne. Edição limitada, publicada por Rodker. Tenho uma memória que mais parece uma enciclopédia, pelo menos no que se refere aos livros antigos. Vai levar *Guerra e paz?* Se me der licença para dar uma busca de cinco minutos no porão...

– Pode mandar pelo correio para Berkhamsted. Não vou mesmo ter tempo para ler hoje. Só quero que não se esqueça de dizer ao seu filho.

– Nunca esqueci um recado, não é mesmo, senhor?

Saindo da livraria, Castle atravessou a rua e deu uma espiada na outra loja. Tudo o que viu foi um rapaz sardento a examinar com uma cara triste a estante de *Men Only* e *Penthouse*... Havia uma cortina verde nos fundos da loja. Provavelmente ocultava os artigos mais eruditos e dispendiosos e os clientes mais inibidos. Talvez lá atrás estivesse também o jovem Halliday, a quem Castle jamais tivera a boa sorte de conhecer pessoalmente... se é que boa sorte fosse o termo apropriado, pensou ele.

2

Por uma vez, Davis chegou ao escritório antes dele. E disse a Castle, como quem pedia desculpas:

— Resolvi chegar mais cedo hoje. Disse para mim mesmo: é bem capaz de o novo vassoura ainda estar varrendo. E por isso pensei... uma impressão de zelo... não faz mal a ninguém.

— Daintry não vai aparecer numa manhã de segunda-feira. Foi passar o fim de semana caçando em algum lugar. Já chegou alguma coisa do Zaire?

— Absolutamente nada. Os ianques estão pedindo mais informações a respeito da missão chinesa em Zanzibar.

— Não temos nenhuma novidade para dar-lhes. Isso compete ao MI5.

— Pela confusão que eles fazem, parece até que Zanzibar está tão perto deles quanto Cuba.

— Quase está... na era do jato.

Cynthia, a filha do general, entrou na sala com duas xícaras de café e um telegrama. Usava calça marrom e um suéter de gola rulê. Tinha algo em comum com Davis: o fato de também representar uma comédia. Se o fiel Davis parecia tão desleal quanto um *bookmaker,* Cynthia, de mentalidade doméstica, parecia tão impetuosa quanto um jovem comando. Era uma pena que a ortografia dela fosse tão ruim. Mas talvez houvesse algo elizabetano na ortografia, assim como no nome. Provavelmente ela estava procurando por um Philip Sidney e até agora só encontrara um Davis.

— De Lourenço Marques — disse Cynthia para Castle.

— É seu filho, Davis.

— É um telegrama de interesse absorvente — disse Davis, lendo-o: — "Seu 253 de 10 de setembro mutilado. Por favor repita". É filho *seu,* Cynthia. Vá codificá-lo novamente e desta vez não erre na ortografia. Isso ajuda. Sabe, Castle, quando ingressei nesta organização eu era um romântico. Pensava em segredos atômicos. Só me contrataram porque eu era um bom matemático e não era tão ruim assim em física.

— Os segredos atômicos pertencem à Seção 8.

— Pensei que pelo menos iria aprender alguns truques atraentes, como usar tinta invisível. Tenho certeza de que você sabe tudo a respeito de tinta invisível.

– Antigamente eu sabia... até mesmo como usar merda de passarinho. Fiz um curso a respeito disso, antes de me enviarem numa missão, ao final da guerra. Deram-me uma linda caixinha de madeira, cheia de vidros, como um desses estojos de química para crianças. E deram-me também uma chaleira elétrica... com um bom suprimento de agulhas de tricotar.

– Para quê?

– Para abrir cartas.

– E alguma vez você abriu uma carta?

– Não, mas houve uma ocasião em que tentei. Fui instruído a não abrir uma carta pela aba, mas sim pelo lado. Ao fechá-la de novo, deveria usar a mesma cola. O problema era que eu não tinha a mesma cola na ocasião. Por isso, tive de queimar a carta depois de lê-la. De qualquer maneira, não era importante. Apenas uma carta de amor.

– E o que me diz de uma Luger? Tinha uma Luger, não é mesmo? Ou uma caneta-tinteiro explosiva?

– Não. Nunca fomos parecidos com James Bond por aqui. Eu não tinha permissão de andar armado, e meu único carro era um Morris Minor de segunda mão.

– Poderiam pelo menos dar uma Luger para nós dois. Afinal, estamos na era do terrorismo.

– Mas temos um *scrambler** – disse Castle, na esperança de acalmar Davis.

Estava reconhecendo o princípio do típico diálogo amargurado, que sempre surgia quando Davis estava deprimido. Um copo de Porto a mais, um desapontamento com Cynthia...

– Alguma vez já manejou um microponto, Castle?

– Nunca.

– Nem mesmo um velho operador dos tempos da guerra como você? Qual foi a informação mais secreta que já obteve, Castle?

– Certa ocasião, descobri a data aproximada de uma invasão.

– Normandia?

---

* Aparelho que impede a escuta de conversas telefônicas. (N. T.)

– Não. Apenas os Açores.

– E os Açores foram invadidos? Eu esqueci... – ou talvez nunca tenha sabido. Bom, meu velho, acho que agora temos de nos enfurnar naquele maldito saco de gatos que é o Zaire. Pode me dizer por que os ianques estão tão interessados em nossa previsão para a produção de cobre?

– Deve ser porque afeta o orçamento. E isso pode afetar os programas de ajuda. Talvez o governo do Zaire possa se sentir tentado a complementar a ajuda externa em outras partes. Está vendo? Aqui está, no Relatório 397, aparece alguém com o nome puxando para o eslavo a almoçar com o presidente no dia 24.

– Temos que transmitir até isso para a CIA?

– Claro.

– E acha que eles nos darão em troca um pequeno segredo sobre mísseis teleguiados?

Era certamente um dos piores dias de Davis. Os olhos dele estavam amarelados. Só Deus sabia que misturas andara tomando em seu apartamento de solteiro, na Davies Street, na noite anterior. E ele comentou, sombriamente:

– James Bond já teria possuído Cynthia há muito tempo, numa praia espetacular, sob um sol quente. Pode fazer o favor de me passar a ficha de Philip Dibba?

– Qual é o número dele?

– 59800/3.

– O que está havendo com ele?

– Corre um rumor de que sua aposentadoria do cargo de diretor dos Correios de Kinshasa foi compulsória. Imprimiu erradamente selos demais, para a sua coleção particular. Lá se vai o nosso agente mais bem situado no Zaire.

Davis pôs a cabeça entre as mãos e soltou um uivo de cachorro, com uma angústia genuína.

– Sei como está se sentindo, Davis. Às vezes fico pensando em me aposentar... ou mudar de emprego.

– É tarde demais para isso.

– Tenho minhas dúvidas. Sarah está sempre dizendo que eu poderia escrever um livro.

— Está se esquecendo da Lei dos Segredos Oficiais?

— Não seria a nosso respeito, mas sim sobre o *apartheid*.

— Não é o que se pode classificar de um tema capaz de resultar num *best-seller*.

Davis parou de escrever na ficha de Dibba e acrescentou:

— Deixando de lado as brincadeiras, meu velho, nem pense nisso, por favor. Não poderia suportar este trabalho sem você. Tenho certeza de que iria estourar, se não houvesse alguém com quem pudesse rir de tudo. Tenho medo de sequer sorrir com qualquer um dos outros. Até mesmo com Cynthia. Eu a amo, mas ela é tão terrivelmente leal que poderia me denunciar como um risco de segurança. Ao coronel Daintry. Como James Bond matando a garota com quem foi para a cama. Só que ela ainda nem foi para a cama comigo.

— Eu não estava realmente falando sério. Como poderia deixar? Para onde iria? A única possibilidade é a aposentadoria. Já estou com 62 anos, Davis. Passei da idade oficial. Às vezes tenho a impressão de que me esqueceram ou então perderam a minha ficha.

— Estão pedindo informações sobre um sujeito chamado Agbo, funcionário da Rádio Zaire. O 59800 está propondo-o como um sub-agente.

— Para quê?

— Ele tem um contato na Rádio Gana.

— Não parece muito valioso. De qualquer maneira, Gana não está em nosso território. Passe a informação para a 6B e veja se eles estão interessados em usá-lo.

— Não seja tão precipitado, Castle. Não podemos abrir mão de um tesouro. Quem sabe o que pode vir do agente Agbo? Através de Gana, podemos até penetrar na Rádio Guiné. Isso iria ofuscar Penkóvski. Que triunfo! Nem mesmo a CIA penetrou tão longe nas regiões mais sombrias da África.

Era de fato um dos piores dias de Davis.

— Talvez estejamos vendo apenas o lado mais insípido das coisas, Davis.

Cynthia voltou com um envelope para Davis.

— Tem que assinar aqui, para acusar o recebimento.

– O que é isso?

– Como vou saber? É da administração.

Ela recolheu o único papel que estava na caixa de saída e indagou:

– Isso é tudo?

– Não estamos exatamente com excesso de trabalho no momento, Cynthia. Tem algum compromisso para o almoço?

– Não, mas tenho que providenciar uma porção de coisas para o jantar desta noite.

Ela saiu, fechando a porta firmemente.

– Fica para outra ocasião, está sempre ficando para outra ocasião.

Davis abriu o envelope e acrescentou:

– O que eles vão imaginar em seguida?

– Qual é o problema, Davis?

– Não recebeu um aviso desses?

– Um *check-up* médico? Claro que recebi. Não sei quantas vezes já fiz exame médico, no tempo em que estava no campo. É algo relacionado com seguro... ou pensão. Antes de me mandarem para a África do Sul, o dr. Percival... talvez ainda não tenha conhecido o dr. Percival... tentou demonstrar que eu estava diabético. Mandaram-me para um especialista, que acabou descobrindo que eu estava com pouco açúcar no sangue, ao invés de excesso... Pobre Percival! Acho que ele ficou um pouco fora de prática em clínica geral, depois que se meteu conosco. Aqui na firma, a segurança é mais importante que um diagnóstico correto.

– Este negócio é assinado por Percival... Emmanuel Percival. Mas que nome! Emmanuel não era o portador de boas notícias? Será que estão pensando em me mandar também para o exterior?

– Você gostaria de ir?

– Sempre sonhei em ser um dia enviado para Lourenço Marques. Nosso homem lá deve estar prestes a ser transferido. O Porto lá deve ser bom, não é mesmo? Creio que até os revolucionários gostam de tomar Porto. Se ao menos pudesse levar Cynthia comigo.

— Pensei que gostasse da vida de solteiro.
— Não estava falando em casamento. Bond nunca teve de casar. E gosto da cozinha portuguesa.
— Provavelmente, a esta altura, só deve haver por lá a cozinha africana. Conhece alguma coisa sobre Lourenço Marques além dos despachos do 69300?
— Fiz um arquivo completo sobre todas as casas noturnas e restaurantes de Lourenço Marques, antes da maldita revolução deles. Talvez estejam agora fechados. De qualquer maneira, não creio que o 69300 saiba a metade do que eu sei a respeito do que anda acontecendo por lá. Ele não dispõe dos arquivos para ajudá-lo. Além do mais, é sério demais. Deve ser o tipo de homem que vai deitar com o trabalho na cabeça. Pense só como nós dois poderíamos reduzir as despesas.
— Nós dois?
— Cynthia e eu.
— Mas como você é sonhador, Davis! Ela nunca o aceitará. Não se esqueça de que Cynthia tem um pai general.
— Todo mundo tem seu sonho. Qual é o seu, Castle?
— Acho que algumas vezes eu sonho com segurança. E não estou me referindo ao tipo de segurança de Daintry. Sonho em me aposentar, com uma boa pensão, o suficiente para mim e minha esposa.
— E o seu pequeno bastardo?
— E para o meu pequeno bastardo também, é claro.
— Eles não são muito generosos em matéria de pensões, neste departamento.
— Tem razão. Acho que nenhum de nós dois jamais realizará seu sonho.
— Mesmo assim... o *check-up* médico deve significar alguma coisa, Castle. Naquela ocasião em que fui a Lisboa.. nosso homem lá me levou a uma cave depois do Estoril, onde se podia até ouvir a água correndo por baixo da mesa... Acho que jamais comi lagostas tão deliciosas como naquela ocasião. Li a respeito de um restaurante em Lourenço Marques... Gosto até mesmo do vinho verde deles, Castle. Eu é que devia estar lá... não o 69300. Ele não aprecia a boa vida. Já conhece Lourenço Marques, Castle?

– Passei duas noites ali com Sarah, há sete anos. No Hotel Polana.

– Somente duas noites?

– Tinha deixado Pretória às pressas... e você sabe disso... pouco antes de os homens da BOSS aparecerem. Não me sentia seguro tão perto da fronteira. Queria pôr um oceano de distância entre a BOSS e Sarah.

– Ah, sim, você estava com Sarah... Sorte sua. Hotel Polana, com o oceano Índico lá fora...

Castle recordou-se do apartamento de solteiro de Davis, os copos sujos, *Penthouse, Nature.*

– Se está mesmo falando sério, Davis, posso conversar com Watson. Irei indicá-lo para uma transferência.

– Claro que estou falando sério. Quero escapar daqui, Castle. E desesperadamente.

– As coisas andam tão ruins assim?

– Passamos o tempo todo sentados aqui a escrever telegramas sem o menor sentido. E nos sentimos importantes porque sabemos um pouco mais que os outros a respeito da colheita de amendoins ou do que Mobuto disse num jantar particular... Sabe que entrei para a organização à procura de emoção, Castle? Ah, mas que tolo fui! Não sei como você conseguiu agüentar todos esses anos.

– Talvez o casamento ajude.

– Se eu algum dia me casasse, não ia querer passar o resto da vida aqui. Estou cansado deste velho e maldito país, Castle. Cortes de eletricidade, greves, inflação. Não estou preocupado com o preço dos alimentos. É o preço do Porto que me deixa abalado. Entrei para a organização com a esperança de ir para o exterior, cheguei mesmo a aprender português. Mas agora aqui estou, respondendo a telegramas do Zaire, fazendo relatórios sobre a colheita de amendoins.

– Sempre pensei que se divertisse um bocado, Davis.

– É claro que me divirto, quando fico um pouco embriagado. Amo aquela garota, Castle. Não consigo tirá-la da cabeça. Chego a bancar o palhaço para agradá-la. E, quanto mais o faço, menos ela gosta de mim. Mas se eu fosse para

Lourenço Marques... Cynthia me disse uma vez que também gostaria de ir para o exterior.

O telefone tocou nesse momento.

– É você, Cynthia?

Mas não era. Watson, o chefe da Seção 6, é que estava ao telefone.

– É você, Castle?

– Não. Sou eu, Davis.

– Chame Castle.

Castle atendeu:

– Sou eu, Castle. O que é?

– C está querendo falar conosco. Quer passar por minha sala no caminho?

3

Era um longo caminho até lá embaixo, pois a sala de C ficava um andar abaixo da superfície, no que tinha sido, durante a década de 1890, a adega de vinhos de um milionário. A sala em que Castle e Watson ficaram esperando, até que se acendesse a luz verde por cima da porta de C, fora o porão adjacente, servindo como depósito de carvão e lenha. O gabinete onde C estava agora instalado abrigara os melhores vinhos de Londres. Corria o rumor de que, quando o departamento se apoderara da casa e o arquiteto iniciara as obras de adaptação, fora descoberta uma parede falsa na adega. Por trás dessa parede, como múmias, estaria o tesouro secreto do milionário, formado por vinhos de safras fabulosas. Dizia a lenda que um funcionário ignorante do Departamento de Obras vendera tudo para os reembolsáveis da Marinha e do Exército, como se fossem vinhos de mesa comuns. A história era provavelmente inverídica. Mas sempre que um vinho histórico aparecia num leilão da Christie, Davis invariavelmente comentava, com um ar sombrio: "Era um dos nossos".

A luz vermelha permanecia interminavelmente acesa. Era como esperar, num carro, que se retirassem os carros avariados num acidente que obstruíra a rua.

— Sabe qual é o problema? – perguntou Castle.

— Não. Ele apenas me pediu para apresentar todos os homens da Seção 6 que ainda não conhece. Já falou com o pessoal da 6B e agora chegou a vez de vocês. Devo apresentá-lo e depois me retirar. É esse o esquema. Parece-me um resquício do colonialismo.

— Encontrei-me uma vez com o antigo C. Foi na primeira vez em que fui para o exterior. Ele usava uma lente preta no olho. Era um tanto assustador ser examinado por aquele O preto. Mas tudo o que ele fez foi apertar-me a mão e desejar-me boa sorte. Por acaso estão pensando em me mandar novamente para o exterior?

— Não. Por quê?

— Lembre-me de falar com você a respeito de Davis.

A luz ficou verde.

— Gostaria de ter-me barbeado melhor esta manhã – murmurou Castle.

Sir John Hargreaves, ao contrário do antigo C, nada tinha de assustador. Tinha um par de faisões em cima da mesa e estava falando ao telefone:

— Eu os trouxe esta manhã. Mary achou que você iria gostar.

Ele sacudiu a mão na direção de duas cadeiras.

Então fora lá que Daintry passara o fim de semana, pensou Castle. Para caçar faisões ou dar informações a respeito da segurança? Castle sentou na cadeira menor e que parecia mais incômoda, com o senso apropriado de protocolo.

— Ela está muito bem. Só tem um pouco de reumatismo na perna ruim e mais nada.

Hargreaves finalmente desligou.

— Esse é Maurice Castle, senhor – disse Watson. – Está na chefia da 6A.

— Falar em chefia dá a impressão de que é muito importante – comentou Castle. – Afinal, somos apenas dois.

— Trata com as fontes ultra-secretas, não é mesmo? Você... e Davis, que está sob seu comando?

— E Watson também.

– Claro, claro... Mas Watson tem toda a Seção 6 sob seu comando. Costuma delegar muitas atribuições, não é mesmo, Watson?

– A 6C é a única seção que precisa da minha atenção constante. Wilkins está conosco há pouco tempo. Ainda não se enfronhou inteiramente.

– Não vou prendê-lo por mais tempo, Watson. Obrigado por ter trazido Castle até aqui embaixo.

Hargreaves afagou as penas de uma das aves mortas e disse:

– Como Wilkins, também estou me enfronhando no serviço. Pelo que vejo, as coisas são um pouco parecidas com a situação nos tempos em que eu era um jovem trabalhando na África ocidental. Watson é uma espécie de comissário provincial e você é um comissário distrital, com relativa autonomia em seu próprio território. Conhece também a África, não e mesmo?

– Somente a África do Sul.

– Ah, sim, eu tinha esquecido... A África do Sul nunca me pareceu muito com a verdadeira África. Nem tampouco o norte, diga-se de passagem. Não é a 6C que cuida do norte? Daintry andou me explicando as coisas... durante o fim de semana.

– Foi uma boa caçada, senhor?

– Mais ou menos. Tenho a impressão que Daintry não ficou muito satisfeito. Deve ir também até lá, no próximo outono.

– Eu não me sairia muito bem, senhor. Nunca atirei em coisa alguma durante toda a minha vida, nem mesmo num ser humano.

– Ah, os seres humanos! São os melhores alvos. Para ser franco, não gosto muito de atirar nas aves.

C olhou para o papel sobre a mesa e acrescentou:

– Fez um bom trabalho em Pretória. E é considerado um administrador de primeira classe. Reduziu consideravelmente as despesas da estação.

– Substituí um homem que era brilhante em matéria de recrutar agentes, mas não tinha a menor noção de finanças. Não tive a menor dificuldade. Afinal, trabalhei por algum tempo num banco, antes da guerra.

– Daintry informou aqui que você teve algum problema particular em Pretória.

– Eu não diria que foi propriamente um problema. A verdade é que me apaixonei.

– Ah, sim... estou vendo aqui. Por uma africana. O que o pessoal de lá chama de bantu, sem qualquer distinção. Infringiu as leis raciais deles.

– Estamos agora casados sem qualquer problema. Mas passamos por maus momentos lá na África do Sul.

– E nos comunicou devidamente. Gostaria que todos os nossos homens em dificuldades se comportassem de maneira tão correta. Ficou com receio de que a polícia sul-africana acabasse por prendê-lo e arrancasse informações confidenciais.

– Achei que não era certo permitir que tivéssemos em campo um agente extremamente vulnerável.

– Como pode constatar, andei verificando a sua ficha. Nós lhe dissemos que partisse imediatamente, mas nunca imaginamos que fosse trazer a garota também.

– HQ já a tinha investigado, sem descobrir nada de errado. Não acha que agi certo ao tirá-la também da África do Sul? Eu a usava como contato com meus agentes africanos. Minha história de cobertura era de que estava realizando um profundo estudo crítico sobre o *apartheid*, nas minhas horas de folga. Mas a polícia poderia arrancar tudo dela. Por isso, levei-a para Lourenço Marques, através da Suazilândia.

– Claro que agiu certo, Castle. E agora estão casados, com um filho. Tudo bem entre vocês?

– Nem tudo. No momento, meu filho está com sarampo.

– Deve tomar muito cuidado com os olhos dele. Os olhos são justamente o ponto fraco. Mas quis que viesse até aqui, Castle, para falar de uma visita que vamos receber dentro de algumas semanas. Trata-se de um certo sr. Cornelius Muller, um dos chefes da BOSS. Se não me engano, você o conheceu quando esteve em Pretória.

– Conheci, realmente.

– Vamos deixá-lo examinar uma parte do material que você controla. Claro que vamos mostrar apenas o suficiente para dar a impressão de que estamos cooperando... de certa forma.

– Ele deve saber mais do que nós a respeito do Zaire.

– Ele está mais interessado em Moçambique.

– Neste caso, senhor, seria melhor falar com Davis. Ele está mais enfronhado do que eu na situação em Moçambique.

– Ah, sim, Davis... Ainda não conheço Davis.

– Há mais outra coisa, senhor. Quando estive em Pretória, não consegui estabelecer relações das melhores com esse Muller. Se der outra olhada em minha ficha, vai verificar que foi ele quem tentou fazer chantagem comigo, pelas leis raciais. Foi por isso que seu antecessor me disse para sair da África do Sul o mais depressa possível. Não creio que isso pudesse contribuir muito para nossas relações pessoais. Seria melhor que destacasse Davis para tratar com Muller.

– Seja como for, você é o superior de Davis e a pessoa indicada para lidar com Muller. Sei que não será fácil, que haverá uma hostilidade latente dos dois lados. Além do mais, Muller é que será apanhado de surpresa. Você sabe exatamente o que não deve mostrar-lhe. É da maior importância proteger nossos agentes... mesmo que isso implique ocultar material de grande interesse. Além do mais, Davis não tem a sua experiência da BOSS... e de Cornelius Muller.

– Por que temos de mostrar-lhe alguma coisa, senhor?

– Já pensou alguma vez, Castle, o que aconteceria ao Ocidente se as minas de ouro da África do Sul fossem fechadas por uma guerra racial? E uma guerra em que a derrota talvez fosse inevitável, como no Vietnã? Antes que os políticos concordassem num substituto para o ouro, a Rússia passaria a ser a fonte principal de ouro do mundo. Seria muito mais complicado que a crise do petróleo. E as minas de diamantes... As minas da De Berrs são muito mais importantes que a General Motors. Os diamantes não envelhecem, ao contrário dos carros. E há ainda um elemento bem mais sério que o ouro e os diamantes: é o urânio. Não creio que você já tenha ouvido falar de um documento secreto da Casa Branca, sobre uma operação a que eles deram o nome de Tio Remus.

— Não, senhor, não ouvi falar. Mas têm havido rumores...

— Quer se goste ou não, o fato é que nós, a África do Sul e os Estados Unidos, somos associados na Tio Remus. E isso significa que temos de ser cordiais com o sr. Cornelius Muller... mesmo que ele tenha feito chantagem com você.

— E devo mostrar-lhe...?

— Informações sobre guerrilhas, sobre o bloqueio contra a Rodésia, os novos sujeitos no poder em Moçambique, a penetração russa e cubana... informações econômicas.

— Não fica muita coisa de fora, não é mesmo?

— Seja um pouco cauteloso em relação aos chineses. Os sul-africanos estão propensos a confundi-los indiscriminadamente com os russos. E pode chegar o dia em que iremos precisar dos chineses. Eu, como você, também não gosto da idéia da Tio Remus. É o que os políticos costumam chamar de uma política realista, e o realismo nunca levou ninguém muito longe na África que eu conheci. A minha África era uma África sentimental. Eu amava realmente a África, Castle. O que não acontece com os chineses. Nem com os russos ou com os americanos. Mas temos que apoiar a Casa Branca, a Tio Remus e o sr. Cornelius Muller. Era muito mais fácil nos velhos tempos, quando lidávamos com chefes e feiticeiros, emboscadas e demônios. Minha África ainda era um pouco parecida com a África de Rider Haggard. Não era um mau lugar. O Imperador Chaka era bem melhor que o Marechal-de-Campo Amin Dada. Procure tratar Muller o melhor possível, Castle. Ele é o representante pessoal do próprio chefão da BOSS. Sugiro que o receba primeiro em sua própria casa. Seria um choque dos mais salutares para ele.

— Não sei se minha esposa concordaria.

— Diga a ela que eu lhe pedi. Deixo a decisão para ela. Se for doloroso demais.

Castle virou-se, já na porta, lembrando-se da promessa que fizera.

— Posso falar-lhe uma coisa a respeito de Davis, senhor?

— Claro! O que é?

— Ele está há tempo demais numa escrivaninha em Londres. Acho que deveríamos mandá-lo para Lourenço Marques, na primeira oportunidade. Poderíamos trocá-lo pelo 69300, que a esta altura deve estar precisando de uma mudança de clima.

– Foi o próprio Davis quem fez essa sugestão?

– Não exatamente. Mas tenho certeza de que ele ficaria muito satisfeito em poder partir... para qualquer lugar. Ele anda bastante nervoso, senhor.

– Com o quê?

– Se não me engano, é um problema de mulher. E está também com fadiga do trabalho burocrático.

– Eis algo que posso perfeitamente compreender. Vamos ver o que é possível fazer por ele.

– Estou realmente um pouco preocupado com Davis, senhor.

– Prometo que não esquecerei o assunto, Castle. Por falar nisso, essa visita de Muller é rigorosamente secreta. Sabe como gostamos de fazer com que nossas pequenas caixas sejam estanques. E essa será a sua caixa pessoal. Não falei a respeito disso nem mesmo com Watson. E não deve dizer coisa alguma a Davis.

CAPÍTULO II

Na segunda semana de outubro, Sam ainda estava oficialmente de quarentena. Não surgira nenhuma complicação. Assim, menos um perigo ameaçava o futuro dele... o futuro que sempre parecera a Castle uma emboscada imprevisível. Descendo a High Street, numa manhã de domingo, Castle sentiu o desejo súbito de fazer um agradecimento, mesmo que fosse a um mito, pelo fato de Sam estar a salvo. Por isso decidiu entrar, por alguns minutos, na igreja paroquial, ficando lá nos fundos. O serviço religioso estava quase terminando. A congregação dos bem-vestidos, pessoas de meia-idade e já idosas, estava de pé, cantando com um tom de desafio, como se todos, interiormente, duvidassem dos fatos.

— Há uma colina verde, distante, sem nenhuma muralha de cidade...

As palavras simples e precisas do hino, com a indicação da única cor, fizeram Castle recordar a paisagem tão freqüentemente encontrada nas pinturas primitivas. A muralha de cidade era como as ruínas do castelo além da estação e no topo da colina verdejante do Common. Por cima dos estandes de tiro abandonados existira outrora um poste alto, no qual se podia enforcar um homem. Por um momento, Castle quase chegou a partilhar as crenças inacreditáveis das pessoas ali reunidas. Não haveria mal algum em murmurar uma prece de agradecimento ao Deus da sua infância, ao Deus do Common e do castelo, pelo fato de nada de mais grave ter acontecido até aquele momento ao filho de Sarah. Foi nesse momento que um estrondo sônico abafou as palavras do hino, sacudiu o velho vitral da janela do lado oeste e fez chocalhar o capacete de cruzado que estava em cima de uma coluna. Castle recordou-se outra vez do mundo adulto em que vivia. Saiu rapidamente e comprou os jornais de domingo. A primeira página do *Sunday Express* tinha uma manchete sensacionalista: "Encontrado corpo de criança no bosque".

De tarde, ele levou Sam e Buller para um passeio pelo bosque, deixando Sarah a dormir. Teria preferido deixar Buller em casa, mas os latidos furiosos de protesto certamente acordariam Sarah. Por isso, não teve alternativa senão levá-lo, consolando-se com a idéia de que era bem pouco provável que Buller pudesse encontrar um gato extraviado no Common. O temor era constante desde um verão antigo, há três anos. A providência pregara-lhes uma peça, promovendo a presença inesperada de um grupo a fazer piquenique, no meio do bosque de faias. O grupo levara um gato de luxo, com uma coleira azul no pescoço e uma correia vermelha de seda. O gato, um siamês, nem mesmo tivera tempo de soltar um grito de raiva ou de dor, antes que Buller o abocanhasse por trás, jogando depois o cadáver por cima do ombro, como um homem a jogar um saco para cima de um caminhão. E depois Buller se afastara, altivamente, olhando para um lado e outro, convencido de que onde havia um gato não podia deixar de encontrar outro. E Castle tinha ficado sozinho, para enfrentar o grupo furioso e abalado pela dor.

Mas era improvável que houvesse pessoas a fazer piqueniques no Common em pleno mês de outubro. Mesmo assim, Castle esperou até o sol estar quase se pondo, mantendo Buller na coleira ao longo de toda a King's Road e além da delegacia de polícia, na esquina da High Street. Só depois que estava do outro lado do canal, além da ponte ferroviária e das casas novas (as casas já estavam ali há um quarto de século, mas qualquer coisa que não existisse no tempo de sua infância parecia nova para Castle), é que ele soltou Buller. Imediatamente, como um cachorro bem-treinado, Buller foi largar a sua *crotte* à beira do caminho, sem a menor pressa. Os olhos estavam fixados à frente, dando a impressão de que olhavam para dentro. Somente nas ocasiões em que satisfazia suas necessidades é que Buller parecia ser um cachorro inteligente. Castle não gostava de Buller. Comprara-o com um objetivo, para tranqüilizar Sarah. Mas Buller não se mostrara competente como um cão de guarda. Assim, era agora apenas uma responsabilidade a mais, embora, com uma falha de julgamento canina, adorasse Castle mais que qualquer outro ser humano.

As samambaias estavam ficando douradas no lindo crepúsculo de outono. Restavam apenas umas poucas flores nos tojos. Castle e Sam procuraram em vão pelos estandes de tiro, que outrora se sobressaíam, como um penhasco de argila vermelha, na imensidão do Common. Os estandes tinham sido engolidos pela folhagem e estavam agora ocultos.

– Atiraram em espiões por aqui? – perguntou Sam.

– Claro que não. O que lhe deu essa idéia? Usavam o local apenas para exercícios de tiro, na Primeira Guerra.

– Mas havia espiões... espiões de verdade, não?

– Creio que sim. Por que pergunta?

– Queria apenas ter certeza, mais nada.

Castle recordou-se que, naquela idade, perguntava a seu pai se as fadas realmente existiam. A resposta não fora tão sincera quanto a sua. Seu pai fora um homem sentimental;

queria garantir ao filho pequeno, a qualquer custo, que viver valia a pena. Mas seria injusto acusá-lo de desonestidade. Afinal, sempre se podia alegar que uma fada era um símbolo, representando algo que era pelo menos aproximadamente verdadeiro. Ainda havia atualmente pais que diziam aos filhos que Deus existia.

– Espiões como 007?
– Não exatamente.

Castle tentou mudar de assunto, acrescentando:

– Quando eu era pequeno, pensava que havia um dragão vivendo por aqui, num velho esconderijo, entre as trincheiras.

– Onde estão as trincheiras?
– Não se pode vê-las agora, por causa do mato.
– E o que é um dragão?
– É... um desses animais de couraça e que cospem fogo.
– Como um tanque?
– Acho que se pode dizer que era algo parecido com um tanque.

Havia uma falta de contato entre as imaginações dos dois que desanimava Castle.

– Parece mais um lagarto gigante.

Um momento depois, Castle compreendeu que o menino já vira muitos tanques, mas tinham deixado a terra dos lagartos antes mesmo que ele nascesse.

– Alguma vez viu um dragão?
– Uma vez vi fumaça saindo de uma trincheira e pensei que fosse o dragão.
– Ficou com medo?
– Não. Naquele tempo, tinha medo de coisas muito diferentes. Detestava a escola e tinha poucos amigos.
– Por que detestava a escola? Será que vou detestar também a escola... a escola de verdade?
– Nem todos temos os mesmos amigos. Talvez você não precise de um dragão para ajudá-lo. Mas eu precisava. O resto do mundo odiava o meu dragão e queria matá-lo. Tinham medo da fumaça e das chamas que saíam de sua boca,

quando estava furioso. Eu costumava sair de noite do dormitório, furtivamente, para levar-lhe latas de sardinha da minha merenda. Ele cozinhava as sardinhas na lata, com o bafo. Gostava delas bem quentinhas.

– Mas isso realmente aconteceu?

– Não, claro que não. Mas, agora, tenho quase a sensação de que aconteceu mesmo. Certa vez, fiquei deitado na cama, no dormitório, chorando debaixo das cobertas, porque era a primeira semana do ano letivo e tinha pela frente doze semanas intermináveis, antes dos primeiros feriados. E eu tinha medo... de tudo ao redor. Era inverno e a janela do meu cubículo estava embaçada por causa do calor. Passei a mão pelo vidro e olhei para fora. O dragão estava ali, deitado na rua escura e molhada, parecendo um crocodilo num rio. Nunca deixara o Common antes, porque pensava que todas as pessoas estavam contra ele... assim como eu pensava que todos estavam contra mim. A polícia até mesmo guardava rifles num armário, para atirar no dragão, se ele um dia aparecesse na cidade. Apesar disso, ali estava ele, deitado na rua, quietinho, soltando bafos quentes de fumaça em minha direção. É que ouvira a notícia de que as aulas tinham recomeçado e sabia que eu me sentia infeliz e solitário. Era mais inteligente que qualquer cachorro, muito mais inteligente que Buller.

– Acho que está caçoando de mim.

– Não, Sam, não estou. Apenas me recordo do passado....

– O que aconteceu depois?

– Fiz um sinal secreto para o dragão. Significava: "Perigo, vá embora". Não tinha certeza se o dragão sabia que a polícia estava à sua procura, com rifles.

– E ele foi embora?

– Foi. Se bem que muito devagar. Olhando para trás, por cima da cauda, como se não quisesse me deixar. Mas nunca mais me senti com medo ou solitário. Ou pelo menos não freqüentemente. Sabia que precisava apenas fazer um sinal e o dragão sairia de seu esconderijo no Common para vir em meu socorro. Tínhamos uma porção de sinais secretos, códigos...

– Como um espião.

– Isso mesmo – murmurou Castle, com algum desapontamento.

– Como um espião.

Castle lembrou-se que certa ocasião fizera um mapa do Common, assinalando todas as trincheiras e todas as trilhas ocultas pelo mato. Fora também como um espião.

– Está na hora de voltarmos para casa, Sam. Sua mãe deve estar preocupada.

– Não, não está. Ela sabe que estou com você. Quero conhecer a caverna do dragão.

– Não havia nenhum dragão de verdade.

– Mas não tem certeza, não é?

Com alguma dificuldade, Castle acabou encontrando a velha trincheira. O esconderijo em que o dragão vivia estava bloqueado por arbustos de amoras silvestres. Ao abrir caminho entre os arbustos, o pé de Castle bateu numa lata enferrujada.

– Estou vendo que realmente trazia comida para o dragão – comentou Sam.

Ele avançou através dos arbustos, mas não havia nenhum dragão, nem mesmo algum esqueleto.

– Talvez a polícia tenha conseguido liquidar o dragão...

Sam abaixou-se e pegou a lata, dizendo:

– É de tabaco e não de sardinhas.

Naquela noite, deitados na cama, Castle disse para Sarah:

– Acha realmente que não é tarde demais?

– Para quê?

– Para largar meu emprego.

– Claro que não é! Afinal, você ainda não é um velho.

– Podíamos nos mudar daqui.

– Por quê? É um lugar tão bom quanto qualquer outro.

– Não gostaria de ir embora? Esta casa... não é lá grande coisa. Se eu conseguisse um emprego no exterior.

– Gostaria que Sam fosse criado num só lugar. Assim, se algum dia tivesse que ir embora, ele sempre teria para onde voltar. Para algum lugar a que se acostumou na infância. Assim como você voltou. Para algo velho. Algo seguro.

– Um amontoado de ruínas antigas perto da linha do trem?

– Exatamente.

Castle recordou-se das vozes burguesas, tão suaves quanto seus donos nas roupas dominicais, cantando na igreja de pedra, expressando o momento semanal de fé. "Uma colina verde, distante, sem nenhuma muralha de cidade."

– As ruínas são lindas, querido.

– Mas você nunca poderia voltar para a sua infância.

– É diferente. Eu não me sentia segura, até conhecê-lo. E não havia ruínas... apenas cabanas miseráveis.

– Muller está vindo para cá, Sarah.

– Cornelius Muller?

– Exatamente. Ele é agora um grande homem. Tenho que tratá-lo amistosamente... por ordens superiores.

– Não se preocupe. Ele não pode mais nos atingir.

– Tem razão. Mas não quero que você sofra.

– E por que eu iria sofrer?

– C quer que eu o convide a vir até aqui.

– Pois convide-o! E deixe-o ver como você e eu. E.... e Sam...

– Quer dizer que concorda?

– Claro que concordo. Uma anfitriã negra para o sr. Cornelius Muller. E um menino negro.

Ambos riram, com um toque de medo.

CAPÍTULO III

1

– Como está o pequeno bastardo? – perguntou Davis, como vinha fazendo diariamente, há três semanas.

– Ele já não tem mais nada, está pronto para outra. Perguntou outro dia quando você vai nos visitar de novo. Gosta de você... e não consigo imaginar por quê. Fala de vez em quando no piquenique que fizemos no verão passado e na brincadeira de esconde-esconde. Parece que ele pensa que ninguém mais sabe se esconder como você. E acha que você é um espião. Fala de espiões como as crianças do meu tempo falavam em fadas. Ou será que é apenas imaginação minha?

– Será que eu poderia tomar emprestado o pai dele por esta noite?

– Por quê? Está acontecendo alguma coisa?

– O dr. Percival esteve aqui ontem, quando você não estava. Ficamos conversando. Quer saber de uma coisa? Acho que estão pensando realmente em me mandar para o exterior. Ele perguntou se eu me importava de fazer mais alguns exames... sangue, urina, radiografia dos rins, etcétera. Disse que era preciso tomar todo cuidado com os trópicos. Gostei dele. É um tipo esportivo.

– Também gosta das corridas de cavalos?

– Não. Gosta apenas de pescar. É um esporte dos mais solitários. Percival é um pouco parecido comigo... também não é casado. Combinamos sair juntos esta noite. Há muito tempo que não dou umas voltas pela cidade. Aqueles caras do Departamento do Meio Ambiente não são de nada. Não gostaria de bancar o viúvo de mulher viva só por uma noite, meu velho?

– O último trem sai de Euston às onze e meia.

– Ficarei sozinho no apartamento esta noite. Os caras do Meio Ambiente tiveram que viajar para uma área poluída. Pode ficar com uma cama. De solteiro ou de casal, como preferir.

– Prefiro a de solteiro. Estou realmente ficando velho, Davis. E não sei quais são os seus planos e de Percival.

– Pensei em jantar no Café Grill e depois ir a uma boate de *strip-tease*. Raymond's Revuebar. Estão apresentando Rita Rolls.

– Acha que Percival iria gostar de um programa desses?

– Andei sondando-o, e sabe o que descobri? Ele nunca assistiu a um espetáculo de *strip-tease* em toda a sua vida. Disse que adoraria dar uma olhada, com colegas em que possa confiar. Sabe muito bem o que é viver num trabalho como o nosso. Ele também sente a mesma coisa. Não se pode falar livremente num grupo, por razões de segurança. John Thomas nem mesmo teve a chance de levantar a cabeça. Mas se John Thomas morrer, que Deus o ajude, podemos também nos considerar liquidados. Claro que o seu caso é diferente. Afinal, é um homem casado. Sempre pode conversar com Sarah e...

— Não devemos falar nem mesmo com nossas esposas.

— Pois aposto que você conversa.

— Não, Davis, não converso. E se está pensando em pegar uma dupla de mulheres, acho melhor também não dizer coisa alguma para elas. Muitas são empregadas pelo MI5... Oh, diabo, estou sempre esquecendo que trocaram os nomes! Agora, somos todos o DI. Por que será? Tenho a impressão de que existe um Departamento de Semântica.

— Você também está me parecendo um pouco cheio de tudo isto, Castle.

— E estou mesmo. Talvez uma excursão noturna me faça bem. Vou telefonar para Sarah e dizer-lhe... o quê?

— Diga a verdade. Vai jantar com um dos chefões. É importante para o seu futuro na firma. E estou lhe cedendo uma cama para dormir. Sarah confia em mim. Sabe que não vou levá-lo pelo mau caminho.

— É, também acho que ela confia...

— E com toda razão, não é mesmo?

— Vou telefonar para ela quando sair para o almoço.

— Por que não telefona daqui e economiza o dinheiro?

— Gosto que meus telefonemas sejam de fato particulares.

— Acha mesmo que eles se dão ao trabalho de escutar nossas conversas ao telefone?

— Você não faria o mesmo na posição deles?

— Creio que sim. Mas eles devem gravar uma porção de porcarias!

2

A noitada foi um sucesso apenas parcial, embora tivesse começado muito bem. O dr. Percival, à sua maneira um tanto apática, sem grande entusiasmo, era um bom companheiro.

Quando surgiu o nome do coronel Daintry na conversa, ele zombou suavemente, esclarecendo que o conhecera durante a caça aos faisões no fim de semana.

– Ele não gosta de arte abstrata e não simpatizou muito comigo. E só porque eu não caço. Prefiro pescar.

A essa altura, estavam no Raymond's Revuebar, espremidos numa mesinha que mal dava para conter três copos de uísque, enquanto uma coisinha linda e jovem estava representando um ato grotesco numa rede.

– Eu gostaria de cravar meu anzol nela – comentou Davis.

A garota estava bebendo de uma garrafa de High and Dry, suspensa de um barbante por cima da rede. Depois de cada gole, tirava uma peça de roupa, com um abandono sensual. Não demorou muito para que pudessem contemplar as nádegas nuas, através da rede, como o traseiro de uma galinha visto através da sacola de corda de uma dona de casa no Soho. Um grupo de homens de negócios de Birmingham aplaudiu vigorosamente. Um dos homens chegou ao extremo de acenar com um cartão do Diners Club acima da cabeça, talvez para indicar a sua situação financeira.

– O que costuma pescar? – perguntou Castle.

– Principalmente truta ou timalo – respondeu Percival.

– Há muita diferença?

– Ora, meu caro, pergunte a um caçador se há alguma diferença entre um tigre e um leão.

– Qual dos dois prefere?

– Não se trata realmente de uma questão de preferência. Simplesmente adoro pescar... qualquer peixe que valha a pena. O timalo é menos inteligente que a truta, mas isso não significa necessariamente que seja sempre mais fácil. Exige uma técnica diferente. E é um lutador. Resiste obstinadamente até não lhe restar mais qualquer força.

– E a truta?

– A truta é o rei entre os peixes. Assusta-se facilmente. Botas na água, um graveto caindo, qualquer barulho pode fazê-la fugir. E é preciso lançar o anzol com perfeição logo na primeira vez. Caso contrário...

Percival fez um gesto com o braço, como se estivesse lançando o anzol na direção de outra jovem despida, riscada de branco e preto pelas luzes, como se fosse uma zebra.

– Mas que rabo! – exclamou Davis, entusiasmado.

Ele estava com o copo de uísque pela metade, encostado nos lábios, contemplando as bochechas se remexerem com a mesma precisão das engrenagens de um relógio suíço.

– Não está ajudando em nada a sua pressão arterial desse jeito – disse-lhe Percival.

– Pressão arterial?

– Eu lhe disse que tinha pressão alta.

– Não pode me incomodar esta noite. É a própria Rita Rolls quem está se apresentando, a grande, única e incomparável Rita.

– Vai ter de fazer um *check-up* mais completo se está pensando realmente em ir para o exterior.

– Estou me sentindo muito bem, Percival. Nunca me senti melhor na vida.

– É justamente nisso que está o perigo.

– Está quase começando a me assustar, Percival. Começo a perceber por que uma truta...

Davis tomou um gole do uísque, como se fosse um remédio de gosto horrível, e pôs o copo em cima da mesa.

O dr. Percival apertou-lhe o braço e comentou:

– Eu estava apenas brincando, Davis. Você é mais do tipo do timalo.

– Está querendo insinuar que sou um peixe de qualidade inferior?

– Não deve subestimar o timalo. Possui um sistema nervoso extremamente delicado. E é um lutador.

– Nesse caso, devo ser mais parecido com um bacalhau.

– Não me fale em bacalhau. Não perco tempo a pescar peixes desse gênero.

As luzes se acenderam. Era o fim do espetáculo. A gerência decidira que, depois de Rita Rolls, qualquer outra coisa seria um anticlímax. Davis ainda ficou por algum tempo no bar, tentando a sorte numa máquina caça-níqueis. Perdeu todas as suas moedas e ainda pegou algumas de Castle.

— Não é mesmo a minha noite — murmurou ele, novamente deprimido.

Era evidente que o dr. Percival deixara-o transtornado.

— Não querem tomar um último drinque no meu apartamento? — convidou o dr. Percival.

— Pensei que estivesse me advertindo a deixar a bebida de lado.

— Ora, meu caro, eu estava exagerando. Além do mais, o uísque é a bebida mais segura que existe.

— Mesmo assim, agora estou com vontade é de dormir.

Na Great Windmill Street, as prostitutas estavam a espera nos portais, convidando todos os homens que passavam:

— Vamos subir, querido?

Davis disse para Percival:

— Acha que devo me abster disso também?

— A regularidade do casamento é mais segura. Provoca menos tensão na pressão arterial.

O porteiro noturno estava lavando os degraus do Albany quando o dr. Percival os deixou. Os aposentos dele no Albany eram indicados por uma letra e um número, D.6, como se fosse mais uma seção da firma. Castle e Davis ficaram observando-o subir a escada, em ziguezague, cuidadosamente, para não molhar os sapatos. Era uma precaução estranha para alguém acostumado a entrar em córregos frios, a água chegando à altura dos joelhos.

— Estou arrependido da companhia dele — disse Davis. — Poderíamos ter tido uma noite muito mais divertida.

— Pensei que tivesse simpatizado com ele.

— E simpatizei. Mas ele me deixou nervoso esta noite com suas malditas histórias de pescaria. E com toda aquela conversa a respeito da minha pressão arterial. O que ele tem a ver com a minha pressão arterial? Será que é realmente médico?

— Tenho a impressão que há muitos anos ele não exerce a profissão. É o oficial de ligação de C com o pessoal da guerra bacteriológica. Deve ser o cargo mais apropriado para um homem com o diploma de médico.

— Sempre que penso em Porton sinto um calafrio. As pessoas vivem falando da bomba atômica, mas esquecem inteiramente o nosso pequeno estabelecimento rural. Ninguém jamais se deu ao trabalho de fazer uma manifestação contra Porton. Ninguém usa distintivos contra a guerra bacteriológica. Mas, mesmo que a bomba fosse abolida, ainda haveria aquele pequeno tubo de ensaio mortífero...

Viraram na esquina do Claridge's. Uma mulher alta e esguia entrava num Rolls Royce, acompanhada por um homem de cara amarrada e gravata branca, que olhou furtivamente para o relógio. Já passava das duas horas da madrugada e os dois pareciam atores de uma peça eduardiana. Havia um linóleo amarelo, cheio de buracos como um queijo *gruyère,* na escada íngreme que levava ao apartamento de Davis. Mas ninguém se preocupava com pequenos detalhes como aquele. A porta da cozinha estava aberta, e Castle avistou uma pilha de pratos sujos na pia. Davis abriu um armário. As prateleiras estavam abarrotadas de garrafas quase vazias. A proteção do meio ambiente não começava em casa. Davis tentou descobrir uma garrafa de uísque que contivesse o suficiente para dois copos.

– Oh, diabo! – acabou dizendo. – Vamos ter que misturá-los. Não tem grande importância, pois são mesmo *blended.*

Ele misturou o que restava de um Johnnie Walker com um White Horse e conseguiu um quarto de garrafa.

– Ninguém vem até aqui para fazer uma limpeza, Davis?

– Há uma mulher que aparece duas vezes por semana. Deixamos tudo para ela.

Davis abriu uma porta.

– Pode ficar neste quarto. Infelizmente, a cama não está arrumada. A mulher só deve aparecer amanhã.

Ele se abaixou e pegou um lençol sujo no chão, metendo-o numa gaveta, em nome da arrumação. Depois, conduziu Castle de volta à sala de estar, jogando no chão algumas revistas que estavam em cima da poltrona.

– Estou pensando em mudar meu nome, Castle.

– Para o quê?

– Davis com um *e.* Davies, como a Davies Street, soa um bocado classudo.

Ele pôs os pés em cima do sofá, antes de acrescentar:

– Esta mistura que eu fiz ficou realmente ótima. Vou chamá-la de White Walker. Talvez a idéia possa valer uma fortuna. Podia-se anunciar com o desenho de uma linda fantasma. Qual é sua opinião a respeito do dr. Percival?

– Ele me pareceu bastante cordial. Mas não pude deixar de pensar...

– Em quê?

– Por que ele se deu ao trabalho de passar a noite em nossa companhia? O que está querendo?

– Uma noite em companhia de pessoas com quem pudesse falar à vontade. Por que procurar mais alguma coisa? Jamais fica cansado de manter a boca fechada quando está num grupo heterogêneo?

– Pois ele não abriu muito a boca. Nem mesmo conosco.

– Já tinha falado uma porção de coisas antes de você chegar.

– Sobre o quê?

– Sobre aquele estabelecimento em Porton. Ao que parece, estamos muito à frente dos americanos em determinados setores. E eles nos pediram que concentrássemos os esforços numa coisinha fatal, apropriada para a utilização de uma determinada altitude e capaz de sobreviver às condições de deserto... Todos os detalhes, temperatura e o resto, apontam para a China. Ou talvez para a África.

– Por que ele lhe contou tudo isso?

– É que supostamente sabemos muita coisa a respeito dos chineses, através de nossos contatos africanos. Desde aquele relatório de Zanzibar nossa reputação está lá no alto.

– Isso foi há anos, e o relatório ainda não está confirmado.

– Percival disse que não devemos fazer qualquer ação abertamente. Nada de mandar questionários para os agentes. O assunto é secreto demais para isso. Devemos apenas ficar de olhos abertos para qualquer insinuação, em qualquer relatório, de que os chineses estão interessados em Hell's Parlour.

Quando isso acontecer, devemos comunicar-lhe imediatamente.

– Por que ele falou com você e não comigo?

– Ora, acho que ele ia falar com você também, mas acontece que se atrasou.

– Daintry me reteve. Mas Percival poderia ter ido ao escritório, se estava querendo falar alguma coisa.

– O que o está perturbando?

– Estou me perguntando se ele realmente disse a verdade.

– Mas que motivo poderia haver...

– Ele poderia estar querendo espalhar um falso rumor.

– Não conosco. Ninguém pode dizer que você, eu e Watson tenhamos o hábito de falar a torto e a direito.

– Sabe se ele conversou com Watson?

– Não, não falou. Veio com aquela conversa habitual de caixas independentes, compartimentos estanques. É ultrasecreto, disse ele... mas isso não pode se aplicar a você, não é mesmo?

– Mesmo assim, é melhor não deixá-los saber que me contou tudo.

– Tenho a impressão de que contraiu a doença da profissão, meu velho: a suspeita.

– Tem razão. E é uma terrível infecção. Justamente por isso é que estou pensando em cair fora.

– Para cultivar uma horta?

– Para fazer qualquer coisa que não seja secreta, não tenha a menor importância e seja relativamente inofensiva. Certa ocasião, quase fui trabalhar numa agência de publicidade.

– Tome cuidado. Eles também têm segredos... segredos comerciais.

O telefone tocou, no alto da escada.

– A esta hora! – lamentou Davis. – É anti-social. Quem poderá ser?

Ele fez um esforço para se levantar do sofá e Castle sugeriu:

– Talvez seja Rita Rolls.

– Sirva-se de outro White Walker.

Castle ainda não tivera tempo de servir-se quando Davis o chamou:

– É Sarah, Castle.

Já eram quase duas e meia, e Castle foi dominado por um medo súbito. Será que as complicações do sarampo poderiam se abater sobre um menino já quase ao final da quarentena?

– Sarah? O que aconteceu? Houve alguma coisa com Sam?

– Desculpe incomodá-lo a esta hora, querido. Ainda não estava deitado, não é?

– Não, não estava. Qual é o problema?

– Estou apavorada.

– Por causa de Sam?

– Não, não é nada com Sam. Mas o telefone já tocou duas vezes desde meia-noite e ninguém diz nada quando atendo.

– Deve ser número errado – disse Castle, aliviado. – Está acontecendo a todo instante.

– Alguém sabe que você não está em casa. Estou com medo, Maurice.

– Ora, querida, o que poderia acontecer em King's Road? Há uma delegacia de polícia a menos de duzentos metros de distância. E Buller? Ele não está aí?

– Buller está profundamente adormecido, roncando até.

– Eu voltaria imediatamente, se fosse possível. Mas não há mais trens. E nenhum táxi me levaria, a esta hora.

– Posso levá-lo de carro – ofereceu Davis.

– Não, claro que não!

– Não o quê? – perguntou Sarah.

– Estava falando com Davis. Ele propôs me levar até aí de carro.

– Oh, não, não precisa incomodá-lo! Já estou me sentindo melhor, agora que falei com você. E vou acordar Buller.

– Sam está bem?

– Está ótimo.

– Tem o número da polícia. Se precisar, eles poderão chegar aí em dois minutos.

— Não acha que sou uma tola? Isso mesmo, não passo de uma tola.

— Uma tola adorável.

— Peça desculpas a Davis por mim. E divirtam-se.

— Boa noite, querida.

— Boa noite, Maurice.

O uso do nome dele era um sinal de amor. Quando estavam juntos, era um convite ao amor. O tratamento de "querida" era uma moeda de uso cotidiano, a se gastar quando estavam em companhia de outros. Mas um nome era estritamente particular, algo que jamais deveria ser revelado para um estranho, alguém que não pertencesse à tribo. No auge do amor, Sarah gritava o nome tribal secreto dele. Castle ouviu-a desligar, mas continuou por mais um momento com o fone comprimido contra o ouvido.

— Alguma coisa errada? — perguntou Davis.

— Não, não houve nada com Sarah.

Castle voltou para a sala e serviu-se de uísque.

— Acho que estão interceptando seus telefonemas, Davis.

— Como sabe?

— Não tenho certeza. É apenas um instinto, mais nada. E estou tentando recordar o que me deu essa idéia.

— Não estamos mais na Idade da Pedra. Ninguém é capaz de dizer atualmente quando um telefone está sendo interceptado.

— A menos que eles sejam descuidados. Ou desejem que a pessoa saiba.

— Por que haveriam de querer que eu soubesse?

— Talvez para assustá-lo. Quem pode saber?

— Seja como for, por que interceptar logo o meu telefone?

— Uma questão de segurança. Eles não confiam em ninguém. Especialmente em pessoas que ocupam posições como as nossas. Somos os mais perigosos. Supõe-se que saibamos todos aqueles malditos ultra-segredos.

— Não me sinto perigoso.

— Ponha algum disco na vitrola.

Davis possuía uma coleção de música *pop* arrumada e conservada com mais cuidado que qualquer outra coisa no apartamento. Estava catalogada tão meticulosamente quanto a biblioteca do Museu Britânico. Se se perguntava a Davis os grandes sucessos *pop* de qualquer ano, ele tinha a resposta sempre na ponta da língua, assim como qualquer vencedor do Derby.

— Prefere algo antiquado e clássico, não é mesmo, Castle?

E ele pôs na vitrola *A hard day's night.*

— Aumente o volume, Davis.

— Não vai ficar bom.

— Aumente assim mesmo.

— Fica horrível.

— Mas eu me sinto mais resguardado.

— Acha que podem também ter instalado microfones aqui?

— Eu não ficaria surpreso.

— Já não tenho a menor dúvida de que você realmente contraiu a doença.

— Sua conversa com Percival... estou preocupado. Não posso acreditar que tenha sido simplesmente... Está me cheirando mal. Tenho a impressão de que houve um vazamento e eles estão checando todo mundo.

— Por mim, não há problema. É a obrigação deles, não é mesmo? Só não me parece muito hábil se alguém pode perceber a manobra tão facilmente.

— Tem razão. Mas isso não impede que a história de Percival seja verdadeira. Verdadeira e já exposta. Um agente poderia se denunciar se por acaso.

— Acha que *eles* estão pensando que somos os vazamentos?

— Isso mesmo. Um de nós ou talvez ambos.

— Mas como não somos, quem se importa? Há muito que já passou a hora de deitar, Castle. Se há um microfone debaixo do meu travesseiro, eles vão ouvir apenas meus roncos.

Davis desligou a vitrola e acrescentou:

— Nós dois não somos do estofo de agentes duplos.

Castle despiu-se e apagou a luz. O quarto, pequeno e em desordem, estava bastante abafado. Tentou levantar a janela, mas a corda estava arrebentada. Ficou contemplando a rua deserta. Não havia ninguém passando, não se avistava um só guarda. Havia apenas um táxi na fila, um pouco mais além, na Davies Street, perto do Claridge's. Um alarme contra ladrões começou a soar, inutilmente, em algum ponto na área da Bond Street. Uma chuva miúda começou a cair. O pavimento reluzia, com um brilho preto, como uma capa de guarda. Castle fechou a cortina e foi deitar. Mas não dormiu. Uma dúvida o manteve acordado por um longo tempo. Será que sempre existira um ponto de táxi tão perto do apartamento de Davis? Não houvera uma ocasião em que tivera de andar até o outro lado, até a calçada do Claridge's, para pegar um táxi? Antes de adormecer, outra pergunta veio perturbá-lo. Não seria possível que estivessem usando Davis para vigiá-lo? Ou será que estariam usando um Davis inocente para passar-lhe uma nota marcada? Não acreditava muito na história que o dr. Percival contara a respeito de Porton. E, no entanto, como dissera a Davis, poderia ser verdade.

CAPÍTULO IV

1

Castle começara a ficar realmente preocupado com Davis. Era verdade que Davis pilheriava da própria melancolia, mas não podia haver a menor dúvida de que a melancolia era profunda. E parecia um mau sinal o fato de Davis não mais mexer com Cynthia. Os pensamentos que ele expressava também estavam se tornando cada vez mais irrelevantes ao assunto de que estivessem tratando, qualquer que fosse. Certa ocasião, Castle perguntou-lhe:

– 69300/4... o que é isso?

E Davis respondeu:

– Uma suíte no Polana, de frente para o mar.

De qualquer forma, não devia haver nada de seriamente errado com a saúde dele. Afinal fizera um *check-up* recentemente com o dr. Percival.

– Como sempre, estamos esperando por um telegrama do Zaire – comentou Davis. – O 59800 nunca pensa em nós, sentado lá, a tomar um drinque ao pôr-do-sol, sem qualquer preocupação no mundo.

– É melhor mandarmos um lembrete para ele – disse Castle.

Ele escreveu num pedaço de papel: "Nosso 185 sem resposta". E pôs na caixa de saída, para Cynthia recolher.

Davis estava naquele dia com uma aparência de quem ia sair para uma regata. Um novo lenço de seda vermelha, com pequenos quadrados amarelos, emergia do bolsinho do paletó como uma bandeira num dia de calmaria. A gravata era verde-garrafa, com padrões vermelhos. Até mesmo o lenço que levava para usar, aparecendo de dentro da manga, dava a impressão de ser novo, de cor azul-turquesa.

– Teve um bom fim de semana, Davis?

– Tive, sim. Pelo menos num sentido. Foi muito tranqüilo. Os rapazes da poluição tiveram que viajar. Foram cheirar a fumaça de uma fábrica em Gloucester. Uma fábrica de cola.

Uma jovem chamada Patrícia (que sempre se recusara a ser conhecida como Pat) veio do serviço comum de secretárias para pegar o único telegrama que eles tinham para despachar. Como Cynthia, ela também tinha origens militares, sendo sobrinha do General Tomlinson. Contratar parentes próximos de homens que já estavam no departamento era considerado uma boa política para a segurança. Talvez facilitasse o trabalho de verificação dos antecedentes, já que muitos contatos seriam duplos.

– Isso é tudo? – perguntou a jovem, no tom de quem estava acostumada a trabalhar para seções mais importantes que a 6A.

– Lamento, mas é tudo o que conseguimos fazer, Pat – disse Castle.

Ela saiu, furiosa, batendo a porta.

— Não deveria tê-la irritado, Castle. Ela pode falar com Watson e ficaremos de castigo, escrevendo telegramas depois do expediente.

— Onde está Cynthia?

— É o dia de folga dela.

Davis limpou a garganta explosivamente, como um sinal para a largada da regata, e hasteou uma bandeira vermelha no rosto.

— Ia perguntar-lhe... você se importa se eu sair às onze horas? Prometo que voltarei à uma hora em ponto. Não há nenhum serviço no momento. E se alguém perguntar por mim, pode dizer que fui ao dentista.

— Deveria estar vestido de preto para convencer Daintry. Essas suas roupas coloridas não combinam com dentista.

— É claro que não vou ao dentista. Para ser franco, Cynthia concordou em se encontrar comigo no Jardim Zoológico, para ver os pandas gigantes. Acha que isso é um sinal de que ela começa a ceder?

— Está realmente apaixonado, não é mesmo, Davis?

— Tudo o que quero, Castle, é uma aventura séria. Uma aventura de duração indefinida. Pode ser um mês, um ano, uma década. Estou cansado de aventuras de uma noite. Estou cansado de voltar da King's Road às quatro horas da madrugada, depois de uma festa, com uma bruta ressaca. E na manhã seguinte penso que foi ótimo, que a garota era maravilhosa, que teria sido tudo ainda melhor se não tivesse misturado bebidas... E depois penso que maravilhoso seria realmente ir com Cynthia para Lourenço Marques. Ajuda muito quando se pode falar um pouco a respeito do próprio trabalho. Assim que a diversão acaba, as mulheres estão sempre querendo descobrir as coisas. O que eu faço? Onde é meu escritório? Eu costumava fingir que ainda estava em Aldermaston, mas agora todo mundo já sabe que a base foi fechada. O que devo dizer?

— Não poderia falar que trabalha na City?

— Não há o menor encanto nisso. Além do mais, as mulheres costumam comparar as informações.

Davis começou a arrumar suas coisas. Fechou e trancou o arquivo com suas fichas. Havia duas páginas datilografadas em cima da mesa. Ele meteu-as no bolso.

– Está levando documentos para fora do escritório, Davis? Tome cuidado com Daintry. Ele já o surpreendeu uma vez.

– Daintry acabou de verificar a nossa seção e está começando a verificar a 7. Além do mais, é apenas aquele monte de bobagens habituais: "Para sua informação apenas. Destruir depois de ler". Pretendo "confiar à memória" enquanto espero por Cynthia. Tenho certeza de que ela vai chegar atrasada.

– Lembre-se de Dreyfus. Não deixe os papéis numa cesta para o gari encontrar.

– Vou queimá-los diante de Cynthia, como uma oferenda.

Davis saiu da sala, mas voltou um instante depois.

– Gostaria que me desejasse boa sorte, Castle.

– Claro, claro! Do fundo do meu coração.

A frase banal saiu da boca de Castle, com toda a sinceridade e sem qualquer premeditação. E deixou-o surpreso, como acontecera outrora, há muito tempo, quando entrara numa caverna familiar, durante um feriado no mar, para descobrir numa rocha familiar o desenho primitivo de um rosto humano, que até então sempre julgara ser um padrão peculiar de fungos.

O telefone tocou meia hora depois. Uma voz de mulher disse:

– J. W. quer falar com A. D.

– Infelizmente, A. D. não pode falar com J. W.

– Quem está falando? – perguntou a voz de mulher, desconfiada.

– Alguém chamado M. C.

– Espere um momento, por favor.

Castle ouviu algo parecido com latidos do outro lado da linha. Um instante depois, ouviu a voz de Watson, inconfundível, em meio à melodia canina.

– É você, Castle?

– Eu mesmo.

– Preciso falar com Davis.

– Ele não está.
– Onde posso encontrá-lo?
– Ele voltará à uma hora.
– É muito tarde. Onde ele está neste momento?
– Foi ao dentista.

Castle falou com alguma relutância. Não gostava de se envolver nas mentiras dos outros. Sempre complicavam tudo.

– É melhor ligarmos o *scrambler* – disse Watson.

Houve a confusão habitual, um deles apertando o botão cedo demais e depois retornando à transmissão normal, no instante em que o outro ligava o aparelho. Quando finalmente acertaram tudo, Watson perguntou:

– Pode ir buscá-lo? A presença dele é necessária numa reunião.

– Não posso arrancá-lo de uma cadeira de dentista. Além do mais, não sei quem é o dentista de Davis. Não está na ficha dele.

– Não? – murmurou Watson, com evidente desaprovação. – Nesse caso, ele deve ter deixado um bilhete com o endereço.

Watson tentara ser advogado e fracassara. Talvez a sua integridade óbvia ofendesse os juízes. Aparentemente, os juízes achavam que o ar virtuoso devia ser exclusivo de um magistrado e não se ajustava a um advogado principiante.

Mas num "departamento do Foreign Office" Watson subira rapidamente, graças à própria qualidade que lhe fora tão desfavorável na carreira de advogado. Ele ultrapassara com a maior facilidade a homens como Castle, que pertenciam a uma geração anterior.

– Ele devia ter me informado que ia sair – disse Watson.

– Talvez tenha sido uma dor de dente súbita.

– C queria que especialmente ele estivesse presente. Tencionava conversar com ele depois a respeito de um relatório. Davis recebeu-o, não é mesmo?

– Ele mencionou um relatório. E parece que pensou tratar-se das bobagens habituais.

– Bobagens? Era ultra-secreto! O que ele fez com o relatório?

– Deve ter deixado no cofre.

– Importa-se de verificar?

– Vou perguntar à secretária dele... Oh, desculpe, mas não será possível. Hoje é o dia de folga dela. É tão importante?

– C deve achar que é. Penso que é melhor você comparecer na reunião, já que Davis não está. Mas o caso era de Davis. Sala 121, ao meio-dia em ponto.

2

A reunião não parecia ser tão urgente e importante. Um homem do MI5, a quem Castle nunca vira antes, estava presente, já que o ponto principal na agenda era definir mais claramente do que no passado as responsabilidades do MI5 e do MI6. Antes da última guerra, o MI6 jamais operava em território britânico, e toda a segurança ficava a cargo do MI5. O sistema fora rompido na África, com a queda da França e a necessidade de infiltrar agentes dos territórios britânicos nas colônias de Vichy. Com a volta da paz, o sistema antigo não chegara a ser inteiramente restabelecido. Tanzânia e Zanzibar estavam unidas oficialmente, formando um único Estado, membro da Comunidade Britânica. Mas era difícil encarar a ilha de Zanzibar como território britânico, com seus campos de treinamento organizados pelos chineses. A confusão surgira porque tanto o MI5 como o MI6 tinham representantes em Dar-es-Salaam, e as relações entre eles nem sempre tinham sido íntimas ou amistosas.

Iniciando a reunião, C disse:

– A rivalidade é algo saudável, até certo ponto. Mas há ocasiões em que tem ocorrido falta de confiança. Nem sempre trocamos informações a respeito dos agentes. Muitas vezes, temos vigiado o mesmo homem, por espionagem e contra-espionagem.

Ele voltou a sentar, dando a palavra ao homem do MI5.

Castle conhecia bem poucos dos presentes. Ali estava um homem pálido e magro, com um pomo-de-adão saliente, que se dizia ser o funcionário mais antigo da firma. Entrara antes mesmo da guerra contra Hitler e, surpreendentemente, não fizera inimigos. Seu nome era Chilton. Agora, tratava especialmente da Etiópia. Era também a maior autoridade viva em valores comerciais do século XVIII e freqüentemente era consultado pelo Sotheby's. Laker era um ex-membro da Guarda Real, de cabelos e bigode cor de gengibre, que cuidava das repúblicas árabes da África do Norte.

O homem do MI5 parou de falar a respeito das linhas cruzadas. C disse:

– Então estamos resolvidos. O tratado da sala 121. Tenho certeza de que todos agora compreendemos melhor as respectivas posições. Foi muita bondade sua comparecer, Puller.

– Pullen.

– Desculpe, Pullen. E agora, não querendo que pense que somos inospitaleiros, temos alguns assuntos internos a discutir...

Assim que Pullen saiu, fechando a porta, C disse:

– Nunca me sinto muito à vontade com esse pessoal do MI5. Eles sempre irradiam um ar policial. O que é perfeitamente natural, diga-se de passagem, já que lidam com a contra-espionagem. Para mim, a espionagem é mais um trabalho de cavalheiro. Mas digo isso porque sou antiquado, é claro.

Percival falou, do outro lado da sala, onde Castle nem mesmo percebera sua presença:

– Sempre preferi o pessoal do MI9.

– O que o MI9 faz?

Quem fez a pergunta foi Laker, mexendo no bigode. Ele sabia que era um dos poucos militares genuínos entre todos os algarismos de MI.

– Há muito que já esqueci – respondeu Percival. – Mas eles sempre me pareceram mais amistosos.

Chilton soltou uma espécie de latido. Era assim que sempre ria.

Watson falou:

– Eles não tratavam dos esquemas de fuga durante a guerra? Ou será que isso era atribuição do 11? Não sabia que eles ainda estavam em atividade.

– É verdade que não os vejo há muito tempo.

Percival falava com o ar bondoso e encorajador de um médico. Poderia usar o mesmo jeito para descrever os sintomas de uma gripe.

– Talvez já tenham encerrado as atividades.

C voltou a falar:

– Por falar nisso, Davis está presente? Eu queria conversar com ele a respeito de um relatório. Não me lembro de tê-lo visto em minha peregrinação pela Seção 6.

– Ele foi ao dentista – informou Castle.

– E não me disse nada, senhor – queixou-se Watson.

– Não tem importância. Não é nada de urgente. Nada na África jamais é urgente. As mudanças se processam lentamente e quase sempre são transitórias. Eu bem que gostaria que se pudesse dizer o mesmo com relação à Europa.

C reuniu seus papéis e saiu da sala, como um anfitrião a pensar que a festa em sua casa poderia transcorrer muito melhor sem a sua presença.

– Curioso... – murmurou Percival. – Quando examinei Davis outro dia, os dentes dele pareciam estar em bom estado. Disse-me inclusive que nunca tivera qualquer problema com os dentes. Nem mesmo tártaro. Por falar nisso, Castle, gostaria que me fornecesse o nome do dentista. Para as minhas fichas médicas. Se está tratando de Davis direito, podemos recomendá-lo para todos. Um só dentista para todos é melhor para a segurança.

PARTE TRÊS

CAPÍTULO I

1

O dr. Percival tinha convidado Sir John Hargreaves para almoçar em seu clube, o Reform. Tinham o hábito de almoçar alternadamente no Reform e no Travellers, uma vez por mês, sempre aos sábados, quando a maioria dos sócios já fora para o campo. O Pall Mall, de um cinza cor de aço, como uma gravura vitoriana, estava emoldurado pelas janelas compridas. O veranico já estava quase terminando, os relógios tinham sido todos alterados, podia-se sentir a aproximação do inverno oculta na menor brisa. Os dois começaram por truta defumada, o que levou Sir John Hargreaves a dizer ao dr. Percival que estava pensando seriamente em povoar o córrego que separava o parque de caça das terras cultivadas.

– Vou precisar dos seus conselhos, Emmanuel.

Os dois se tratavam pelos primeiros nomes, quando estavam seguramente a sós.

Por algum tempo, conversaram a respeito da pesca de trutas. Ou melhor, o dr. Percival é que falou durante quase o tempo todo. Para Hargreaves, o assunto sempre parecera limitado, mas ele sabia que o dr. Percival era perfeitamente capaz de prolongá-lo até a hora do jantar. Mas Percival acabou mudando de assunto, por acaso, passando das trutas para outro tema predileto: o seu próprio clube.

– Se eu tivesse um mínimo de consciência, não continuaria a ser sócio daqui – comentou Percival. – Sou sócio apenas por causa da comida. Espero que me perdoe, John, mas não há como negar que aqui há a melhor truta defumada de Londres.

– Também gosto muito da comida do Travellers.

— Ah, mas está esquecendo o nosso bolo de carne e rim. Sei que não gosta de me ouvir dizer isso, mas prefiro-o ao pastelão de sua esposa. O pastelão mantém o molho intacto, enquanto o bolo o absorve.

— Diga-me uma coisa, Emmanuel: por que a sua consciência, se é que a tem, o que é uma suposição das mais improváveis, está assim tão aflita?

— Deve saber que, para me tornar sócio daqui, tive de assinar uma declaração a favor da Lei da Reforma de 1866. É verdade que essa lei não foi tão ruim quanto as outras subseqüentes, como dar o direito de voto aos maiores de dezoito anos. Mas abriu os portões para a doutrina perniciosa do voto unitário. Até mesmo os russos apóiam atualmente essa doutrina, para efeitos de propaganda. Mas são inteligentes o bastante para só permitirem que se vote, em seu próprio país, em coisas que não têm absolutamente a menor importância.

— Como você está reacionário, Emmanuel! Entretanto, creio que há alguma procedência no que disse a respeito de bolo e pastelão. Talvez possamos experimentar um bolo no próximo ano... se é que ainda poderemos nos dar ao luxo de fazer uma caçada.

— Se não puder, será por causa dessa história de voto unitário. Seja sincero, John, e reconheça a tremenda confusão que essa idéia estúpida provocou na África.

— Acho que leva algum tempo para a verdadeira democracia funcionar.

— Esse tipo de democracia nunca dará certo.

— Gostaria realmente de voltar à época em que somente o chefe de uma casa tinha o direito de voto, Emmanuel?

Hargreaves nunca sabia determinar até que ponto o dr. Percival estava falando sério.

— Claro! Por que não? A renda exigida para um homem ter direito a votar seria devidamente reajustada a cada ano, por causa da inflação. Quatro mil libras por ano poderia ser o nível mínimo apropriado para se ter o direito de voto atualmente. Isso daria um voto aos mineiros e estivadores, o que nos pouparia um bocado de encrencas.

Depois do café, por acordo tácito, os dois desceram, pela imensa escadaria gladstoniana, para o frio do Pall Mall. Os tijolos do St. James's Palace rebrilhavam como um fogo agonizante, através do cinzento da tarde. A sentinela, um fulgor vermelho, parecia a última chama condenada. Entraram no parque e o dr. Percival disse:

– Voltando por um momento às trutas...

Escolheram um banco de onde podiam observar os patos a deslizar pela superfície do pequeno lago, com a mesma suavidade de brinquedos magnéticos. Ambos usavam sobretudos de *tweed*, sobretudos de homens que viviam no campo por opção. Um homem de chapéu-coco passou por eles. Levava um guarda-chuva e franziu o rosto, por algum pensamento íntimo, na passagem.

– Aquele é o Browne, sem esquecer o *e* – comentou o dr. Percival.

– É incrível como conhece gente, Emmanuel.

– É um dos conselheiros econômicos do primeiro-ministro. Eu não lhe daria nem um voto, sem importar o que ele possa ganhar.

– Vamos agora tratar de negócios, Emmanuel? Estamos a sós. Tive a impressão de que estava com receio de haver microfones ocultos no Reform.

– Por que não? Cercados por um bando de fanáticos do voto unitário, não se poderia esperar outra coisa. Se eles são capazes até de dar o direito de voto a canibais.

– Não deve menosprezar os canibais, Emmanuel. Alguns dos meus melhores amigos eram canibais. E agora que Browne com *e* já está longe e não pode nos ouvir.

– Estive investigando as coisas cuidadosamente, John, junto com Daintry. E, pessoalmente, estou convencido de que Davis é o homem que procuramos.

– Daintry também está convencido?

– Não. Todas as provas são circunstanciais, como não podia deixar de ser. Mas Daintry tem uma mentalidade muito legalista. Não vou fingir que gosto de Daintry. Ele não tem o menor senso de humor, mas é um homem consciencioso. Passei uma noite com Davis, há poucas semanas. Não chega a ser um alcoólatra agudo, como Burgess e Maclean, mas bebe bastante. E tenho a impressão de que está bebendo cada vez mais, desde que a nossa investigação começou. Como os dois que citei e mais Philby, é evidente que Davis está sob alguma espécie de pressão. É um pouco maníaco-depressivo... e um maníaco-depressivo geralmente possui o toque de esquizofrenia essencial para um agente duplo. Ele está ansioso em ir para o exterior. Provavelmente porque sabe que está sendo vigiado, e talvez o tenham proibido de tentar escapar. É claro que ele estaria fora do nosso controle em Lourenço Marques, e numa posição das mais úteis para eles.

– Mas o que me diz das provas?

– Ainda são um pouco indefinidas. Mas será que podemos esperar por provas irrefutáveis, John? Afinal, não pretendemos levá-lo a julgamento. A alternativa é Castle (você concordou comigo que podemos excluir Watson), e também o investigamos meticulosamente. Tem um segundo casamento feliz. A primeira esposa morreu na *blitz*. A família é boa, o pai era um médico, um daqueles clínicos gerais antiquados, membro do Partido Liberal, mas não partidário da Reforma, que cuidava de seus pacientes pela vida inteira e esquecia de mandar a conta. A mãe ainda está viva. Trabalhou como enfermeira durante a *blitz* e ganhou a Medalha George. Sempre foi patriota e costuma comparecer aos comícios do Partido Conservador. Não pode deixar de admitir que os antecedentes familiares são os melhores possíveis. Não há o menor indício de que Castle beba em excesso. E também é cuidadoso com dinheiro. Davis gasta muito dinheiro em Porto, em uísque e no seu Jaguar; aposta regularmente nos cavalos. Finge que é um profundo conhecedor e afirma ganhar muito dinheiro nas corridas. É uma desculpa clássica para se gastar mais do que se ganha. Daintry contou-me que o surpreendeu certa vez saindo do escritório e levando um relatório do 59800. Davis alegou que tencionava lê-lo durante o almoço. E deve se recordar daquele dia em que tivemos uma reunião com o homem do MI5 e você queria que ele comparecesse. Davis deixou o escritório dizendo que ia ao dentista. Mas ele não foi ao dentista (os dentes dele estão em perfeitas condições, posso garantir com toda a certeza). E duas semanas depois tivemos a constatação de que houvera outro vazamento.

– Sabemos para onde ele foi?

– Daintry já providenciara para que ele fosse seguido, pelo Serviço Especial. Davis foi ao Jardim Zoológico. Passou pela entrada dos sócios. O sujeito que o estava seguindo teve de entrar na fila da entrada geral e acabou perdendo-o de vista. Foi uma boa manobra.

– Sabemos com quem ele se encontrou?

– Davis é um homem esperto. Devia saber que estava sendo seguido. Posteriormente, verificamos que ele confessara a Castle que não ia ao dentista. Disse que ia se encontrar com sua secretária (era o dia de folga dela), junto do cercado dos pandas. E há também aquele relatório a respeito do qual você queria conversar com ele. Nunca esteve no cofre. O próprio Daintry confirmou isso.

– Não era um relatório dos mais importantes. Admito que tudo está parecendo um pouco suspeito, Emmanuel, mas eu não diria que são provas conclusivas. Ele se encontrou mesmo com a secretária?

– Claro! E deixou o Jardim Zoológico com ela. Mas o que aconteceu no intervalo?

– Já tentaram a técnica da nota marcada?

– Contei-lhe uma história falsa sobre pesquisas em Porton, pedindo o mais absoluto sigilo. Mas nada transpareceu por enquanto.

– Não vejo como podemos agir com base no que já se descobriu até agora.

– E se ele entrasse em pânico e tentasse escapar?

– Nesse caso, teríamos que agir com toda a presteza. Já chegou a uma conclusão sobre como deveremos agir?

– Estou trabalhando numa idéia das mais engenhosas, John. Amendoins.

– Amendoins?

– Isso mesmo. Aquelas coisinhas salgadas que se costuma comer junto com um drinque.

– Sei perfeitamente o que são amendoins, Emmanuel. Não esqueça que fui um comissário na África ocidental.

– Pois os amendoins são a solução. Quando ficam estragados, criam mofo. Causado pelo *Aspergillus flavus*... mas pode esquecer o nome. Não é importante, e sei que nunca foi muito bom em latim.

– Continue logo, pelo amor de Deus!

– Para tornar as coisas mais fáceis para você, vou me concentrar nesse mofo. Produz um grupo de substâncias altamente tóxicas, conhecidas coletivamente como aflatoxina. E a aflatoxina é a resposta para o nosso pequeno problema.

– Como funciona?

– Não sabemos com certeza em relação aos seres humanos, mas nenhum animal parece ser imune. Assim, é altamente improvável que nós o sejamos. A aflatoxina mata as células do fígado. Basta ficarem expostas por cerca de três horas. Os sintomas nos animais são a perda do apetite e a letargia. As asas dos pássaros tornam-se fracas. Uma autópsia mostra hemorragia e necrose no fígado, além do ingurgitamento dos rins. Espero que me perdoe o jargão médico. A morte geralmente ocorre em uma semana.

– Mas que diabo, Emmanuel! Sempre gostei de amendoins e agora acho que nunca mais conseguirei comê-los.

– Não precisa se preocupar, John. Seus amendoins salgados são escolhidos cuidadosamente... embora sempre seja possível haver um acidente. Mas no ritmo em que você termina uma lata, não há tempo para os amendoins estragarem.

– Dá a impressão de que realmente apreciou suas pesquisas. Às vezes, Emmanuel, você me dá arrepios.

– Mas deve reconhecer que é uma solução perfeita para o nosso problema. Uma autópsia mostraria apenas os danos ao fígado. E tenho a impressão de que o legista poderá até fazer uma advertência pública contra os perigos do abuso do Porto.

– Imagino que até já previu como poderá obter essa aero...

– Aflatoxina, John. Não há a menor dificuldade. Já tenho um homem em Porton preparando a quantidade necessária. Não é preciso muita coisa. Basta 0,0063 miligrama por quilo do corpo da vítima. E é claro que já pesei Davis. 0,5 miligrama serão suficientes. Mas, para termos certeza, vamos usar 0,75 miligrama. Mas podemos testar primeiro com uma dose ainda menor. Uma vantagem secundária será a possibilidade de obtermos informações valiosas sobre os efeitos da aflatoxina num ser humano.

– Jamais conseguiu chocar a si próprio, Emmanuel?

– Não há nada de chocante em tudo isso, John. Pense em todas as outras maneiras de morrer que Davis poderia ter. A cirrose de verdade seria muito mais lenta. Com uma dose de aflatoxina, ele praticamente não sofrerá. Sentirá uma letargia crescente, talvez tenha problemas nas pernas, já que não possui asas. É claro que podemos prever também alguma náusea. Levar apenas uma semana para morrer é quase um destino feliz, quando se pensa no quanto muitas pessoas sofrem.

– Fala como se ele já estivesse condenado.

– Ora, John, estou absolutamente convencido de que ele é o nosso homem. E espero apenas que me dê o sinal verde.

– Se Daintry também já estivesse convencido...

– Não podemos esperar pelo tipo de provas que Daintry exige, John.

– Gostaria que você me apresentasse pelo menos uma prova *concreta*.

– Ainda não posso fazê-lo. Mas é melhor não esperar por muito tempo. Lembre-se do que disse naquela noite, depois da caçada. Um marido complacente está sempre à mercê do amante. Não podemos permitir que haja outro escândalo na firma, John.

Outro vulto de chapéu-coco passou por eles, a gola do casaco levantada, contra o frio do crepúsculo de outubro. No Foreign Office, as luzes começavam a acender, uma a uma.

– Vamos conversar mais um pouco a respeito do córrego cheio de trutas, Emmanuel.

– Ah, as trutas... Que as outras pessoas elogiem o salmão! Não passam de peixes estúpidos, com aquela compulsão cega de nadar contra a correnteza, o que torna fácil pescá-los. Tudo de que se precisa são botas de cano alto, um braço forte e um ajudante esperto. Mas a truta... ah, a truta... é o verdadeiro rei dos peixes!

2

O coronel Daintry morava num apartamento de dois cômodos na St. James's Street, que encontrara por intermédio de outro membro da firma. Durante a guerra, o apartamento fora usado por um membro do MI6, que o utilizava para entrevistar possíveis recrutas. Havia apenas três apartamentos no prédio, aos cuidados de uma velha governanta, que vivia num quarto meio escondido no sótão. Daintry morava no segundo andar, em cima do restaurante (o barulho costumava mantê-lo acordado até de madrugada, quando o ultimo táxi partia). Acima dele, morava um homem de negócios aposentado, que fora outrora ligado ao serviço rival do tempo da guerra, o SOE, e um general reformado, que lutara no deserto Ocidental. O general estava muito velho e Daintry quase nunca o via na escada. Mas o homem de negócios, que sofria de gota, estava sempre saindo do apartamento, para ir ao Carlton Club, no outro lado da rua. Daintry não cozinhava e geralmente economizava uma refeição comprando *chipolatas** na Fortnum's. Jamais gostara de clubes. Se sentia fome, um fato raro, sempre podia ir ao Overton's, ali embaixo. Seu quarto e o banheiro davam para um pequeno pátio interno, onde havia um relógio de sol. Eram poucas as pessoas que passavam pela St. James's Street que sabiam da existência do pátio. Era, em suma, um apartamento bastante discreto, apropriado para um homem solitário.

Daintry passou o barbeador Remington no rosto pela terceira vez. Os escrúpulos com a higiene cresciam com a solidão, como os cabelos num cadáver. Estava se preparando para um dos raros jantares com a filha. Ele sugerira que o jantar fosse no Overton's, onde era conhecido. Mas a filha lhe dissera que queria comer um rosbife. E recusara o

---

* Lingüiça de porco, feita com tripa de carneiro. (N. E.)

Simpson's, onde Daintry também era conhecido, alegando que era um ambiente por demais masculino. Insistira em se encontrarem no Stone's, na Panton Street, às oito horas. A filha jamais fora ao apartamento de Daintry. Isso seria uma deslealdade com a mãe, muito embora ela soubesse que não havia mulher alguma a partilhá-lo. Talvez a escolha do Overton's tivesse sido prejudicada pela proximidade do apartamento de Daintry.

Daintry sempre se irritava ao entrar no Stone's e ser detido por um homem com uma vestimenta ridícula, a lhe perguntar se tinha reserva de mesa. O restaurante antiquado que ele recordava da juventude fora destruído na *blitz*. A casa fora reconstruída, com uma decoração dispendiosa. Daintry recordou-se, pesaroso, dos antigos garçons, de roupas empoeiradas, a serragem espalhada pelo chão, a cerveja forte, especialmente fabricada em Burton-on-Trent. Agora, até o alto da escada havia painéis inexpressivos, de gigantes jogando cartas, mais apropriados a um cassino. Estátuas brancas e nuas estavam dispostas sob a água a cair de uma fonte, além da parede de vidro, no final do restaurante. A fonte fazia com que o outono parecesse mais frio que o ar lá fora. A filha já estava à sua espera.

– Desculpe se cheguei atrasado, Elizabeth.

Daintry sabia perfeitamente que chegara três minutos antes da hora marcada.

– Não há problema. Já pedi um drinque para mim.

– Também vou tomar um xerez.

– Tenho notícias para lhe dar, papai. Por enquanto, somente mamãe sabe.

– Como vai sua mãe? – perguntou Daintry, com uma polidez formal.

Era invariavelmente a primeira pergunta que fazia, e sentiu-se contente por já tê-la feito.

– Está muito bem, considerando tudo. Foi passar uma ou duas semanas em Brighton, para mudar de ares.

Era como se estivessem falando a respeito de alguém a quem Daintry mal conhecia. Era estranho pensar que houvera um tempo em que ele e a esposa tinham sido íntimos o bastante para partilhar o orgasmo que produzira aquela linda jovem que estava agora sentada à sua frente, muito elegante, a bebericar um Tio Pepe. A tristeza que nunca estava muito longe, quando Daintry se encontrava com a filha, novamente envolveu-o... como um sentimento de culpa. Mas por que esse sentimento de culpa? Que culpa tivera? argumentava Daintry consigo mesmo. Sempre fora o que se costumava chamar de fiel.

– Espero que faça bom tempo – comentou Daintry.

Ele sabia que entediava a esposa. Mas por que isso seria um caso de culpa? Afinal, ela concordara em casar mesmo sabendo de tudo; ingressara voluntariamente no mundo inóspito de silêncios prolongados. Daintry invejava os homens que tinham liberdade de voltar para casa e comentar os acontecimentos do dia no escritório.

– Não quer saber da minha notícia, papai?

Olhando para trás, por cima do ombro, Daintry avistou Davis, que estava sozinho, numa mesa para dois. Estava esperando por alguém, tamborilando com os dedos, os olhos fixos no guardanapo. Daintry torceu para que não o visse.

– Notícia?

– Foi o que eu falei. Só mamãe sabe. E a outra pessoa também, é claro.

Elizabeth soltou uma risada embaraçada. Daintry olhou para as mesas dos dois lados de Davis. Esperava ver o homem que estava vigiando Davis. Mas os dois casais idosos, já no meio da refeição, não pareciam ser agentes do Serviço Especial.

– Não parece estar absolutamente interessado, papai. Seus pensamentos estão a quilômetros de distância.

– Desculpe, Elizabeth. É que acabei de ver alguém que conheço. Qual é a notícia secreta?

– Vou casar.

– Casar? E sua mãe já sabe disso?

– Acabei de dizer que já contei a ela.

– Lamento.

– Por que lamenta o fato de eu me casar?

– Não era a isso que eu estava me referindo, era... – Claro que não lamento coisa alguma, se ele for digno de você. Você é uma moça muito bonita, Elizabeth.

– Não estou à venda, papai. Imagino que, no seu tempo, um par de pernas bonitas tinha uma alta cotação no mercado.

– O que ele faz?

– Trabalha numa agência de publicidade. Cuida da conta do talco infantil da Jameson's.

– E isso é uma boa coisa?

– Boa, não, é ótima. Eles estão investindo uma verba fabulosa, tentando superar o talco infantil da Johnson's. Colin fez uns comerciais para a TV maravilhosos. E chegou mesmo a compor o *jingle*.

– Gosta muito dele? E tem certeza...?

Davis pedira um segundo uísque. Estava olhando para o cardápio. Àquela altura, já devia tê-lo lido muitas vezes, do princípio ao fim.

– Nós dois temos certeza absoluta, papai. Afinal, estamos vivendo juntos há um ano.

– Desculpe – murmurou Daintry novamente. – Eu não sabia disso. Sua mãe estava a par?

– É claro que ela adivinhou.

– O que é natural, pois ela a vê com mais freqüência que eu.

Daintry sentia-se como um homem que estava partindo para um longo exílio e olha do convés do navio para os contornos um tanto indefinidos da costa de seu país, desaparecendo além do horizonte.

– Ele queria vir comigo esta noite para ser apresentado a você, papai. Mas falei que, desta vez, queria estar a sós com você.

"Desta vez..." Soava como uma despedida. Agora, Daintry avistava apenas o horizonte vazio, já não havia mais qualquer sinal de terra.

– E quando será o casamento?

— No sábado, dia 21. Num cartório. Não vamos convidar ninguém, à exceção de mamãe e uns poucos amigos. Colin não tem pais.

Colin? pensou Daintry. Quem é Colin? Ora, claro, é o homem que cuida da conta da Jameson's!

— Eu adoraria se fosse também, papai... mas sempre tive a impressão de que tem receio de se encontrar com mamãe.

Davis desistira de qualquer esperança que pudesse ter acalentado. Ao pagar os uísques, levantou a cabeça e avistou Daintry. Era como se dois emigrantes tivessem saído para o convés com o mesmo objetivo, olhando um para o outro, e ambos se perguntando se deveriam falar alguma coisa. Davis virou-se e encaminhou-se para a porta. Daintry ficou olhando para ele, tristemente. Mas, afinal de contas, não havia necessidade de travarem conhecimento, por enquanto. Estariam juntos, numa longa viagem.

Daintry pôs o copo em cima da mesa, um tanto bruscamente, derramando um pouco de xerez. Sentiu uma raiva súbita de Percival. O médico não tinha qualquer prova contra Davis que pudesse resistir num tribunal. Ele não confiava em Percival. Recordou-se de Percival naquele fim de semana da caçada aos faisões. Percival nunca estava solitário, ria com a mesma facilidade com que falava, era um conhecedor de quadros, sentia-se à vontade com estranhos. Percival não tivera uma filha que estava vivendo com um estranho, num apartamento que ele nunca vira... nem mesmo sabia onde ficava.

— Pensamos em tomar alguns drinques e comer uns sanduíches depois, num hotel ou no apartamento de mamãe. Assim que tudo terminar, mamãe voltará para Brighton. Se pudesse ir...

— Acho que não será possível, Elizabeth. Vou ter que passar o fim de semana fora.

— Você acerta os seus compromissos com um bocado de antecedência, papai.

— Não tenho outro jeito. Sou um homem muito ocupado, Elizabeth. Se eu tivesse sabido antes.

— Eu queria fazer-lhe uma surpresa.

– Não acha que está na hora de pedirmos a comida? Vai querer um rosbife ou lombo de carneiro?

– Fico com o rosbife.

– Vão ter uma lua-de-mel?

– Vamos passar o fim de semana em casa. Talvez, quando chegar primavera... Neste momento, Colin está ocupado demais com a promoção do talco da Jameson's.

– Temos que comemorar, Elizabeth. O que me diz de uma garrafa de champanhe?

Daintry não gostava de champanhe, mas um homem deve cumprir suas obrigações.

– Prefiro tomar apenas um copo de vinho tinto.

– Tenho que pensar num presente de casamento.

– Um cheque seria melhor... e muito mais fácil para você, papai. Sei que não gosta de fazer compras. Mamãe vai nos dar um tapete maravilhoso.

– Não estou com o talão de cheques no bolso. Mas pode deixar que lhe mandarei o cheque na segunda-feira.

Depois do jantar, os dois se despediram na Panton Street. Daintry ofereceu-se para levá-la a casa de táxi, mas Elizabeth disse que preferia ir a pé. Ele não tinha a menor idéia do local em que ficava o apartamento que a filha partilhava com o tal de Colin. A vida particular de Elizabeth era tão zelosamente resguardada quanto a dele. Só que, em seu caso, nunca houvera muita coisa para ocultar. Não era sempre que ele apreciava as refeições que faziam juntos, pois não tinham muita coisa em comum para conversar. Mas, naquele momento, ao compreender que nunca mais estaria a sós com a filha, Daintry sentiu-se invadido por uma terrível sensação de abandono. E disse:

– Talvez eu possa adiar o meu encontro no fim de semana...

– Colin teria o maior prazer em conhecê-lo, papai.

– Será que eu poderia levar um amigo?

– Mas claro! Qualquer pessoa. Quem está pensando em levar?

– Ainda não tenho certeza. Talvez alguém do escritório.

– Não há problema, papai. Mas... não precisa ficar assustado. Mamãe gosta de você.

Daintry ficou observando a filha se afastar, na direção de Leicester Square. E para onde iria ela depois? Ele não tinha a menor idéia. Daintry finalmente virou-se e começou a voltar para a St. James's Street.

CAPÍTULO II

1

O veranico voltara por um dia, e Castle concordou em fazer um piquenique. Sam estava se tornando irrequieto depois da longa quarentena e Sarah tinha a noção fantasiosa de que qualquer germe que ainda perdurasse poderia ser afastado no bosque de faias, entre as folhas de outono. Ela preparou uma garrafa térmica com sopa de cebola quente, meia galinha fria, para ser desmembrada com os dedos, alguns bolinhos, um osso de carneiro para Buller e uma segunda garrafa térmica, com café. Castle acrescentou seu frasco de uísque. Levaram duas mantas para sentar, e até Sam concordou em levar um casaco, para o caso de começar a ventar de repente.

– É uma loucura fazer um piquenique em outubro – comentou Castle, visivelmente satisfeito com a imprudência.

O piquenique oferecia uma perspectiva de fuga à cautela do escritório, à língua presa, às precauções. Mas, como não podia deixar de acontecer, o telefone começou a tocar, com a violência de um alarme contra ladrões, no momento em que estavam arrumando as sacolas nas bicicletas.

Sarah disse:

– Devem ser novamente aqueles homens mascarados. Vão estragar nosso piquenique. Ficarei imaginando durante todo o tempo o que estará acontecendo aqui em casa.

Castle respondeu, sombriamente (com a mão sobre o fone):

– Não precisa se preocupar. É apenas Davis.

— O que ele está querendo?

— Está em Boxmoor, de carro. Disse que fazia um dia tão bonito que pensou em nos visitar.

— Oh, mas que diabo! E justamente quando já acabamos de preparar tudo! Não há mais qualquer comida na casa. À exceção do nosso jantar. E não dá para quatro.

— Se quiser, pode ir sozinha com Sam. Irei almoçar com Davis no Swan.

— O piquenique não teria a menor graça sem você.

— É o sr. Davis? — indagou Sam. — Gostaria que ele fosse. Poderíamos brincar de esconde-esconde. Não seria tão divertido sem o sr. Davis.

— Acho que podemos levar Davis junto — murmurou Castle.

— Meia galinha para quatro?

— Há bolinhos suficientes para um regimento.

— Davis não vai gostar de um piquenique em outubro, a menos que esteja doido também.

Mas Davis provou que era tão doido quanto eles. Disse que adorava piqueniques, até mesmo num dia quente de verão, quando havia insetos e moscas. Mas gostava muito mais de fazer piquenique no outono. Como não havia espaço no Jaguar dele para os quatro, combinaram um encontro no Common. No almoço, ele ganhou o osso da sorte da meia galinha, com uma hábil torção do pulso. Depois, introduziu um novo jogo. Os outros tinham que lhe adivinhar o desejo, fazendo perguntas. O desejo só seria atendido se ninguém conseguisse adivinhá-lo. Sarah adivinhou, num rasgo de intuição. Davis tinha desejado tornar-se um dia "o rei do *pop*".

— Eu não tinha mesmo muita esperança de que meu desejo se convertesse em realidade. Não sei escrever uma só nota musical.

A essa altura, os últimos bolinhos já tinham sido devorados e o sol da tarde tinha descido bastante, encontrando-se um pouco acima das urzes, enquanto o vento aumentava de intensidade. Folhas cor de cobre flutuavam pelo ar.

— Vamos brincar de esconde-esconde — sugeriu Davis.

Castle viu que Sam olhava para Davis com olhos de idolatria.

Tiraram a sorte para decidir quem seria o primeiro a se esconder e Davis venceu. Saiu correndo por entre as árvores, metido no sobretudo de pêlo de camelo, parecendo um urso extraviado de algum jardim zoológico. Depois de contarem até sessenta, os outros saíram à sua procura. Sam foi para a beira do Common, Sarah na direção de Ashridge e Castle embrenhou-se pelo bosque, onde Davis fora visto pela última vez. Buller seguiu-o, provavelmente na esperança de encontrar um gato. Um assovio baixo orientou Castle até o lugar onde Davis se escondera, numa depressão cercada de samambaias.

— É um esconderijo terrivelmente frio, aqui na sombra – comentou Davis.

— Foi você mesmo quem sugeriu a brincadeira. Estamos todos prontos para voltar para casa. Quieto, Buller! Oh, diabo, fique quieto!

— Sei disso, Castle. Mas o pequeno bastardo estava querendo brincar.

— Você parece conhecer as crianças melhor do que eu. Acho melhor chamá-los ou vamos acabar pegando...

— Não, não os chame... ainda não. Quero falar com você a sós. É algo importante.

— Não pode esperar até amanhã, no escritório?

— Não. Você me fez ficar desconfiado do escritório. Castle, acho que estou sendo realmente seguido.

— Eu lhe disse que tinha a impressão de que estavam interceptando seu telefone.

— Não acreditei. Mas desde aquela noite... Na quinta-feira, levei Cynthia ao Scott's. Havia um homem no elevador, quando descemos. Mais tarde, ele estava também no Scott's, bebendo Black Velvet. E hoje, ao vir para Berkhamsted, notei um carro que vinha atrás de mim, em Marble Arch. Foi por puro acaso que notei, pois tive a impressão de que se tratava de um conhecido. Mas não era. Tornei a avistá-lo atrás de mim em Boxmoor. Num Mercedes preto.

— O mesmo homem que estava no Scott's?

— Claro que não. Eles jamais seriam tão estúpidos assim. Aumentei a velocidade do Jaguar e me afastei rapidamente pela estrada, movimentada com o tráfego intenso do domingo. Consegui despistá-lo antes de chegar a Berkhamsted.

— Não confiam em nós, Davis. Aliás, não confiam em ninguém. Mas quem se importa com isso, se somos inocentes?

— Ora, já sei de tudo isso, Castle! Não acha que parece até o refrão de uma canção antiga? Quem se importa? "Sou inocente. Quem se importa? Se me pegarem, direi apenas que fui comprar maçãs douradas, algumas peras..." Acho que ainda poderei ser o rei do *pop*.

— Conseguiu realmente despistá-lo antes de chegar a Berkhamsted?

— Consegui. Ou pelo menos tive essa impressão. Mas que diabo estará acontecendo, Castle? Será mesmo apenas uma verificação de rotina, como Daintry sugeriu? Você já está neste maldito espetáculo há mais tempo que qualquer um de nós. Deve saber do que se trata.

— Eu lhe disse naquela noite em que saímos com Percival. Deve ter havido algum vazamento e eles desconfiam de um agente duplo. Por isso, estão fazendo uma verificação de segurança e não se importam muito que saibamos ou não. Acham que o agente pode perder o controle dos nervos, se for culpado.

— Mas como podem desconfiar que eu seja um agente duplo? Não acredita nisso, não é mesmo, Castle?

— Não, claro que não. E não precisa se preocupar, Davis. Basta ser paciente. Deixe que terminem de fazer a verificação e tenho certeza de que também não irão mais desconfiar. Espero que estejam verificando a mim também... e a Watson.

A distância, Sarah estava gritando:

— Desistimos! Desistimos!

Uma voz fina soou ainda mais distante:

— Oh, não, ainda não! Continue escondido, sr. Davis. Por favor, sr. Davis.

Buller latiu e Davis espirrou.

— As crianças são mesmo impiedosas – disse ele.

Houve um barulho nas samambaias em torno do esconderijo e Sam apareceu.

– Peguei!

Um instante depois, ele viu Castle e acrescentou:

– Ah, mas isso foi trapaça!

– Não, porque eu não pude chamar – explicou Castle. – Ele me rendeu, apontando uma arma.

– Onde está a arma?

– Olhe no bolsinho do casaco dele.

– Só estou vendo uma caneta-tinteiro – respondeu Sam.

– É uma pistola de gás disfarçada como caneta-tinteiro – disse Davis. – Está vendo este botão? Esguicha o que parece ser tinta... só que não é tinta de verdade, mas gás dos nervos. James Bond nunca teve permissão para usar uma arma igual... é secreta demais. E, agora, levante as mãos.

Sam levantou as mãos, perguntando:

– Você é um espião de verdade?

– Sou um agente duplo, a serviço da Rússia. Se dá valor à sua vida, vai ter que me dar cinqüenta metros de dianteira.

Davis saiu do esconderijo, correndo desajeitadamente, por causa do sobretudo pesado, pelo bosque de faias. Sam foi em seu encalço, subindo uma encosta, descendo do outro lado. Davis chegou à beira da estrada de Ashridge, onde deixara o Jaguar vermelho. Apontou a caneta-tinteiro para Sam e gritou uma mensagem tão incoerente quanto um dos telegramas de Cynthia:

– Piquenique... amor... Sarah.

E depois desapareceu, com uma explosão do cano de descarga.

– Peça a ele para vir novamente – disse Sam para Castle, mais tarde. – Por favor, peça a ele para aparecer mais vezes.

– Claro, claro... Por que não? Assim que começar a primavera.

– A primavera ainda está muito longe... e eu estarei na escola.

– Mas sempre haverá os fins de semana – respondeu Castle, sem muita convicção.

Ele podia recordar muito bem como o tempo parece avançar lentamente na infância. Um carro passou por eles, seguindo na direção de Londres Era um carro preto, talvez fosse um Mercedes. Mas Castle não sabia muita coisa de carros.

– Gosto do sr. Davis – disse Sam.

– Eu também gosto.

– Ninguém brinca de esconde-esconde tão bem quanto ele. Nem mesmo você.

2

– Não estou conseguindo fazer grandes progressos com o *Guerra e paz,* sr. Halliday.

– Mas é um grande livro, e vai descobri-lo, se tiver um pouco de paciência. Já chegou à retirada de Moscou?

– Ainda não.

– É uma história terrível.

– Mas não acha que parece muito menos terrível atualmente? Afinal, os franceses eram soldados... e a neve não é tão ruim quanto o napalm. Na neve, pelo que dizem, a pessoa de repente adormece para nunca mais acordar... não é queimada viva.

– Tem razão. Quando penso em todas aquelas pobres crianças no Vietnã... Pensei em participar de algumas das manifestações que costumavam fazer por aqui, mas meu filho jamais deixou. Tem medo de que a polícia dê uma batida naquela lojinha dele. E é verdade que não vejo qualquer mal no que ele faz, por vender alguns livros mais ousados. Como eu sempre disse... os homens que os compram... ora, não se pode causar qualquer mal a homens assim, não é mesmo?

– Exatamente. Afinal, eles não são jovens americanos puros a cumprir seu dever com bombas de napalm.

Algumas vezes, Castle descobria ser impossível não deixar transparecer uma lasca do *iceberg* submerso que era sua vida.

– E o pior é que nenhum de nós poderia fazer coisa alguma – disse Halliday. – O governo vive falando em democracia. Mas que importância o governo já deu a todas as nossas bandeiras e *slogans?* Só muda de atitude na época das eleições. Tudo isso só faz ajudá-los a escolher as promessas que serão mais tarde quebradas. E no dia seguinte abrimos o jornal para descobrir que outra aldeia inocente foi exterminada por engano. E não vai demorar muito para que a mesma coisa comece a acontecer na África do Sul. Primeiro, foram as criancinhas amarelas... que não são mais amarelas do que nós... daqui a pouco serão as criancinhas pretas...

– Vamos mudar de assunto, sr. Halliday. Recomende-me um livro que não seja sobre guerra.

– Sempre se pode ler Trollope. Meu filho gosta muito de Trollope. Mas não acha que é um autor que absolutamente não combina com o tipo de livros que ele costuma vender?

– Nunca li Trollope. Ele não é um tanto eclesiástico? De qualquer maneira, peça a seu filho para escolher um Trollope e mandar para minha casa pelo correio.

– Seu amigo também não gostou de *Guerra e paz*?

– Não. Para ser franco, ele se cansou antes de mim. Talvez houvesse guerra demais para ele.

– Eu poderia perfeitamente atravessar a rua e ir conversar com meu filho. Sei que ele prefere os romances políticos... ou o que costuma chamar de sociológicos. Ouvi-o falar muito bem de *The way we live now.* Um bom título, senhor. Sempre contemporâneo. Gostaria de levá-lo para casa esta noite?

– Não, hoje não.

– Vai também comprar dois exemplares, como sempre, senhor? Invejo-o por ter um amigo com quem pode discutir literatura. Há bem poucas pessoas atualmente que se interessam por literatura.

Deixando a livraria do sr. Halliday, Castle seguiu para a estação de Piccadilly Circus e aproximou-se dos telefones.

Escolheu uma cabine na extremidade e olhou pelo vidro para a única pessoa na cabine mais próxima. Era uma moça gorda e sardenta, que soltava risadinhas e mastigava chiclete, enquanto ouvia algo bastante gratificante. Castle discou e uma voz disse:

– Alô?

– Desculpe, foi engano outra vez.

Ele saiu da cabine. A moça estava grudando o chiclete no catálogo, inteiramente absorvida na conversa prolongada e visivelmente agradável. Castle ficou esperando ali perto por um momento, para certificar-se de que a moça não demonstrava o menor interesse por ele.

3

– O que está fazendo? – perguntou Sarah. – Não me ouviu chamá-lo?

Ela olhou para o livro sobre a mesa e acrescentou:

– *Guerra e paz?* Pensei que já tivesse se cansado de ler *Guerra e paz*.

Castle reuniu algumas folhas, dobrou-as e guardou-as no bolso.

– Estou tentando escrever um ensaio.

– Mostre-me.

– Não. Só depois que ficar pronto.

– Para onde vai mandá-lo?

– Para o *New Statesman... Encounter...* quem sabe?

– Já fazia muito tempo que você não escrevia. Estou contente por ter recomeçado.

– Obrigado. Parece que estou irremediavelmente condenado a sempre tentar novamente.

CAPÍTULO III

1

Castle serviu-se de outro uísque. Sarah estava lá em cima, com Sam, já há bastante tempo. Ele estava sozinho, esperando que a campainha da porta tocasse, esperando... Sua mente vagueou para outra ocasião em que também esperara, pelo menos três quartos de hora, no gabinete de Cornelius

Muller. Ele lhe dera para ler um exemplar do *Rand Daily Mail*, uma estranha escolha, já que o jornal era inimigo declarado da maioria das coisas defendidas pela BOSS, a organização para a qual Muller trabalhava. Castle já tinha lido o jornal durante o café-da-manhã, mas naquele momento releu todas as páginas, sem outro propósito que não o de passar o tempo. Sempre que levantava a cabeça para dar uma olhada no relógio, deparava com os olhos de um dos dois funcionários subalternos sentados muito empertigados por trás de suas escrivaninhas, talvez se revezando na missão de vigiá-lo. Será que esperavam que ele tirasse de repente uma lâmina do bolso e abrisse uma veia? Mas a tortura, dissera a si mesmo, ficava sempre aos cuidados da Polícia de Segurança... ou pelo menos era o que acreditava. E no caso dele, afinal de contas, não havia por que temer a tortura de qualquer serviço, já que estava protegido pelos privilégios diplomáticos. Era um dos intorturáveis. Mas nenhum privilégio diplomático podia ser ampliado a ponto de incluir também Sarah. Castle aprendera, durante o último ano na África do Sul, a antiga lição de que o medo e o amor são inseparáveis.

Castle terminou o uísque e serviu-se de outra dose, pequena. Tinha de ser cauteloso.

Sarah chamou-o:

– O que está fazendo, querido?

– Estou apenas esperando pelo sr. Muller. E tomando outro uísque.

– Não beba demais, querido.

Haviam decidido que ele deveria inicialmente receber Muller sozinho. Não podia haver a menor dúvida de que Muller viria de Londres num carro da embaixada. Um Mercedes preto, como todas as autoridades mais importantes usavam na África do Sul?

"Supere os constrangimentos iniciais e deixe os assuntos mais importantes para tratar no escritório", recomendara C. "Em sua casa, é mais provável que consiga descobrir alguma indicação útil... sobre o que sabemos e eles não. Mas pelo amor de Deus, Castle, mantenha a calma a qualquer custo."

E agora ele se esforçava em manter a calma com a ajuda de um terceiro uísque, enquanto escutava atentamente, à espera do barulho de um carro, qualquer carro. Mas, àquela hora, quase não havia movimento na King's Road. Todos os homens que trabalhavam em Londres há muito que já tinham voltado para casa.

Se o medo e o amor são inseparáveis, o mesmo acontece com o medo e o ódio. O ódio é uma reação automática ao medo, pois o medo humilha. Quando finalmente lhe haviam permitido que largasse o *Rand Daily Mail,* interrompendo a sua quarta leitura do mesmo artigo de fundo, com seu protesto rotineiro inútil contra os males do *apartheid,* Castle estava profundamente cônscio da própria covardia. Sabia perfeitamente que três anos de vida na África do Sul e seis meses de amor por Sarah haviam-no transformado num covarde.

Dois homens esperavam-no na outra sala: o sr. Muller, sentado atrás de uma escrivaninha imensa, feita com a melhor madeira da África do Sul, sobre a qual havia apenas um bloco de mata-borrão limpo, um porta-canetas polido e um arquivo sugestivamente aberto, era um deles. Era um pouco mais moço que Castle, beirando talvez os cinqüenta anos. Tinha o tipo de rosto que, em circunstâncias normais, Castle teria achado extremamente fácil esquecer. Era um rosto de quem não apreciava a vida ao ar livre, o rosto de um empregado de banco ou de um funcionário público subalterno, um rosto que não era marcado pelos tormentos de qualquer crença, humana ou religiosa, um rosto pronto a receber ordens e obedecer a elas prontamente, sem qualquer contestação, um rosto essencialmente conformista. Certamente não era o rosto de um algoz, expressão que se aplicava melhor ao segundo homem, de uniforme, sentado com as pernas passadas por cima do braço da poltrona, numa atitude de insolência, como se quisesse demonstrar que estava em pé de igualdade com qualquer outro homem. O rosto dele não evitava o sol. Apresentava um rubor que devia ser típico do inferno, como se tivesse passado tempo demais exposto a um calor forte demais para que homens comuns pudessem suportar. Os óculos de Muller tinham aros de ouro. Era o país dos aros de ouro.

"Sente-se", dissera Muller a Castle.

Falara com polidez suficiente para passar por cortesia. Mas o único lugar que havia para sentar era uma cadeira estreita, tão pequena para ser confortável quanto um banco de igreja. Se quisesse se ajoelhar, não haveria nenhuma almofada no chão duro para apoiar os joelhos. Castle sentara-se em silêncio, e os dois homens, o pálido e o vermelho, tinham ficado a contemplá-lo, sem dizer nada. Perguntara-se por quanto tempo o silêncio iria perdurar. Cornelius Muller tirara uma ficha do arquivo à sua frente e depois de algum tempo começara a bater nela com a extremidade da caneta esferográfica de ouro, sempre no mesmo lugar, como se estivesse martelando um prego. O barulho suave das batidas acentuava o silêncio prolongado como o tique-taque de um relógio. O outro homem começara a coçar a perna, por cima da meia, o barulho se acrescentando às batidas da caneta.

Muller dignara-se finalmente a falar:

"Fico contente por ter podido atender ao nosso chamado, sr. Castle".

"Não me era muito conveniente, mas aqui estou."

"Queríamos evitar um escândalo desnecessário, o que aconteceria se escrevêssemos para seu embaixador."

Fora a vez de Castle ficar calado, enquanto tentava imaginar o que Muller estava querendo dizer ao falar em escândalo.

"O Capitão van Donck... este é o Capitão van Donck... é que nos trouxe o problema. Achou que seria mais apropriado que cuidássemos do caso, ao invés de entregá-lo à Polícia de Segurança... por causa de sua posição na embaixada britânica. Está sob observação há muito tempo, sr. Castle. Mas achei que, no seu caso, uma prisão não serviria a qualquer propósito prático. Sua embaixada iria certamente alegar imunidade diplomática. Claro que poderíamos contestar nos tribunais, e não há dúvida de que acabaria sendo despachado de volta à Inglaterra. E isso provavelmente representaria o fim de sua carreira, não é mesmo?"

Castle nada dissera.

"Tem sido muito imprudente, até mesmo estúpido, sr.

Castle. Mas eu, pessoalmente, não creio que a estupidez deva ser punida como um crime. O Capitão van Donck e a Polícia de Segurança, no entanto, têm uma opinião diferente, uma posição legalista... e talvez estejam certos. Ele preferia prendê-lo formalmente e acusá-lo nos tribunais. Acha que a imunidade diplomática é muitas vezes concedida indevidamente a funcionários subalternos de uma embaixada. Gostaria de levar o caso a julgamento, por uma questão de princípios."

A cadeira dura começara a se tornar incômoda, e Castle sentira vontade de mudar a posição do corpo. Mas pensara que o movimento poderia ser encarado como um sinal de fraqueza. Estava tentando definir o que eles realmente sabiam. Quantos de seus agentes, perguntara-se, estariam incriminados? Ficara envergonhado de sua própria segurança relativa. Numa guerra genuína, um oficial sempre pode morrer com seus homens e assim manter o auto-respeito.

"Comece a falar, Castle", ordenara o Capitão van Donck.

Ele tirara as pernas de cima do braço da poltrona, fizera menção de se levantar. Provavelmente era apenas um blefe, pensara Castle. O homem abrira e fechara o punho, contemplando o anel de sinete. Depois, começara a polir o anel de ouro com um dedo, como se fosse uma arma que devia ser sempre mantida bem engraxada. Naquele país, não se podia escapar ao ouro. Estava na poeira das cidades, os artistas usavam-no para pintar, era perfeitamente natural que a polícia também o usasse para bater na cara de um homem.

"Falar a respeito do quê?"

"Você é igual à maioria dos ingleses que vêm à República", comentara Muller. "Não pode deixar de sentir uma certa simpatia automática pelos africanos negros. Podemos perfeitamente compreender esse sentimento. Ainda mais porque somos também africanos. Estamos vivendo aqui há trezentos anos. Os bantos são recém-chegados, como vocês. Mas não preciso dar-lhe uma lição de história. Como falei, compreendemos o ponto de vista de vocês, apesar de ser dos mais ignorantes. Mas quando leva um homem a se tornar emocional, passa a ser um sentimento perigoso. E quando chega ao ponto de infringir a lei..."

"Que lei?"

"Creio que sabe muito bem qual é a lei..."

"É verdade que estou planejando um estudo sobre o *apartheid*. A embaixada não faz qualquer objeção. Mas é um estudo sério, sociológico, bastante objetivo. E por enquanto está em minha cabeça. Ainda não tem o direito de censurá-lo. Seja como for, tenho certeza de que não será publicado neste país."

O Capitão van Donck interrompera-o, com visível impaciência:

"Se quer trepar com uma puta negra, por que não vai a um bordel em Lesotho ou Suazilândia? São lugares que ainda fazem parte da chamada Comunidade."

Fora nesse momento que Castle pela primeira vez percebera que era Sarah, e não ele, quem estava correndo perigo.

"Estou velho demais para me interessar por prostitutas."

"Onde é que esteve nas noites de 4 e 7 de fevereiro? E na tarde de 21 de fevereiro?"

"É óbvio que sabe... ou pensa que sabe. Guardo a agenda de reuniões no escritório."

Há 48 horas que ele não via Sarah. Será que ela já estaria nas mãos de homens como o Capitão van Donck? O medo e o ódio de Castle haviam crescido simultaneamente. Esquecera que, teoricamente, era um diplomata, apesar de subalterno.

"De que diabo está falando?"

E virando-se para Cornelius Muller, acrescentara:

"E você, o que está querendo de mim?"

O Capitão van Donck era um homem brutal e simplista, que acreditava em algo, por mais repugnante que pudesse ser. Por isso, era daqueles que podiam ser perdoados. O que Castle nunca poderia perdoar era aquele oficial da BOSS, um homem instruído, de maneiras suaves. Eram os homens assim, devidamente instruídos, sabendo perfeitamente o que estavam fazendo, que podiam transformar a vida num verdadeiro inferno. Recordara-se do que lhe dissera muitas vezes seu amigo comunista, Carson:

"Nossos piores inimigos não são os ignorantes e simplistas, por mais cruéis que sejam. Nossos piores inimigos são os homens inteligentes e corruptos".

Muller dissera:

"Deve saber muito bem que infringiu a Lei das Relações Raciais com aquela sua namorada banto". Ele falara num tom de suave censura, como um funcionário de banco a dizer a um cliente sem maior importância que fizera um saque a descoberto inaceitável. "E deve saber também que, se não fosse pela imunidade diplomática, a esta altura já estaria na cadeia."

"Onde foi que a escondeu?", perguntara o Capitão van Donck.

Castle sentira um grande alívio ao ouvir a pergunta.

"Onde a escondi?"

O Capitão van Donck levantara-se abruptamente, esfregando o anel de ouro. Chegara mesmo a cuspir nele.

"Pode deixar que cuidarei do sr. Castle, capitão", dissera Muller. "Não vou mais tomar seu tempo. Obrigado pela ajuda que prestou ao nosso departamento. E, agora, eu gostaria de falar com o sr. Castle a sós."

Assim que a porta se fechara, Castle ficara a enfrentar, como Carson teria dito, o verdadeiro inimigo. Muller continuara a falar:

"Não dê muita importância ao Capitão van Donck. Homens como ele não conseguem ver um palmo adiante do nariz. Há outros meios para se resolver este caso de maneira muito mais sensata que não um processo que irá arruiná-lo e de nada nos servirá".

Subitamente, uma voz de mulher gritou para Castle, trazendo-o de volta ao presente:

– Estou ouvindo um carro se aproximar.

Era Sarah quem lhe estava falando, do alto da escada. Ele foi até a janela. Um Mercedes preto avançava lentamente ao longo das casas quase iguais da King's Road. Era evidente que o motorista estava procurando por um número. Mas, como estava sempre acontecendo, muitos dos lampiões da rua estavam apagados.

— É realmente o sr. Muller, Sarah — gritou Castle, em resposta.

Ao largar o copo de uísque, descobriu que a mão estava trêmula, de apertá-lo com muita força.

Ao ouvir a campainha da porta, Buller começou a latir. Mas depois que Castle abriu a porta, o cachorro começou a fazer festa ao estranho, com uma total ausência de discriminação, deixando uma trilha de baba afetuosa na calça de Cornelius Muller.

— Bom cão, bom cão... — murmurou Muller, cautelosamente.

Os anos haviam provocado uma mudança considerável em Muller. Os cabelos estavam agora quase brancos e o rosto já não parecia tão suave. Não dava mais a impressão de ser um funcionário público que só conhecia as respostas apropriadas. Desde que se haviam encontrado pela última vez, era evidente que algo lhe acontecera. Parecia mais humano. Talvez fosse porque a promoção o levara a assumir maiores responsabilidades, as quais inevitavelmente acarretavam incertezas e perguntas sem respostas.

— Boa noite, sr. Castle. Lamento ter-me atrasado, mas o tráfego estava horrível em Watford... acho que era esse mesmo o nome do lugar.

Quase se podia agora tomá-lo por um homem tímido. Ou talvez ele simplesmente se sentisse desorientado fora do escritório familiar, longe da escrivaninha de madeira de primeira, sem a presença de dois colegas subalternos numa sala externa. O Mercedes preto afastou-se. Evidentemente, o motorista fora procurar um lugar onde jantar. Muller estava agora sozinho, entregue à própria sorte, numa cidade estranha, numa terra estranha, onde as caixas postais tinham as iniciais de um soberano, E II, e onde não havia uma estátua de Kruger em qualquer praça.

Castle serviu dois uísques.

— Faz muito tempo desde que nos encontramos pela última vez — comentou Muller.

— Sete anos?

— Foi muita gentileza da sua parte convidar-me a jantar em sua casa.

— C achou que era uma boa idéia. Para quebrar o gelo. Parece que temos de trabalhar em estreito contato. Na Tio Remus.

Os olhos de Muller se deslocaram para o telefone, para o abajur em cima da mesinha, para um vaso com flores.

— Está tudo bem — disse Castle. — Não precisa ficar preocupado. Se há microfones ocultos por aqui, foram instalados pelo meu próprio serviço. Mas tenho certeza de que não há.

Levantou o copo e acrescentou:

— Ao nosso último encontro. Lembra-se de ter sugerido na ocasião que eu poderia concordar em trabalhar para você? Pois aqui estou. Vamos trabalhar juntos. Ironia ou predestinação histórica? A sua Igreja Holandesa acredita nessas coisas.

— É claro que, naquele tempo, eu não tinha a menor idéia da sua posição — disse Muller. — Se soubesse, não o teria ameaçado por causa daquela miserável garota banto. Sei agora que ela era apenas um de seus agentes. Poderíamos até pô-la a trabalhar para nós. Mas pensei que fosse um daqueles sentimentalistas nobres que combatem o *apartheid*. Fiquei espantado quando seu chefe disse que era você o homem com quem eu deveria conversar a respeito da Tio Remus. Espero que não tenha guardado qualquer ressentimento contra mim. Afinal, somos ambos profissionais e estamos agora no mesmo lado.

— É, acho que sim...

— Gostaria que me dissesse como conseguiu tirar aquela garota banto da África do Sul. Isso já não tem mais qualquer importância agora, não é mesmo? Foi através da Suazilândia?

— Foi.

— Pensei que tivéssemos fechado aquela fronteira eficazmente... exceto para os verdadeiros especialistas em guerrilhas. Nunca imaginei que você o fosse, embora soubesse que fizera alguns contatos com comunistas. Mas pensei que precisava deles para aquele seu livro a respeito do *apartheid,* que nunca chegou a ser publicado. Conseguiu enganar-me direitinho. Sem falar no Capitão van Donck. Lembra-se do Capitão van Donck?

– Claro que me lembro. E muito bem.

– Tive de pedir à Polícia de Segurança que ele fosse rebaixado, depois do seu caso. O Capitão van Donck agiu de maneira desastrosa. Eu tinha certeza de que você acabaria concordando em trabalhar para nós, se ele mantivesse a garota segura na cadeia. Mas Van Donck deixou-a escapar. Eu estava convencido... não ria, por favor... de que se tratava de um caso de amor verdadeiro. Já conheci muitos ingleses que começaram com a idéia de combater o *apartheid* e acabaram encurralados por nós na cama de uma garota banto. É a idéia romântica de se rebelar contra o que consideram uma lei injusta que os atrai, tanto quanto um traseiro negro. Nunca imaginei que aquela garota... o nome dela não era Sarah Mankosi?... fosse o tempo todo uma agente do MI6.

– Ela própria não sabia disso. Também acreditava que eu ia escrever um livro. Tome outro uísque.

– Obrigado.

Castle serviu novamente os dois copos, apostando em sua capacidade de resistência superior.

– Segundo todas as informações, ela era uma garota inteligente. Investigamos meticulosamente os antecedentes dela. Cursou a Universidade Africana, no Transvaal, onde professores negros subservientes sempre produzem estudantes dos mais perigosos. Pessoalmente, contudo, sempre achei que, quanto mais esperto o africano é, mais facilmente se pode convertê-lo... para um lado ou outro. Se tivéssemos conseguido manter aquela garota na cadeia durante um mês, tenho certeza de que teríamos podido mudá-la. E ela bem que poderia ser-nos útil agora, nesta Operação Tio Remus. Ou será que não? Sempre esquecemos do que é capaz de fazer aquele demônio chamado Tempo. A esta altura, ela já deve estar muito diferente. As mulheres bantos envelhecem rapidamente. Geralmente, já estão acabadas... pelo menos para o gosto de um branco... muito antes de chegarem aos trinta anos. Quer saber de uma coisa, Castle? Fico realmente contente por estarmos trabalhando juntos e por descobrir que você não é o que pensávamos na BOSS, um desses tipos idealistas, que querem mudar a natureza dos seres humanos. Sabíamos quem eram as pessoas com as quais você estava em contato... ou pelo menos a maioria. E sabíamos também quais as bobagens que andavam lhe dizendo. Mas você foi mais esperto do que nós. Assim, deve ter enganado também aqueles bantos e comunistas. Imagino que eles também pensavam que você estivesse escrevendo um livro que iria lhes servir. Se quer saber, não sou um antiafricano como o Capitão van Donck. Ao contrário, considero-me cem por cento africano.

Não era certamente o Cornelius Muller do escritório de Pretória quem estava falando naquele momento. O funcionário público pálido, a executar o seu serviço conformista, jamais teria falado com tanto desembaraço e confiança. Até mesmo a incerteza e a timidez de poucos minutos atrás haviam desaparecido. O uísque curara tudo. Muller era agora uma alta autoridade da BOSS, a quem fora confiada uma missão no exterior, que não recebia ordens de ninguém que estivesse abaixo do posto de general. Podia relaxar. Podia ser... uma noção desagradável... ele próprio. Castle teve a impressão de que ele começava a se parecer cada vez mais, na vulgaridade e brutalidade de suas palavras, com o Capitão van Donck, a quem tanto desprezava.

– Tive uns fins de semana extremamente agradáveis em Lesotho, lado a lado com meus irmãos negros, no cassino do Holiday Inn – disse Muller. – Admito até que certa vez tive um pequeno... encontro, digamos assim. De certa forma, pareceu muito diferente lá. E não era contra a lei, já que eu não estava na República.

Castle chamou:

– Sarah, traga Sam até aqui embaixo para dizer boa noite ao sr. Muller.

– É casado, Castle?

– Sou.

– Sinto-me ainda mais lisonjeado por ter sido convidado a vir jantar em sua casa. Trouxe alguns pequenos presentes da África do Sul, e talvez haja algo que sua esposa aprecie. Mas ainda não respondeu à minha pergunta. Agora que estamos trabalhando juntos... como eu queria antes, deve estar lembrado... não poderia me contar como conseguiu tirar a garota da África do Sul? Já não pode fazer mal nenhum a seus agentes, e tem uma certa relação com a Tio Remus, com os problemas que iremos enfrentar juntos. Seu país e o meu – e os Estados Unidos também, é claro – têm agora uma fronteira comum.

– Talvez ela própria possa contar-lhe. Deixe-me apresentar-lhe minha esposa e meu filho, Sam.

Os dois estavam descendo a escada juntos no momento em que Cornelius Muller se virou.

– O sr. Muller estava perguntando como consegui levá-la para a Suazilândia, Sarah.

Castle subestimara Muller. A surpresa que havia planejado fracassou por completo.

– Muito prazer em conhecê-la, sra. Castle – disse Muller, apertando a mão de Sarah.

– Por pouco que não nos encontramos há sete anos.

– Tem razão. Foram sete anos perdidos. Tem uma esposa maravilhosa, Castle.

– Obrigada – disse Sarah. – Sam, aperte a mão do sr. Muller.

– Este é meu filho, sr. Muller – disse Castle.

Ele sabia que Muller não podia deixar de ser um bom juiz de tonalidade da pele... e Sam era muito preto.

– Como vai, Sam? Já está freqüentando a escola?

– Ele vai começar a escola dentro de uma ou duas semanas. E agora vá para a cama, Sam.

– Sabe brincar de esconde-esconde? – perguntou Sam.

– Já esqueci a brincadeira, mas posso aprender de novo.

– É um espião como o sr. Davis?

– Eu disse para ir deitar, Sam.

– Tem uma caneta que esguicha veneno?

– Vá deitar, Sam!

Assim que o menino se retirou, Castle disse:

– E agora, Sarah, responda por favor à pergunta do sr. Muller. Onde e como atravessou a fronteira para a Suazilândia?

– Tenho mesmo que responder à pergunta?

Cornelius Muller interveio:

– Ora, vamos esquecer a Suazilândia. É história do passado e aconteceu em outro país.

Castle observou-o se adaptar, tão naturalmente quanto um camaleão, à cor do solo. Muller devia ter-se adaptado exatamente daquela maneira no fim de semana que passara em Lesotho. Talvez o achasse mais simpático se ele não tivesse uma capacidade tão grande de se adaptar. Durante o jantar, Muller manteve uma conversa cortês. E Castle pensou, é isso mesmo, eu teria preferido o Capitão van Donck, que teria ido embora imediatamente, ao deparar com Sarah. Um preconceito tinha algo em comum com um ideal. Cornelius Muller era um homem sem preconceitos e também sem ideais.

– O que acha do clima daqui, sra. Castle, depois da África do Sul?

– Está se referindo ao tempo?

– Exatamente.

– Não é tão rigoroso.

– Não sente saudades da África de vez em quando? Antes de vir para cá, estive em Madri e Atenas. Assim, já estou fora de casa há algumas semanas. E sabe do que mais sinto falta? Dos escoadouros das minas em torno de Johannesburg. Da cor que apresentam, quando o sol está se pondo. Qual é a coisa de que mais sente falta?

Castle jamais desconfiara de que Muller fosse capaz de qualquer sentimento estético. Seria um dos interesses que adquirira com a promoção ou simplesmente se adaptara para a ocasião e o país em que se encontrava, por uma questão de cortesia?

– Minhas recordações são diferentes – disse Sarah. – Afinal minha África era diferente da sua.

– Ora, somos ambos africanos. Por falar nisso, trouxe alguns presentes para os meus amigos aqui. Sem saber que era uma de nós, trouxe-lhe um xale. Tenho certeza de que conhece os extraordinários tecelões reais de Lesotho. Aceitaria um xale... do seu antigo inimigo?

– Claro. É muita bondade sua.

– Acha que Lady Hargreaves aceitaria uma bolsa de avestruz?

– Não a conheço. É melhor perguntar a meu marido.

Não estaria à altura do padrão de crocodilo que Lady Hargreaves costumava ostentar, pensou Castle. Mas disse:

– Tenho certeza... vindo de sua parte...

– Tenho o que se poderia chamar de interesse de família pelas avestruzes – explicou Muller. – Meu avô era um dos milionários dos avestruzes, levado à falência pela Guerra de 1914. Possuía uma casa imensa na província do Cabo. Foi outrora uma esplêndida mansão, mas agora está em ruínas. As penas de avestruz nunca voltaram à moda na Europa, e meu pai não conseguiu recuperar o negócio. Mas meus irmãos ainda conservam algumas avestruzes.

Castle recordava-se de ter visitado uma daquelas casas imensas, que havia sido preservada como uma espécie de museu, mostrada pelo administrador do que restara da fazenda de criação de avestruzes. O homem estava quase pedindo desculpas pelo fausto e pelo mau gosto. O ponto alto da visita tinha sido o banheiro, o lugar que sempre ficava para o fim. A banheira era do tamanho de uma cama de casal, com torneiras de ouro. Na parede, havia uma péssima reprodução de um primitivo italiano, com o ouro dos halos começando a descascar.

Sarah retirou-se ao final do jantar e Muller aceitou um copo de Porto. A garrafa, um presente de Davis, não havia sido tocada desde o Natal.

– Falando sério, gostaria que me desse algumas informações sobre a rota seguida por sua esposa para chegar à Suazilândia – disse Muller. – Não há necessidade de mencionar nomes. Sei que tinha alguns amigos comunistas... e compreendo agora que isso fazia parte do seu trabalho. Eles pensavam que você era um sentimental... exatamente como nós. Carson, por exemplo, devia pensar assim. Pobre Carson...

– Por que pobre Carson?
– Ele foi longe demais. Tinha contatos com as guerrilhas. À sua maneira, era um bom sujeito e um excelente advogado. Deu muito trabalho à Polícia de Segurança com suas petições.
– E ainda dá?
– Oh, não! Carson morreu há um ano, na prisão.
– Eu não sabia disso.

Castle foi até o aparador e serviu-se de uma dose dupla de uísque. Com bastante soda, o J&B não parecia mais forte que uma dose simples.

– Não gosta deste Porto? – indagou Muller. – Costumávamos obter um excelente Porto em Lourenço Marques. Mas, infelizmente, esses dias pertencem ao passado.
– De que ele morreu?
– Pneumonia.

Muller fez uma breve pausa, antes de acrescentar:
– Pelo menos isso lhe poupou um longo julgamento.
– Eu gostava de Carson.
– O que é bastante compreensível. É uma pena que ele tivesse sempre identificado os africanos pela cor. É o tipo de erro que os homens da segunda geração costumam cometer. Recusam-se a admitir que um homem branco possa ser um africano tão bom quanto um preto. Minha família, por exemplo, chegou à África do Sul em 1700. Fomos dos primeiros.

Muller deu uma olhada no relógio.
– Santo Deus! Mas estou me atrasando aqui. O motorista deve estar me esperando há mais de uma hora. Peço que me dê licença, mas tenho que me despedir.
– Talvez devêssemos conversar um pouco sobre a Tio Remus, antes de ir embora.
– Podemos deixar essa conversa para o escritório.

Muller parou na porta e virou-se.
– Lamento o que houve com Carson. Se eu soubesse que ainda não tinha tomado conhecimento, não teria falado de maneira tão abrupta.

Buller lambeu o traseiro da calça de Muller com uma afeição indiscriminada.

– Bom cão, bom cão... – murmurou Muller. – Não há nada como a fidelidade de um cachorro.

2

À uma hora da madrugada, Sarah rompeu um longo silêncio:

– Sei que ainda está acordado. Não tente fingir. A presença de Muller foi tão ruim assim? Ele se mostrou bastante polido.

– O que já era de se esperar. Na Inglaterra, ele adota as maneiras inglesas. É um homem que se adapta rapidamente a qualquer situação.

– Quer que eu vá pegar um Mogadon?

– Não precisa. Daqui a pouco estarei dormindo. Mas... Há uma coisa que tenho de lhe contar. Carson morreu. Na prisão.

– Eles o mataram?

– Muller disse que ele morreu de pneumonia.

Sarah encostou a cabeça no ombro dele e virou o rosto. Castle teve a impressão de que ela estava chorando.

– Não pude deixar de recordar, esta noite, o último bilhete que recebi dele. Estava à minha espera no Embassy, quando voltei do encontro com Muller e Van Donck. "Não se preocupe com Sarah. Pegue o primeiro avião para L. M. e espere por ela no Polana. Sarah está em mãos seguras."

– Também me lembro desse bilhete. Estava com Carson quando ele o escreveu.

– Nunca pude agradecer-lhe... exceto por sete anos de silêncio e...

– E o quê?

– Nem sei o que ia dizer.

Castle fez uma breve pausa e repetiu o que já dissera a Muller:

– Eu gostava de Carson.

– Eu também. E confiava nele. Muito mais do que em seus amigos. Durante aquela semana em que você ficou me esperando em Lourenço Marques, tivemos tempo para discutir sobre uma porção de coisas. Eu costumava dizer a Carson que ele não era um comunista de verdade.

– Por quê? Afinal, ele era membro do Partido, um dos mais antigos que ainda restava no Transvaal.

– Sei disso. Mas existem membros e membros, não é mesmo? Falei com Carson a respeito de Sam antes mesmo de contar a você.

– Ele tinha um jeito de atrair as pessoas.

– A maioria dos comunistas que conheci... repelia, ao invés de atrair.

– Seja como for, Sarah, a verdade é que ele era um comunista autêntico. Sobreviveu a Stálin como os católicos-romanos sobreviveram aos Bórgia. Fez-me pensar melhor no Partido.

– Mas ele nunca conseguiu atraí-lo a esse ponto, não é mesmo?

– Nesse particular, sempre houve algumas coisas que nunca me passaram pela garganta. Carson costumava dizer que eu me engasgava com um mosquito e era capaz de engolir um camelo. Sabe que nunca fui um homem religioso. Deixei Deus para trás na capela da escola. Mas conheci alguns padres na África que me fizeram crer novamente... por um momento... durante um drinque. Se todos os padres fossem como eles... e olhe que já conheci muitos... talvez eu tivesse engolido a Ressurreição, o nascimento da Virgem, Lázaro e todos aqueles milagres. Lembro-me de um padre com quem estive duas vezes. Queria utilizá-lo como agente, assim como fiz com você. Mas era impossível alguém usá-lo. O nome dele era Connolly... – ou seria O'Connell? Disse-me exatamente o que Carson falara: você engasga com um mosquito e engole... Por um momento, quase acreditei no Deus dele, assim como quase acreditei no de Carson. Talvez eu tenha nascido para ser um crente pela metade. Fico calado quando as pessoas começam a falar em Praga e Budapeste, como não se pode encontrar um rosto humano no comunismo. Porque já vi... uma vez... esse rosto humano. Digo a mim mesmo que, se não fosse por Carson, Sam teria nascido numa prisão, na qual você provavelmente teria morrido. Uma espécie de comunismo... ou de comunista... salvou-a e a Sam. Não tenho a menor confiança em Marx ou Lênin, tanto quanto não tenho em São Paulo. Mas será que não tenho o direito de ser pelo menos grato?

– Por que se preocupa tanto com isso? Ninguém poderá dizer que é um erro sentir-se grato. Eu também me sinto profundamente grata. Não há problema com a gratidão, a não ser...

– A não ser o quê?

– Acho que eu ia dizer "a não ser que ela o leve longe demais".

Muitas horas se passaram antes que Castle conseguisse dormir. Ficou acordado, pensando em Carson e Cornelius Muller, na Tio Remus e em Praga. Não queria dormir até certificar-se, pela respiração dela, de que Sarah já adormecera. Só depois é que se permitiu partir, como o herói de sua infância, Allan Quartemain, numa correnteza subterrânea, lenta e interminável, que o levou ao interior do continente escuro onde esperava encontrar um lar permanente, numa cidade onde pudesse ser aceito como cidadão, um cidadão sem qualquer juramento de fé, não a Cidade de Deus ou a de Marx, mas a cidade chamada Paz de Espírito.

CAPÍTULO IV

1

Uma vez por mês, no seu dia de folga, Castle tinha o hábito de levar Sarah e Sam para uma excursão por East Sussex, a fim de visitar a mãe. Ninguém jamais contestava a necessidade dessa visita, mas Castle duvidava muito que até mesmo sua mãe a apreciasse, embora não deixasse de reconhecer que ela procurava fazer todo o possível para agradá-lo... de acordo com as suas próprias idéias do que podia proporcionar-lhes algum prazer. Havia sempre sorvete de baunilha no congelador para Sam, embora ele preferisse chocolate, e invariavelmente, apesar de morar a menos de um quilômetro da estação, ela mandava um táxi ir esperá-los. Castle, que jamais desejara ter um carro depois que voltara à Inglaterra, tinha a impressão de que a mãe o considerava um filho pobre e malsucedido na vida. E Sarah contara-lhe certa vez como se sentia: a impressão era a de ser uma convidada negra numa festa *antiapartheid*, por demais alvoroçada para ficar à vontade.

Uma causa adicional de tensão nervosa era Buller. Castle acabara desistindo de argumentar que deveriam deixar Buller em casa. Sarah tinha certeza de que, sem a proteção deles, Buller seria inevitavelmente assassinado por homens mascarados, embora Castle argumentasse que Buller fora comprado para defendê-los e não para ser defendido. Afinal, foi mais fácil ceder, embora a mãe detestasse cachorros e possuísse um gato birmanês que Buller tinha a idéia fixa de destruir. Antes da chegada deles, o gato tinha de ser trancado no quarto da sra. Castle. O triste destino dele, privado de companhia humana, era de vez em quando insinuado pela mãe, ao longo do dia interminável. Numa das visitas, Buller fora encontrado deitado diante da porta do quarto, à espreita de uma oportunidade, respirando fundo, como um assassino shakespeariano. Depois, a sra. Castle escreveu uma carta comprida, censurando Sarah a propósito da presença de Buller. Aparentemente, os nervos do gato tinham ficado abalados por mais de uma semana. O bicho se recusara a comer sua dieta de Friskies e sobrevivera apenas à base de leite... uma espécie de greve de fome.

Uma profunda depressão geralmente se abatia sobre todos eles, assim que o táxi entrava nas sombras densas do caminho margeado de árvores que ia desembocar na casa em estilo eduardiano, comprada pelo pai para viver na aposentadoria, porque ficava perto do campo de golfe. (Logo depois, ele tivera um derrame e nem mesmo conseguia andar até a sede do clube.)

A sra. Castle estava invariavelmente de pé na varanda, à espera deles, uma mulher alta e empertigada, numa saia antiquada, que tinha a vantagem de deixar à mostra seus tornozelos delicados, uma gola alta a disfarçar as rugas da idade.

Para ocultar seu desânimo, Castle tornava-se artificialmente exuberante e cumprimentava a mãe com um abraço exagerado, que ela mal retribuía. A sra. Castle acreditava piamente que emoções manifestadas abertamente só podiam ser falsas emoções. Ela merecia ter casado com um embaixador ou um governador colonial, ao invés de um simples médico rural.

– Está com uma aparência maravilhosa, mamãe – disse Castle.

– Estou me sentindo bem para a minha idade.

Ela estava com 85 anos. Ofereceu a face muito branca e limpa, cheirando a lavanda, para Sarah beijar.

– Espero que Sam já esteja passando bem outra vez.

– Ele nunca esteve melhor.

– Já saiu da quarentena?

– Claro!

Tranqüilizada, a sra. Castle concedeu ao menino o privilégio de um rápido beijo.

– Está para começar a escola muito em breve, não é mesmo?

Sam assentiu.

– Vai gostar de ter outros meninos para brincar. Onde está Buller?

– Subiu a escada para procurar Tinker Bell – respondeu Sam, com visível satisfação.

Depois do almoço, Sarah levou Sam para o jardim, juntamente com Buller, a fim de deixar Castle a sós com a mãe por algum tempo. Era uma rotina mensal. As intenções de Sarah eram as melhores possíveis, mas Castle tinha a impressão de que a mãe ficava contente quando a entrevista particular finalmente terminava. Invariavelmente, havia um longo silêncio entre os dois, enquanto a sra. Castle servia mais dois cafés indesejáveis; depois, ela propunha um tema para a conversa, que Castle sabia ter sido preparado com a devida antecedência, para disfarçar aquele intervalo constrangedor.

– Houve um terrível desastre aéreo na semana passada – comentou a sra. Castle, servindo os torrões de açúcar, um para si, dois para o filho.

— Foi realmente terrível, mamãe.

Castle procurou recordar qual fora a companhia, onde... TWA? Calcutá?

— Não pude deixar de pensar no que aconteceria a Sam se você e Sarah estivessem naquele avião.

Castle lembrou bem a tempo.

— Mas aconteceu em Bangladesh, mamãe. Por que nós haveríamos de estar...?

— Você trabalha no Foreign Office. Podem mandá-lo para qualquer lugar.

— Não, mamãe, não podem. Estou preso à minha escrivaninha em Londres. Além do mais, sabe muito bem que a designamos para tutora do menino, se alguma coisa nos acontecer.

— Uma velha se aproximando dos noventa anos.

— Ainda está com 85 anos, mamãe.

— Todas as semanas, leio nos jornais notícias sobre velhas que morreram em acidentes de ônibus.

— Mas você nunca viaja de ônibus, mamãe.

— Não vejo razão para que eu adote como princípio nunca viajar de ônibus.

— Se alguma coisa lhe acontecer, mamãe, pode estar certa de que escolheremos outra pessoa igualmente de confiança para tomar conta de Sam.

— Pode ser tarde demais. É preciso sempre estar preparado para a possibilidade de acidentes simultâneos. E no caso de Sam... bem, há problemas especiais.

— Suponho que esteja se referindo à cor dele.

— Não se pode deixar a tutela de Sam aos cuidados dos tribunais. Muitos dos juízes... seu pai sempre disse isso... são racistas. E depois... já lhe ocorreu, meu caro, se todos morrermos ao mesmo tempo, pode haver pessoas... pessoas por lá... que talvez queiram reclamá-lo?

— Sarah não tem parentes.

— O que você vai deixar, por menos que seja, pode ser considerado uma fortuna... por alguém de lá. Se as mortes forem simultâneas, considera-se que a pessoa mais velha morreu primeiro, segundo me disseram. Neste caso, meu dinheiro seria acrescentado ao seu. Sarah pode ter alguns parentes que viriam reivindicar.

– Não acha que também está sendo um pouco racista, mamãe?

– Não, meu caro, não sou absolutamente racista, embora talvez seja um pouco antiquada e patriota. Sam é inglês por nascimento, não importa o que os outros possam dizer.

– Vou pensar no caso, mamãe.

Essa declaração encerrava a maioria das conversas, mas era sempre bom tentar alguma diversão.

– Estou pensando se devo ou não me aposentar, mamãe.

– Eles não dão uma pensão das melhores, não é mesmo?

– Economizei um pouco. Vivemos de maneira bem parcimoniosa.

– Quanto mais se economiza dinheiro, mais razão há para se ter um tutor de reserva... para qualquer eventualidade. Espero ser tão liberal quanto seu pai foi, mas detestaria ver Sam arrastado de volta à África do Sul.

– Mas não poderia ver isso acontecer se estivesse morta, mamãe.

– Não tenho tanta certeza assim das coisas. Afinal, não sou atéia.

Era uma das visitas mais penosas, e Castle só foi salvo por Buller, que voltou do jardim com uma determinação inabalável, subindo a escada à procura do aprisionado Tinker Bell.

– Só espero não ter que ser também tutora de Buller – disse a sra. Castle.

– Eis uma coisa que posso prometer-lhe, mamãe. No caso de um acidente fatal em Bangladesh, deixarei instruções expressas para que Buller seja morto... o menos dolorosamente possível.

– Não é o tipo de cachorro que eu teria escolhido para o meu neto. Os cães de guarda como Buller são sempre muito sensíveis à cor. E Sam é um menino nervoso. Faz-me lembrar de você na idade dele... exceto pela cor, é claro.

– Fui uma criança nervosa?

– Sempre demonstrou um sentimento de gratidão exagerado pela menor amabilidade. Era uma espécie de insegurança, embora não sei por que deveria sentir-se inseguro comigo e com seu pai... Certa ocasião deu uma excelente caneta-tinteiro a um colega de escola que lhe tinha oferecido um bolinho com um pedaço de chocolate dentro.

– Mas agora, mamãe, não dou nada de graça a ninguém.

– Tenho minhas dúvidas.

– E também renunciei inteiramente à gratidão.

Mas Castle recordou-se de Carson morto na prisão e do que Sarah dissera. E tratou de acrescentar:

– Ou pelo menos não vou a extremos. Sempre exijo mais do que um bolinho de um *penny* atualmente.

– Há uma coisa que sempre achei estranho em você. Desde que conheceu Sarah, nunca mais falou em Mary. Eu gostava muito de Mary. E teria ficado satisfeita se tivesse tido um filho com ela.

– Procuro esquecer os mortos, mamãe.

Mas Castle sabia que isso não era verdade. Descobrira, logo no início do casamento, que era estéril e por isso não tiveram filhos. Mas eram felizes. E a esposa morrera tragicamente, atingida por uma explosão de bomba, na Oxford Street, quando ele estava em segurança em Lisboa, fazendo um contato. Castle não conseguira protegê-la e não morrera com ela. Era por isso que nunca falava a seu respeito, nem mesmo com Sarah.

2

Mais tarde, já na cama, repassando os acontecimentos do dia no campo, Sarah comentou:

– O que sempre me surpreende em sua mãe é o fato de ela aceitar tão facilmente que Sam é seu filho. Será que ela nunca pensou que Sam é preto demais para ter um pai branco?

– Mamãe parece não notar as nuanças da cor.

– Mas o sr. Muller notou. Tenho certeza.

O telefone começou a tocar lá embaixo. Já era quase meia-noite.

– Oh, diabo! – exclamou Castle. – Quem estará telefonando a esta hora? Será que são novamente os seus homens mascarados?

– Não vai atender?

O telefone parou de tocar.

– Se são os seus homens mascarados, vamos ter uma oportunidade de pegá-los.

O telefone começou a tocar novamente. Castle olhou para o relógio.

– Pelo amor de Deus, vá atender!

– Deve ser engano.

– Irei atender, se você não for.

– Vista um chambre para não pegar um resfriado.

Mas o telefone parou de tocar novamente assim que Sarah se levantou.

– Tenho certeza de que vai tocar novamente. Não se lembra do mês passado... quando o telefone tocou três vezes à uma hora da madrugada?

Mas desta vez o telefone não voltou a tocar.

Soou um grito no outro lado do corredor e Sarah disse:

– Mas que diabo! Eles acordaram Sam. Quem quer que sejam.

– Pode deixar que vou até o quarto dele. Você está tremendo de frio. Volte para a cama.

Sam perguntou:

– Eram ladrões? Por que Buller não latiu?

– Buller sabia que não precisava se incomodar. Não há nenhum ladrão, Sam. Era apenas um amigo meu que estava ao telefone, numa hora nada apropriada.

– Era o sr. Muller?

– Não. Ele não é meu amigo. E agora vá dormir, Sam. O telefone não tocará de novo.

– Como sabe?

– Eu sei.

– Tocou mais de uma vez.

– Tem razão.

– Mas você não foi atender. Como pode saber então que era um amigo?

– Está fazendo perguntas demais, Sam.
– Era um sinal secreto?
– Você tem segredos, Sam?
– Tenho, sim. E uma porção.
– Conte-me um.
– Não posso. Não seria um segredo, se eu contasse.
– Pois eu também tenho os meus segredos.
Sarah ainda estava acordada.
– Sam está bem – disse Castle. – Pensou que fossem ladrões.
– E talvez fossem mesmo. O que disse a ele?
– Disse que eram sinais secretos.
– Sempre sabe como tranqüilizá-lo. Você o ama, não é mesmo?
– Amo.
– É estranho... Nunca cheguei a compreender. Gostaria que ele fosse realmente seu filho.
– Pois eu não gostaria. E você sabe disso.
– Nunca consegui entender por quê.
– Já lhe disse muitas vezes. Vejo o suficiente de mim mesmo todos os dias, quando faço a barba.
– Tudo o que vê é um homem generoso, querido.
– Eu não descreveria a mim mesmo dessa maneira.
– Para mim, um filho seu seria um motivo para continuar a viver, quando não mais estivesse ao meu lado. Não vai viver para sempre.
– Tem razão. E dou graças a Deus por isso.

Castle pronunciou as palavras sem pensar e arrependeu-se no mesmo instante. Era a simpatia de Sarah que sempre o levava a passar além do ponto. Por mais que tentasse permanecer insensível, sentiu-se tentado a contar-lhe tudo. Havia ocasiões em que a comparava a uma interrogadora hábil, usando a simpatia e um cigarro sempre oportuno.

Sarah disse:
– Sei que está preocupado. Gostaria que pudesse me contar por que... mas sei que não pode. Talvez um dia... quando estiver livre.

Ela fez uma pausa, e depois acrescentou, tristemente:
– Se é que algum dia estará livre, Maurice.

CAPÍTULO V

1

Castle deixou a bicicleta com o bilheteiro na estação de Berkhamsted e subiu para a plataforma do trem de Londres. Conhecia quase todos os passageiros diários de vista, chegava mesmo a cumprimentar alguns. Uma neblina fria de outubro pairava sobre o fosso quase recoberto de mato do castelo e pingava dos salgueiros para o canal, no outro lado da linha. Castle percorreu toda a extensão da plataforma e voltou. Teve a impressão de reconhecer todos os rostos, exceto o de uma mulher, numa pele de coelho meio esfarrapada. As mulheres eram raras naquele trem. Observou-a entrar num compartimento e escolheu o mesmo, a fim de poder observá-la mais atentamente. Os homens abriram jornais e a mulher abriu um livro, uma novela de Denise Robins. Castle começou a ler a segunda parte de *Guerra e paz*. Era uma quebra de segurança, até mesmo um desafio, ler aquele livro publicamente, apenas por prazer. "Um passo além daquela linha, que mais parece a fronteira a dividir os vivos dos mortos, está a incerteza, sofrimento e morte. E o que está lá? Quem está lá? Além daquele campo, além daquela árvore..." Castle olhou pela janela e teve a impressão de ver, com os olhos do soldado de Tolstói, o nível imóvel do canal, apontando na direção de Boxmoor. "Aquele telhado iluminado pelo sol? Ninguém sabe, mas você quer saber. Tem medo e, no entanto, anseia em atravessar aquela linha..."

Quando o trem parou em Watford, Castle foi o único a deixar o compartimento. Ficou parado ao lado do quadro de horários dos trens e observou o último passageiro passar pela cancela. A mulher não estava entre eles. Saindo da estação, hesitou por um momento, no final da fila do ônibus, enquanto observava novamente os rostos ao seu redor. Depois, olhou para o relógio e, com um gesto deliberado de impaciência em benefício de qualquer observador que pudesse estar notando-o, afastou-se. Estava absolutamente certo de que ninguém o tinha seguido. Não obstante, estava um pouco preocupado com a presença da mulher no trem e seu pequeno desafio às regras. Era preciso ser meticulosamente cuidadoso. Telefonou para o escritório na primeira agência postal que encontrou e pediu para falar com Cynthia. Ela sempre chegava pelo menos meia hora antes de Watson, de Davis e dele próprio.

– Pode fazer o favor de dizer a Watson que vou chegar um pouco atrasado? Tive que parar em Watford, para procurar um veterinário. Buller está com umas erupções muito esquisitas. Avise também a Davis.

Castle considerou por um momento se seria realmente necessário, para reforçar o álibi, ir procurar um veterinário. Mas decidiu que tomar precauções demais podia às vezes ser tão perigoso quanto tomar precauções de menos. A simplicidade era sempre melhor, assim como também compensava dizer a verdade sempre que possível, pois é muito mais fácil decorar uma verdade que uma mentira. Entrou no terceiro café da relação que tinha na cabeça e ficou esperando. Não reconheceu o homem alto e magro que o seguiu, metido num sobretudo que já vira melhores dias. O homem parou junto à mesa dele e disse:

– Com licença, mas você não é William Hatchard?

– Não. Meu nome é Castle.

– Desculpe. É que a semelhança é extraordinária.

Castle tomou duas xícaras de café e leu *The Times*. Prezava o ar de respeitabilidade que o jornal sempre parecia proporcionar a quem o lia. Avistou o homem a amarrar os cordões dos sapatos na rua, cinqüenta metros além. Experimentou uma sensação de segurança similar à que sentira outrora ao ser levado da enfermaria do hospital para uma operação grave. Tinha novamente a impressão de que era um objeto numa esteira transportadora, sendo levado para destino definido, sem ter qualquer responsabilidade, com quem quer que fosse ou qualquer coisa, até mesmo com o próprio corpo. Alguém mais cuidaria de tudo, para o melhor ou para o pior. Alguém com as mais altas qualificações profissionais. Era assim que a morte devia chegar, afinal, pensou ele, enquanto seguia lentamente, despreocupadamente, na esteira de um estranho. Sempre imaginara que iria caminhar ao encontro da morte com a sensação de que não teria de esperar por muito tempo para se livrar para sempre de toda e qualquer ansiedade.

Notou que a rua em que estavam naquele momento tinha o nome de Elm View, embora não houvesse olmos nem outras árvores à vista. A casa para a qual estava sendo guiado era tão anônima e desinteressante quanto a sua própria. Havia até mesmo o vitral colorido por cima da porta. Talvez um dentista tivesse outrora trabalhado ali também. O homem magro à sua frente parou por um momento junto a um portão de ferro, atrás do qual havia um pequeno jardim, do tamanho de uma mesa de bilhar. O homem logo se afastou. Havia três campainhas na porta, mas somente uma tinha um cartão indicativo, já muito gasto, as letras ilegíveis, dando para discernir apenas o final: *"ition Limited"*. Castle apertou a campainha e viu o seu guia atravessar a Elm View e começar a voltar pela calçada do outro lado. Ao passar diante da casa, o homem tirou um lenço da manga e assoou o nariz. Provavelmente era um sinal de que a situação era segura, pois quase no mesmo instante Castle ouviu os rangidos de alguém descendo a escada lá dentro. Perguntou-se se "eles" haviam tomado todas aquelas precauções a fim de protegê-lo de um possível seguidor ou para proteger a si próprios de uma possível traição dele... ou as duas coisas, é claro. Mas ele não se importava. Estava na esteira transportadora.

A porta se abriu para mostrar um rosto familiar que ele não esperava encontrar. Os olhos eram de um azul surpreendente, por cima de um sorriso cordial de boas-vindas. Havia uma pequena cicatriz na face esquerda, que Castle sabia datar do ferimento infligido a uma criança em Varsóvia, quando a cidade caíra nas mãos de Hitler.

– Boris! Pensei que nunca mais tornaria a vê-lo!
– É um prazer vê-lo de novo, Maurice.

Era estranho, pensou Castle, que Sarah e Boris fossem as únicas pessoas no mundo que costumavam chamá-lo de Maurice. Para a mãe, era simplesmente meu caro ou "querido" nos momentos de muita afeição; no escritório, vivia entre sobrenomes ou iniciais. Sentiu-se imediatamente â vontade, como se estivesse em casa, naquela casa estranha, que nunca antes visitara, uma casa miserável, com um carpete esfarrapado na escada. Por algum motivo, pensou no pai. Talvez, quando era criança, tivesse acompanhado o pai na visita a um paciente, numa casa igual àquela.

Subiram o primeiro lance de escada e ele seguiu Boris para uma pequena sala quadrada, onde havia uma escrivaninha, duas cadeiras e uma gravura grande na parede, mostrando uma família numerosa a comer, numa mesa no jardim, abarrotada com uma variedade incomum de pratos. Parecia que todos os pratos haviam sido servidos simultaneamente. Havia uma torta de maçã ao lado de um rosbife, um salmão e uma travessa com maçãs ao lado de uma terrina de sopa. Havia também um cântaro com água, uma garrafa de vinho e um bule de café. Numa prateleira, podia-se avistar diversos dicionários. Havia também um quadro-negro, no qual estava escrita uma palavra meio apagada, numa língua que Castle não conseguiu identificar.

– Decidiram mandar-me de volta, depois do seu último relatório, a respeito de Muller – explicou Boris. – E estou contente por voltar. Prefiro a Inglaterra à França. Como se saiu com Ivan?

– Tudo bem. Mas não era a mesma coisa.

Castle tateou os bolsos à procura do maço de cigarros que não estava levando.

– Sabe como são os russos, Boris. Tive a impressão de que ele não confiava em mim. E estava sempre querendo mais do que jamais prometi fazer por qualquer um de vocês. Ivan queria até mesmo que eu tentasse mudar de seção.

– Não é Marlboro que você fuma?

Boris estendeu o maço e Castle pegou um cigarro.

– Durante todo o tempo em que aqui esteve, Boris, sabia que Carson estava morto?

– Não, não sabia. Só vim a descobrir há poucas semanas. E ainda nem sei dos detalhes.

– Ele morreu na prisão. De pneumonia. Ou pelo menos foi o que eles disseram. Ivan devia saber... mas deixaram que eu descobrisse por intermédio de Cornelius Muller.

– E foi um choque tão grande assim? Nas circunstâncias, era inevitável. Depois que se é preso... não resta muita esperança.

– Sei disso. E, no entanto, sempre pensei que um dia tornaria a vê-lo... em algum lugar, com toda segurança, longe da África do Sul... talvez na minha casa. E eu poderia então lhe agradecer por ter salvado Sarah. Mas agora Carson está morto, e partiu sem receber sequer uma palavra de agradecimento da minha parte.

– Tudo o que tem feito por nós é uma espécie de agradecimento. Carson certamente compreendeu. Não deve sentir qualquer remorso.

– Não? Não se pode acabar com o remorso à custa da lógica. É um pouco como se apaixonar.

Castle pensou, com uma sensação de repulsa: é uma situação inacreditável, pois não há ninguém no mundo com quem eu possa falar de tudo, à exceção deste homem, Boris, cujo verdadeiro nome ignoro. Não podia falar com Davis, pois metade de sua vida era oculta do colega de trabalho. Também não podia falar com Sarah, que nem mesmo sabia da existência de Boris. Um dia, ele chegara ao ponto de contar a Boris sobre a noite no Hotel Polana em que descobrira a verdade a respeito de Sam. Um controle era um pouco como um padre devia ser para um católico, um homem que recebia a confissão de outro, qualquer que fosse, sem a menor emoção.

– Quando mudaram o meu controle e Ivan o substituiu, senti-me insuportavelmente solitário. Jamais fui capaz de falar sobre qualquer coisa além de negócios com Ivan.

— Lamento ter sido obrigado a partir. Ainda argumentei com eles a respeito disso. Achava que devia ficar. Mas sabe como são as coisas, pelo exemplo de sua própria organização. A nossa não é diferente. Vivemos dentro de caixas, e são eles que escolhem as caixas onde devemos ser postos.

Quantas vezes Castle já ouvira aquela mesma comparação em seu escritório! Cada lado partilhava os mesmos clichês.

— Está na hora de trocar o livro, Boris.

— Tem razão. Isso é tudo? Transmitiu um sinal urgente pelo telefone. Há mais notícias de Porton?

— Não. E ainda não tenho certeza se se deve acreditar na história deles.

Estavam sentados em cadeiras incômodas, nos dois lados da escrivaninha, como mestre e aluno. Só que o aluno, no caso dele, era muito mais velho que o mestre. A mesma coisa devia acontecer no confessionário, pensou Castle, quando um velho relatava os seus pecados a um padre moço o bastante para ser seu filho. Com Ivan, em seus raros encontros, o diálogo sempre fora curto, informações sendo transmitidas, questionários recebidos, tudo rigorosamente objetivo e profissional. Com Boris, ele podia relaxar.

— A França foi uma promoção para você?

Castle pegou outro cigarro.

— Não sei. Nunca se sabe, não é mesmo? Talvez a volta para cá possa ser uma promoção. Pode significar que levaram muito a sério seu último relatório e acharam que eu teria mais condições do que Ivan para cuidar do caso. Ou será que Ivan caiu em desgraça? Você não acredita na história de Porton, mas tem realmente provas concretas de que seu pessoal suspeita de um vazamento?

— Não, não tenho. Mas numa atividade como a nossa, temos de confiar nos próprios instintos. E é certo que eles fizeram uma verificação de rotina em toda a seção.

— Você mesmo está dizendo que foi de *rotina*.

— Pode ter sido de rotina, alguma coisa foi até aberta. Mas creio que se trata de algo mais. Tenho a impressão de que o telefone de Davis está sendo interceptado, e é possível que o mesmo aconteça com o meu, embora ache que não. De qualquer maneira, é melhor suspender os telefonemas de sinal para minha casa. Leu o relatório que fiz sobre a visita de Muller e a Operação Tio Remus. Espero que tenham tomado todas as precauções, se há um vazamento do lado de vocês. Tenho a sensação de que podem estar me passando uma nota marcada.

– Não precisa ter medo. Tomamos o máximo de cuidado com o relatório. Mas não creio que a missão de Muller possa ser o que chama de uma nota marcada. Porton talvez seja, mas não Muller. Temos confirmação de Washington. Estamos levando a Tio Remos muito a sério e queremos que se concentre nisso. Pode afetar-nos no Mediterrâneo, no Golfo, no oceano Índico, até mesmo no Pacífico. A longo prazo...

– Não há longo prazo para mim, Boris. Já passei da idade da aposentadoria.

– Sei disso.

– E quero me aposentar agora.

– Não seria nada bom para nós. Os próximos dois anos podem ser críticos.

– Para mim também. E gostaria de vivê-los a minha maneira.

– Fazendo o quê?

– Cuidando de Sarah e de Sam. Indo ao cinema. Envelhecendo em paz. Seria mais seguro para vocês largar-me agora, Boris.

– Por quê?

– Muller sentou à minha mesa, comeu a nossa comida, foi cortês com Sarah. Condescendente. Fingindo que não havia qualquer problema de cor. Ah, como detesto aquele homem! E como odeio toda a maldita organização BOSS! Odeio os homens que mataram Carson e agora dizem que foi pneumonia. Odeio-os porque tentaram prender Sarah e deixar que Sam nascesse na prisão. E sabe que não se deve empregar um homem que odeia, Boris. Ele está sujeito a cometer enganos. O ódio é tão perigoso quanto o amor. E sou duplamente perigoso, Boris, porque também estou apaixonado. Para os nossos serviços, de ambos, o amor é um defeito.

Castle sentia o alívio enorme de falar com alguém que, segundo acreditava, era capaz de compreendê-lo. Os olhos azuis pareciam oferecer amizade integral, o sorriso o encorajava a largar por um momento o pesado fardo do segredo.

– A Tio Remus é a última gota, Boris, a barganha nos bastidores para nos juntarmos aos Estados Unidos a fim de ajudar aqueles desgraçados do *apartheid*. Os piores crimes de vocês estão sempre no passado, e o futuro ainda não chegou. Não posso continuar a gritar como um papagaio: "Lembrem-se de Praga! Lembrem-se de Budapeste!" Já faz muitos anos que isso aconteceu. É preciso se preocupar com o presente, e o presente é a Tio Remus. Tornei-me um preto naturalizado quando me apaixonei por Sarah.

– Então por que você se acha perigoso?

– Porque há sete anos venho mantendo o controle, e estou começando a perdê-lo agora. Cornelius Muller está me fazendo perdê-lo. Talvez o tenham mandado me procurar justamente com esse objetivo. Talvez C esteja querendo fazer com que eu desmorone.

– Só estamos lhe pedindo para agüentar mais um pouco. É claro que os primeiros anos no jogo são os mais fáceis, não é mesmo? As contradições ainda não são tão óbvias e a necessidade de guardar segredo ainda não teve tempo de se acumular como uma histeria ou uma menopausa de mulher. Procure não se preocupar tanto, Maurice. Tome seu Valium e um Mogadon de noite. E venha me procurar sempre que se sentir deprimido e precisar conversar com alguém. É o perigo menor.

– Não acha que, a esta altura, já fiz o suficiente para pagar minha dívida com Carson?

– Claro, claro... Mas não podemos perdê-lo ainda... por causa da Tio Remus. Como você mesmo disse, é agora um preto naturalizado.

Castle tinha a sensação de que estava emergindo da anestesia, depois de uma operação concluída com sucesso.

— Desculpe, Boris. Banquei o idiota.

Castle fez uma pausa. Não se recordava exatamente do que dissera.

— Dê-me um uísque, Boris.

Boris abriu a gaveta e tirou uma garrafa e um copo.

— Sei que você gosta de J&B.

Ele serviu uma dose generosa e ficou observando a rapidez com que Castle bebeu.

— Anda bebendo um pouco além da conta atualmente, não é mesmo, Maurice?

— Tem razão. Mas ninguém sabe disso, porque só bebo em casa. Sarah já percebeu.

— Como vão as coisas em casa?

— Sarah está preocupada com os telefonemas. Vive pensando em ladrões mascarados. E Sam anda tendo pesadelos porque daqui a pouco terá que entrar para a escola... uma escola de brancos. E eu estou preocupado com o que poderá acontecer aos dois, se alguma coisa me acontecer. E alguma coisa sempre acaba acontecendo, não é mesmo?

— Deixe tudo por nossa conta. Prometo... já temos o seu caminho de fuga cuidadosamente planejado. Se houver uma emergência.

— Meu caminho de fuga? E o que me diz de Sarah e Sam?

— Eles irão depois. Confie em nós, Maurice. Cuidaremos deles. Também sabemos como demonstrar gratidão. Lembre-se de Blake. Sabemos tomar conta dos nossos.

Boris foi até a janela, antes de acrescentar:

— A costa está livre. E você tem que ir para o escritório. Meu primeiro aluno deve chegar dentro de quinze minutos.

— Que língua está lhe ensinando?

— Inglês. Não ria, por favor.

— Seu inglês é quase perfeito.

— Meu primeiro aluno de hoje é também um polonês, como eu. Um refugiado, mas de nós e não dos alemães. Gosto dele. É um inimigo feroz de Marx. Ah, está sorrindo, Maurice! Assim é melhor. Jamais deve deixar que as coisas cheguem novamente ao ponto de quase erupção.

— É essa verificação de segurança. Está deixando Davis profundamente nervoso... e ele é inocente.

— Não se preocupe. Acho que tenho um meio de desviar a atenção deles.

— Tentarei não me preocupar.

— Daqui por diante, vamos mudar para o esquema número 3. E se as coisas ficarem difíceis, avise-me imediatamente. Estou aqui para ajudá-lo. Confia em mim?

— Claro que confio em você, Boris. Mas gostaria que sua gente realmente confiasse em mim. Esse livro de código... é um meio de comunicação terrivelmente lento e antiquado. E você sabe muito bem como é perigoso.

— Não é que não confiemos em você, Maurice. Ao contrário, é para sua própria segurança. Sua casa pode ser revistada a qualquer momento, como uma verificação de rotina. No início, eles queriam dar-lhe um aparelho de microponto. Eu é que não deixei. Isso satisfaz o seu desejo?

— Tenho outro.

— E qual é?

— Desejo o impossível. Desejo que todas as mentiras sejam desnecessárias. E desejaria que nós estivéssemos do mesmo lado.

— Nós?

— Você e eu.

— E não estamos?

— Estamos, neste caso... e por enquanto. Sabia que Ivan tentou uma vez fazer chantagem comigo?

— Um homem estúpido. Deve ter sido por isso que o mandaram voltar.

— As coisas entre nós sempre foram às claras. Eu lhe dou todas as informações que deseja em minha seção, mas nunca fingi que partilho a sua fé. Nunca serei um comunista.

— Sei disso. E sempre compreendemos a sua posição. Precisamos de você apenas para a África.

— Mas as informações que transmito para vocês... eu é que tenho de ser o juiz. Lutarei ao lado de vocês na África, Boris... mas não na Europa.

– Tudo o que precisamos de você é que nos forneça todos os detalhes que conseguir descobrir a respeito da Tio Remus.

– Ivan queria coisas demais. Chegou até a me ameaçar.

– Ivan já foi embora. Esqueça-o.

– Estariam melhor sem mim, Boris.

– Ao contrário. Muller e seus amigos é que estariam melhor.

Como um maníaco-depressivo, Castle tivera sua explosão, que já passara. E agora sentia um alívio como nunca experimentava em nenhum outro lugar.

2

Era a vez do Travellers. E ali, onde pertencia ao comitê, Sir John Hargreaves sentia-se completamente em casa, ao contrário do que acontecia no Reform. O dia estava bem mais frio que no último almoço dos dois, e ele não via razão para irem conversar no parque.

– Sei o que está pensando, Emmanuel, mas todos aqui o conhecem muito bem – disse ele ao dr. Percival. – E pode estar certo de que nos deixarão em paz, depois de servido o café. A esta altura, todo mundo já sabe que você não fala de outra coisa além de pescarias. Por falar nisso, o que achou da truta defumada?

– Estava um pouco seca, pelos padrões do Reform.

– E o rosbife?

– Talvez um pouco cozido demais.

– É impossível satisfazê-lo, Emmanuel. Tome um charuto.

– Só se for um havana de verdade.

– Claro que é.

– Será que vai consegui-los em Washington?

– Duvido muito que a *détente* tenha se estendido até os charutos. Além do mais, a questão dos raios *laser* terá prioridade. Mas que jogo terrível é esse em que estamos metidos, Emmanuel! Às vezes, eu gostaria de estar de volta à África.

— À velha África?
— Exatamente, à velha África.
— Já desapareceu para sempre.
— Não tenho tanta certeza. Talvez, se destruirmos o resto do mundo, as estradas acabem sendo cobertas pelo mato e todos os hotéis de luxo desmoronem. As florestas voltarão a se estender de um lado a outro do continente, os chefes e feiticeiros voltarão a dominar.
— Tenciona dizer também tudo isso em Washington?
— Não. Mas falarei sem qualquer entusiasmo sobre a Tio Remus.
— É contra?
— Os Estados Unidos, nós e a África do Sul... somos aliados incompatíveis. Mas o plano será levado adiante porque o Pentágono quer brincar de jogos de guerra, agora que eles estão sem uma guerra de verdade para se divertir. Estou deixando Castle aqui para jogar com o sr. Muller. Por falar nisso, ele foi para Bonn. Espero que a Alemanha Ocidental não seja também incluída no jogo.
— Quanto tempo ficará fora?
— Não mais que dez dias, espero. Não gosto do clima de Washington... em todos os sentidos da palavra.

Com um sorriso de prazer, Sir John Hargreaves atirou fora uma boa porção da cinza do seu charuto, e comentou:
— Os charutos do dr. Castro são tão bons quanto os charutos do Sargento Batista.
— Gostaria que não precisasse viajar justamente neste momento, John, quando já estamos com o peixe no anzol.
— Confio em que você saberá puxá-lo sem a minha ajuda... e é bem possível que seja apenas um sapato velho.
— Não creio que seja. A gente acaba conhecendo o jeito de um sapato velho.
— Deixo o caso em suas mãos, Emmanuel, com absoluta confiança. E nas mãos de Daintry também, é claro.
— E se eu e ele não concordarmos?
— Neste caso, a decisão deverá ser sua. É o meu delegado especial neste caso. Mas pelo amor de Deus, Emmanuel, não vá tomar nenhuma decisão precipitada.

— Só sou precipitado quando estou no meu Jaguar, John. Quando estou pescando, tenho uma imensa dose de paciência.

CAPÍTULO VI

1

O trem de Castle passou por Berkhamsted com quarenta minutos de atraso. Estavam fazendo reparos na linha em algum lugar além de Tring. Quando ele chegou ao escritório, sua sala parecia estar vazia, de uma maneira estranha. Davis não estava, mas isso não chegava a explicar a sensação de vazio. Castle freqüentemente ficava sozinho na sala, quando Davis saía para o almoço, para ir ao banheiro, para ir se encontrar com Cynthia no Jardim Zoológico. Meia hora se passou antes que ele notasse o bilhete de Cynthia em sua caixa de entrada: "Arthur não está passando bem. O coronel Daintry deseja falar com você". Por um momento, Castle ficou imaginando quem diabo seria Arthur; não estava acostumado a pensar em Davis como qualquer outra pessoa que não Davis. Será que Cynthia estava finalmente começando a ceder ao longo assédio? Seria por isso que ela agora o tratava pelo primeiro nome? Castle tocou a campainha para chamá-la e perguntou:

— O que há com Davis?

— Não sei. Um dos homens do Meio Ambiente telefonou para dizer que ele estava passando mal, ao que parece com cãibras no estômago.

— Uma ressaca?

— Ele teria telefonado pessoalmente se fosse apenas isso. Fiquei sem saber o que devia fazer, já que você não estava presente. E por isso liguei para o dr. Percival.

— E o que ele disse?

— O mesmo que você: deve ser uma ressaca. Ao que parece, os dois saíram juntos ontem à noite, beberam muito

Porto e uísque. O dr. Percival vai visitá-lo na hora do almoço. Não poderá ir antes porque está muito ocupado.

– Acha que é algo grave?

– Não, não acho. Mas também não acho que seja uma simples ressaca. Se fosse grave, o dr. Percival teria ido visitá-lo imediatamente, não é mesmo?

– Com C em Washington, duvido muito que ele tenha tempo para pensar na medicina. Vou falar com Daintry agora. Qual é a sala?

Castle abriu a porta com o número 72. Daintry estava lá dentro, junto com o dr. Percival... e ele teve a impressão de interromper alguma discussão.

– Ah, sim, Castle, estou querendo conversar com você – disse Daintry.

– Eu já ia mesmo sair – declarou o dr. Percival.

– Voltaremos a conversar depois, Percival. Mas saiba que não concordo com você. Lamento muito, mas não posso concordar.

– Lembre-se do que eu lhe disse a respeito das caixas... e de Ben Nicholson.

– Não sou um artista e não entendo a pintura abstrata – respondeu Daintry. – Seja como for, conversaremos mais tarde.

Daintry ficou calado por algum tempo, depois que a porta foi fechada. E subitamente disse:

– Não gosto de ver as pessoas tirando conclusões precipitadas. Fui criado para acreditar em provas... e provas de verdade.

– Alguma coisa o está incomodando?

– Se fosse uma questão de doença, ele faria exames de sangue, tiraria radiografias... Não iria simplesmente arriscar um diagnóstico.

– O dr. Percival?

– Não sei nem como começar, Castle. Aliás, nem deveria falar com você a respeito disso.

– A respeito do quê?

Havia uma fotografia de uma linda jovem em cima da

mesa de Daintry. Volta e meia, os olhos dele fixavam-se na fotografia.

– Não se sente terrivelmente solitário aqui dentro, de vez em quando?

Castle hesitou por um momento, mas acabou dizendo:

– Eu me dou muito bem com Davis. O que faz uma grande diferença.

– Davis? Ah, sim, eu queria conversar com você a respeito de Davis.

Daintry levantou-se e foi até a janela. Dava a impressão de ser um prisioneiro encerrado numa cela. Olhou sombriamente para o céu ameaçador e não se sentiu tranqüilizado.

– É um dia cinzento. O outono finalmente chegou.

– A mudança e a decadência estão em tudo o que vejo – citou Castle.

– O que é isso?

– Um hino que eu costumava cantar quando estava na escola.

Daintry voltou para a escrivaninha e olhou novamente para a fotografia.

– Minha filha... – murmurou ele, como se sentisse a necessidade de apresentar a jovem.

– Parabéns. É uma linda moça.

– Ela vai casar no fim de semana, mas acho que não irei.

– Não gosta do noivo?

– Parece que ele é um bom sujeito. Ainda não o conheço. Mas sobre o que poderia conversar com ele? Sobre o talco infantil Jameson's?

– Talco infantil?

– A Jameson's está tentando superar a Johnson's... ou pelo menos foi o que a minha filha me disse.

Daintry sentou-se e mergulhou num silêncio angustiado. Castle disse:

– Aparentemente, Davis está doente. Cheguei um pouco atrasado esta manhã. Davis escolheu um péssimo dia para ficar doente. Tenho que despachar o malote do Zaire.

— Neste caso, é melhor eu não prendê-lo por mais tempo. Não sabia que Davis estava doente. É algo grave?

— Creio que não. O dr. Percival vai visitá-lo na hora do almoço.

— Davis não tem o seu próprio médico?

— Bem, se o dr. Percival for vê-lo, a despesa será por conta da firma, não é mesmo?

— Tem razão. Mas é que... trabalhando conosco, ele deve ter ficado um pouco desatualizado... em termos médicos, é claro.

— Provavelmente é um diagnóstico muito simples.

Ao falar, Castle ouviu o eco de outra conversa.

— Castle, eu estava querendo saber... está *realmente* satisfeito com Davis?

— O está quer dizer com "satisfeito"? Nós nos damos bem e ele trabalha direito.

— Às vezes tenho que fazer perguntas idiotas... mas isso faz parte do trabalho de segurança. As perguntas não significam necessariamente algo importante. Davis joga, não é mesmo?

— Um pouco. E gosta de falar sobre os cavalos. Mas duvido que ele ganhe ou perca muito dinheiro.

— E ele bebe?

— Não deve beber mais do que eu.

— Quer dizer que tem confiança absoluta nele?

— Claro que tenho. Mas é verdade, diga-se de passagem, que todos nós estamos sujeitos a cometer erros. Houve alguma queixa? Não gostaria que Davis fosse transferido, a menos que seja para L. M.

— Esqueça o que lhe perguntei. Costumo fazer as mesmas perguntas a respeito de todo mundo. Inclusive a seu respeito. Conhece um pintor chamado Nicholson?

— Não. É um dos nossos?

— Não, não... Às vezes, sinto-me um pouco deslocado. Será que... mas você vai para casa todas as noites, não é mesmo?

— Vou, sim.

— Se uma noite dessas, por algum motivo, tiver que ficar na cidade... poderíamos jantar juntos.

– Isso não acontece com muita freqüência.
– Foi o que eu pensei.
– É que minha esposa fica nervosa quando passo a noite fora de casa.
– Eu compreendo. Foi apenas uma idéia...

Daintry olhou novamente para a fotografia e murmurou:
– Costumávamos jantar juntos, de vez em quando. Só peço a Deus que ela seja feliz. Nunca podemos fazer coisa alguma, não é mesmo?

O silêncio baixou como um *smog* antiquado, separando-os. Nenhum dos dois podia avistar a calçada. Tinham que tatear o caminho com as mãos estendidas.

– Meu filho ainda não está em idade de casar – comentou Castle. – Fico contente por não ter que me preocupar com isso.

– Você vem trabalhar no sábado, não vem? Talvez pudesse demorar-se por mais uma ou duas horas... Não conheço ninguém no casamento, à exceção da minha filha e da mãe dela, é claro. Ela disse... minha filha disse... que eu poderia levar alguém do escritório, se quisesse. Como companhia.

– Terei o maior prazer... se realmente acha. – Castle raramente podia resistir a um chamado angustiado, por mais cifrado que pudesse ser.

2

Castle ficou sem almoçar. Não sentiu fome, mas sofreu com a quebra da rotina. Estava aflito. Queria ver se Davis já estava melhor.

Ao deixar o prédio grande e anônimo, à uma hora da tarde, depois de trancar todos os papéis no cofre, até mesmo um bilhete de Watson sem qualquer importância, avistou Cynthia na entrada. E lhe disse:

– Vou visitar Davis. Quer ir comigo?

– Não, obrigada. Por que eu deveria ir? Tenho muitas compras para fazer. E por que *você* tem de ir? Não é nada grave, não é mesmo?

– Não. Mas achei que seria bom fazer uma visitinha. Davis está sozinho naquele apartamento, exceto pelos sujeitos do Departamento do Meio Ambiente. E eles nunca chegam antes do anoitecer.

– O dr. Percival prometeu ir visitá-lo.

– Sei disso. Mas provavelmente, a esta hora, já deve ter ido embora. E pensei que gostaria de ir comigo... só para ver...

– Está certo, vou com você. Mas desde que não tenhamos de ficar muito tempo. Será que é preciso levar flores, como num hospital? Não, acho que não.

Cynthia era uma jovem um tanto rude.

Foi Davis quem abriu a porta, envolto por um chambre. Seu rosto se iluminou ao ver Cynthia, mas depois percebeu que ela estava com um companheiro. E murmurou, sem qualquer entusiasmo:

– Ah, é você...

– Qual é o problema, Davis?

– Não sei. Mas não é nada grave. Parece que o velho fígado anda reclamando um pouco.

– Seu amigo falou em cãibras no estômago, pelo telefone – disse Cynthia.

– O fígado não fica em algum lugar nas proximidades do estômago? Ou será que fica mais perto dos rins? Confesso que não conheço muito bem a minha própria geografia.

– Vou fazer a cama enquanto vocês dois conversam, Arthur – disse Cynthia.

– Não, por favor, não. Não está muito desarrumada. Sentem e fiquem à vontade. Não querem tomar um drinque?

– Você e Castle podem beber, mas eu vou arrumar a sua cama.

– Quando ela decide uma coisa, não há quem a faça mudar de idéia – comentou Davis, assim que Cynthia saiu da sala. – O que vai tomar, Castle? Um uísque?

– Uma dose pequena, por favor.

Davis serviu dois copos.

– É melhor não beber, se o seu fígado está ruim. O que foi exatamente que o dr. Percival disse?

– Ele tentou me deixar apavorado. Mas não é o que os médicos sempre fazem?

— Não me importo de beber sozinho.

— Percival disse que, se eu não parasse de beber por algum tempo, correria o risco de uma cirrose. Vou ter que tirar uma radiografia amanhã. Declarei que não costumo beber mais que os outros, mas Percival explicou que alguns fígados são mais fracos que outros. Os médicos fazem questão de sempre dizer a última palavra.

— Se eu fosse você, Davis, não beberia esse uísque.

— Percival me disse: "Corte a bebida". E eu cortei este uísque pela metade. Mas disse a Percival que cortaria o Porto. E assim farei, por uma ou duas semanas. Qualquer coisa para agradar. Estou contente com sua visita, Castle. Sabe que o dr. Percival conseguiu realmente me assustar um pouco? Tive a impressão de que ele não estava me dizendo tudo o que sabia. Não seria horrível se tivessem decidido enviar-me para L. M. e depois não me deixassem partir? E tenho receio também de outra coisa... Eles andaram lhe falando a meu respeito?

— Não. Só Daintry é que me perguntou esta manhã se eu estava satisfeito com você e respondi que sim... totalmente.

— É um bom amigo, Castle.

— É tudo por causa daquela estúpida verificação de segurança. Lembra-se daquele dia em que se encontrou com Cynthia no Jardim Zoológico? Falei que você tinha ido ao dentista, mas mesmo assim.

— Já sei, Castle. Sou o tipo de sujeito que sempre acaba sendo descoberto. E, no entanto, quase sempre obedeço aos regulamentos. Deve ser a minha forma de lealdade. Você é diferente. Se algum dia saio com um relatório para ler durante o almoço, sou prontamente descoberto. Mas já o vi sair com relatórios vezes sem conta e nada lhe aconteceu. Você assume riscos... como dizem que os padres têm de fazer. Se eu realmente deixasse escapar alguma coisa... sem a menor intenção, é claro... iria procurá-lo para confessar.

— Esperando absolvição?

— Não. Mas esperando pelo menos um pouco de justiça.

— Neste caso, Davis, estaria errado. Não tenho a menor idéia do que significa a palavra "justiça".

– Quer dizer que iria me condenar a ser fuzilado ao amanhecer?

– Claro que não. Eu iria sempre absolver as pessoas de quem gostasse.

– Se assim é, Castle, você é que constitui realmente um risco de segurança. Será que essa maldita verificação de segurança ainda vai continuar por muito tempo?

– Provavelmente até descobrirem o vazamento ou chegarem à conclusão de que, no final das contas, não existe nenhum vazamento. Talvez algum homem do MI5 tenha interpretado erradamente os indícios.

– Ou alguma mulher, Castle. Por que não uma mulher? Já pensou que a pessoa que eles estão procurando talvez seja uma das nossas secretárias? Ou eu mesmo, você ou Watson? Só de pensar nisso fico todo arrepiado. Uma noite dessas, Cynthia prometeu jantar comigo. Fiquei esperando por ela no Stone's. Na mesa ao lado havia uma linda jovem, também esperando por alguém. Sorrimos um para o outro, porque ambos estávamos solitários. Companheiros de aflição. Pensei em falar com ela... afinal, Cynthia me dera o bolo... mas depois me ocorreu o pensamento de que talvez a tivessem colocado ali para me atrair, depois de me ouvirem reservar uma mesa pelo telefone, do escritório. Talvez Cynthia não tivesse aparecido no cumprimento de ordens. E depois apareceu alguém para se encontrar com a moça... adivinhe quem?... o próprio Daintry!

– Provavelmente era a filha dele.

– Eles também usam filhas em nossa organização, não é mesmo? Ah, mas que profissão absurda é a nossa! Não se pode confiar em ninguém. Agora, desconfio até mesmo de Cynthia. Ela está arrumando minha cama e só Deus sabe o que espera encontrar. Mas ela só irá encontrar as migalhas de pão de ontem. Talvez mandem analisá-las. Uma migalha de pão pode conter um microponto.

– Não vou poder ficar muito tempo, Davis. Tenho que despachar o malote do Zaire.

Davis largou o copo.

— O uísque já não tem o mesmo gosto desde que Percival andou metendo idéias na minha cabeça. Acha mesmo que tenho cirrose?

— Não. Mas é melhor se controlar por algum tempo.

— É mais fácil falar do que fazer. Quando me sinto entediado, tenho que beber. Você tem muita sorte de contar com Sarah. Como está Sam?

— Está sempre perguntando por você. Diz que ninguém brinca de esconde-esconde melhor que você.

— Um pequeno bastardo simpático. Eu bem que gostaria de ter também um pequeno bastardo... mas só com Cynthia! Que esperança!

— O clima de Lourenço Marques não é dos melhores...

— Mas todo mundo diz que isso não é problema para crianças até seis anos de idade.

— Talvez Cynthia esteja começando a ceder, Davis. Afinal, ela foi arrumar a sua cama.

— Eu diria que ela não se importa de cuidar de mim, mas é o tipo de garota que está sempre procurando alguém a quem admirar. Cynthia gostaria de um homem serio, como você. O meu problema é que, quando estou sério, não consigo agir com seriedade. É algo que me constrange. Pode imaginar que alguém seja capaz de me admirar?

— Sam o admira.

— Não creio que Cynthia goste de brincar de esconde-esconde.

Cynthia voltou e disse:

— Sua cama estava numa desarrumação incrível. Quando tinha sido arrumada pela última vez?

— Nossa empregada só vem na segunda e na sexta... e hoje é quinta-feira.

— Por que você próprio não arruma a cama?

— Costumo puxar os lençóis quando me deito.

— E o que fazem os tais sujeitos do Departamento do Meio Ambiente?

— Eles estão condicionados a não notar a poluição até que lhes seja comunicada oficialmente.

Davis acompanhou os dois até a porta. Cynthia disse:
– Até amanhã.

Ela desceu rapidamente a escada e lá de baixo gritou que tinha muitas compras a fazer.

– "Ela nunca deveria ter-me olhado
Se não queria que eu me apaixonasse."

Castle ficou surpreso com a citação de Davis. Não imaginava que Davis tivesse lido Browning... exceto na escola, é claro.

– E agora tenho que voltar ao trabalho, Davis.

– Desculpe, Castle. Sei como aquele malote do Zaire o deixa irritado. Mas pode estar certo de que não estou me fingindo de doente. E não é uma ressaca. As pernas, os braços... estão parecendo geléia.

– Volte para a cama.

– É o que vou fazer. Sam não iria me apreciar muito agora na brincadeira de esconde-esconde.

Davis inclinou-se sobre o corrimão, observando Castle descer. Quando Castle chegou lá embaixo, ele gritou:

– Castle!

– O que é?

– Acha que isso poderia impedir-me?

– Impedi-lo?

– Eu seria um homem diferente se pudesse ir para Lourenço Marques.

– Fiz o melhor que pude. Falei inclusive com C.

– É um bom companheiro, Castle. Obrigado por tudo, não importa o que possa acontecer.

– Volte para a cama e descanse.

– É o que vou fazer.

Mas Davis continuou parado lá em cima, olhando para baixo, enquanto Castle se afastava.

CAPÍTULO VII

1

Castle e Daintry chegaram atrasados ao cartório e sentaram na última fila da sala marrom muito suja. Estavam separados por quatro filas de cadeiras vazias dos outros convidados, cerca de uma dúzia, divididos em clãs rivais, como num casamento na igreja, a se olharem com um interesse crítico e algum desdém. Somente champanhe poderia promover uma trégua posterior entre os dois clãs.

– Aquele deve ser Colin – disse o coronel Daintry, apontando para um rapaz que acabara de se juntar à sua filha diante da mesa do juiz. – Nem mesmo sei o sobrenome dele.

– Quem é a mulher com o lenço? Ela parece transtornada com alguma coisa.

– Aquela é minha esposa – respondeu o coronel Daintry. – Espero que possamos escapulir antes que ela me veja.

– Não pode fazer uma coisa dessas. Assim, sua filha nem mesmo saberá que veio assistir ao casamento dela.

O juiz começou a falar. Alguém disse "Psiu!", como se estivessem num teatro e as cortinas acabassem de se abrir.

– O sobrenome de seu genro é Clutters – sussurrou Castle.

– Tem certeza?

– Não, mas foi o que me pareceu.

O juiz fez o discurso rápido de felicidades que algumas vezes é descrito como um sermão leigo. Umas poucas pessoas se retiraram, olhando para o relógio, como pretexto.

– Não acha que podemos ir também? – perguntou Daintry.

– Não, não acho.

Ninguém parecia tê-los ainda notado quando ficaram parados na calçada da Victoria Street. Os táxis se aproximaram, como pássaros predadores e Daintry fez mais um esforço para escapar.

– Não é justo para com sua filha – argumentou Castle.

– Nem mesmo sei para onde eles estão indo – disse Daintry. – Deve ser para um hotel.

– Podemos segui-los.

E foi o que fizeram... indo até o Harrods e seguindo além, através de uma tênue neblina de outono.

– Não posso imaginar que hotel... – murmurou Daintry. – Acho que os perdemos.

Ele inclinou-se, a fim de examinar o carro que ia à frente.

– Não tivemos tal sorte. Posso ver a cabeça da minha esposa, por trás.

– Não é muita coisa em que nos basearmos.

– Mesmo assim, tenho certeza. Estivemos casados durante quinze anos.

Ele fez uma breve pausa, antes de acrescentar, sombriamente:

– E não nos falamos há sete anos.

– O champanhe irá ajudar – comentou Castle.

– Mas acontece que eu não gosto de champanhe. Foi muita gentileza sua concordar em acompanhar-me, Castle. Eu não poderia enfrentar tudo isso sozinho.

– Tomaremos só uma taça e depois iremos embora.

– Não consigo imaginar para onde estamos indo. Há anos que não ando por estas bandas. Parece que existem muitos hotéis novos por aqui.

Foram avançando pela Brompton Road. Castle comentou:

– Quando não se vai para um hotel, o destino é geralmente a casa da noiva.

– Só que minha filha não tem uma casa. Oficialmente, ela partilha um apartamento com alguma amiga. Mas aparentemente está vivendo com esse tal de Clutters há algum tempo. Clutters! Mas que nome!

– O nome talvez não seja Clutters. Não deu para entender muito bem o que o juiz disse.

Os táxis começaram a descarregar os outros convidados, como embrulhos de presente, diante de uma casa pequena e bonitinha. Era muita sorte que não houvesse muitos convidados, pois as casas ali não haviam sido construídas para festas grandes. Mesmo com apenas duas dúzias de pessoas, tinha-se a impressão de que as paredes iam entortar ou que os assoalhos acabariam cedendo ao peso.

– Acho que sei onde estamos – disse Daintry. – Na casa da minha esposa. Soube que ela havia comprado uma casa em Kensington.

Subiram pela escada apinhada até uma sala de estar. De cada mesa, das prateleiras da estante, do piano, da cornija da lareira, corujas de porcelana fitavam os convidados, alerta, predadoras, com bicos curvos que pareciam cruéis.

– É mesmo a casa dela – confirmou Daintry. – Sempre teve paixão por corujas... mas parece que a paixão aumentou ainda mais desde que nos separamos.

Não viram a filha de Daintry no meio da multidão que estava agrupada diante do bufê. De vez em quando espocava a rolha de uma garrafa de champanhe. Havia um bolo de casamento, com uma coruja de gesso equilibrada no alto do palanque de açúcar-cande rosa. Um homem alto, de bigode aparado exatamente como o de Daintry, aproximou-se deles e disse:

– Não sei quem vocês são, mas sirvam-se à vontade de *champers*.

A julgar pela gíria, devia quase remontar à Primeira Guerra Mundial. Tinha o ar distraído de um anfitrião um tanto antigo.

– Decidimos poupar os garçons – explicou ele.

– Eu sou Daintry.

– Daintry?

– É o casamento da minha filha – disse Daintry, a voz extremamente seca.

– Ahn.... então você deve ser o marido de Sylvia!

– Exatamente. Não entendi direito o seu nome.

O homem afastou-se, gritando:

– Sylvia! Sylvia!

– Vamos sair daqui! – murmurou Daintry, desesperado.

– Tem que falar com sua filha.

Uma mulher irrompeu através dos convidados agrupados diante do bufê. Castle reconheceu a mulher que vira chorando no cartório. Mas, agora, ela não dava a menor impressão de que andara chorando.

– Edward me disse que estava aqui, querido! – disse ela. – Foi muita gentileza sua ter vindo. Sei perfeitamente como você sempre está desesperadamente ocupado.

– Tem razão. E precisamos realmente ir embora agora. Esse é o sr. Castle, do escritório.

– Ah, aquele maldito escritório! Como vai, sr. Castle? Tenho que encontrar Elizabeth... e Colin.

– Não precisa incomodá-los. Temos realmente que ir embora.

– Também só estou aqui por este dia. Vim de Brighton. Edward me trouxe de carro.

– Quem é Edward?

– Ele tem sido maravilhosamente prestativo. Foi ele que encomendou o champanhe e tudo o mais. Uma mulher precisa de um homem nessas ocasiões. Não mudou nada, querido. Quanto tempo faz?

– Seis... sete anos?

– Como o tempo voa!

– E você colecionou mais uma porção de corujas.

– Corujas?

Ela se afastou, gritando.

– Colin, Elizabeth, venham até aqui!

Os dois se aproximaram, de mãos dadas. Daintry não associava a filha àquele tipo de ternura infantil, mas Elizabeth provavelmente pensava que ficar de mãos dadas era uma obrigação no casamento.

Elizabeth disse:

– Foi maravilhoso ter vindo, papai. Sei como detesta este tipo de coisa.

– Nunca experimentei isto antes.

Daintry olhou para o companheiro dela, que usava um cravo na lapela e um terno listrado novo. Os cabelos eram muito pretos e penteados em torno das orelhas.

– Como tem passado, senhor? Elizabeth fala muito a seu respeito.

– Não posso dizer o mesmo – respondeu Daintry. – Quer dizer que você é Colin Clutters?

– Clutters, não, papai. O que lhe deu essa idéia? O nome dele é Clough. Isto é, *nosso* nome é Clough.

Uma leva de retardatários, que não aparecera no cartório, havia separado Castle do coronel Daintry. Um homem de colete disse-lhe:

– Não conheço ninguém aqui... a não ser Colin, é claro.

Houve um barulho de vidro quebrando. A voz da sra. Daintry se ergueu acima do clamor:

– Pelo amor de Deus, Edward, é uma das corujas?

– Não, querida! Não se preocupe! Foi apenas um cinzeiro!

– Absolutamente ninguém – repetiu o homem de colete. – Meu nome é Joiner, por falar nisso.

– O meu é Castle.

– Conhece Colin?

– Não. Vim com o coronel Daintry.

– E quem é ele?

– O pai da noiva.

Um telefone começou a tocar em algum lugar. Ninguém deu a menor atenção.

– Devia conversar com o jovem Colin. Ele é um sujeito brilhante.

– Não acha que ele tem um sobrenome estranho?

– Estranho?

– Isso mesmo... Clutters.

– O nome dele é Clough.

– Ahn... Devo ter ouvido errado.

Outra coisa quebrou. A voz de Edward se ergueu novamente acima do burburinho:

– Não se preocupe, Sylvia! Não é nada sério! Todas as corujas estão seguras!

– Ele revolucionou a nossa publicidade.

– Trabalham juntos?

– Pode-se dizer que *sou* o talco infantil Jameson's.

O homem chamado Edward agarrou o braço de Castle e perguntou:

– Seu nome é Castle?
– É, sim.
– Alguém está à sua procura no telefone.
– Mas ninguém sabe que estou aqui!
– É mulher. E parece que está um pouco transtornada. Disse que era urgente.

Os pensamentos de Castle concentraram-se em Sarah. Ela sabia que ele fora ao casamento, mas nem o próprio Daintry sabia onde iriam depois. Será que Sam estava novamente doente?

– Onde é o telefone?
– Siga-me.

Mas quando chegaram – um telefone branco, ao lado de uma cama de casal branca, vigiado por uma coruja branca – o fone já fora posto no gancho.

– Desculpe – disse Edward. – Espero que ela ligue novamente.

– Ela disse o nome?
– Não pude entender direito, com todo o barulho que há por aqui. Mas tive a impressão de que ela estava chorando. Vamos tomar mais *champers*.

– Se não se importa, ficarei esperando aqui, junto ao telefone.

– Pois me desculpe se não puder ficar com você. Tenho que vigiar aquelas corujas. Sylvia ficaria desolada se uma delas se quebrasse. Sugeri que as guardássemos, mas ela tem mais de cem. A casa pareceria um tanto vazia sem as corujas. É amigo do coronel Daintry?

– Trabalhamos no mesmo escritório.

– Um desses trabalhos secretos, hein? É um pouco embaraçoso para mim encontrá-lo deste jeito. Sylvia achava que ele não viria. Talvez eu devesse ter ficado longe daqui. Uma questão de tato. Mas, neste caso, quem iria cuidar das corujas?

Castle sentou-se na beira da cama branca, a coruja branca a fitá-lo com uma expressão furiosa, do lado do telefone branco, como se o reconhecesse como um imigrante ilegal que acabara de se empoleirar à margem de seu estranho continente de neve... até mesmo as paredes eram brancas, e havia um tapete branco sob seus pés. Castle estava com medo, medo por Sam, medo por Sarah, medo por si mesmo, um medo que se despejava como um gás invisível pelo bocal do telefone silencioso. Ele e todos a quem amava estavam ameaçados pelo telefonema misterioso. O clamor de vozes na sala parecia agora ser apenas um rumor de tribos distantes, além do deserto de neve. E foi então que o telefone começou a tocar. Castle empurrou a coruja branca para o lado e levantou o fone.

Para seu alívio, ouviu a voz de Cynthia:

– É você, M. C.?

– Eu mesmo. Como soube onde me encontrar?

– Liguei para o cartório, mas já tinham saído. Procurei no catálogo o telefone de alguma sra. Daintry.

– O que aconteceu, Cynthia? Está com uma voz estranha.

– Uma coisa terrível aconteceu, M. C. Arthur morreu.

Novamente, como já acontecera antes, Castle perguntou-se por um momento quem era Arthur.

– Davis? Morto? Mas ele ia voltar ao trabalho na semana que vem!

– Sei disso. A empregada encontrou-o quando foi arrumar a cama dele.

A voz de Cynthia estava trêmula.

– Voltarei imediatamente para o escritório, Cynthia. Já falou com o dr. Percival?

– Ele é que me telefonou para contar.

– Vou voltar o mais depressa possível, Cynthia. E avisarei o coronel Daintry.

– Oh, M. C., eu gostaria de tê-lo tratado melhor! Tudo o que fiz por ele foi... arrumar sua cama!

Castle pôde ouvi-la prender a respiração, fazendo um esforço para não chorar.

– Estarei aí o mais depressa possível.

Castle desligou.

A sala estava tão apinhada quanto antes e igualmente barulhenta. O bolo fora cortado e as pessoas estavam procurando cantos furtivos para esconder suas fatias. Daintry estava sozinho, com uma fatia na mão, por trás de uma mesa coberta de corujas.

– Pelo amor de Deus, Castle, vamos logo embora. Não posso compreender esse tipo de coisa.

– Acabei de receber um telefonema do escritório, Daintry. Davis morreu.

– Davis?

– Está morto. O dr. Percival...

– Percival! Oh, Deus, aquele homem...

Daintry pôs a sua fatia de bolo em cima da mesa, entre as corujas. Uma imensa coruja cinzenta foi derrubada e caiu no chão, espatifando-se.

– Edward! – gritou uma voz de mulher, desesperada.

– John acaba de quebrar a coruja cinzenta!

Edward abriu caminho na direção deles.

– Não posso estar em toda parte ao mesmo tempo, Sylvia.

A sra. Daintry apareceu atrás dele. E disse:

– John, seu velho idiota! Nunca o perdoarei por isso... nunca! Além do mais, que diabo está fazendo na minha casa?

– Vamos embora, Castle – disse Daintry. – Eu lhe comprarei outra coruja, Sylvia.

– Essa é insubstituível!

– Um homem está morto – murmurou Daintry. – Ele também é insubstituível.

2

– Não esperava que isso acontecesse – disse-lhes o dr. Percival.

Para Castle, pareceu uma frase estranhamente indiferente para Percival usar, uma frase tão fria quanto o pobre cadáver que estava estendido na cama, num pijama amarrotado, o casaco aberto e o peito exposto, onde certamente há muito que haviam escutado, à procura inútil de um sinal de vida, de uma batida do coração, por menor que fosse. O dr. Percival sempre impressionara Castle por ser um homem extremamente jovial. Mas agora, na presença do morto, a jovialidade arrefecera, e havia um tom incongruente de desculpa constrangida na frase que ele pronunciara.

A mudança súbita foi como um choque para Castle, ao se encontrar naquele quarto em desordem, depois de todas as vozes de estranhos, dos bandos de corujas de porcelana e das explosões de rolhas de champanhe na casa da sra. Daintry. O dr. Percival caiu novamente em silêncio, depois daquela frase infeliz. E ninguém mais disse nada. O médico estava um pouco afastado da cama, como se exibisse um quadro para uma dupla de críticos hostis e agora esperasse, apreensivo, pelo julgamento deles. Daintry também estava em silêncio. Parecia contentar-se em observar o dr. Percival, como se a este competisse explicar algum defeito óbvio que esperara encontrar no quadro.

Castle sentiu um impulso de quebrar aquele silêncio por demais prolongado:

– Quem são aqueles homens que estão lá na sala? O que estão fazendo?

O dr. Percival desviou os olhos da cama, com evidente relutância.

– Que homens? Ah, sim... – Pedi ao Serviço Especial que viesse dar uma olhada por aqui.

– Por quê? Acha que ele foi assassinado?

– Não, claro que não... Não houve nada disso. O fígado dele estava em péssimo estado. Ele tirou uma radiografia há poucos dias.

– Então por que disse que não esperava...?

– Não esperava que as coisas acontecessem tão depressa.

– Vai ser feita uma autópsia?

– Claro, claro...

Os "claro" multiplicavam-se como moscas ao redor do corpo.

Castle voltou para a sala. Na mesinha de café, havia uma garrafa de uísque, um copo usado e um exemplar da *Playboy*.

— Eu disse a ele que parasse de beber — falou o dr. Percival para Castle, sem sair do quarto. — Mas ele não me deu a menor atenção.

Havia dois homens na sala. Um deles pegou a *Playboy*, folheou-a, sacudiu as páginas. O outro estava revistando as gavetas da escrivaninha. E disse ao companheiro:

— Aqui está o caderno de endereços dele. É melhor verificar os nomes. E investigue os telefones, caso não correspondam.

— Ainda não estou entendendo o que eles procuram — comentou Castle, voltando para o quarto.

— É apenas uma verificação de segurança — explicou o dr. Percival. — Tentei entrar em contato com você, Daintry, porque o filho é seu. Mas, ao que me disseram, tinha ido a algum casamento.

— Foi isso mesmo.

— Parece que, recentemente, tem havido alguma negligência no escritório: C está viajando, mas tenho certeza de que ele gostaria que nos certificássemos de que o pobrecoitado não deixou nada para trás.

— Como números de telefone ligados aos nomes errados? — perguntou Castle. — Eu não diria que isso seja propriamente negligência.

— Esses camaradas sempre seguem uma rotina determinada. Não é mesmo, Daintry?

Mas Daintry não respondeu. Estava parado na porta do quarto, olhando para o corpo. Um dos homens disse:

— Dê uma olhada nisto, Taylor.

Ele entregou ao outro uma folha de papel. E o outro leu em voz alta:

— Bonne Chance, Kalamazoo, Widow Twanky.

— Não acha um tanto estranho?

Taylor disse:

— *Bonne Chance* é francês, Piper. Kalamazoo parece ser o nome de uma cidade na África.

– África, bem? Pode ser importante.

– É melhor darem uma olhada no *Evening News* – sugeriu Castle. – Provavelmente vão descobrir que são nomes de três cavalos. Ele sempre apostava nos cavalos nos fins de semana.

– Ah... – murmurou Piper, parecendo um pouco desanimado...

– Acho que devíamos deixar nossos amigos do Serviço Especial fazerem o seu trabalho em paz – disse o dr. Percival.

– O que me diz da família de Davis? – indagou Castle.

– O escritório está cuidando disso. O parente mais próximo parece que é um primo em Droitwich. Um dentista.

Piper disse:

– Eis aqui uma coisa que me parece um tanto esquisita, senhor.

Ele estendeu um livro para o dr. Percival e Castle interceptou-o. Era uma pequena seleção de poemas de Robert Browning. Lá dentro, havia um ex-libris com um brasão de armas e o nome de uma escola, a Droitwich Royal Grammar School. Aparentemente, o prêmio fora concedido em 1910 a um aluno chamado William Davis, por composição inglesa. E William Davis escrevera em tinta preta, numa letra meticulosa: "Entregue a meu filho Arthur por seu pai, pela formatura dele em Física, a 29 de junho de 1953". Browning, Física e um menino de dezesseis anos formavam um conjunto um tanto estranho, mas presumivelmente não era a isso que Piper estava se referindo ao falar em uma coisa "um tanto esquisita"

– O que é isso? – perguntou o dr. Percival.

– Poemas de Browning. Não vejo nada de esquisito neles.

Não obstante, Castle não podia deixar de reconhecer que o pequeno livro não combinava com Aldermaston, corridas de cavalos e *Playboy,* a terrível rotina do escritório e o malote do Zaire. Será que sempre se descobrem pistas para a complexidade até mesmo nas coisas mais simples da vida, quando se começa a vasculhá-las depois da morte? Claro que Davis podia ter guardado o livro por devoção filial, mas era evidente que o lera. Não citara Browning na última vez que Castle o vira com vida?

– Se procurar, senhor, vai descobrir que há trechos marcados – disse Piper ao dr. Percival. – Conhece mais do que eu a respeito de códigos de livros. Achei que deveria chamar-lhe a atenção.

– O que acha, Castle?

– Há realmente trechos marcados.

Castle folheou rapidamente as páginas, acrescentando:

– O livro pertenceu ao pai dele, e é claro que as marcas podem ser do pai... exceto que a tinta parece recente demais. E há um *c* ao lado dos trechos marcados.

– Isso é significativo?

Castle nunca levara Davis muito a sério, jamais dera importância a seu hábito de beber, às apostas nas corridas de cavalos, ao amor sem esperança por Cynthia. Mas um corpo morto não podia ser tão facilmente ignorado. Pela primeira vez, sentiu uma curiosidade real por Davis. A morte tornara Davis importante. A morte dera a Davis uma estatura que ele não possuía antes. Os mortos talvez sejam mais sábios que nós. Ele virou as páginas do pequeno livro, como um membro da Sociedade Browning, ansioso em interpretar um texto.

Daintry conseguiu finalmente afastar-se da porta do quarto e disse:

– Há alguma coisa... nesses trechos marcados?

– Alguma coisa o quê?

– Significativa.

Era a mesma palavra usada por Percival.

– Significativa? É bem possível. Significativa de todo um estado de espírito.

– Como assim? – indagou Percival. – Acha então...?

Ele parecia esperançoso, como se positivamente desejasse que o homem morto no quarto pudesse ter representado um risco de segurança. E, de certa forma, Davis fora de fato um risco de segurança, pensou Castle. O amor e o ódio são ambos perigosos, como ele dissera a Boris. Uma cena surgiu-lhe à mente: um quarto em Lourenço Marques, o zumbido do aparelho de ar condicionado e a voz de Sarah ao telefone, dizendo "Cheguei". E depois a súbita sensação de intensa alegria. Seu amor por Sarah levara-o a Carson, e de Carson a Boris. Um homem apaixonado caminha pelo mundo como um anarquista levando uma bomba-relógio.

– Está querendo dizer que há algum indício...? – continuou o dr. Percival. – Você foi treinado em códigos. Eu não fui.

– Escute este trecho. Está assinalado com uma linha vertical e a letra "c".

"Mas direi apenas o que dizem meros amigos
Ou apenas um pensamento mais forte:
Sua mão estará na minha, mas enquanto..."

– Tem alguma idéia do que o *c* pode representar? – indagou Percival, novamente com aquele tom esperançoso que Castle achava tão irritante. – Não poderia significar "código", para lembrar-lhe que já usara o trecho indicado? Num livro de código, ao que suponho, é preciso tomar cuidado para não usar o mesmo trecho duas vezes.

– Tem razão. Aqui está outro trecho assinalado.

"Tudo vale, esses olhos castanho-escuros,
Esses cabelos tão pretos e sedosos, em tudo valem,
Que um homem deve lutar e sofrer
E provar o próprio inferno na terra..."

– Está me parecendo poesia, senhor – comentou Piper.
– Tem novamente uma linha vertical e um *c,* dr. Percival.
– Acha então que...?
– Davis disse-me certa vez: "Não consigo ser sério quando estou sério". Por isso, acho que ele teve de ir procurar as palavras em Browning.
– E o *c,* o que é?
– Representa apenas o nome de uma moça, dr. Percival. É Cynthia, a secretária dele. Uma jovem por quem Davis es-

tava apaixonado. Uma de nós. Não é um caso para o Serviço Especial.

Daintry fora até então apenas uma presença silenciosa e pensativa, imerso nos próprios pensamentos. E disse de repente, num tom ríspido de acusação:

– Deve ser feita a autópsia.

– Claro que sim, se o médico dele quiser – disse o dr. Percival. – Não sou o médico dele, mas apenas um colega... embora ele tivesse me consultado e tirado a radiografia por meu intermédio.

– O médico dele deveria estar aqui agora.

– Mandarei chamá-lo assim que estes homens acabarem. Deve compreender tais precauções mais do que ninguém, coronel Daintry. A segurança tem que ser nossa primeira consideração.

– Estou imaginando o que uma autópsia irá revelar, dr. Percival.

– Acho que posso adiantar-lhe: o fígado dele está quase totalmente destruído.

– Destruído?

– Pelo álcool, é claro, coronel. O que mais poderia ser? Não ouviu o que eu disse a Castle?

Castle deixou-os empenhados naquele duelo subterrâneo. Estava na hora de dar uma última olhada em Davis, antes de o patologista começar a trabalhar nele. Ficou contente por constatar que o rosto não deixara transparecer qualquer indicação de dor. Fechou o paletó do pijama sobre o peito encovado. Estava faltando um botão. Pregar botões fazia parte das tarefas cotidianas de uma mulher. O telefone ao lado da cama deixou escapar um pequeno retinido preliminar, mas nada aconteceu. Talvez, em algum lugar distante, um microfone e um gravador estivessem sendo desligados da linha. Davis não mais estaria sob vigilância. Conseguira escapar.

CAPÍTULO VIII

1

Castle sentou-se para escrever o que tencionava que fosse o seu relatório final. Com a morte de Davis, as informações da seção africana deviam obviamente cessar. Se os vazamentos continuassem, não poderia haver a menor dúvida de quem era o responsável. Mas se os vazamentos cessassem, a culpa seria certamente atribuída ao homem morto. Davis estava além de qualquer sofrimento. Sua ficha pessoal seria encerrada e despachada para algum arquivo central, onde ninguém se daria ao trabalho de examiná-la. E qual era o problema se contivesse uma história de traição? Como um segredo do gabinete, seria bem guardada durante trinta anos. De certa forma, de uma forma triste, fora uma morte das mais providenciais.

Castle podia ouvir Sarah lendo em voz alta para Sam, antes de arrumá-lo para ir dormir. Já passara meia hora do horário habitual de Sam ir para a cama. Mas, naquela noite, o menino precisava de conforto infantil extra, pois a primeira semana de aula terminara em meio à infelicidade.

Ah, mas que trabalho lento e interminável era transcrever uma mensagem em código de livro! Agora, jamais conseguiria chegar ao fim de *Guerra e paz*. No dia seguinte, iria queimar seu exemplar como medida de segurança, numa fogueira de folhas de outono, sem esperar que o Trollope chegasse. Sentia alívio e pesar... Alívio porque pagara na medida do possível sua dívida de gratidão para com Carson, e pesar porque nunca poderia encerrar o dossiê sobre a Tio Remus e completar sua vingança contra Cornelius Muller.

Terminando o relatório, Castle desceu para esperar por Sarah. O dia seguinte era domingo. Teria que deixar o relatório no ponto de contato, aquele terceiro ponto de contato que nunca mais voltaria a usar; havia avisado a sua presença lá de uma cabine telefônica em Piccadilly Circus, antes de ir pegar o trem em Euston. Era um trabalho lento e incômodo, aquele de entregar seu último comunicado. Mas uma rota mais rápida e perigosa ficara reservada para uso apenas numa emergência final. Serviu-se de uma dose tripla de J&B e o murmúrio de vozes lá em cima começou a proporcionar-lhe uma sensação de paz temporária. Uma porta foi fechada suavemente, soaram passos no corredor lá em cima. A escada sempre rangia quando se descia. Castle pensou que, para algumas pessoas, tudo isso poderia parecer uma rotina insípida e doméstica, até mesmo insuportável. Para ele, representava uma segurança que tinha receio de perder, a cada hora do dia. Sabia exatamente o que Sarah diria quando entrasse na sala; sabia também o que iria responder. A familiaridade era uma proteção contra as trevas da King's Road lá fora e a luz acesa da delegacia de polícia na esquina. Sempre imaginara um policial uniformizado, a quem provavelmente conheceria de vista, acompanhando o homem do Serviço Especial, quando chegasse o momento.

– Já tomou seu uísque?
– Quer que eu lhe sirva um?
– Uma dose pequena, querido.
– Sam está bem?
– Já estava dormindo antes que eu ajeitasse as cobertas.

Como num telegrama não deturpado, não havia um único algarismo transcrito errado.

Entregou o copo a Sarah. Até aquele momento, ainda não fora capaz de contar o que acontecera.

– Como foi o casamento, querido?
– Horrível! Senti pena do pobre Daintry.
– Por que pobre?
– Ele estava perdendo uma filha e duvido muito que tenha amigos para compensar.
– Parece que há muitas pessoas solitárias no seu escritório.
– Há mesmo. São todos aqueles que não conseguem viver a dois, como um casal. Beba, Sarah.
– Qual é a pressa?

— Quero servir outra dose para nós dois.
— Por quê?
— Tenho más notícias, Sarah. Não podia contar na presença de Sam. É a respeito de Davis. Ele morreu.
— Davis morreu?
— Morreu.
— Como?
— O dr. Percival disse que foi o fígado.
— Mas um fígado não acaba assim de repente... de um dia para outro.
— É o que o dr. Percival diz.
— Não acredita nele?
— Não. Ou pelo menos não inteiramente. E tenho a impressão de que Daintry também não acredita.

Sarah serviu-se de dois dedos de uísque. Nunca antes Castle a vira fazer isso.

— Pobre Davis.
— Daintry está querendo uma autópsia independente. Percival concordou prontamente. É óbvio que ele tem certeza de que seu diagnóstico será confirmado.
— Se ele tem certeza, isso significa que deve ser verdadeiro?
— Não sei, realmente não sei. Podem dar jeito em muitas coisas na nossa firma. Talvez até mesmo numa autópsia.
— O que vamos dizer a Sam?
— A verdade. Não é bom esconder a morte a uma criança. É algo que está acontecendo a todo instante.
— Mas ele gostava tanto de Davis... Não vamos dizer nada por uma ou duas semanas, querido. Até que Sam já esteja se sentindo mais à vontade na escola.
— Deixo a seu critério.
— Ah, como eu gostaria que pudéssemos nos livrar de toda essa gente!
— É o que vai acontecer... dentro de mais uns poucos anos.
— Eu gostaria que fosse agora, neste minuto. Vamos acordar Sam e ir para o exterior. Para qualquer lugar, no primeiro avião.

— Espere até eu conseguir uma pensão.
— Posso trabalhar, Maurice. Podemos ir para a França. A vida seria muito mais fácil lá, pois estão acostumados à minha cor.
— Não é possível, Sarah. Ainda não.
— Por quê? Dê-me um só motivo...

Castle procurou parecer despreocupado:
— Sabe muito bem que é preciso dar aviso prévio.
— E será que *eles* se incomodam com essas coisas?

Castle ficou alarmado com a rapidez da percepção de Sarah, que acrescentou imediatamente:
— Por acaso eles deram aviso prévio a Davis?
— Se foi o fígado...
— Não acredita nisso, não é mesmo? Não se esqueça que houve um tempo em que trabalhei para vocês. Era uma agente sua, aos olhos deles. Pensa que não notei como você estava nervoso no mês passado... até mesmo com o medidor de luz. Não houve um vazamento? Foi na sua seção?
— Creio que é justamente isso o que eles estão pensando.
— E atribuíram tudo a Davis. Acredita que Davis fosse culpado?
— Pode não ter sido um vazamento deliberado. Davis era muito descuidado.
— E acha que eles podem tê-lo matado só porque era descuidado?
— Imagino que em nossa organização há o que se poderia chamar de negligência criminosa.
— Poderiam ter desconfiado de você e não de Davis. E, neste caso, você é que teria morrido. De excesso de J&B.
— Ora, sempre fui cuidadoso.

Castle fez uma pausa, antes de acrescentar, como um triste gracejo:
— Exceto quando me apaixonei por você.
— Aonde vai?
— Quero respirar um pouco de ar fresco e creio que o mesmo acontece com Buller.

2

No outro lado da extensa picada através do Common, conhecida, por algum motivo ignorado, como Cold Harbour, o bosque de faias começava a descer suavemente na direção da estrada de Ashridge. Castle ficou sentado num banco, enquanto Buller dava uma busca pelas últimas folhas do ano. Sabia que não devia ficar por ali. A curiosidade não era desculpa. Devia deixar a mensagem e ir embora. Um carro aproximou-se lentamente, na direção de Berkhamsted. Castle olhou para o relógio. Quatro horas haviam passado desde que dera o aviso da cabine telefônica de Piccadilly Circus. Mal pôde divisar o número da placa do carro. Mas, como já esperava, a placa era-lhe completamente estranha, assim como o carro, um pequeno Toyota vermelho. O carro parou perto do pavilhão à entrada do Parque de Ashridge. Não havia nenhum outro carro à vista, nenhum pedestre. O motorista apagou os faróis. Um instante depois, como se tivesse pensado melhor e mudado de idéia, tornou a acendê-los. Um barulho às suas costas fez o coração de Castle disparar. Mas era apenas Buller, avançando ruidosamente por entre os arbustos.

Castle afastou-se por entre as árvores altas, cor de oliva, que haviam se tornado pretas ao cair da última claridade do dia. Fora há mais de cinqüenta anos que ele descobrira o buraco num dos troncos... quatro, cinco, seis árvores além da estrada. Naquele tempo, era obrigado a ficar na ponta dos pés para alcançar o buraco. Mas seu coração batera descompassadamente, da mesma forma como acontecia agora. Aos dez anos, deixara ali uma mensagem para alguém a quem amava, uma menina de apenas sete anos. Mostrara a ela o esconderijo num piquenique a que tinham ido juntos. E dissera-lhe que deixaria alguma coisa importante para ela ali, na próxima vez em que fosse ao Common.

Na primeira ocasião, deixara uma bala de hortelã, envolta em papel impermeável. Ao voltar a verificar no buraco, a bala tinha desaparecido. Deixara em seguida um bilhete no qual declarava o seu amor, escrito em letras de imprensa, pois ela ainda estava aprendendo a ler. Ao voltar à árvore, pela terceira vez, o bilhete ainda estava no buraco, mas desfigurado por um desenho vulgar. Algum estranho devia ter descoberto o esconderijo, pensara ele. Não pudera acreditar que a menina fosse responsável, até que ela lhe mostrara a língua, ao passar pelo outro lado da High Street. Castle compreendera que a menina ficara desapontada por não ter encontrado outra bala. Fora a sua primeira experiência de sofrimento sexual. Nunca mais voltara à árvore, até quase cinqüenta anos depois, quando um homem no saguão do Regent Palace, a quem jamais veria novamente, lhe pedira que sugerisse outro local seguro para a entrega das mensagens.

Ele pôs Buller na coleira e ficou observando de seu esconderijo por trás dos arbustos. O homem do carro teve que usar uma lanterna para encontrar o buraco na árvore. Castle avistou a metade inferior do homem delineada por um momento, enquanto o facho da lanterna descia pelo tronco: a barriga estofada, a braguilha aberta. Uma boa precaução. O homem guardara até mesmo uma quantidade razoável de urina. Quando a lanterna se virou e começou a voltar na direção da estrada de Ashridge, Castle finalmente afastou-se, a caminho de casa. Disse a si mesmo: "Foi a última mensagem". Seus pensamentos voltaram à menina de sete anos. Ela parecia extremamente solitária no piquenique onde haviam se conhecido, era tímida e feia. Talvez tivesse se sentido atraído justamente por isso.

Por que alguns são incapazes de amar o sucesso, o poder ou a beleza deslumbrante? perguntou-se ele. Porque nos sentimos indignos deles, porque nos sentimos mais à vontade com o fracasso? Não acreditava que fosse esse o motivo. Talvez a pessoa desejasse o equilíbrio certo, assim como Cristo, aquela personagem lendária na qual gostaria de acreditar. "Venham a mim todos os que trabalham e estão vergados ao peso de grandes fardos." Por mais jovem que a garota fosse naquele piquenique em agosto, estava vergada ao peso de sua timidez e vergonha. Talvez ele simplesmente tivesse querido fazer com que ela se sentisse amada por alguém. E, por isso, começara a amá-la. Não era compaixão, assim como não fora por compaixão que se apaixonara por Sarah, engravidada por outro homem. Estava ali para endireitar o equilíbrio. E nada mais.

— Ficou fora muito tempo, querido.

— Estava precisando dar uma volta para espairecer. Como está Sam?

— Profundamente adormecido, é claro. Quer que eu lhe sirva outro uísque?

— Quero, sim. E uma dose pequena, desta vez.

— Pequena? Por quê?

— Não sei. Talvez apenas para mostrar que posso reduzir a bebida. Talvez porque esteja me sentindo mais feliz. Não me pergunte por quê, Sarah. A felicidade some quando se começa a falar a seu respeito.

A desculpa pareceu suficientemente boa para ambos. Sarah, durante o último ano que haviam passado na África do Sul, aprendera a não sondar muito fundo. Mas, já na cama, Castle passou muito tempo acordado, repetindo para si mesmo, interminavelmente, as últimas palavras do último relatório, que preparara com a ajuda de *Guerra e paz*. Abrira o livro ao acaso diversas vezes, procurando um *sortes Virgilianae* antes de escolher as frases nas quais seu código seria baseado. "Você diz: Não sou livre. Mas eu levantei minha mão e deixei-a cair." Era como se, ao escolher justamente aquele trecho, estivesse transmitindo uma mensagem de desafio a ambos os serviços. A última palavra da mensagem, ao ser decifrada por Boris ou algum outro, seria "adeus".

PARTE QUATRO

CAPÍTULO I

1

As noites subseqüentes à morte de Davis *foram* repletas de sonhos para Castle, sonhos constituídos por fragmentos irregulares de um passado que o perseguia até o dia clarear. Davis não desempenhava qualquer papel nesses sonhos, talvez porque pensar nele, na subseção agora reduzida e entristecida, preenchesse muitas horas de devaneio. O fantasma de Davis pairava sobre o malote do Zaire, e os telegramas que Cynthia codificava eram agora ainda mais truncados que antes.

Assim, à noite, Castle sonhava com uma África do Sul reconstituída com ódio, embora algumas vezes os fragmentos se confundissem com uma África que ele esquecera o quanto amava. Num sonho, deparou subitamente com Sarah num parque coalhado de lixo de Johannesburg, sentada num banco só para pretos. E desviou-se à procura de outro banco. Carson separou-se dele numa porta de banheiro e fechou a porta reservada para os pretos, deixando-o do lado de fora, envergonhado de sua falta de coragem. Mas outra espécie de sonho aconteceu na terceira noite.

Ao acordar, disse para Sarah:

– Engraçado... Sonhei com Rougemont. Há anos que não pensava nele.

– Rougemont?

– Esqueci que você não chegou a conhecê-lo.

– Quem era ele?

– Um fazendeiro no Estado Livre. Eu gostava dele, de certa forma, tanto quanto gostava de Carson.

– Ele era comunista? Mas claro que não podia ser, se era fazendeiro.

— Não, Rougemont não era comunista. Era um daqueles que teriam de morrer quando o seu povo assumisse o controle.

— Meu povo?

— Nosso povo... — Castle apressou-se em dizer, tristemente, como se tivesse corrido o risco de quebrar uma promessa.

Rougemont vivia à beira de um semideserto, não muito longe de um antigo campo de batalha da Guerra dos Bôeres. Seus ancestrais, que eram huguenotes, haviam fugido da França por ocasião da perseguição. Mas ele não falava francês, apenas africâner e inglês. Antes mesmo de nascer, já tinha sido assimilado ao modo de vida holandês... mas não ao *apartheid*. Ficava alheio ao *apartheid*, não votava nos nacionalistas e desprezava o Partido da União. Algum senso de lealdade indefinido para com os seus ancestrais impedia-o também de votar no pequeno bando de progressistas. Não era uma atitude heróica. Mas talvez, aos olhos dele, assim como aos de seu avô, o heroísmo começasse onde a política terminava. Tratava seus trabalhadores com bondade e compreensão, jamais se mostrava condescendente. Castle ouvira-o certa ocasião discutir com seu capataz preto sobre a situação das colheitas. Os dois haviam discutido como iguais. A família de Rougemont e a tribo do capataz haviam chegado à África do Sul na mesma ocasião. O avô de Rougemont não fora um milionário da avestruz da província do Cabo, como o avô de Cornelius Muller. Aos sessenta anos, o avô de Rougemont cavalgara com os comandos de De Wet contra os invasores ingleses. Fora ferido ali, no *kopje** local, sobre o qual as nuvens de inverno avançavam para cobrir a fazenda, onde os bosquímanos, centenas de anos antes, haviam esculpido as rochas com formas de animais.

"Imagine só escalar o *kopje* debaixo de fogo, com uma mochila pesada nas costas", comentara Rougemont para Castle.

Ele admirava os soldados britânicos por sua coragem e capacidade de resistência longe de sua terra. Mas compa-

---

* Pequena colina nas savanas africanas. (N. E.)

rava-os aos saqueadores lendários dos livros de história, como os *vikings* que outrora tinham pilhado a costa saxônia. Não guardava ressentimento contra os *vikings* que haviam ficado. Talvez tivesse alguma compaixão pelas pessoas sem raízes naquela terra maravilhosa, velha e cansada, onde sua família se fixara há trezentos anos. Certa ocasião, enquanto tomavam uísque, ele dissera a Castle:

"Diz que está escrevendo um estudo sobre o *apartheid,* mas tenho certeza de que jamais compreenderá nossas complexidades. Odeio o *apartheid* tanto quanto você, mas é um estranho para mim muito mais do que qualquer dos meus trabalhadores. Pertencemos a esta terra, enquanto você é um estranho, que vem e passa, como os turistas".

Castle jamais tivera qualquer dúvida de que, quando o momento da decisão chegasse, Rougemont iria pegar o rifle pendurado na parede da sala de estar para defender aquela área de cultivo difícil, à beira de um deserto. Rougemont jamais morreria combatendo pelo *apartheid* ou pela raça branca, mas sim pelos *morgen* a que chamava de seus, sujeitos a secas, inundações e terremotos, a epidemias entre o gado e a cobras, que ele considerava como uma praga de importância menor, como os mosquitos.

– Rougemont era um dos seus agentes? – perguntou Sarah.

– Não. Mas, por mais estranho que possa parecer, foi através dele que conheci Carson.

Poderia perfeitamente ter acrescentado: "E foi através de Carson que me juntei aos inimigos de Rougemont". Rougemont contratara Carson para defender um dos seus trabalhadores, acusado pela polícia local de um crime de violência do qual era inocente.

– Às vezes eu gostaria de ainda ser sua agente – comentou Sarah. – Fala-me agora muito menos do que o fazia naquele tempo.

– Nunca lhe contei muita coisa. Podia pensar o contrário, mas sempre lhe disse o mínimo possível, para a sua própria segurança. E muitas vezes não passavam de mentiras. Como o livro que eu tencionava escrever sobre o *apartheid.*

– Eu pensava que as coisas seriam diferentes na Inglaterra. Imaginava que, aqui, não haveria mais segredos.

Sarah respirou fundo, e um instante depois estava dormindo. Mas Castle continuou acordado por muito tempo. Em momentos como aquele, sentia uma enorme tentação de confiar em Sarah, contar-lhe tudo, assim como um homem que teve um caso passageiro com outra mulher, um caso já acabado, sente vontade subitamente de revelar toda a triste história à esposa, explicar de uma vez por todas os silêncios inexplicáveis, as pequenas mentiras, as preocupações que não haviam partilhado. E como esse outro homem, Castle chegou à mesma conclusão: "Por que preocupá-la, já que tudo acabou?" Pois ele realmente acreditava, mesmo que apenas por um momento, que tudo havia acabado.

2

Parecia muito estranho a Castle estar sentado na mesma sala que ocupara por tantos anos a sós com Davis e ver, sentado à sua frente, do outro lado da mesa, o homem chamado Cornelius Muller – um Muller curiosamente diferente, um Muller que lhe dissera:

– Lamentei profundamente quando soube da notícia, ao voltar de Bonn... Não cheguei a conhecer seu colega, é claro... mas deve ter sido um tremendo choque para você...

Era um Muller que começava a parecer um ser humano normal, não um alto dirigente da BOSS, mas um homem a quem poderia ter conhecido por acaso no trem a caminho de Euston. Castle ficou realmente impressionado com o tom de simpatia na voz de Muller, que parecia estranhamente sincero. Na Inglaterra, pensou Castle, nós nos tornamos cada vez mais cínicos em relação a todas as mortes que não nos afetam diretamente. Mesmo nesses casos, as boas maneiras impunham que se afixasse rapidamente uma máscara de indiferença, na presença de um estranho. A morte e os negócios jamais deviam se encontrar. Mas na Igreja Reformada Holandesa, a que Muller pertencia, a morte ainda era o acontecimento mais importante na vida de uma família, conforme Castle ainda se recordava. Certa ocasião, comparecera a um funeral no Transvaal, e não era do sofrimento que se recordava, mas sim da dignidade, um cerimonial quase solene. A morte continuava a ser socialmente importante para Muller, muito embora ele fosse um dirigente da BOSS.

— Foi uma morte realmente inesperada — comentou Castle, logo passando a tratar de negócios: — Pedi à minha secretária que trouxesse as pastas do Zaire e Moçambique. Em relação a Malawi, dependemos do MI5. Não posso mostrar-lhe o material deles sem uma permissão especial.

— Vou procurá-los depois da nossa reunião.

Muller fez uma ligeira pausa e acrescentou:

— Gostei muito da noite que passei em sua casa. Foi um prazer conhecer sua esposa.

Uma nova pausa, hesitante, antes que ele arrematasse:

— ... e seu filho.

Castle imaginava que esses comentários polidos eram apenas um preparativo, antes que Muller retomasse as indagações a respeito da rota seguida por Sarah para chegar à Suazilândia. Um inimigo tinha que permanecer uma caricatura para ser mantido a distância segura: um inimigo jamais deveria adquirir vida. Os generais estavam certos, não se deviam trocar saudações de Natal entre as trincheiras.

— Sarah e eu também ficamos muito contentes com a sua visita.

Castle tocou a campainha e acrescentou:

— Desculpe. Estão demorando demais com as pastas, mas é que a morte de Davis transtornou um pouco toda a rotina do escritório.

Uma jovem que ele não conhecia atendeu ao chamado.

— Telefonei há cinco minutos pedindo as pastas — disse Castle. — Onde está Cynthia?

— Ela não está.

— E por que ela não está?

A jovem fitou-o com os olhos frios.

— Cynthia tirou o dia de folga.

– Ela está doente?
– Não exatamente.
– Quem é você?
– Penélope.
– Pode me dizer, Penélope, o que exatamente está querendo dizer com "não exatamente"?
– Ela está muito transtornada. Não é uma reação natural? Hoje é o enterro... o enterro de Arthur.
– Hoje? Oh, desculpe, esqueci inteiramente... Seja como for, Penelope, gostaria que providenciasse as pastas que pedi.

Assim que ela se retirou, Castle disse para Muller:

– Desculpe por toda essa confusão. Deve dar-lhe uma impressão estranha da maneira como agimos. Mas eu realmente esqueci... o enterro de Davis será hoje... com serviço fúnebre às onze horas. Foi atrasado por causa da autópsia. A moça lembrou. Mas eu esqueci.

– Lamento muito, Castle. Eu teria mudado a data do nosso encontro, se soubesse.

– Não é sua culpa. O fato é que... Tenho uma agenda oficial e uma agenda particular. Marquei a reunião com você para esta quinta-feira, na agenda oficial. Guardo a agenda particular em casa, e nela é que devo ter anotado a data do enterro. Estou sempre esquecendo de comparar as duas.

– Mesmo assim... esquecer o funeral... não acha que é um tanto estranho?

– Claro que é. Freud diria que eu estava querendo mesmo esquecer.

– Basta marcar outra data e irei embora. Amanhã ou depois de amanhã?

– Não, não... O que é mais importante, a Tio Remus ou ouvir as preces pelo pobre Davis? Por falar nisso, onde Carson foi enterrado?

– No lugar onde nasceu, uma cidadezinha perto de Kimberley. Ficaria surpreso se eu lhe dissesse que compareci ao funeral?

– Claro que não. Era seu dever comparecer para observar quem eram os presentes.

– Alguém... você está certo... alguém tinha de ir observar. Mas eu fui por minha própria decisão.

– E o Capitão van Donck não foi?

– Não. Ele teria sido facilmente reconhecido.

– Não consigo imaginar por que estão demorando tanto com as pastas.

– Esse tal Davis... significava muito para você?

– Não tanto quanto Carson. A quem vocês mataram. Mas meu filho gostava muito dele.

– Carson morreu de pneumonia.

– Claro, claro... Foi o que você me disse. Tinha esquecido isso também.

Quando as pastas finalmente chegaram, Castle começou a folheá-las, procurando responder às perguntas de Muller. Mas apenas metade da sua mente estava empenhada no trabalho.

– Ainda não temos informações seguras a respeito – ele descobriu-se a dizer, pela terceira vez.

Claro que era uma mentira deliberada, estava querendo proteger uma fonte do conhecimento de Muller, pois entravam em terreno perigoso, aproximando-se daquele ponto de não-cooperação, que ainda não fora definido claramente por nenhum dos dois.

Abruptamente, ele perguntou a Muller:

– Acha que a Tio Remus é realmente exeqüível? Não posso acreditar que os americanos se envolvam novamente... isto é, enviem tropas para um continente estranho. São tão ignorantes da África quanto o eram da Ásia... exceto, é claro, através de escritores como Hemingway. Ele fazia um safári de um mês, devidamente preparado por uma agência de viagens, escrevendo depois a respeito de caçadores brancos e caçadas a leões... os pobres animais, quase morrendo de fome, que são reservados para os turistas.

– O verdadeiro objetivo da Tio Remus é tornar quase desnecessária a utilização de tropas – explicou Muller. – Ou pelo menos em grande quantidade. É claro que serão necessários uns poucos técnicos, mas esses já estão conosco. A

América tem uma estação rastreadora de mísseis teleguiados e uma estação rastreadora de satélites artificiais na República. E também tem direito de voar sobre o nosso espaço aéreo em apoio a essas estações. Mas certamente já sabe disso tudo. Ninguém protestou, ninguém promoveu nenhuma manifestação. Não houve distúrbios estudantis em Berkeley, não houve indagações no Congresso. Até agora, nossa segurança interna tem sido excelente. De certa forma, nossas leis raciais se justificam por serem uma excelente cobertura. Não precisamos acusar ninguém de espionagem, o que só serviria para chamar a atenção. Seu amigo Carson era perigoso... mas seria mais perigoso ainda se tivéssemos que julgá-lo por espionagem. Muita coisa está acontecendo nas estações rastreadoras... e é por isso que queremos uma cooperação estreita com a sua gente. Podem apontar qualquer perigo, e nós trataremos de tudo discretamente. Sob alguns aspectos, vocês têm melhores condições do que nós para penetrar entre os elementos liberais ou até mesmo entre os nacionalistas negros. Tomemos um exemplo. Estou grato pelas informações que deu a respeito de Mark Ngambo... embora nada contivessem que já não soubéssemos. Mas agora podemos ter certeza de que não deixamos escapar nada importante. Não há perigo desse lado em particular... pelo menos por enquanto. Os próximos cinco anos são de importância vital... para a nossa sobrevivência.

– Mas será mesmo, Muller... que conseguirão sobreviver? Não se esqueça de que possuem uma fronteira extensa e aberta... extensa demais para campos minados.

– Só do tipo antiquado. Foi ótimo para nós que as bombas de hidrogênio tenham reduzido a bomba atômica a uma simples arma tática. A palavra "tática" é tranqüilizadora. Ninguém vai desencadear uma guerra nuclear só porque uma arma tática foi usada numa região remota e quase desértica.

– E o que me diz da radiação?

– Temos sorte nos ventos predominantes e na posição dos nossos desertos. Além do mais, a bomba tática é consideravelmente limpa. Mais limpa que a bomba de Hiroshima, cujos efeitos limitados todos conhecemos. Há poucos africanos brancos nas áreas que podem ficar radioativas por alguns anos. E é para essas áreas que planejamos canalizar quaisquer invasões que possam ocorrer.

– Estou começando a compreender o quadro.

Castle lembrou-se de Sam, assim como sempre se lembrava também ao contemplar a fotografia da seca nos jornais. E a imagem que lhe vinha à mente era o corpo de Sam caído na areia quente, braços e pernas esticados, observado de perto por um abutre. Mas o abutre também estaria morto, pela radiação.

– Foi justamente isso o que vim mostrar-lhe... o quadro geral, sem necessidade de entrarmos nos detalhes... para que possa avaliar devidamente todas as informações que obtiver. As estações rastreadoras são, neste momento, os pontos sensíveis.

– E as leis raciais podem cobrir toda uma multidão de pecados, não é mesmo?

– Exatamente. Não precisamos continuar a nos enganar um ao outro. Sei que recebeu instruções para não me revelar certas coisas e posso perfeitamente compreender. Também recebi ordens similares. Mas a única coisa importante é que devemos ambos olhar de forma idêntica para o mesmo quadro. Estaremos lutando do mesmo lado e por isso temos que ver o mesmo quadro.

– Ou seja, estamos na mesma caixa?

Era o gracejo particular de Castle contra todos eles, contra a BOSS, contra o seu próprio serviço, até mesmo contra Boris.

– Caixa? É, acho que se pode fazer essa imagem.

Muller olhou para o relógio, antes de acrescentar:

– Não disse que o serviço fúnebre seria às onze horas? Pois faltam apenas dez minutos. É melhor partir logo.

– O funeral pode perfeitamente se processar sem a minha presença. Se houver alguma vida depois da morte, Davis irá compreender. E se não houver...

– Estou absolutamente certo de que existe uma vida depois da morte.

– É mesmo? E a idéia não o deixa um pouco assustado?
– Por que deveria? Sempre procurei cumprir o meu dever.
– Mas essas pequenas armas atômicas táticas que estão pensando em usar... Pense em todos os pretos que morrerão antes de você e estarão lá à sua espera.
– Não passam de terroristas. E espero nunca mais encontrá-los.
– Não estou me referindo aos guerrilheiros, mas sim às famílias nas áreas que serão atingidas: crianças, mulheres, velhos.
– Espero que eles tenham o seu paraíso particular.
– Pensa então que existe o *apartheid* também no paraíso?
– Sei que está zombando de mim. Mas acha mesmo que eles iriam apreciar o nosso tipo de paraíso? Seja como for, deixo tudo isso para os teólogos. E, afinal, vocês também não pouparam as crianças em Hamburgo, não é mesmo?
– Graças a Deus não participei como estou fazendo agora.
– Se não pretende ir ao funeral, Castle, acho melhor tratarmos de negócios.
– Desculpe a distração. E devo dizer que concordo plenamente.

E Castle realmente lamentava; estava inclusive com medo, como acontecera naquela manhã em Pretória, nos escritórios da BOSS. Há sete anos que caminhava com um cuidado meticuloso por entre os campos minados. E agora, com a presença de Cornelius Muller, dera o primeiro passo em falso. Seria possível que tivesse caído numa armadilha, preparada por alguém que compreendia seu temperamento?

– Sei perfeitamente que vocês, ingleses, adoram discutir apenas pela discussão – disse Muller. – Até mesmo o seu C caçoou de mim em relação ao *apartheid*. Mas quando se trata da Tio Remus... temos que ser sérios.

– Tem razão. É melhor voltarmos a conversar sobre a Tio Remus.

– Tenho permissão para contar-lhe... em linhas gerais, é claro... como foram as minhas conversações em Bonn.

— Teve dificuldades?

— Nada muito sério. Os alemães... ao contrário de outras antigas potências coloniais... demonstram uma simpatia secreta por nós. Pode-se dizer que isso remonta aos tempos do telegrama do cáiser para o presidente Kruger. Eles estão preocupados com o sudoeste africano. Preferem que fiquemos com o controle do sudoeste africano a haver um vácuo ali. Afinal, eles o dominaram mais brutalmente do que jamais fizemos, e o Ocidente precisa do nosso urânio.

— E trouxe de volta um acordo?

— Não se deve falar em acordos. Não estamos mais nos tempos dos tratados secretos. Fiz contato apenas com o meu equivalente, não com o ministro do Exterior ou com o chanceler. Assim como o seu C está conversando com a CIA, em Washington. O que espero é que nós três cheguemos a uma compreensão mais ampla.

— Uma compreensão secreta, ao invés de um tratado secreto?

— Exatamente.

— E os franceses?

— Não há problema com os franceses. Se somos calvinistas, eles são cartesianos. E Descartes não se preocupava com a perseguição religiosa em seu tempo. Os franceses têm grande influência no Senegal, Costa do Marfim, até mesmo excelentes relações com Mobutu, em Kinshasa. Cuba não mais vai interferir a sério na África (a América já providenciou isso) e Angola não constituirá um perigo por muitos anos. Ninguém está sendo apocalíptico atualmente. Até mesmo um russo prefere morrer na cama e não numa trincheira. Na pior das hipóteses, com a utilização de umas poucas bombas atômicas... pequenas e táticas, é claro... ganharemos cinco anos de paz, se formos atacados.

— E depois?

— É justamente esse o tema das nossas conversações com os alemães. Precisamos de uma revolução tecnológica e das mais modernas máquinas de mineração, embora já tenhamos progredido consideravelmente, por conta própria, muito mais do que se imagina. Em cinco anos, poderemos reduzir a menos da metade a força de trabalho nas minas. E poderemos assim dobrar os salários dos operários especializados, começando a produzir o que eles já possuem na América: uma classe média negra.

– E os desempregados?

– Poderão voltar para suas pátrias. E para isso que as pátrias existem. Sou um otimista, Castle.

– E o *apartheid* continua?

– Sempre haverá pelo menos um *apartheid* como o que existe aqui... entre os ricos e os pobres.

Cornelius Muller tirou os óculos de aros de ouro e os poliu até brilharem.

– Espero que sua esposa tenha gostado do xale, Castle. E quero que saiba que será sempre bem-vindo se quiser voltar à África do Sul, agora que conhecemos a sua verdadeira posição. E levando a sua família também, é claro. Pode estar certo de que eles serão tratados como brancos honorários.

Castle teve vontade de responder: "Mas acontece que eu sou um preto honorário". Desta vez, porém, demonstrou um pouco de prudência, limitando-se a dizer:

– Obrigado.

Muller abriu a pasta e tirou uma folha de papel.

– Fiz algumas anotações para você sobre as minhas reuniões em Bonn.

Tirou também uma esferográfica... de ouro, é claro... e acrescentou:

– Pode ter algumas informações úteis a respeito dos pontos que estão aqui anotados, para a nossa próxima reunião. Segunda-feira estaria bom para você? A mesma hora?

Uma breve pausa e Muller arrematou:

– Por favor, destrua esse papel depois de ler. A BOSS não gostaria que fosse parar até mesmo no arquivo mais secreto de vocês.

– Claro. Farei o que achar melhor.

Assim que Muller se retirou, Castle guardou o papel no bolso.

CAPÍTULO II

1

Havia bem poucas pessoas na igreja de St. George, na Hanover Square, quando o dr. Percival chegou, em companhia de Sir John Hargreaves, que voltara de Washington na noite anterior.

Um homem com uma faixa preta no braço estava sozinho na nave, à frente da primeira fila. Provavelmente, pensou o dr. Percival, era o dentista de Droitwich. Ele se recusara a dar passagem para quem quer que fosse, como se estivesse defendendo o seu direito a toda a primeira fila, como o parente vivo mais próximo. O dr. Percival e C sentaram quase nos fundos da igreja. A secretária de Davis, Cynthia, estava duas filas à frente deles. O coronel Daintry estava sentado ao lado de Watson, no outro lado da nave. Havia diversos rostos que o dr. Percival mal conhecia. Vislumbrara-os apenas de passagem, num corredor ou numa reunião com o MI3. Era possível até que fossem intrusos, pois um funeral atrai estranhos da mesma forma que um casamento. Dois homens em desalinho, na última fila, eram quase certamente os companheiros de apartamento de Davis, funcionários do Departamento de Meio Ambiente. Alguém começou a tocar órgão, suavemente.

O dr. Percival sussurrou para Hargreaves:

– Fez boa viagem?

– Cheguei três horas atrasado a Heathrow. E a comida estava intragável.

Ele suspirou, talvez se recordando com pesar do pastelão que a esposa fazia ou da truta defumada de seu clube. O órgão deixou escapar uma última nota e o silêncio voltou a reinar. Umas poucas pessoas se ajoelharam, outras ficaram de pé. Havia uma incerteza sobre o que fazer em seguida.

O vigário, que provavelmente não conhecia nenhum dos presentes, nem mesmo o morto no caixão, entoou:

– Afastai a vossa praga de mim; que eu seja consumido por vossa mão.

Sir John Hargreaves perguntou ao dr. Percival:

– Qual foi a praga que matou Davis, Emmanuel?

– Não se preocupe, John. A autópsia estava em ordem.

O serviço fúnebre pareceu ao dr. Percival, que há muitos anos não comparecia a um funeral, repleto de informações irrelevantes. O vigário começara pela leitura da lição da Primeira Epístola aos Coríntios: "Toda a carne não é a mesma carne: mas há uma espécie de carne de homens, outra carne de animais, outra de peixes e outra de aves". O que era inegavelmente verdadeiro, pensou o dr. Percival. O caixão não continha um peixe; se tal acontecesse, ele estaria muito mais interessado... quem sabe uma enorme truta? Ele olhou rapidamente ao redor. Havia uma lágrima aprisionada por trás das pestanas da moça. O coronel Daintry exibia uma expressão furiosa ou talvez sombria, que não pressagiava boa coisa. Watson estava também obviamente preocupado com alguma coisa... provavelmente pensava em quem iria promover para o lugar de Davis.

– Quero ter uma conversinha com você depois do serviço – sussurrou Hargreaves.

O que também poderia ser desagradável.

– Eis que vos revelo um mistério – leu o vigário.

O mistério se ele matara ou não o homem certo? O dr. Percival tinha dúvidas, mas tal mistério jamais seria esclarecido, a menos que os vazamentos continuassem... o que certamente iria sugerir que ele cometera um erro lamentável. C ficaria muito aborrecido e o mesmo aconteceria com Daintry. Era uma pena que não se pudesse lançar um homem de volta ao rio da vida, assim como se podia lançar uma truta. A voz do vigário, que se alteara para saudar uma passagem familiar da literatura inglesa, "Ó Morte, onde está teu sentido?", assim como um mau ator a representar Hamlet sempre ressalta no contexto o monólogo famoso, voltou a cair num tom monótono, para a conclusão insípida e acadêmica:

– A pungência da morte é o pecado, e a força do pecado é a lei.

Parecia até uma equação de Euclides.

– O que foi mesmo que você disse? – sussurrou C.
– QED* – respondeu o dr. Percival.

2

– O que exatamente quis dizer com QED? – perguntou Sir John Hargreaves, assim que saíram da igreja.
– Pareceu-me uma resposta mais apropriada do que "amém" ao que o vigário estava dizendo.

Depois disso, caminharam quase que em silêncio total para o Travellers Club. Por tácito consentimento, o Travellers, o clube dos viajantes, parecia um lugar mais apropriado para o almoço naquele dia do que o Reform. Afinal, Davis se convertera num viajante honorário, com sua partida para regiões inexploradas. E certamente perdera a sua reivindicação ao voto unitário.

– Não me lembro de quando foi a última vez que compareci a um funeral – comentou o dr. Percival. – Se não me engano, foi de uma tia-avó já muito velha, há mais de quinze anos. Não acha que é uma cerimônia um tanto constrangedora?

– Eu gostava muito de funerais quando estava na África. Havia sempre muita música... apesar de os únicos instrumentos serem caldeirões, panelas e latas de sardinha vazias. Mas fazem até pensar que a morte, no final das contas, pode ser bastante divertida. Quem era a moça que estava chorando?

– A secretária de Davis. O nome é Cynthia. Aparentemente, Davis estava apaixonado por ela.

– Imagino que isso esteja acontecendo a todo instante.

– É inevitável, numa organização como a nossa. Daintry verificou-a meticulosamente, não é mesmo?

– Claro. Para dizer a verdade, ela nos forneceu algumas informações úteis... se bem que inconscientemente. Foi aquela história do Jardim Zoológico.

– Jardim Zoológico?

– Quando Davis...

---

* "*Quod erat demonstrandum*": "Como era preciso demonstrar". (N. E.)

– Ah, sim, estou lembrando agora.

Como sempre acontecia nos fins de semana, o clube estava quase vazio. Teriam começado o almoço – era um reflexo quase automático – com truta defumada, mas não havia. Relutantemente, o dr. Percival aceitou salmão defumado como substituto. E comentou:

– Eu gostaria de ter conhecido Davis melhor. Tenho a impressão de que poderia ter gostado muito dele.

– E mesmo assim continua a acreditar que era ele o vazamento?

– Ele desempenhou o papel de um homem um tanto simples com extrema astúcia. Admiro a astúcia... e a coragem também. Davis deve ter precisado de muita coragem.

– Numa causa errada.

– John, John! Você e eu não estamos realmente em condições de falar a respeito de causas. Não somos cruzados... e estamos no século errado. Saladino há muito que já foi expulso de Jerusalém. Não que Jerusalém tenha ganhado muita coisa com isso, diga-se de passagem.

– Seja como for, Emmanuel... não posso admirar a traição.

– Há trinta anos, quando eu era estudante, cheguei a me imaginar como uma espécie de comunista. Agora...

– Quem é o traidor, eu ou Davis? Acreditei realmente no internacionalismo, e agora estou travando uma guerra subterrânea pelo nacionalismo.

– Você cresceu, Emmanuel, isso é tudo. O que vai querer beber, clarete ou borgonha?

– Clarete, se não faz diferença para você.

Sir John Hargreaves afundou na cadeira e mergulhou no exame da lista de vinhos. Parecia estar infeliz... talvez simplesmente porque não conseguia decidir-se entre St. Emilion e Médoc. Finalmente tomou uma decisão e fez o pedido.

– Às vezes me pergunto por que está conosco, Emmanuel.

– Acabou de dizer: eu cresci. Não acredito que o comunismo possa dar certo, a longo prazo, assim como o cristianismo não deu. E não sou do tipo do cruzado. Capitalismo ou comunismo? Talvez Deus seja capitalista. Quero estar do lado que tenha mais probabilidades de vencer, pelo menos durante o período da minha vida. Não fique chocado, John. Pensa que sou um cínico, mas simplesmente não quero perder tempo. O lado que vencer poderá construir melhores hospitais e concentrar mais recursos na pesquisa do câncer... depois que toda essa besteira atômica for abandonada. Enquanto isso, procuro desfrutar o jogo em que estamos todos empenhados. Gozar a vida, apenas isso. Não finjo ser um entusiasta de Deus ou de Marx. Cuidado com as pessoas que crêem. Não são jogadores em que se possa confiar. Seja como for, a gente amadurece a ponto de gostar de um bom jogador do outro lado da mesa... o que aumenta a diversão.

– Mesmo que seja um traidor?

– Oh, traidor... é uma palavra um tanto antiquada, John. O jogador é tão importante quanto o jogo. Eu não apreciaria o jogo se houvesse um mau jogador do outro lado da mesa.

– E, no entanto... você matou Davis. Ou não matou?

– Ele morreu do fígado, John. Leia o resultado da autópsia.

– Uma feliz coincidência?

– A carta marcada... que você mesmo sugeriu... acabou aparecendo. Somente ele e eu estávamos a par da minha pequena fantasia a respeito de Porton.

– Deveria ter esperado até que eu voltasse. Discutiu o caso com Daintry?

– Deixou a decisão por minha conta, John. E quando se sente que o peixe mordeu o anzol, não se pode ficar esperando na margem até que apareça alguém para aconselhar sobre o que fazer.

– Esse Château Talbot... está lhe parecendo satisfatório?

– Está excelente.

– Acho que arruinaram meu paladar em Washington, com todos aqueles martínis secos.

Ele experimentou novamente o vinho, antes de acrescentar:

– Ou então a culpa é sua. Será que nada jamais o preocupa, Emmanuel?

– Estou um pouco preocupado com o serviço fúnebre... deve ter percebido que havia até órgão. E ainda há o enterro. Tudo isso deve custar um bocado de dinheiro, e não creio que Davis tenha deixado o suficiente para custear. Será que foi aquele pobre-diabo do dentista que pagou por tudo... ou seriam os nossos amigos do Leste? Não está me parecendo algo muito correto.

– Não se preocupe com isso, Emmanuel. O escritório pagará tudo. Não temos que prestar contas dos fundos secretos.

Hargreaves empurrou o copo para o lado e acrescentou:
– Esse Talbot não está me parecendo um 71.

– Eu próprio fiquei surpreso com a rápida reação de Davis, John. Havia verificado o peso exato dele e administrei uma dose que pensava ser inferior à letal. A aflatoxina nunca fora testada antes num ser humano e eu queria ter certeza, num caso de súbita emergência, da dose certa. Talvez o fígado dele já estivesse em péssimas condições.

– Como foi que a administrou?

– Passei no apartamento dele para tomar um drinque. Davis ofereceu-me um uísque horrendo, a que chamava de White Walker. O gosto era forte o bastante para ocultar o sabor da aflatoxina.

– Só me resta agora rezar para que você tenha fisgado o peixe certo – disse Sir John Hargreaves.

3

Daintry entrou na St. James's Street. Ao passar pelo White's, a caminho de seu apartamento, uma voz cumprimentou-o dos degraus. Ele emergiu da sarjeta em que seus pensamentos haviam mergulhado. Reconheceu o rosto, mas não conseguiu no momento atribuir-lhe um nome, nem mesmo recordar em que circunstâncias o vira antes. Boffin? Buffer?

– Tem algum Malteser aí, meu velho?

Subitamente, Daintry recordou-se do encontro, com uma sensação de constrangimento.

– Vamos almoçar, coronel?

Buffy era um nome absurdo. Claro que o camarada devia possuir outro nome, mas Daintry nunca o soubera.

– Lamento, mas tenho um almoço à minha espera em casa.

O que não era propriamente uma mentira. Separara uma lata de sardinha antes de ir para a Hanover Square. E ainda restava um pouco de pão e queijo do almoço do dia anterior.

– Neste caso, vamos tomar um drinque. As refeições em casa sempre podem esperar.

Daintry não conseguiu imaginar nenhuma desculpa para recusar o convite. Como ainda era cedo, havia apenas duas pessoas no bar. Pareciam conhecer Buffy muito bem, pois cumprimentaram-no sem qualquer entusiasmo. Mas Buffy aparentemente não se importou. Acenou com a mão, num gesto largo, que incluía o *barman*.

– Este é o coronel.

Os outros dois homens grunhiram algo ininteligível para Daintry, com uma polidez indiferente.

– Não consegui fixar o seu nome naquela caçada – disse Buffy.

– Também não fixei o seu.

– Nós nos conhecemos na casa de Hargreaves – explicou Buffy para os outros. – O coronel é um dos rapazes do serviço secreto. James Bond e o resto.

Um dos homens comentou:

– Jamais consegui ler os livros de Ian.

– São pornográficos demais para mim – disse o outro. – Exagerados. Gosto de uma boa trepada tanto quanto qualquer outro homem, mas não acho que seja tão importante assim. Isto é, não é tão importante a maneira como se trepa.

– O que vai tomar? – perguntou Buffy.

– Um martíni seco.

Daintry recordou-se do seu encontro com o dr. Percival e imediatamente acrescentou:

– Bem seco.

– Um martíni grande e bem seco, Joe. E outro também

grande mas não tão seco assim para mim. E faça-os realmente grandes, companheiro. Não seja tão sovina.

Um silêncio profundo baixou sobre o pequeno bar, como se cada um estivesse pensando numa coisa diferente... uma novela de Ian Fleming, uma caçada no fim de semana ou um funeral. Buffy disse:

– O coronel e eu temos um gosto em comum: Maltesers.

Um dos homens saiu de seus pensamentos particulares para comentar:

– Maltesers? Pois eu prefiro Smarties.

– E que diabo são Smarties, Dicky?

– Chocolates pequenos, de cores diferentes. Todos têm o mesmo gosto, mas não sei por que prefiro os vermelhos e os amarelos. Não gosto dos azuis.

– Fiquei observando-o a andar pela rua, coronel – disse Buffy. – Parecia estar tendo uma conversa muito séria consigo mesmo, se não se importa que eu fale assim. Segredos de Estado? Para onde estava indo?

– Apenas para casa. Moro perto daqui.

– Parecia tão preocupado que eu disse a mim mesmo: o país deve estar numa tremenda crise. Afinal, os rapazes do serviço secreto sempre sabem mais do que nós.

– É que eu vim de um funeral.

– Algum parente próximo?

– Não. Um colega do escritório.

– Para ser franco, prefiro um funeral a um casamento. Não consigo suportar casamentos. Um funeral é algo final. Um casamento... no fundo, não passa de um estágio infeliz para algo mais. Prefiro comemorar um divórcio... mesmo sabendo que freqüentemente também não passa de um estágio para outro casamento. As pessoas acabam adquirindo o hábito.

– Deixe disso, Buffy – falou Dicky, o homem que gostava de Smarties. – Você mesmo já pensou uma vez em casar. Todos nós sabemos daquela sua história na agência de casamentos. Teve muita sorte em escapar. Joe, sirva outro martíni ao coronel.

Com a sensação de estar perdido no meio de estranhos, Daintry tinha tomado rapidamente o primeiro martíni. E disse, como um homem escolhendo uma frase de um livro numa língua que não conhecia:

– Também estive num casamento. E há pouco tempo.

– Do serviço secreto também? Um de vocês?

– Não. Foi minha filha. Ela casou.

– Deus do céu! – exclamou Buffy. – Nunca pensei que fosse um desses... um homem casado.

– O fato de ter uma filha não significa necessariamente que o sujeito seja casado – comentou Dicky.

O terceiro homem, que mal falara até aquele momento, interveio na conversa:

– Não precisa se sentir tão superior, Buffy. Também já fui um desses sujeitos casados, embora tenha a sensação de que foi há um bocado de tempo. E lembro-me até de que foi minha esposa quem introduziu Dicky no hábito de comer Smarties. Ainda se recorda daquela tarde, Dicky? Tivemos um almoço dos mais sombrios, pois sabíamos que estava tudo prestes a terminar. E de repente ela disse: "Smarties". Assim mesmo: "Smarties". Não sei por quê. Acho que ela pensava que tínhamos de conversar sobre alguma coisa, de qualquer maneira. Ela sempre deu a maior importância às aparências.

– Não posso dizer que me lembro, Willie. Sempre tive a impressão de que comecei a gostar de Smarties há muito tempo. E pensava que os descobrira por mim mesmo. Sirva outro martíni ao coronel, Joe.

– Não, obrigado, se não se importa... Tenho realmente que voltar para casa.

– É a minha vez – disse o homem chamado Dicky. – Encha o copo até a borda, Joe. Ele veio de um funeral e está precisando se reanimar.

– Acostumei-me a funerais muito cedo – comentou Daintry, surpreso consigo mesmo, depois de tomar um gole do terceiro martíni seco.

Descobria subitamente que estava falando mais livremente do que geralmente o fazia com estranhos... e quase todas as pessoas eram estranhas para ele. Gostaria também de pagar uma rodada, mas o clube era deles. Sentia-se extremamente afável em relação aos três homens, mas tinha certeza de que aos olhos deles continuava a ser um estranho. Sentia vontade de interessá-los em sua conversa, mas havia assuntos demais sobre os quais estava proibido de falar.

– Por quê? Houve muitas mortes em sua família?

Era Dicky quem perguntava, com uma curiosidade alcoólica.

– Não foi bem por isso.

Daintry sentiu que sua timidez estava sendo afogada pelo terceiro martíni. Por algum motivo, recordou-se de uma estação ferroviária rural, onde chegara com seu pelotão mais de trinta anos antes. As placas com o nome do lugar haviam sido todas removidas, depois de Dunquerque, como medida de precaução contra uma possível invasão alemã. Era como se estivesse novamente se livrando da mochila pesada, que largou com um estrondo no chão do White's.

– É que meu pai era um clérigo. Foi por isso que assisti a muitos funerais quando era criança.

– Eu jamais teria adivinhado – disse Buffy. – Pensei que fosse de uma família de militares... filho de um general, o velho regimento e tudo o mais. Joe, meu copo está gritando para ser novamente enchido. Mas é claro que, pensando bem, o fato de seu pai ser um clérigo explica uma porção de coisas.

– Explica o quê? – perguntou Dicky, que por alguma razão parecia estar irritado e disposto a questionar tudo. – Os Maltesers?

– Claro que não. Os Maltesers são uma história diferente. Não posso contá-la agora. Levaria muito tempo. O que eu estava querendo dizer era que o coronel pertence à turma do serviço secreto, o que, no fundo, é a mesma função de um clérigo... Afinal, um clérigo também tem que zelar pelos segredos do confessionário.

– Meu pai não era um padre católico romano. Nem mesmo pertencia à Igreja Anglicana. Foi capelão naval, na Primeira Guerra.

– A Primeira Guerra foi a que aconteceu entre Caim e Abel – disse o homem taciturno chamado Willie, o que já fora casado.

Ele fez a declaração de maneira taxativa, como se desejasse encerrar uma conversa desnecessária.

– O pai de Willie também foi clérigo – explicou Buffy. – Só que era importante. Um bispo contra um capelão naval!

– Meu pai esteve na Batalha da Jutlândia – disse Daintry.

Ele não tencionava desafiar ninguém, lançar a Jutlândia contra um bispado. Era apenas outra recordação que lhe voltara subitamente.

– Mas como não-combatente, o que geralmente não conta, não é mesmo? – disse Buffy. – Não contra Caim e Abel.

– Não parece tão velho assim – disse Dicky.

Ele falou com um ar de desconfiança, tomando um gole do drinque.

– Meu pai não era casado naquela ocasião. Só casou com minha mãe depois da guerra. Na década de 20.

Daintry percebeu que a conversa estava se tornando absurda. O gim estava agindo como uma droga da verdade. Sabia que estava falando demais.

– Ele casou com sua mãe? – indagou Dicky, bruscamente, como um interrogador.

– Claro que casou. Na década de 20.

– Ela ainda é viva?

– Os dois já estão mortos há muito tempo. E agora tenho realmente que voltar para casa. A comida vai acabar estragando.

Daintry pensou nas sardinhas ficando ressequidas. Já não tinha mais a sensação de estar entre estranhos amistosos. A conversa ameaçava tornar-se agressiva.

– E o que tem tudo isso a ver com um funeral? E que funeral foi?

– Não dê muita importância a Dicky – aconselhou Buffy. – Ele gosta de interrogar os outros. Esteve no MI5 durante a guerra. Ponha mais gim, Joe. Ele já nos disse, Dicky. Foi algum pobre-coitado do escritório dele.

– Viu-o ser enterrado?

– Não. Fui apenas ao serviço religioso. Na Hanover Square.

– Deve ter sido na igreja de St. George – disse o filho do bispo, estendendo o copo para Joe, como se fosse a taça da comunhão.

Daintry levou algum tempo para conseguir se retirar do bar do White's. Buffy acompanhou-o até a entrada. Um táxi passou.

– Pode compreender agora o que eu estava querendo dizer – comentou Buffy. – Ônibus na St. James's. Ninguém estava seguro.

Daintry não tinha a menor idéia do que ele estava querendo dizer. Saiu andando pela rua consciente de que bebera mais do que há muitos anos o fazia, àquela hora do dia. Eram bons sujeitos, mas tinha que ser cuidadoso. Falara demais. A respeito do pai, da mãe. Passou pela chapelaria que tinha o nome de Lock's, passou pelo restaurante Overton's. Parou na esquina do Pall Mall. Fora longe demais... e o percebera a tempo. Virou-se e voltou até a porta do prédio, onde o almoço o aguardava.

O queijo estava ali, assim como o pão e a lata de sardinhas, que ainda não abrira. Não era muito hábil com as mãos, e a pequena chave quebrou antes que a lata estivesse inteiramente aberta. Conseguiu tirar as sardinhas, com um garfo, aos pedaços. Não estava com fome. Aquilo era suficiente. Hesitou por um momento, sem saber se deveria beber, depois de todos aqueles martínis secos. Acabou pegando uma garrafa de Tuborg.

O almoço durou menos de quatro minutos, mas pareceu-lhe muito mais tempo, por causa de seus pensamentos, que oscilavam como os de um homem embriagado. Pensou primeiro no dr. Percival e em Sir John Hargreaves andando pela rua à sua frente, depois de terminado o serviço religioso, as cabeças inclinadas como conspiradores. Pensou em seguida em Davis. Não podia dizer que sentira alguma simpatia pessoal por Davis, mas a morte dele o preocupava. E disse em voz alta para a única testemunha, que era o rabo de uma sardinha, espetada em seu garfo:

– Um júri jamais decidiria pela condenação com base naquelas provas.

Condenar? Não tinha qualquer prova de que Davis não morrera, conforme a autópsia comprovara, de morte natural.

Afinal, cirrose era o que se podia chamar de morte natural. Tentou recordar o que o dr. Percival lhe dissera na noite da caçada. Bebera demais naquela noite, e assim fizera agora de manhã, porque não se sentia à vontade com pessoas que não podia entender. Percival entrara em seu quarto, sem ser convidado; falara a respeito de um pintor chamado Nicholson. Daintry não tocou no queijo. Levou-o de volta, no prato gorduroso, para a cozinha... ou *kitchenette,* como costumavam chamar atualmente. Não havia espaço suficiente para mais de uma pessoa de cada vez. Recordou-se do vasto espaço na cozinha da remota casa paroquial onde seu pai fora parar depois da Batalha da Jutlândia. Lembrou também as palavras indiferentes de Buffy a respeito da confissão. O pai jamais aprovara a confissão e também não aceitava o confessionário instalado por um sacerdote celibatário da Igreja Anglicana na paróquia seguinte. As confissões lhe chegavam, quando chegavam, em segunda mão. É que as pessoas de vez em quando se confessavam com sua mãe, que era muito amada na aldeia. Daintry ouvira-a algumas vezes transmitir tais confissões ao pai, desprovidas de qualquer vulgaridade, maldade ou crueldade.

"Acho que devia saber o que a sra. Baines me contou ontem."

Daintry novamente falou em voz alta, um hábito que estava se tornando cada vez mais freqüente, para a pia da cozinha:

– Não havia qualquer prova concreta contra Davis.

Sentia-se culpado de fracasso... um homem ao final da meia-idade, próximo da aposentadoria... aposentadoria do quê? Iria simplesmente trocar uma solidão por outra. Queria voltar para a casa paroquial em Suffolk. Queria andar pela trilha comprida e cheia de mato, margeada por arbustos que nunca floresciam, entrar pela porta da frente. Havia alguns chapéus no cabide à esquerda e uns poucos guarda-chuvas dentro de uma cápsula de bomba à direita. Atravessou o vestíbulo e, abrindo suavemente a porta à sua frente, surpreendeu os pais sentados no sofá de *chintz,* de mãos dadas, porque pensavam estar a sós. E perguntou-lhes:

– Devo pedir demissão ou esperar pela aposentadoria? Sabia muito bem que a resposta de ambos seria não. Do pai, porque o capitão do cruzador em que viajara possuía aos olhos dele quase o mesmo direito divino dos reis, e o filho não poderia saber mais que seu comandante qual era a atitude correta. Da mãe... bem, a mãe sempre dizia a qualquer moça da aldeia que andasse tendo problemas com os patrões:

"Não faça nada precipitado. Não é muito fácil encontrar outra posição".

O pai, ex-capelão naval, que acreditava em seu capitão e em seu Deus, daria a ele o que considerava a resposta cristã. A mãe daria a resposta prática e temporal. Se pedisse demissão agora, ele teria mais chances de encontrar outro emprego do que uma criadinha na pequena aldeia onde tinham vivido?

O coronel Daintry voltou para a sala, esquecido do garfo gorduroso que ainda carregava. Pela primeira vez, em muitos anos, tinha o telefone da filha, que o mandara depois do casamento, num cartão impresso. Era o único vínculo que possuía com a vida cotidiana da filha. Talvez conseguisse, pensou ele, ser convidado para jantar. Não iria realmente sugerir, mas se ela fizesse o convite...

Não reconheceu a voz que atendeu ao telefone e perguntou:

– É 6731075?
– É, sim. O que deseja?

Era um homem quem estava falando... um estranho.

Daintry perdeu a coragem e a memória para nomes.

– A sra. Clutter, por favor.
– Ligou para o número errado.
– Desculpe.

Ele desligou. Claro que poderia ter dito: "Isto é, a sra. Clough". Mas agora era tarde demais. O estranho devia ser seu genro.

4

– Não se importou de eu não poder comparecer? – perguntou Sarah.

– Não, claro que não. Também não pude ir... tive uma reunião com Muller.

– Fiquei com receio de não conseguir chegar em casa antes de Sam voltar da escola. Ele teria me perguntado aonde fui.

– Seja como for, ele vai ter que saber algum dia.

– Sei disso, mas ainda há muito tempo. Havia muitas pessoas na igreja?

– Não muitas, segundo Cynthia disse. Watson estava presente, é claro, como chefe da seção. O dr. Percival e C também foram. Foi muito decente da parte de C ter ido. E havia também o primo dele... Cynthia achou que era o primo, porque usava uma braçadeira preta.

– O que aconteceu depois do serviço religioso?

– Não sei.

– Estava querendo saber o que aconteceu... com o corpo.

– Acho que o levaram para Golders Green, a fim de ser cremado. Isso competia à família.

– O primo é que cuidou disso?

– Exatamente.

– Os funerais que tínhamos na África eram melhores.

– Ora... outros povos, outros costumes.

– Mas a Inglaterra é supostamente uma civilização mais antiga.

– Mas as civilizações antigas nem sempre são famosas por sentimentos profundos em relação à morte. Não somos piores que os romanos.

Castle terminou o uísque e disse:

– Vou subir e ler para Sam durante cinco minutos... caso contrário ele pode pensar que há algo errado.

– Jure que não vai contar nada a ele.

– Não confia em mim, Sarah?

– Claro que confio, mas.

O "mas" perseguiu-o pela escada acima. Vivera por muito tempo com incontáveis "mas": confiamos em você, mas... Daintry revistando sua pasta, o estranho em Watford, cuja missão era certificar-se de que ele fora sozinho para o encontro com Boris. Até mesmo Boris. Pensou: será possível que um dia a vida se torne tão simples quanto a infância, que eu possa acabar com todos os "mas", que possa merecer a confiança natural de todos, assim como Sarah confia em mim... e Sam também?

Sam estava esperando, o rosto preto destacando-se na fronha branca. A roupa de cama devia ter sido mudada naquele dia, o que tornava o contraste ainda mais intenso, como um anúncio do uísque Black and White.

– Como vão as coisas? – perguntou Castle, porque não conseguiu pensar em mais nada para dizer.

Mas Sam não respondeu. Também tinha seus segredos.

– Como foi a escola hoje?
– Foi tudo bem.
– Que aulas teve hoje?
– Aritmética.
– E como se saiu?
– Tudo bem.
– E que outras aulas teve?
– Compo...
– Composição inglesa. Como foi?
– Tudo bem.

Castle sabia que estava se aproximando o momento em que perderia o menino para sempre. Cada "tudo bem" ressoava em seus ouvidos como o som de explosões distantes, que estavam destruindo as pontes entre ambos. Se perguntasse a Sam: "Você confia em mim?", talvez o menino respondesse "confio, mas..."

– Quer que eu leia para você?
– Quero, sim, por favor.
– O que gostaria?
– Aquele livro sobre um jardim.

Castle ficou desorientado por um momento. Correu os olhos pela única prateleira com livros, um tanto maltratados, mantidos em posição por dois cachorros de porcelana, os quais possuíam uma certa semelhança com Buller. Alguns dos livros tinham sido seus na infância, os outros haviam sido escolhidos por ele próprio. Sarah começara a ler já tarde, e seus livros eram todos adultos. Castle pegou um volume de versos que guardara desde a infância. Não havia vínculo de sangue entre ele e Sam, nenhuma garantia de que teriam algum gosto em comum. Mas ele sempre tinha esperança... e até um livro poderia ser uma ponte. Abriu o livro ao acaso, ou pelo menos foi o que pensou. Mas um livro é como uma trilha arenosa, que mantém a marca dos passos que por ali passam. Lera trechos daquele livro para Sam por diversas vezes, ao longo dos dois últimos anos. Mas as pegadas de sua infância haviam sido profundas, e o livro se abriu num poema que nunca antes lera em voz alta. Depois das primeiras linhas, percebeu que sabia o poema quase de cor. Há versos na infância, pensou ele, que moldam a vida de uma pessoa muito mais que as Escrituras.

– "Sobre as fronteiras um pecado sem perdão,
Rompendo os galhos e por baixo se arrastando,
Irrompendo pela brecha na muralha do jardim,
Descendo pelas margens do rio, lá vamos nós."

– O que são fronteiras?
– É o lugar onde um país termina e começa outro.
Ao falar, Castle teve a impressão de que era uma definição difícil. Mas Sam aceitou-a.
– O que é um pecado sem perdão? É uma história de espiões?
– Não, não é. O menino da história foi avisado a não sair do jardim e...
– Quem disse a ele para não sair?
– Acho que foi o pai. Ou a mãe.
– E isso é um pecado?
– Este livro foi escrito há muito tempo. As pessoas eram mais rigorosas naquela ocasião. E, além do mais, não é muito a sério.
– Pensei que um assassinato fosse um pecado.
– Um assassinato é errado.

– Como sair do jardim?

Castle começou a lamentar ter-se fixado naquele poema, ter deparado com aquelas pegadas em particular, da sua própria caminhada pela vida.

– Não quer que eu continue a ler?

Ele leu rapidamente os versos seguintes. Pareciam bastante inócuos.

– Não quero esse, porque não o entendo.
– E qual prefere?
– Há o que fala de um homem...
– O acendedor de lampiões?
– Não, não é esse.
– O que o homem faz?
– Não sei. Ele está no escuro.
– Não é muita coisa para descobrir.

Castle virou as páginas do livro, procurando pelo homem no escuro.

– Ele está montando um cavalo.
– Será que é este?

E Castle leu:

– "Sempre que a lua e as estrelas surgem,
Sempre que o vento sopra forte,
Durante toda a noite no escuro e frio...

– É esse mesmo!

– "Um homem sai a cavalo
Pela noite afora, com as fogueiras apagadas,
Por que ele galopa e galopa sem parar?"

– Continue. Por que parou?

– "Sempre que as árvores estão chorando alto,
E os navios no mar são sacudidos,
Pela estrada ele galopa,
E lá se vai a galopar para um lado,
E depois volta novamente a galopar."

– É esse mesmo. É o que eu mais gosto.
– É um pouco assustador, Sam.
– É por isso mesmo que eu gosto. Ele usa uma máscara de meia?
– Aqui não diz se ele é um ladrão, Sam.
– Então por que ele fica indo de um lado para outro fora de casa? Será que ele tem uma cara branca como a sua e do sr. Muller?
– A história não conta.
– Acho que ele é preto, preto como o meu chapéu, preto como o meu gato.
– Por quê?
– Acho que todas as pessoas brancas têm medo dele e trancam suas casas, porque ele pode aparecer com um facão e cortar suas gargantas.

Sam fez uma rápida pausa, antes de acrescentar, com evidente satisfação:

– Lentamente...

Sam nunca parecera mais preto, pensou Castle. Passou o braço pelos ombros do menino, como um gesto de proteção. Mas não podia protegê-lo da violência e da vingança que estavam começando a crescer em seu coração de criança.

Foi para o gabinete, destrancou uma gaveta e tirou as anotações de Muller. Havia um título: "Uma solução final". Muller, aparentemente, não sentira absolutamente a menor hesitação em dizer aquilo para um ouvido alemão. E a solução, obviamente, não fora rejeitada. Ainda estava aberta à discussão. A mesma imagem voltou-lhe à mente, como uma obsessão: a criança agonizante e o abutre a observar.

Sentou-se e copiou cuidadosamente as anotações de Muller. Nem mesmo se deu ao trabalho de datilografar. O anonimato de uma máquina de escrever, como o caso Hiss deixara patente, era apenas parcial. Além do mais, não tinha a menor vontade de tomar precauções triviais. E abandonara o código de livro com sua última mensagem, que terminara com um "adeus". Escreveu as palavras "solução final" e depois copiou cuidadosamente o resto. Pela primeira vez, estava realmente se identificando com Carson. Nas mesmas circunstâncias, Carson teria assumido o risco supremo. Como Sarah dissera certa ocasião, ele estava "indo longe demais".

5

Às duas horas da madrugada, Castle ainda estava acordado e foi surpreendido pelos gritos de Sarah:

– Não! Não!
– O que foi?

Não houve resposta. Castle acendeu a luz e descobriu que os olhos dela estavam arregalados de medo.

– Teve outro pesadelo, querida. Apenas isso, nada mais que um pesadelo.

– Foi terrível...

– Conte-me tudo. Um sonho nunca mais ocorre quando é contado imediatamente, antes de ser esquecido.

Ele podia sentir que Sarah tremia violentamente. Começou a contrair o medo dela.

– Foi apenas um sonho, Sarah. Deve me contar, para se livrar dele.

– Eu estava num trem, que começava a andar. Você tinha ficado na plataforma. Eu estava sozinha. Você é que estava com as passagens. Sam estava com você e parecia não se importar. Eu nem mesmo sabia para onde estávamos indo. Ouvi o condutor no compartimento ao lado. Sabia que estava no vagão errado, reservado aos brancos.

– Agora que me contou, esse sonho nunca mais voltará.

– Eu sabia que ele ia dizer: "Saia daqui. Não pode ficar aqui. Este é um vagão só para brancos".

– Foi apenas um sonho, Sarah.

– Sei disso. Lamento tê-lo acordado. Você está precisando dormir e descansar.

– Foi um pouco parecido com os sonhos que Sam teve. Está lembrada?

– Sam e eu temos consciência da nossa cor, não é mesmo? E isso nos atormenta no sono. Às vezes, fico pensando se você me ama só por causa da minha cor. Se fosse preto, não iria amar uma mulher branca só porque ela era branca, não é mesmo?

– Não. E deve saber que não sou um sul-africano de folga a passar um fim de semana na Suazilândia. Eu já a conhecia há quase um ano antes de me apaixonar. Aconteceu lentamente, ao longo de todos aqueles meses que trabalhamos juntos, secretamente. Eu era supostamente um diplomata, estava seguro. Você é que corria os riscos. Eu não tinha pesadelos, mas passava noites acordado, perguntando-me se você iria comparecer ao próximo encontro ou teria desaparecido, sem que eu jamais soubesse o que lhe acontecera. Esperava a qualquer momento receber uma mensagem dos outros, informando que a linha estava cancelada.

– Quer dizer que estava preocupado com a linha?

– Não. Eu me preocupava com o que poderia acontecer-lhe. Há meses que a amava. Sabia que não poderia continuar a viver se você desaparecesse. Mas agora estamos seguros.

– Tem certeza?

– Claro que tenho. Não é exatamente o que tenho provado ao longo destes sete anos?

– Não é ao seu amor que estou me referindo. Quero saber se acha que estamos realmente seguros.

Não havia uma resposta fácil para essa pergunta. A última mensagem cifrada, com a palavra final "adeus", fora prematura. O trecho que ele escolhera, "Levantei a mão e deixei-a cair", não era um sinal de liberdade no mundo da Operação Tio Remus.

PARTE CINCO

CAPÍTULO I

1

A noite caíra mais cedo, com a neblina e a chuva miúda de novembro, quando ele saiu da cabine telefônica. Não houvera resposta a nenhum dos seus sinais. Na Old Compton Street, os borrões de luz vermelha da placa "Livros", indicando onde Halliday Junior realizava o seu comércio suspeito, refletiam-se na calçada, com uma desfaçatez menor que a habitual. Halliday Senior, na loja do outro lado da rua, estava curvado sob um único globo de luz, como de hábito, economizando energia. Quando Castle entrou na loja, o velho apertou um interruptor, sem levantar a cabeça, iluminando as prateleiras dos dois lados, repletas de clássicos fora de moda.

– Estou vendo que não gosta mesmo de desperdiçar eletricidade – comentou Castle.

– Ah, é o senhor! Tem razão, dou minha contribuição para ajudar o governo. Além do mais, não tenho muitos clientes de verdade depois das cinco horas. Aparecem uns poucos vendedores tímidos, mas seus livros raramente estão em condições aceitáveis. Ficam desapontados quando os despacho. Pensam que qualquer livro com mais de cem anos é valioso. Lamento o atraso do Trollope, senhor, se é isso o que está desejando saber. Houve dificuldades para encontrar o segundo exemplar. O problema é que o apresentaram na televisão. Até mesmo a edição da Penguin esgotou.

– Não há tanta pressa agora. Um único exemplar será suficiente. Foi isso o que vim dizer-lhe. Meu amigo foi morar no exterior.

– Vai sentir falta das suas noites literárias. Outro dia mesmo, eu estava dizendo a meu filho.

– É estranho, sr. Halliday, mas jamais conheci pessoalmente o seu filho. Será que ele está na loja neste momento? Talvez pudéssemos conversar sobre alguns livros de que estou querendo me desfazer. Estou perdendo o gosto pela pornografia. Deve ser a idade. Será que poderei encontrá-lo agora?

– No momento não poderá encontrá-lo, senhor. Para ser franco, ele se meteu numa pequena encrenca. E justamente por estar indo muito bem nos negócios. Abriu outra loja no mês passado em Newington Butts. Mas a polícia de lá é muito menos compreensiva que a daqui, ou mais cara, se prefere ser cético. Ele teve que passar a tarde inteira no tribunal, por causa daquelas revistas tolas que costuma vender. E ainda não voltou.

– Só espero que as dificuldades dele não lhe tenham criado problemas, sr. Halliday.

– Oh, não, graças a Deus que não! Os policiais foram muito simpáticos comigo. Tenho a impressão que sentem pena de mim por ter um filho envolvido num negócio desses. Eu lhes disse que, se fosse jovem, poderia estar fazendo a mesma coisa. E eles riram.

Sempre parecera estranho a Castle que "eles" tivessem escolhido um intermediário tão suspeito quanto o jovem Halliday, cuja loja corria o risco de ser vasculhada pela polícia a qualquer momento. Talvez, pensou ele, fosse uma espécie de blefe duplo. A Delegacia de Vícios dificilmente estaria preparada para as sutilezas do serviço secreto. Era até possível que o jovem Halliday estivesse tão ignorante quanto o pai do uso que faziam dele. E era justamente isso o que ele queria agora descobrir, desesperadamente, pois estava prestes a confiar-lhe o que equivalia à sua própria vida.

Olhou para o outro lado da rua, contemplou a placa vermelha, as revistas pornográficas na vitrine. Pensou na estranha emoção que o estava compelindo a assumir um risco tão grande. Boris não teria aprovado. Mas agora que enviara a "eles" sua mensagem final e as despedidas, sentia um desejo irresistível de comunicar-se diretamente, por palavras, sem a intervenção de pontos de contato seguros, códigos de livros e sinais complexos por telefones públicos.

— Sabe quando seu filho voltará? – ele perguntou ao sr. Halliday.

— Não tenho a menor idéia, senhor. Mas será que eu mesmo não poderia atendê-lo?

— Não, obrigado. Não desejo incomodá-lo.

Castle não dispunha de qualquer código de toques de campainha para atrair a atenção de Halliday Junior. Haviam sido mantidos tão escrupulosamente separados que agora se perguntava se o único encontro entre os dois para a emergência final poderia ser concretizado.

— Seu filho por acaso tem um Toyota vermelho?

— Não. Mas de vez em quando ele usa o meu quando vai ao campo... para cuidar de suas vendas. Ele me ajuda de vez em quando, pois já não posso me deslocar tanto como fazia antes. Por que pergunta, senhor?

— Pensei ter visto certa ocasião um Toyota vermelho diante da loja.

— Não devia ser o nosso, senhor. Não o usamos aqui na cidade. Com tantos engarrafamentos, não seria econômico. Temos que fazer todo o possível para economizar, quando o governo pede.

— Espero que o juiz não seja muito rigoroso com seu filho.

— É muita bondade sua, senhor. Direi a ele que veio procurá-lo.

— Trouxe por acaso um bilhete que poderia entregar a seu filho. Mas devo dizer que é confidencial. Não gostaria que os outros soubessem do tipo de livros que eu costumava colecionar quando era jovem.

— Pode confiar em mim, senhor. Nunca lhe falhei antes. E o Trollope?

— Pode esquecer o Trollope.

Em Euston, Castle comprou uma passagem para Watford. Não quis mostrar a permanente para Berkhamsted. Os condutores sempre têm boa memória para permanentes. No trem, para manter a mente ocupada, leu um jornal matutino que alguém deixara no assento ao lado. Tinha uma entrevista de um artista de cinema a quem nunca vira (o cinema de Berkhamsted fora transformado num salão de bingo). Aparentemente, o ator casara pela segunda vez. Ou seria pela terceira? Dissera ao repórter, numa entrevista concedida anos antes, que nunca mais queria saber de casamento. "Quer dizer que mudou de idéia?", perguntou o repórter imprudentemente.

Castle leu a entrevista até o fim. Ali estava um homem que podia conversar com um repórter sobre os assuntos mais íntimos de sua vida. "Eu era muito pobre quando casei pela primeira vez. Minha esposa não compreendia... nossa vida sexual tornou-se um desastre. Com Naomi é diferente. Naomi sabe que, quando volto exausto do estúdio... sempre que é possível, tiramos uma semana de férias e ficamos a sós, em algum lugar tranqüilo, como St. Tropez, compensando o tempo perdido." Sou um hipócrita se culpá-lo, pensou Castle. Se for possível, vou dizer tudo a Boris. Chega um momento em que é preciso falar.

Em Watford, ele repetiu cuidadosamente a mesma rotina anterior, hesitando no ponto de ônibus, finalmente se afastando, esperando além da esquina para verificar se estava sendo seguido. Chegou ao café, mas não entrou, seguindo em frente direto. Na última vez, fora guiado por um homem com os cordões do sapato desamarrados. Mas agora não tinha guia. Chegando à esquina, deveria virar à direita ou à esquerda? Naquela parte de Watford, todas as ruas pareciam iguais, com fileiras de casas idênticas, jardins pequenos na frente, roseiras que gotejavam umidade, uma casa reunida à outra por uma garagem para um carro.

Entrou numa rua ao acaso e depois em outra, mas encontrou sempre as mesmas casas, algumas coladas na calçada, outras um pouco recuadas. Sentiu que estava sendo escarnecido pela semelhança dos nomes – Laurel Drive, Oaklands, The Shrubbery – com aquele que procurava, Elm View. Em determinado momento, um guarda indagou se poderia ajudar, ao vê-lo desorientado. As anotações originais de Muller pareciam pesar como um revólver em seu bolso. Ele disse ao guarda que não, que estava apenas procurando algum cartaz de casa para alugar. O guarda informou que havia duas casas para alugar, na terceira ou quarta rua à esquerda. Por coincidência, a terceira rua era a Elm View. Não recordava o número, mas um lampião da rua incidia num vitral sobre uma porta que ele reconheceu. Não havia luz em janela alguma, e foi sem muita esperança que Castle, olhando atentamente, conseguiu divisar o cartão mutilado onde se lia *"ition Limited"* e apertou a campainha. Era improvável que Boris estivesse ali àquela hora; era possível até que nem estivesse na Inglaterra. Cortara a ligação com eles. Sendo assim, por que eles iriam manter aberto um canal perigoso? Tocou a campainha pela segunda vez, mas não houve resposta. Naquele momento, teria ficado satisfeito com a presença de qualquer um, até mesmo de Ivan, que tentara chantageá-lo. Não restava ninguém, literalmente ninguém, com quem pudesse falar.

Tinha passado por uma cabine telefônica no caminho, e agora voltou até lá. Na casa do outro lado da rua, através da janela sem cortina, podia avistar uma família sentada à mesa, tomando um chá tardio ou comendo um jantar antecipado: o pai e dois adolescentes, um menino e uma menina, estavam sentados; a mãe entrou com uma travessa; o pai pareceu dizer uma prece, pois as duas crianças abaixaram a cabeça. Recordava-se desse costume em sua infância, mas pensara que há muito tivesse desaparecido. Talvez eles fossem católicos romanos, entre os quais os costumes pareciam sobreviver por muito mais tempo. Chegando à cabine telefônica, Castle começou a discar para o último número que lhe restava tentar, um número que só deveria ser usado numa emergência. A intervalos regulares, que controlava pelo relógio, repunha o fone no gancho. Deixou a cabine telefônica depois de discar cinco vezes, sem obter resposta. Era como se tivesse chorado alto por cinco vezes, na rua deserta, pedindo socorro... e não podia imaginar se fora ouvido. Talvez, depois de seu relatório final, todas as linhas de contato tivessem sido cortadas.

Olhou novamente para o outro lado da rua. O pai dissera um gracejo e a mãe sorria em aprovação. A menina olhou para o menino e piscou um olho, como a dizer: "O velho já começa novamente". Castle foi andando na direção da estação. Ninguém o seguia, ninguém o olhava através de uma janela, ninguém passou por ele. Sentia-se invisível, lançado num mundo estranho, onde não havia outros seres humanos para reconhecê-lo como um dos seus.

Parou ao final da rua que tinha o nome de The Shrubbery, ao lado de uma igreja horrenda, tão nova que poderia ter sido construída da noite para o dia, com os tijolos reluzentes de um equipamento de faça-você-mesmo. As luzes lá dentro estavam acesas, e o mesmo sentimento de solidão que o levara a procurar a livraria de Halliday impeliu-o para o prédio. Reconheceu pelo altar muito enfeitado e pelas estátuas sentimentais que era uma igreja católica romana. Não havia nenhum bando de fiéis, burgueses robustos, a entoar um hino para uma colina verde distante. Um velho apoiado sobre o cabo do guarda-chuva, não muito longe do altar, e duas mulheres que poderiam ser irmãs, as roupas similares no lusco-fusco, esperavam nas proximidades do que devia ser um confessionário. Uma mulher de capa saiu de trás de uma cortina e uma mulher sem capa entrou. Castle sentou nas proximidades. Sentia-se cansado. Há muito que já passara a hora de tomar a sua dose tripla de J&B. Sarah devia estar cada vez mais apreensiva. E enquanto escutava o zumbido baixo da conversa no confessionário, sentiu crescer o desejo de falar abertamente, sem reservas, depois de sete anos de silêncio. Boris afastara-se totalmente, pensou ele, nunca mais serei capaz de falar novamente... a menos, é claro, que termine no banco dos réus. Posso fazer aqui o que eles chamam de uma "confissão"... *in camera,* é claro, pois o julgamento inevitavelmente seria *in camera.*

A segunda mulher saiu e a terceira entrou. As outras duas haviam se livrado rapidamente de seus segredos... *in camera.* Estavam agora ajoelhadas, separadas, diante dos respectivos altares, as expressões de satisfação presunçosa por um dever bem cumprido. Quando a terceira mulher saiu, não havia mais ninguém esperando além dele. O velho despertara e acompanhara uma das mulheres para fora da igreja. Por uma fresta na cortina do padre, Castle divisou um rosto comprido e pálido. Ouviu uma garganta sendo limpa da umidade de novembro. E pensou: quero falar; por que então não falo? Um padre tem que guardar meu segredo. Boris lhe dissera:

– Venha me procurar sempre que sentir vontade de falar; é um risco menor.

Mas estava convencido de que Boris fora embora para sempre. Falar era um ato terapêutico. Castle avançou lentamente na direção do confessionário, como um paciente indo a um psiquiatra pela primeira vez, com grande apreensão.

Um paciente que não conhecia o assunto. Abriu a cortina e entrou. Ficou de pé, hesitante, no espaço limitado. Como começar? O cheiro fraco de água-de-colônia devia ter sido deixado por uma das mulheres. Ouviu o barulho de uma portinhola sendo aberta e avistou um perfil arguto, como um detetive de palco. O perfil tossiu e murmurou alguma coisa.

Castle disse:

– Quero lhe falar.

– Por que está de pé ai desse jeito? – disse o perfil. – Perdeu o uso dos joelhos?

– Quero apenas lhe falar.

– Não está aqui para me falar.

Castle ouviu um tilintar. O homem tinha um rosário no colo e parecia estar usando-o como uma corrente de contas de preocupação.

– Está aqui para falar com Deus.

– Não, não estou. Vim aqui só para lhe falar.

O padre olhou ao redor, relutantemente. Os olhos dele estavam injetados. Castle teve a impressão de que fora encontrar, por uma cruel coincidência, outra vítima da solidão e do silêncio.

– Ajoelhe-se, homem. Que espécie de católico é?

– Não sou católico.

– Neste caso, o que está fazendo aqui?

– Quero lhe falar, mais nada.

– Se quer instrução, pode deixar seu nome e endereço na sacristia.

– Não quero instrução.

– Está desperdiçando meu tempo.

– O segredo da confissão não se aplica também aos que não são católicos?

– Deve ir procurar um sacerdote da sua própria igreja.

– Não tenho nenhuma igreja.

– Neste caso, acho que está precisando de um médico.

O padre fechou a portinhola e Castle saiu do confessionário. Era um final absurdo, pensou ele, para uma ação absurda. Como poderia esperar que o homem o compreendesse, mesmo que tivesse lhe permitido falar? Tinha uma história longa demais para contar, uma história que começara sete anos antes, numa terra estranha.

2

Sarah veio recebê-lo quando ele estava pendurando o sobretudo no vestíbulo,

– Aconteceu algo de especial, querido?

– Não.

– Nunca chegou em casa tão tarde assim sem telefonar.

– É que andei dando umas voltas, à procura de algumas pessoas. Mas não consegui encontrá-las. Já devem ter saído para o fim de semana.

– Vai querer um uísque agora? Ou prefere jantar imediatamente?

– Uísque. E ponha uma dose bem grande, Sarah.

– Maior do que a habitual?

– Maior... e sem soda.

– Aconteceu alguma coisa.

– Não foi nada importante. Mas está frio e úmido, quase como se já fosse inverno. Sam está dormindo?

– Está.

– Onde está Buller?

– Procurando gatos no jardim.

Castle sentou-se na poltrona habitual e o habitual silêncio baixou sobre os dois. Normalmente, ele sentia o silêncio como um xale confortável a lhe envolver os ombros. O silêncio era o relaxamento, o silêncio representava as palavras que eram desnecessárias entre os dois. O amor que os unia estava por demais consolidado para precisar de palavras de garantia. Mas, naquela noite, com as anotações originais de Muller em seu bolso e a cópia que fizera já a essa altura nas mãos do jovem Halliday, o silêncio era como um vácuo em que não podia respirar; o silêncio era uma ausência de tudo, até mesmo de confiança; era uma antecipação do túmulo.

– Outro uísque, Sarah.
– Está bebendo demais. Lembre-se do pobre Davis.
– Ele não morreu de beber.
– Mas pensei...
– Pensou como todos os outros. E está enganada. Se é incômodo demais servir-me outro uísque, basta dizer que eu próprio o farei.
– Eu disse apenas para lembrar-se de Davis.
– Não preciso de uma babá, Sarah. Você é mãe de Sam e não minha.
– Isso mesmo. Sou a mãe dele e você nem mesmo é o pai.

Os dois ficaram se olhando, em silêncio por um momento, atônitos e consternados. Sarah finalmente disse:

– Eu não quis...
– Não foi sua culpa.
– Desculpe.
– É assim que o futuro será, se não pudermos falar, Sarah. Perguntou-me o que andei fazendo. Passei a noite inteira a procurar por alguém com quem falar. Mas não encontrei ninguém.
– Falar sobre o quê?

A pergunta silenciou-o.

– Por que não pode falar comigo? Só porque eles proibiram? A Lei dos Segredos Oficiais... e todo o resto da estupidez.
– Não foram eles.
– E quem foi então?
– Quando chegamos à Inglaterra, Sarah, Carson mandou alguém me procurar. Ele a salvara e a Sam. Tudo o que pedia, em troca, era uma pequena ajuda. Eu me sentia grato e concordei.

– E o que há de errado com isso?

– Minha mãe diz que, quando eu era pequeno, sempre dava demais numa troca. Mas não foi demais para o homem que a salvara da BOSS. E foi assim que me tornei o que eles costumam chamar de um agente duplo, Sarah. Mereço passar o resto da vida na cadeia.

Castle sempre soubera que um dia aquela cena seria representada entre os dois, mas jamais conseguira imaginar as palavras que diriam um ao outro. Sarah disse:

– Passe o seu copo.

Castle entregou-o e ela tomou um dedo de uísque.

– E está correndo perigo, querido? Isto é, correndo perigo esta noite?

– Estive correndo perigo durante toda a nossa vida em comum.

– Mas a situação é pior agora?

– É sim. Acho que eles descobriram que havia um vazamento e pensaram que fosse Davis. Não creio que Davis tenha tido uma morte natural. Uma coisa que o dr. Percival disse...

– Pensa que eles o mataram?

– Exatamente.

– Então poderia ter sido você?

– Isso mesmo.

– E pretende continuar da mesma forma?

– Escrevi o que julgava ser a minha última mensagem. Despedi-me de tudo. Mas... alguma coisa aconteceu. Com Muller. Eu não podia deixar de informá-los. E espero que eles tenham recebido a mensagem, mas ainda não tenho certeza.

– Como foi que o escritório descobriu o vazamento?

– Devem ter algum desertor do outro lado... provavelmente um homem que continua no posto, com acesso aos meus relatórios para poder informar a Londres.

– E se ele informar também a respeito dessa última mensagem?

– Sei o que está pensando. Davis está morto e sou o único homem no escritório que está tratando com Muller.

– Por que tinha que fazer isso, Maurice? É suicídio.

– Pode salvar muitas vidas... as vidas de seu povo.

– Não me fale do meu povo. Já não tenho mais qualquer povo. Você é o "meu povo".

Castle pensou: não resta a menor dúvida de que é uma citação da Bíblia. Tenho certeza de que já ouvi isso antes. Mas não é de estranhar, pois ela estudou numa escola metodista.

Sarah passou o braço pelos ombros dele e levou o copo de uísque à boca.

– Gostaria que não tivesse esperado todos esses anos para contar-me.

– Eu tinha medo... Sarah.

O nome do Antigo Testamento ocorreu-lhe nesse momento. Fora uma mulher chamada Ruth quem dissera a mesma coisa... ou algo muito parecido.

– Tem medo de mim e não tem medo deles?

– Medo por você. Não pode imaginar o quanto me pareceu interminável a espera por você no Hotel Polana. Pensei que nunca fosse chegar. Durante o dia, eu costumava ficar observando as placas dos carros, através de um binóculo. Números pares significavam que Muller conseguira pegá-la. Números ímpares indicavam que você estava a caminho. Desta vez não haverá Hotel Polana e não haverá Carson. As coisas não acontecem duas vezes da mesma forma.

– O que deseja que eu faça?

– A melhor coisa a fazer seria você pegar Sam e ir para a casa da minha mãe. Separar-se de mim. Fingir que tivemos uma discussão terrível e você vai pedir o divórcio. Se nada acontecer, continuarei aqui e voltaremos a ficar juntos.

– E o que devo ficar fazendo durante todo esse tempo? Observando as placas dos carros? Diga-me qual é a segunda melhor coisa.

– Se ainda estiverem me dando cobertura... o que não sei se acontece... prometeram-me uma fuga segura. Mas terei de ir embora sozinho. Se isso acontecer, você terá que ir de qualquer maneira para a casa de minha mãe. A única diferença é que não poderemos nos comunicar. Você não saberá o que aconteceu... talvez por um longo tempo. Fico pensando que seria melhor se a polícia viesse... pelo menos assim poderíamos nos ver no tribunal.

– Mas Davis jamais chegou a um tribunal, não é mesmo? Se eles ainda estiverem cuidando de você, Maurice, é melhor ir embora. Pelo menos assim saberei que está a salvo.

– Não me disse uma só palavra de acusação, Sarah.

– O que esperava que eu dissesse?

– Afinal, sou o que se costuma chamar de um traidor.

– E quem se importa com isso?

Sarah pôs a mão na dele. Era um gesto mais íntimo que um beijo... afinal, sempre se pode beijar um estranho. E ela acrescentou:

– Temos o nosso próprio país. Você, eu e Sam. Você nunca traiu esse país, Maurice.

– Não adianta continuarmos a nos preocupar esta noite. Ainda temos tempo e é melhor irmos dormir.

Deitando na cama, fizeram amor imediatamente, sem pensar, sem falar, como se fosse algo que tivessem acertado antes, há uma hora, toda a conversa não passando de um pretexto para adiar aquele momento. Há meses que não se amavam daquele jeito. Agora que Castle finalmente revelara seu segredo, o amor fora liberado. E ele adormeceu quase imediatamente depois. E seu último pensamento foi: ainda há tempo. Irão se passar alguns dias, talvez semanas, antes que qualquer vazamento possa ser comunicado a Londres. Amanhã é sábado. Temos todo o fim de semana à nossa frente para chegar a uma decisão.

CAPÍTULO II

Sir John Hargreaves estava sentado em seu gabinete na casa de campo lendo Trollope. Deveria ter sido um período de paz quase perfeita, com a calma do fim de semana, que somente um oficial de plantão tinha permissão para interromper com alguma mensagem urgente... e as mensagens urgentes eram de extrema raridade no serviço secreto. Era a hora do chá, quando a esposa respeitava a sua ausência, pois sabia que o Earl Grey à tarde estragava-lhe o Cutty Sark das seis horas. Durante o tempo em que servira na África ocidental, Sir John Hargreaves começara a apreciar os romances de Trollope, embora não fosse um grande leitor de romances. Nos momentos de irritação, descobrira que *The warden* e *Barchester towers* eram livros tranqüilizantes, reforçando a paciência que a África exigia. O sr. Slope fazia-o recordar um comissário distrital importuno e virtuoso, a sra. Proudie podia ser comparada à esposa do governador. Mas agora descobria-se perturbado por uma obra de ficção que deveria tê-lo acalmado na Inglaterra, assim como teria acontecido na África. O romance tinha o título de *The way we live now*. Alguém lhe dissera, não conseguia recordar quem, que o romance fora adaptado para uma boa série de televisão. Ele não gostava de televisão, mas tinha certeza de que iria gostar do Trollope.

Assim, durante toda a tarde ele sentiu novamente o mesmo prazer suave que Trollope sempre lhe proporcionara, a sensação de um mundo vitoriano tranqüilo, onde o bem era o bem e o mal era o mal, onde se podia facilmente distinguir entre os dois. Não tinha filhos que poderiam ter-lhe ensinado uma lição diferente. Jamais desejara ter um filho, e sua esposa também não o quisera. Era algo em que sempre haviam concordado, embora provavelmente por razões diferentes. Ele não quisera acrescentar às suas responsabilidades públicas as responsabilidades particulares (as crianças teriam sido um motivo constante de preocupação na África). E a esposa... Hargreaves sempre pensava nisso com afeição... desejava resguardar o corpo e a independência. A indiferença mútua por filhos aumentava o amor que sentiam um pelo outro. Enquanto ele lia Trollope, com um uísque ao lado, ela tomava chá em seu quarto, com igual satisfação. Era um fim de semana de paz para ambos... sem caçadas, sem hóspedes, a noite de novembro chegando cedo. Hargreaves podia até imaginar-se na África, a descansar em alguma casa no sertão, muito longe de tudo. A cozinheira estaria agora depenando uma galinha atrás da casa e os cachorros teriam se aproximado, na esperança de abocanhar alguma coisa... As luzes à distância, na direção da estrada, poderiam muito bem ser as luzes da aldeia, onde as garotas estariam naquele momento catando os piolhos nas cabeças umas das outras.

Estava lendo agora a respeito de Melmotte, o escroque, como era tido por seus colegas. Melmotte sentava-se no restaurante da Câmara dos Comuns... "Era impossível expulsá-lo... e era quase tão impossível sentar perto dele. Até mesmo os garçons relutavam em servi-lo; mas com paciência e resignação, ele finalmente conseguiu seu jantar."

Hargreaves, relutantemente, sentia-se atraído por Melmotte, pelo isolamento dele. Recordou-se, com pesar, do que dissera quando o dr. Percival manifestara sua simpatia por Davis. Usara a palavra "traidor", assim como os colegas de Melmotte tinham usado a palavra "escroque". Continuou a ler: "Aqueles que o observavam comentaram entre si que ele devia ser feliz em sua própria audácia; mas, na verdade, ele era provavelmente, naquele momento, o homem mais miserável em toda Londres". Ele jamais conhecera Davis, não o teria reconhecido se tivessem cruzado num corredor do escritório. E pensou: Talvez eu tenha falado impensadamente... reagi estupidamente... mas foi Percival quem o eliminou... Retomou a leitura: "Mas mesmo ele, agora que o mundo o desertara, agora que só tinha pela frente o infortúnio extremo acarretado pela indignação decorrente das leis infringidas, podia passar os últimos momentos de liberdade adquirindo uma reputação pelo menos por audácia". Pobre-diabo, pensou Hargreaves. Não se pode negar-lhe a coragem. Será que Davis imaginara que o dr. Percival poderia pôr alguma poção em seu uísque, no momento em que saíra da sala?

E foi nesse instante que o telefone tocou. Hargreaves ouviu a esposa atender no quarto. Ela estava procurando proteger-lhe a paz melhor do que Trollope o fizera. Contudo, em decorrência de alguma insistência no outro lado da linha, acabou sendo forçada a transferir a ligação. Relutantemente, Hargreaves atendeu. Uma voz que ele não reconheceu disse:

– Muller falando.

Ainda estava no mundo de Melmotte.

– Muller?

– Cornelius Muller.

Houve uma pausa inquieta e depois a voz apressou-se em explicar:

– De Pretória.

Por um momento, Sir John Hargreaves pensou que o estranho estava telefonando da cidade remota. Só depois é que se lembrou.

– Ah, sim, claro, claro... Em que posso ajudá-lo?

Uma breve pausa, e ele acrescentou:

– Espero que Castle...

– Eu gostaria de falar-lhe, Sir John... a respeito de Castle.

– Estarei no escritório na segunda-feira. Se ligar para minha secretária...

Ele consultou o relógio para completar a informação:

– Ela ainda deve estar no escritório.

– O senhor não vai ao escritório amanhã?

– Não. Vou passar o fim de semana em casa.

– Posso ir falar-lhe aí, Sir John?

– É muito urgente?

– Creio que sim. Tenho um forte pressentimento de que cometi um erro grave. É por isso que preciso urgentemente falar-lhe, Sir John.

Lá se vai o Trollope, pensou Hargreaves. E pobre Mary! Procuro manter o escritório a distância quando estamos aqui, mas está sempre se intrometendo. Recordou-se da noite da caçada, em que Daintry se mostrara tão difícil.

– Está de carro?

– Estou, sim.

Hargreaves pensou: ainda posso ter o sábado livre, se me mostrar satisfatoriamente hospitaleiro esta noite.

– A viagem de carro até aqui leva menos de duas horas, se quiser aceitar um convite para jantar.

– Claro que aceito, Sir John. É muita bondade sua. E saiba que eu não o teria incomodado se não julgasse que o assunto é de extrema importância. Eu...

– Talvez não possamos lhe oferecer mais que uma omelete, Muller. Terá que se contentar com a comida trivial.

Hargreaves desligou, recordando a história apócrifa que sabia contarem a seu respeito e dos canibais. Foi até a janela e olhou para fora. A África retrocedeu. As luzes eram as da estrada que levava para Londres e para o escritório. Sentia o iminente suicídio de Melmotte. Não havia outra solução. Foi para a sala de estar. Mary estava se servindo de uma xícara de chá, do bule de prata que comprara num leilão da Christie.

– Desculpe, Mary, mas vamos ter um convidado para o jantar.

– Eu já estava receando. Quando ele insistiu em falar-lhe, imaginei logo que isso acabaria acontecendo. Quem é ele?

– O homem que a BOSS enviou de Pretória.

– Será que ele não podia esperar até segunda-feira?

– Disse que o assunto era muito urgente.

– Não gosto desses escrotos do *apartheid.*

As obscenidades mais banais da língua inglesa soavam muito estranhas no sotaque americano dela.

– Eu também não. Mas temos que trabalhar com eles. Talvez possamos providenciar alguma coisa para o jantar.

– Temos algum rosbife frio.

– Já é melhor do que a omelete que lhe prometi.

Foi uma refeição constrangedora porque não podiam falar de negócios, embora Lady Hargreaves tivesse se esforçado ao máximo, com a ajuda do *beaujolais,* para encontrar um assunto possível. Confessou-se inteiramente ignorante da arte e literatura africâner, mas era uma ignorância que Muller parecia partilhar. Ele admitiu que já ouvira falar de alguns poetas e romancistas, e mencionou o prêmio Hertzog, mas apressou-se em acrescentar que jamais lera nenhum deles.

– A maioria não merece confiança.

– Como assim?

– Estão envolvidos em política. Neste momento, há um poeta na prisão, acusado de ajudar os terroristas.

Hargreaves tentou mudar de assunto, mas não conseguiu pensar em coisa alguma relacionada com a África do Sul que não ouro e diamantes... os quais estavam também envolvidos com a política, tanto quanto os escritores. A palavra "diamantes" sugeria Namíbia, e ele recordou-se que Oppenheimer, o milionário, apoiava o Partido Progressista. A África dele fora a África empobrecida do sertão. Ao sul, a política predominava, como os entulhos das minas. Hargreaves sentiu-se satisfeito quando os dois puderam finalmente ficar a sós, com uma garrafa de uísque e duas poltronas. Era mais fácil falar de coisas difíceis numa poltrona... e era difícil, conforme sempre constatara, ficar furioso quando se estava comodamente refestelado numa poltrona.

– Deve perdoar-me por não ter estado em Londres para recebê-lo – disse Hargreaves. – Mas tive de ir a Washington. Era uma dessas visitas de rotina que não se pode evitar. Espero que meus homens o tenham tratado devidamente.

– Também tive que viajar – respondeu Muller. – Fui a Bonn.

– Mas não foi exatamente uma visita de rotina, não é mesmo? O Concorde aproximou Londres de Washington demasiadamente. Eles ficam quase esperando que apareçamos para o almoço. Espero que tudo tenha transcorrido bem em Bonn... dentro dos limites do razoável, é claro. Mas creio que já deve ter conversado tudo isso com o nosso amigo Castle.

– Creio que é mais seu amigo do que meu.

– Sei que houve um pequeno problema entre vocês, há alguns anos. Mas isso certamente já é história antiga.

– Será que pode realmente haver uma história antiga, senhor? Os irlandeses não pensam assim. E o que vocês costumam chamar de Guerra dos Bôeres ainda é a nossa guerra, só que a chamamos de guerra da independência. Estou preocupado com Castle. E é justamente por isso que tomei a decisão de importuná-lo esta noite. Creio que fui indiscreto. Entreguei-lhe algumas anotações que fiz a respeito da visita a Bonn. Nada de muito secreto, é claro, mas para alguém que saiba ler nas entrelinhas...

– Pode confiar em Castle, meu caro. Eu não teria pedido que o recebesse se não fosse o melhor homem...

– Fui jantar na casa dele. Fiquei surpreso ao descobrir que ele está casado com uma moça preta, a mesma que foi a causa do nosso pequeno problema, como falou. Parece até que ele teve um filho dela.

– Não temos discriminação de cor aqui na Inglaterra, Muller. E posso assegurar-lhe que ela foi meticulosamente investigada.

– Não obstante, foram os comunistas que providenciaram a fuga dela. Castle era muito amigo de Carson. Imagino que já sabe disso.

– Sabemos de tudo a respeito de Carson... e da fuga. A missão de Castle impunha-lhe ter contatos comunistas. Carson ainda constitui um problema para vocês?

– Não. Carson morreu na prisão... de pneumonia. Percebi que Castle ficou bastante transtornado quando lhe contei.

– E por que não? Se eram amigos, foi uma reação natural.

Hargreaves olhou com pesar para o Trollope, que estava ao lado da garrafa de Cutty Sark. Muller levantou-se abruptamente e foi até o outro lado da sala. Parou diante da fotografia de um preto usando um chapéu de aba caída, como o que geralmente era usado pelos missionários. Um lado do rosto estava desfigurado pelo lupo e o preto sorria para o fotógrafo com apenas metade da boca.

– O pobre-diabo estava morrendo quando tirei essa fotografia – comentou Hargreaves. – E sabia disso. Era um homem corajoso, como todos os *krus*. Eu queria ter alguma coisa para lembrar-me dele.

– Não fiz uma confissão completa, senhor. Por acidente, entreguei a Castle as anotações erradas. Tinha preparado algumas anotações para ele e outras para escrever meu relatório. Na hora, acabei fazendo uma troca. É verdade que não havia nada de muito secreto... eu não correria o risco de pôr no papel coisas por demais secretas aqui... mas há algumas frases imprudentes.

– Já lhe disse que não precisa se preocupar, Muller.

– Não posso deixar de me preocupar, senhor. Neste país, as pessoas vivem num clima diferente. Vocês têm muito pouco a temer, em comparação conosco. Aquele preto da fotografia, gostava dele?

– Era um amigo... um amigo a quem eu amava.

– Não posso dizer o mesmo de um único preto que seja.

Muller virou-se. No outro lado da sala, havia uma máscara africana pendurada na parede.

– Não confio em Castle – disse ele. – Não posso provar nada, é claro, mas tenho uma intuição... Gostaria que designasse outro homem para os contatos comigo.

– Havia apenas dois homens trabalhando com o seu material, Davis e Castle.

– Davis foi o que morreu?

– Exatamente.

– Vocês não se preocupam muito com as coisas por aqui, senhor. Confesso que de vez em quando os invejo por isso. Não se preocupam com coisas como uma criança preta, por exemplo. Pela nossa experiência, concluímos que não há ninguém mais vulnerável que um agente do serviço secreto. Há alguns anos, tivemos um vazamento na BOSS... na seção que lida com os comunistas. Um dos nossos melhores homens. Ele também cultivava amizades... e as amizades acabaram por dominá-lo. Carson também estava envolvido neste caso. E houve um outro caso... Um dos nossos homens era um jogador de xadrez excepcional. Só ficava interessado quando tinha de enfrentar um adversário que fosse realmente de primeira classe. Ao final, foi se tornando cada vez mais insatisfeito. As partidas eram fáceis demais... e por isso ele passou a jogar consigo mesmo. Tenho a impressão de que se sentiu muito feliz, enquanto o jogo durou.

– O que aconteceu com ele?

– Já morreu.

Hargreaves pensou novamente em Melmotte. As pessoas falavam da coragem como uma virtude básica. E o que dizer da coragem de um conhecido e falido escroque sentando-se no restaurante da Câmara dos Comuns? Será que a coragem é uma justificativa? Será que a coragem por qualquer causa é uma virtude?

– Estamos convencidos de que Davis era o vazamento que precisávamos fechar.

– Uma morte oportuna?

– Cirrose do fígado.

– Eu lhe disse que Carson morreu de pneumonia.

– Ao que me consta, Castle não joga xadrez.

– Há também outros motivos. Como amor pelo dinheiro.

– O que certamente não se aplica a Castle.

– Ele ama a esposa... e o filho.

– E daí?

– Ambos são pretos – respondeu Muller, com extrema simplicidade.

E o sul-africano olhou para o outro lado da sala, para a fotografia do chefe *kru* na parede, como se até mesmo eu não estivesse livre das suas suspeitas, pensou Hargreaves, como se fosse algum farol no Cabo a vasculhar os mares hostis, à procura de navios inimigos.

– Peço a Deus que esteja certo e que Davis fosse realmente o vazamento – disse Muller. – Mas não acredito que fosse ele.

Hargreaves ficou observando Muller afastar-se pelo parque em seu Mercedes preto. As luzes foram diminuindo e pararam. Devia ter chegado ao pavilhão na entrada, onde fora postado um homem do Serviço Especial, desde que os irlandeses haviam começado a semear bombas pela Inglaterra. O parque não mais parecia uma extensão do sertão africano. Era apenas uma parcela dos condados de Home, que nunca tinham sido um lar para Hargreaves. Era quase meia-noite. Ele subiu para os seus aposentos, a fim de mudar de roupa. Mas não foi além de tirar a camisa. Enrolou uma toalha no pescoço e começou a barbear-se. Já se barbeara antes do jantar e não era um ato necessário agora, mas sempre conseguia pensar mais claramente quando estava fazendo a barba. Tentou recordar exatamente os motivos que Muller apresentara para desconfiar de Castle. As relações dele com Carson... isso nada significava. Uma esposa e um filho que eram pretos... Hargreaves recordou com tristeza e uma profunda sensação de perda a amante negra que tivera havia muitos anos, antes de seu casamento. Ela morrera de malária. Com sua morte, ele sentira que uma boa parte do seu amor pela África a acompanhara para o túmulo. Muller falara em intuição – "Não posso provar nada, é claro, mas tenho uma intuição..." –, e Hargreaves seria o último homem a escarnecer da intuição. Na África, ele vivera pela intuição, e estava acostumado a escolher seus homens pela intuição... e não pelos cadernos de anotações esfrangalhados que costumavam carregar, com referências ilegíveis. Certa ocasião, sua vida fora salva por uma intuição.

Ele enxugou o rosto e pensou: vou telefonar para Emmanuel. O dr. Percival era o único amigo de verdade que possuía em toda a firma. Abriu a porta do quarto e deu uma olhada. O quarto estava mergulhado na escuridão, e ele pensou que a esposa estivesse dormindo, até que ela falou abruptamente:

– Por que está demorando, meu caro?

– Já vou deitar. Mas, antes, preciso dar um telefonema para Emmanuel.

– O tal de Muller já foi embora?

– Já.

– Não gosto dele.

– Nem eu.

CAPÍTULO III

1

Castle acordou e olhou para o relógio, embora tivesse plena confiança no relógio que tinha na cabeça. Sabia que faltavam alguns minutos para as oito horas, o que lhe daria tempo suficiente para ir até o gabinete e ligar o rádio a fim de ouvir o noticiário, sem acordar Sarah. Ficou surpreso ao verificar que seu relógio marcava oito e cinco. O relógio interior nunca falhara antes, e ele duvidou do outro. Mas, ao chegar ao gabinete, as notícias importantes já tinham acabado. Restavam apenas umas poucas notícias de interesse local, que o locutor costumava ler para completar o horário: um acidente grave na M4, uma rápida entrevista com a sra. Whitehouse a respeito de uma nova campanha contra livros pornográficos, e, talvez para ilustrar as declarações dela, uma ocorrência banal, a história de um obscuro livreiro chamado Holliday – "Isto é, *Halliday*" – que comparecera perante um juiz de Newington Butts, acusado de vender um filme pornográfico para um menino de catorze anos. Ficara decidido que ele seria julgado pelo Tribunal Criminal Central, e sua fiança fora fixada em duzentas libras.

O que significava que ele estava em liberdade, pensou Castle, com a cópia das anotações de Muller no bolso e presumivelmente vigiado pela polícia. Talvez ficasse com medo de entregar a mensagem num ponto de contato qualquer, talvez estivesse com medo até mesmo de destruí-la. A sua opção mais provável parecia ser guardar o documento, como um instrumento para entrar em acordo com a polícia. "Sou um homem mais importante do que imaginam. Se pudermos chegar a um acordo neste caso sem maior importância, posso revelar uma porção de coisas... deixem-me falar com alguém do Serviço Especial." Castle podia perfeitamente imaginar o tipo de conversa que talvez estivesse ocorrendo naquele momento: a polícia local cética, Halliday mostrando a primeira página das anotações de Muller como um argumento persuasivo.

Castle abriu a porta do quarto. Sarah ainda estava dormindo. Ele disse a si mesmo que finalmente chegara o momento que sempre esperara, quando devia pensar claramente e agir com decisão. Não havia lugar para a esperança, assim como não havia também para o desespero. Eram emoções que confundiriam a capacidade de raciocínio. Devia pressupor que Boris fora embora, a linha estava cortada e teria de agir por conta própria.

Desceu para a sala de estar onde Sarah não o ouviria discar e ligou uma segunda vez para o número que lhe fora dado com a instrução de só utilizar para uma emergência final. Não tinha a menor idéia do lugar em que a campainha do telefone estava tocando; sabia apenas que a estação ficava nas bandas de Kensington. Ligou três vezes, com intervalos de dez segundos. Teve a impressão de que seu 505 estava soando numa sala vazia, mas não podia ter certeza... Não havia qualquer outro apelo de ajuda que pudesse fazer, nada lhe restava senão preparar as defesas próprias. Sentou junto ao telefone e fez seus planos. Ou melhor, repassou-os e confirmou-os, pois há muito que os planos já estavam preparados. Tinha quase certeza de que não restava coisa alguma importante a ser destruída, nenhum dos livros que já usara como código... estava convencido de que não havia documentos para serem queimados... podia deixar a casa com toda a segurança, trancada e vazia... não podia, é claro, queimar um cachorro... o que ia fazer com Buller? Era absurdo, naquele momento, preocupar-se com um cachorro, um cachorro de que ele jamais gostara. Mas sua mãe jamais permitiria que Sarah levasse Buller para a casa em Sussex como um inquilino permanente. Poderia deixá-lo num canil, mas não sabia onde... Era o único problema que não equacionara. E disse a si mesmo que não era tão importante assim, ao subir a escada para ir acordar Sarah.

Por que ela estaria profundamente adormecida justamente naquela manhã? Castle recordou-se, ao contemplá-la, com a ternura que se pode sentir até mesmo por um inimigo que está dormindo, como mergulhara na mais profunda nulidade depois que fizeram amor na noite anterior, como há meses não acontecia. E isso ocorrera simplesmente porque haviam falado francamente, porque tinham cessado de guardar segredos. Beijou-a e Sarah abriu os olhos. Castle pôde ver que ela compreendeu imediatamente que não havia tempo a perder. Sarah não poderia despertar lentamente, à sua maneira habitual, espreguiçando-se e murmurando: "Sonhei...".

Castle foi logo dizendo:

– Deve telefonar agora para minha mãe. Se tivéssemos

tido uma briga, iria parecer mais natural que você é que fizesse a ligação. Pergunte se pode passar alguns dias lá com Sam. Pode mentir um pouco. E será até melhor que ela pense que está mentindo. Será mais fácil, depois que estiver lá, ir revelando a história aos poucos. Pode dizer que eu fiz algo imperdoável... Conversamos a respeito na noite passada.

– Mas você disse que tínhamos tempo.

– Eu estava enganado.

– Aconteceu alguma coisa?

– Aconteceu. Precisa sair daqui imediatamente, levando Sam.

– E você vai ficar?

– Ou eles me ajudarão a fugir ou a polícia virá me procurar. Seja como for, é melhor que você não esteja aqui na ocasião.

– Quer dizer que é o fim para nós?

– Claro que não. Enquanto estivermos vivos, sempre poderemos nos reunir outra vez. De alguma maneira. Em algum lugar.

Depois disso, os dois mal se falaram, vestindo-se rapidamente, como estranhos numa viagem em que tivessem sido obrigados a partilhar o mesmo carro-leito. Somente ao abrir a porta, para ir acordar Sam, é que Sarah perguntou:

– E a escola? Não creio que alguém vá...

– Não se preocupe com isso agora. Telefone na segunda-feira e diga que Sam está doente. Quero que vocês dois saiam desta casa o mais depressa possível. No caso de a polícia aparecer.

Sarah voltou cinco minutos depois e disse:

– Já falei com sua mãe. Ela não se mostrou muito entusiasmada. Disse que está esperando alguém para almoçar. O que vamos fazer com Buller?

– Pensarei em alguma coisa.

Às dez para as nove Sarah já estava pronta para partir, juntamente com Sam. Um táxi esperava na porta. Castle experimentava uma terrível sensação de irrealidade.

– Se nada acontecer, Sarah, você poderá voltar. Explicaremos que fizemos as pazes.

Sam pelo menos estava feliz. Castle observou-o a conversar com o motorista, rindo alegremente.

– Se...

– Você chegou ao Polana.

– Mas você mesmo disse que as coisas não aconteciam da mesma maneira duas vezes.

No táxi, esqueceram-se até mesmo de trocar um beijo. E quando lembraram, constrangidos, foi um beijo sem qualquer significado, vazio de tudo, exceto da sensação de que tudo aquilo não podia ser verdade, era algo que estavam sonhando. Sempre haviam trocado sonhos, esses códigos particulares que são mais indecifráveis do que qualquer enigma.

– Posso telefonar?

– É melhor não. Se tudo correr bem, eu mesmo ligarei, dentro de alguns dias, de um telefone público.

Quando o táxi se afastou, Castle nem mesmo pôde lançar-lhe um último olhar, por causa do vidro fosco da janela traseira. Ele entrou em casa e começou a arrumar uma pequena valise, apropriada para uma prisão ou para uma fuga. Pijama, material de higiene, uma toalha pequena... depois de alguma hesitação, acrescentou também o passaporte. Tudo arrumado, sentou e começou a esperar. Ouviu um vizinho sair de casa de carro e depois foi envolvido pelo silêncio de sábado. Sentia-se como se fosse a única pessoa que restara viva na King's Road, exceto pelos homens que estavam na delegacia de polícia na esquina. A porta foi aberta e Buller entrou, gingando. Sentou e ficou olhando para Castle, os olhos esbugalhados, hipnóticos.

– Buller, Buller... – sussurrou Castle. – Você sempre foi um terrível incômodo, Buller.

Buller continuou a fitá-lo... era a maneira como conseguia obter um passeio.

Buller ainda estava observando-o um quarto de hora depois, quando o telefone tocou. Castle não atendeu. O telefone tocou interminavelmente, como uma criança chorando. Não podia ser o sinal pelo qual estava esperando, pois nenhum controle teria permanecido na linha por tanto tempo. Provavelmente era alguma amiga de Sarah, pensou Castle. De qualquer maneira não era uma ligação para ele. Pois não tinha amigos.

2

O dr. Percival estava sentado, esperando, no saguão do Reform, perto da larga escadaria, que dava a impressão de ter sido construída especialmente para suportar o peso considerável dos velhos estadistas liberais, aqueles homens barbados ou com suíças, de perpétua integridade. Somente um outro sócio estava à vista quando Hargreaves chegou. Era um homem pequeno, insignificante e míope, com evidente dificuldade em ler as cotações da Bolsa.

– Sei que é minha vez, Emmanuel, mas o Travellers está fechado – disse Hargreaves. – Espero que não se incomode de eu ter convidado Daintry a vir se encontrar conosco aqui.

– O que posso dizer é que ele não é um companheiro dos mais divertidos – comentou o dr. Percival. – Algum problema de segurança?

– Exatamente.

– Pensei que você fosse ter um pouco de paz depois de Washington.

– Não se pode esperar paz muito tempo neste trabalho. Além do mais, tenho a impressão de que eu não apreciaria um excesso de paz. Não é justamente por isso que não me aposento?

– Não fale em aposentadoria, John. Só Deus sabe que tipo do Foreign Office eles poderiam impingir-nos. O que o está perturbando?

– Deixe-me tomar um drinque primeiro.

Os dois subiram a escada e foram sentar a uma mesa do lado de fora do restaurante. Hargreaves pediu Cutty Sark puro.

– Suponhamos que tenha matado o homem errado, Emmanuel.

Os olhos do dr. Percival não deixaram transparecer qualquer surpresa. Ele examinou cuidadosamente a cor do seu martíni seco, cheirou-o, tirou com a unha o pedaço pequeno de limão, como se estivesse aviando a sua própria receita.

— Tenho certeza de que isso não aconteceu.
— Muller não partilha a sua confiança.
— Ora, Muller... O que Muller sabe a respeito disso?
— Ele não sabe nada. Mas tem uma intuição.
— Se isso é tudo...
— Nunca esteve na África, Emmanuel. Na África, é preciso confiar na intuição.
— Daintry vai querer muito mais que uma intuição. Ele não ficou satisfeito nem mesmo com os fatos em relação a Davis.
— Fatos?
— Aquela história do Jardim Zoológico e do dentista... para citar só um exemplo. E Porton. Porton é que foi decisivo. O que vai dizer a Daintry?
— Minha secretária tentou falar com Castle esta manhã, pelo telefone. Mas ninguém atendeu na casa dele.
— Ele provavelmente foi passar o fim de semana fora com a família.
— É possível. Mas mandei abrir o cofre dele... e as anotações de Muller não estavam lá. Já sei o que você vai dizer: qualquer um pode ser descuidado. Mas pensei que Daintry poderia dar um pulo a Berkhamsted... e se não encontrar ninguém, seria uma boa oportunidade para revistar a casa discretamente. Se Castle estiver, ficará surpreso ao ver Daintry... e certamente demonstrará algum nervosismo, se for culpado.
— Já falou com o 5?
— Já. Conversei com Philips. Ele está controlando novamente o telefone de Castle. Estou rezando para que tudo não passe de um rebate falso, pois o contrário significaria que Davis não era culpado.
— Não deveria se preocupar tanto com Davis. Ele não foi uma grande perda para a firma, John. Nem mesmo deveria ter sido recrutado. Era ineficiente, descuidado e bebia demais. De qualquer maneira acabaria sendo um problema, mais cedo ou mais tarde. Mas se Muller estiver certo, Castle vai nos dar muita dor de cabeça. Não será possível usar novamente a aflatoxina. Todo mundo sabe que ele não bebe muito. Teremos

que levá-lo aos tribunais, John, a menos que consigamos pensar em alguma outra coisa antes. Advogados de defesa. Depoimentos *in camera*. Os jornalistas vão adorar. Manchetes sensacionais. Tenho a impressão de que Daintry ficará satisfeito, mesmo que ninguém mais fique. Ele é um partidário irredutível de fazer as coisas pelos caminhos legais.

– Ei-lo que chega finalmente – disse Sir John Hargreaves.

Daintry estava subindo lentamente a escada. Talvez quisesse experimentar cuidadosamente cada degrau, como se isso pudesse ser uma prova circunstancial.

– Eu gostaria de saber como começar... – murmurou Sir John Hargreaves.

– Por que não começa da mesma maneira como fez comigo... um tanto brutalmente?

– Acontece que ele não tem a pele grossa como você, Emmanuel.

3

As horas pareciam intermináveis. Castle tentou ler, mas nenhum livro podia aliviar-lhe a tensão. Entre um parágrafo e outro, era atormentado pelo pensamento de que, em algum lugar da casa, deixara algo que poderia incriminá-lo. Olhara todos os livros em todas as prateleiras. Não havia nenhum que ele já tivesse usado para o código. *Guerra e paz* já fora devidamente destruído. Pegara no escritório todas as folhas usadas de papel carbono e queimara-as, por mais inocentes que fossem. A lista de telefones em sua escrivaninha não continha nada de mais secreto que os números do açougueiro e do médico. Contudo, tinha a sensação de que, em algum lugar, havia uma pista que esquecera. Recordou os dois homens do Serviço Especial que tinham vasculhado o apartamento de Davis. Lembrou-se dos trechos que Davis assinalara com um *c* no Browning que pertencera ao pai. Não haveria quaisquer vestígios de amor naquela casa. Ele e Sarah nunca haviam trocado cartas de amor... o que na África do Sul teria sido prova de um crime.

Castle jamais passara um dia tão longo e solitário. Não estava com fome, embora somente Sam tivesse comido alguma coisa pela manhã. Mas disse a si mesmo que não podia saber o que aconteceria antes do anoitecer, ou quando poderia comer a próxima refeição. Sentou à mesa da cozinha, diante de um prato de presunto frio. Mas só tinha comido um pedaço quando lembrou que estava na hora de escutar o noticiário da uma hora da tarde. Escutou até o final, até a última notícia sobre futebol, porque nunca se podia ter certeza, era sempre possível que se acrescentasse na última hora alguma informação urgente.

Mas é claro que não havia qualquer notícia que lhe dissesse respeito. Nem mesmo uma alusão ao jovem Halliday. Era improvável que houvesse, pois sua vida, dali por diante, seria totalmente *in camera*. Para um homem que durante anos lidara com o que era considerado informação secreta, ele se sentia estranhamente desinformado. Ficou tentado a transmitir novamente o SOS urgente, mas já havia sido imprudente tê-lo feito antes de sua própria casa. Não tinha a menor idéia do local em que a campainha retinia. Mas aqueles que controlavam seu telefone podiam perfeitamente verificar. E a cada hora foi crescendo nele a convicção, que sentira na noite anterior, de que a linha fora cortada, de que havia sido inteiramente abandonado.

Deu o que restava do presunto a Buller, que o recompensou com uma trilha de baba na calça. Há muito que já deveria tê-lo tirado de casa, mas relutava em deixar as quatro paredes, que pareciam protegê-lo, até mesmo para ir só ao jardim. Se a polícia aparecesse, queria ser preso dentro de casa, não no jardim, com as esposas dos vizinhos espiando pelas janelas. Tinha um revólver lá em cima, na gaveta da mesinha-de-cabeceira, um revólver cuja existência jamais revelara a Davis, comprado legalmente na África do Sul. Ali, quase todos os brancos tinham uma arma. Na ocasião em que comprara o revólver, carregara uma das câmaras, a segunda, para evitar um disparo precipitado. A carga permanecera intacta ao longo dos sete anos. E Castle pensou: posso usar em mim mesmo, se a polícia aparecer. Mas sabia perfeitamente que o suicídio lhe era impossível. Prometera a Sarah que um dia voltariam a se reunir.

Leu um pouco, ligou a televisão, leu novamente. Uma idéia absurda ocorreu-lhe: pegar um trem para Londres, ir procurar Halliday pai e pedir notícias. Mas talvez já estivessem vigiando a sua casa e a estação. Às quatro e meia, com a tarde se tornando cada vez mais cinzenta, o telefone tocou novamente. E dessa vez, ilogicamente, Castle atendeu. Esperava ouvir a voz de Boris, embora soubesse muito bem que Boris jamais correria o risco de ligar para a casa dele.

A voz firme de sua mãe chegou-lhe ao ouvido como se ela estivesse na mesma sala:

– É você, Maurice?

– Eu mesmo.

– Fico satisfeita por verificar que ainda está em casa. Sarah estava pensando que já tinha ido embora.

– Não, ainda estou aqui.

– Que bobagem é essa que houve entre vocês dois?

– Não se trata de nenhuma bobagem, mamãe.

– Eu disse a ela para deixar Sam comigo e voltar imediatamente.

– Mas ela não fará isso, não é mesmo?

Por um momento, Castle ficou apavorado. Seria impossível suportar uma segunda separação.

– Ela se recusa a voltar. Diz que você não a deixaria entrar. O que é um absurdo, tenho certeza.

– Não é absolutamente um absurdo. Se ela voltar, eu vou embora.

– Mas o que aconteceu entre vocês?

– Saberá um dia.

– Está pensando em divórcio? Seria muito ruim para Sam.

– No momento, é simplesmente uma separação. Deixe as coisas ficarem assim por algum tempo, mamãe.

– Não estou entendendo. E detesto as coisas que não consigo entender. Sam quer saber se você deu comida a Buller.

– Diga que já dei.

Ela desligou. Castle perguntou-se se, em algum lugar, um gravador não estaria agora repetindo toda a conversa. Precisava de um uísque, mas verificou que a garrafa estava vazia. Desceu para o que fora outrora o depósito de carvão e onde guardava agora as garrafas de vinho e de outras bebidas. O declive por onde o carvão descia fora transformado numa janela enviesada. Olhando para cima, Castle podia avistar a calçada, refletindo a luz de um lampião, e as pernas de alguém, que devia estar parado embaixo.

As pernas não estavam metidas num uniforme, mas é claro que podiam pertencer a um agente à paisana do Serviço Especial. Quem quer que fosse postara-se diretamente em frente da porta, uma posição das mais desastrosas. Mas era possível também que o objetivo fosse justamente assustá-lo, impelindo-o a cometer alguma ação imprudente. Buller seguira-o quando descera a escada: notou também as pernas na calçada e começou a latir. Parecia perigoso, sentado assim, com o focinho erguido. Mas se as pernas estivessem mais próximas, Buller não as teria mordido e sim babado nelas. Enquanto os dois observavam, as pernas saíram do campo de visão. Buller grunhiu, desapontado. Perdera a oportunidade de conquistar um novo amigo. Castle encontrou uma garrafa de J&B (ocorreu-lhe que a cor do uísque já não tinha mais qualquer importância) e subiu. Pensou: se eu não tivesse destruído *Guerra e paz,* teria agora tempo para ler alguns capítulos, por prazer.

A inquietação levou-o novamente ao quarto, vasculhando entre as coisas de Sarah à procura de velhas cartas, embora não pudesse imaginar como qualquer das cartas que já escrevera fosse capaz de ser considerada incriminadora. Mas nas mãos do Serviço Especial, talvez a referência mais inocente pudesse ser distorcida a fim de provar o conhecimento culposo dela. Castle não duvidava de que eles fossem perfeitamente capazes disso, pois sempre há, em tais casos, um desejo terrível de vingança. Não encontrou coisa alguma. Quando se ama e se está junto, as velhas cartas costumam perder todo o valor. Alguém tocou a campainha da porta da frente. Ele ficou imóvel, escutando. Ouviu a campainha tocar novamente e depois uma terceira vez. Disse a si mesmo que o visitante não se deixaria enganar pelo silêncio e que era tolice não abrir a porta. Se a linha, no final das contas, não fora cortada, poderia ser uma mensagem, uma instrução.

Sem pensar por quê, tirou da gaveta da mesinha-de-cabeceira o revólver que ali guardava, com uma única bala, metendo-o no bolso.

Chegando ao vestíbulo, ainda hesitou por um instante. O vitral por cima da porta lançava losangos amarelos, verdes e azuis no chão. Ocorreu-lhe que, se empunhasse o revólver ao abrir a porta, a polícia teria todo o direito de atirar nele, em legítima defesa – seria uma solução fácil; nada jamais poderia ser provado publicamente contra um homem que já morrera. Mas no mesmo instante censurou a si mesmo, pensando que nenhuma das suas ações devia ser ditada pelo desespero, assim como também não deveria se deixar levar pela esperança.

Deixou a arma no bolso e abriu a porta, exclamando, surpreso:

– Daintry!

Não esperava um rosto que conhecia.

– Posso entrar? – perguntou Daintry, timidamente.

– Mas claro!

Buller emergiu subitamente de seu refúgio.

– Ele não é perigoso – disse Castle, ao ver Daintry recuar.

Segurou Buller pela coleira e o cachorro deixou a baba escorrer para o chão, como um noivo muito nervoso teria deixado cair a aliança.

– O que está fazendo aqui, Daintry?

– Tive que passar aqui por perto e resolvi vir fazer-lhe uma visita.

A desculpa era tão obviamente inverídica que Castle sentiu pena de Daintry. Ele não era um daqueles inquisidores suaves, amistosos e fatais, gerados pelo MI5. Era apenas um oficial de segurança, a quem se podia confiar a missão de

providenciar para que as regras não fossem infringidas e revistar todas as pastas.
— Aceita um drinque?
— Aceito, sim, obrigado.
A voz de Daintry soava muito rouca. E como se achasse que precisava encontrar uma desculpa para tudo, logo acrescentou:
— Está fazendo uma noite fria e úmida.
— Não saí de casa o dia todo.
— Não?
Castle pensou: foi um equívoco que cometi, se o telefonema desta manhã era do escritório. E apressou-se em acrescentar:
— Exceto para levar o cachorro até o jardim.
Daintry pegou o copo de uísque e ficou a fitá-lo por um longo tempo. Depois, correu os olhos pela sala, em olhares rápidos, como um fotógrafo de imprensa a bater instantâneos. Quase se podiam ouvir os diques das pálpebras.
— Espero não o estar incomodando, Castle. Sua esposa...
— Ela não está. Estou completamente sozinho... a não ser por Buller.
— Buller?
— O cachorro.
O silêncio profundo da casa era enfatizado pelas duas vozes. Elas rompiam o silêncio alternadamente, pronunciando frases sem a menor importância.
— Espero não ter posto soda demais — disse Castle, pois Daintry ainda não tomara um só gole de uísque. — Se quiser...
— Não, não, é assim mesmo que eu gosto.
O silêncio voltou a baixar sobre a casa, como a cortina num teatro. Castle esperou um pouco antes de voltar a falar, fazendo uma confidência:
— Para dizer a verdade, estou com um problema — parecia um momento oportuno para determinar a inocência de Sarah.
— Problema?
— Minha esposa me deixou. Levando meu filho. Foi para a casa da minha mãe.

– Está querendo dizer que brigaram?

– Isso mesmo.

– Sinto muito. Sei que é horrível quando essas coisas acontecem.

Daintry parecia estar se referindo a uma situação tão inevitável quanto a morte. Depois de uma breve pausa, ele acrescentou:

– Lembra-se da última vez em que nos encontramos... no casamento da minha filha? Foi muita gentileza da sua parte acompanhar-me depois até a casa de minha esposa. Fiquei satisfeito por você estar comigo. Mas depois quebrei uma das corujas dela.

– Eu me lembro.

– Acho que não lhe agradeci devidamente por ter-me acompanhado. E foi também num sábado. Como hoje. Minha esposa ficou terrivelmente furiosa... por causa da coruja.

– E tivemos que nos retirar subitamente por causa de Davis.

– Tem razão. Pobre-coitado!

A cortina de segurança baixou novamente. O último ato em breve iria começar. Estava na hora de ir ao bar. Ambos beberam simultaneamente.

– O que acha da morte dele? – perguntou Castle.

– Não sei o que pensar. Para ser franco, procuro até não pensar a respeito disso.

– Eles acham que Davis era culpado de um vazamento na minha seção, não é mesmo?

– Não costumam contar muita coisa a um oficial de segurança. Mas o que o leva a pensar assim?

– Não é uma rotina normal os homens do Serviço Especial serem chamados para uma busca quando um de nós morre.

– Não, acho que não...

– Também achou a morte dele um tanto estranha?

– Por que diz isso?

Será que invertemos os papéis e eu é que o estou interrogando? pensou Castle.

– Acabou de dizer que procura não pensar a respeito da morte dele.

– É mesmo? Não sei direito o que estava querendo dizer com isso. Talvez tenha sido o seu uísque. Não pôs soda demais, ao contrário do que pensou.

– Davis nunca deixou escapar qualquer coisa para alguém – declarou Castle.

Teve a impressão de que Daintry estava olhando para seu bolso, talvez percebendo o volume do revólver.

– Acredita nisso?

– Tenho certeza.

Castle não poderia ter dito qualquer coisa que o incriminasse mais. Talvez, no final das contas, Daintry não fosse um interrogador tão ruim assim. A timidez, a confusão e as confissões podiam ser na verdade parte de um novo método, o que o tornaria um especialista superior aos do MI5.

– Tem certeza?

– Isso mesmo.

Ele se perguntou o que Daintry iria fazer agora. Não tinha autoridade para prendê-lo. Teria que encontrar um telefone e consultar o escritório. O telefone mais próximo era na delegacia de polícia, no fim da King's Road. Ou será que ele teria a desfaçatez de perguntar se podia usar o telefone do próprio Castle? E será que ele identificara o volume no bolso? Estaria com medo? Teria tempo suficiente depois que ele se retirasse à procura de um telefone, pensou Castle, o bastante para conseguir chegar a um refúgio seguro... se é que havia um refúgio seguro, em algum lugar. Correr sem destino, simplesmente para adiar o momento da captura, era um ato de pânico. Preferia esperar onde estava... o que teria pelo menos uma certa dignidade.

– Para ser franco, sempre duvidei que ele fosse culpado – disse Daintry.

– Quer dizer que eles lhe contaram tudo?

– Só o suficiente para que eu pudesse efetuar as verificações de segurança.

– Deve ter sido um dia terrível para você, primeiro quebrar aquela coruja da sua esposa e depois encontrar Davis morto.

– Não gostei do que disse o dr. Percival.
– E o que ele disse?
– Não esperava que isso acontecesse.
– Estou lembrando agora.
– Aquilo me abriu os olhos. Compreendi naquele momento o que eles tinham feito.
– Tiraram conclusões depressa demais. Não investigaram devidamente as alternativas.
– Está se referindo a si próprio?

Castle pensou: não vou facilitar as coisas para eles, não vou confessar francamente, por mais eficaz que essa nova técnica deles possa ser.

– Ou a Watson.
– Tem razão. Eu tinha esquecido de Watson.
– Tudo em nossa seção passa pelas mãos dele. E não podemos também esquecer o 69300, em L.M. Não se pode verificar devidamente as contas dele. Quem sabe se ele não tem uma conta bancária na Rodésia ou África do Sul?
– Tem razão.
– Ainda há as nossas secretárias. E não são apenas as nossas secretárias particulares que podem estar envolvidas. Todas as secretárias pertencem a um serviço unificado. Não é possível que uma delas de vez em quando vá ao banheiro sem guardar um telegrama que estava decifrando ou um relatório que estava datilografando?
– Tem toda a razão. Eu mesmo verifiquei isso. Sempre houve muita negligência.
– A negligência pode começar também por cima. A morte de Davis pode ser um exemplo de negligência criminosa.
– Se ele não era culpado, então foi assassinado – disse Daintry. – Davis não teve a menor oportunidade de defender-se, de contratar um advogado. Eles ficaram com receio dos possíveis efeitos de um julgamento sobre os americanos. O dr. Percival falou-me a respeito de caixas.
– Conheço essa conversa muito bem. Já a ouvi uma porção de vezes. Davis está nesse momento numa caixa. Ou melhor, num caixão.

Castle sabia que os olhos de Daintry estavam fixados em seu bolso. Será que Daintry estava apenas fingindo concordar com ele só para poder voltar em segurança para o seu carro? Daintry disse:

— Eu e você estamos cometendo o mesmo erro, de tirar conclusões precipitadas. Davis podia ser mesmo culpado. O que o faz ter tanta certeza de que ele não o era?

— É preciso procurar os motivos.

Castle hesitava, esquivava-se, mas sentia-se fortemente tentado a responder: "Porque eu sou o vazamento". Àquela altura, tinha certeza de que a linha fora cortada e não poderia esperar qualquer ajuda. Assim sendo, qual o objetivo de protelar o inevitável? Gostava de Daintry desde o dia do casamento da filha dele. Daintry parecera-lhe subitamente humano ao quebrar a coruja, na solidão de seu casamento destruído. Se alguém tivesse de colher o crédito pela confissão dele, preferia que fosse Daintry. Portanto, por que não desistir logo de uma vez e entregar-se sem a menor resistência, como a polícia freqüentemente dizia? Perguntou-se se não estaria prolongando o jogo apenas pelo prazer da companhia, a fim de evitar a solidão da casa e a solidão de uma cela.

— O motivo de Davis poderia ter sido o dinheiro — comentou Daintry.

— Davis não dava muita importância a dinheiro. Precisava apenas do suficiente para apostar um pouco nos cavalos e comprar um bom Porto. Deve examinar as coisas mais a fundo.

— Como assim?

— Se a suspeita era a nossa seção, os vazamentos podiam ser diretamente relativos à África.

— Por quê?

— Há muitas outras informações que passam por minha seção — e nós passamos adiante — que devem ser de maior interesse para os russos. Mas se houvesse vazamento dessas informações, as outras seções não seriam também suspeitas, já que têm igualmente acesso a elas? Assim sendo, o vazamento devia abranger exclusivamente informações sobre a nossa parte específica da África.

– Tem razão. Estou percebendo tudo agora.
– Isso parece indicar... se não exatamente uma ideologia.... você não precisa necessariamente procurar por um comunista... pelo menos uma ligação muito forte com a África... ou com os africanos. Duvido muito que Davis tenha sequer conhecido um só africano.

Castle fez uma breve pausa, e logo acrescentou, com determinação e sentindo uma intensa alegria pelo jogo perigoso:

– Exceto, é claro, minha esposa e meu filho.

Ele estava pondo os pingos nos ii, mas não ia também fazer os traços nos ti. E continuou em frente:

– O 69300 está há muito tempo em L.M. Ninguém sabe quais as amizades que ele fez... tem agentes africanos, muitos deles provavelmente comunistas.

Depois de tantos anos de segredo, Castle estava começando a apreciar cada vez mais o jogo perigoso.

– Assim como eu também vivi em Pretória.

Uma nova pausa, um sorriso, uma nova possibilidade:

– Até mesmo C, como sabe, sente um certo amor pela África.

– Ora, já está começando a zombar!

– Claro que estou zombando. Só quero mostrar-lhe o quão pouco eles tinham contra Davis, em comparação com os outros... comigo mesmo, com o 69300, com todas aquelas secretárias sobre as quais nada sabemos.

– Todas foram cuidadosamente investigadas.

– Sei que foram. Temos nos arquivos os nomes de todos os amantes que tiveram, pelo menos no ano em que foram investigadas. Mas algumas mulheres mudam de amante assim como mudam de roupa.

– Falou numa porção de suspeitos, mas, no entanto, diz que tem certeza em relação a Davis.

Daintry ficou calado por um minuto, e depois acrescentou, com um ar infeliz:

– Tem muita sorte de não ser um oficial de segurança. Quase pedi demissão depois do funeral de Davis. E gostaria agora de tê-lo feito.

— Por que não pediu?

— O que eu iria fazer para passar o tempo?

— Poderia colecionar placas de carros. Já fiz isso uma vez.

— Por que brigou com sua esposa? Oh, desculpe. Isso não é da minha conta.

— Ela foi contra o que eu estava fazendo.

— Para a firma?

— Não exatamente.

Castle podia perceber que o jogo estava quase terminado. Daintry olhara furtivamente para o seu relógio de pulso. Seria um relógio de verdade ou um microfone disfarçado? Talvez Daintry pensasse que a fita da gravação chegara ao fim. Será que iria agora perguntar onde era o banheiro, a fim de poder ir trocá-la?

— Tome outro uísque.

— Não, obrigado. Vou ter que guiar até minha casa.

Castle acompanhou-o até o vestíbulo, juntamente com Buller. Buller estava desgostoso por ver um novo amigo ir embora.

— Obrigado pelo drinque, Castle.

— Eu é que tenho de agradecer pela oportunidade de conversar sobre uma porção de coisas.

— Não precisa me acompanhar até lá fora. Está uma noite horrível.

Mas Castle acompanhou-o pela chuva fina e fria. Avistou as luzes traseiras de um carro cinqüenta metros adiante, encostado no meio-fio, do outro lado da delegacia.

— Aquele é o seu carro?

— Não. O meu está do outro lado. Tive que andar, porque não conseguia ver os números direito com esta chuva.

— Boa-noite, Daintry.

— Boa-noite. Espero que tudo acabe bem... com sua esposa.

Castle ficou parado sob a chuva fria pelo tempo suficiente para acenar para Daintry, quando ele passou. Constatou que o carro dele não parou na delegacia de polícia, mas virou à direita, pegando a estrada para Londres. É claro que Daintry poderia parar no King's Arms ou no Swan, para telefonar. Mas mesmo que o fizesse, Castle duvidava que ele tivesse condições de fazer um relatório preciso. Provavelmente iam querer ouvir a gravação da conversa antes de tomar uma decisão. Castle já não tinha mais a menor dúvida de que o relógio era um microfone. É claro que a estação ferroviária já podia estar sendo vigiada e todos os agentes de imigração dos aeroportos devidamente alertados. Mas pelo menos uma coisa emergira da visita de Daintry: o jovem Halliday devia ter começado a falar, caso contrário não mandariam o oficial de segurança procurá-lo.

Parando na porta da casa, Castle olhou para um lado e outro da rua. Aparentemente, não havia nenhum vigia por ali. Mas as luzes do carro no lado oposto à delegacia continuavam a brilhar, através da chuva. A polícia, assim como provavelmente o Serviço Especial, deviam ser obrigados a usar carros de fabricação nacional. E aquele carro... não podia ter certeza, mas tinha a impressão de que era um Toyota. Tentou determinar a cor, mas a chuva não permitia. Vermelho e preto eram cores que não se podiam distinguir através da chuva fina, começando a se transformar em granizo. Ele entrou em casa e, pela primeira vez, atreveu-se a acalentar uma esperança.

Levou os copos para a cozinha e lavou-os cuidadosamente. Era como se estivesse eliminando as impressões digitais de seu desespero. Serviu mais dois copos, na sala de estar, só então encorajando a esperança a crescer. Era uma planta tenra e precisava de muito cuidado e atenção. Mas disse a si mesmo que o carro certamente era um Toyota. Não se permitiu pensar em quantos Toyotas talvez existissem naquela área. Simplesmente ficou esperando, pacientemente, que a campainha tocasse. Perguntou-se quem iria aparecer e ocupar o lugar de Daintry no limiar da porta. Tinha certeza de que não seria Boris. Também não seria o jovem Halliday, que acabara de se livrar da prisão comum e provavelmente estava agora absorvido pelos homens do Serviço Especial.

Castle voltou à cozinha e deu a Buller um prato de biscoitos. Talvez se passasse muito tempo antes que o cachorro voltasse a comer. O relógio da cozinha tinha um tique-taque barulhento que fazia com que o tempo parecesse correr mais lentamente. Se houvesse realmente um amigo no Toyota, estava demorando muito tempo para aparecer.

4

O coronel Daintry parou o carro no pátio do King's Arms. Só havia um outro carro ali. Ele ficou sentado ao volante por algum tempo, imaginando se deveria telefonar agora e o que iria dizer, se o fizesse. Fora dominado por uma violenta raiva secreta durante o almoço no Reform com C e o dr. Percival. Houvera momentos em que sentira vontade de empurrar para o lado o prato de truta defumada e dizer:

"Peço minha demissão. Não quero ter mais nada a ver com a maldita firma de vocês".

Estava terrivelmente cansado do segredo e dos erros que tinham sido encobertos e jamais confessados. Um homem atravessou o pátio, saindo do banheiro externo, a assoviar e abotoar a braguilha, na segurança da escuridão. Entrou no bar. Daintry pensou: eles liquidaram meu casamento com seus segredos. Durante a guerra, houvera uma causa, uma causa simples, muito mais simples do que a causa que seu pai conhecera. O cáiser não fora um Hitler. Mas na guerra fria que estavam agora travando, era possível, assim como fora na guerra do cáiser, argumentar entre o certo e o errado. Não havia nada de suficientemente claro na causa que pudesse justificar o assassinato por engano. Ele descobriu-se novamente na casa desolada de sua infância, atravessando o vestíbulo, entrando na sala onde seu pai e sua mãe estavam sentados, de mãos dadas.

– Deus sabe o que é melhor – disse o pai, recordando a Jutlândia e o almirante Jellicoe.

E a mãe disse:

– Na sua idade, meu caro, é muito difícil arrumar outro emprego.

Ele desligou as luzes do carro e avançou pela chuva forte, lentamente, até o bar. Pensou: minha esposa tem dinheiro suficiente, minha filha está casada. Eu poderia dar um jeito de viver da minha pensão.

Naquela noite fria e úmida havia apenas um outro homem no bar, e estava tomando cerveja preta.

– Boa noite, senhor – disse ele como se fossem velhos conhecidos.

– Boa noite – respondeu Daintry, fazendo em seguida o pedido: – Um uísque duplo.

– Se é que se pode chamar assim – disse o homem, enquanto o *barman* se virava para segurar um copo por baixo da garrafa de Johnnie Walker.

– Chamar o quê?

– A noite, senhor. É verdade que, em novembro, já era de se esperar um tempo assim.

– Posso usar o telefone? – perguntou Daintry ao *barman*.

O *barman* pôs o uísque em cima do balcão com um ar de rejeição e sacudiu a cabeça na direção da cabine telefônica. Era evidentemente um homem de poucas palavras. Estava ali para escutar o que os fregueses quisessem dizer, mas não para se comunicar mais que o estritamente necessário, até chegar o momento em que poderia dizer, certamente com o maior prazer: "Está na hora, cavalheiros".

Daintry ligou para o dr. Percival, ensaiando mentalmente as palavras que desejava usar: "Estive com Castle... Ele está sozinho em casa... Teve uma briga com a esposa... Não há mais nada a informar...". E bateria com o telefone, como o fez agora, ao constatar que a linha estava ocupada. Voltou para o balcão e para seu uísque, para o homem que insistia em conversar.

– Hum... – grunhiu o *barman,* soltando outro "hum" um intervalo depois e arrematando mais adiante: – É isso mesmo.

O freguês virou-se para Daintry e incluiu-o na conversa:

– Eles nem mesmo ensinam a aritmética mais simples hoje em dia. Perguntei ao meu sobrinho, que tem nove anos, quanto era quatro vezes sete, e pensa que ele soube responder?

Daintry tomou o uísque com um olho no telefone, ainda tentando decidir que palavras iria usar.

– Estou vendo que concorda comigo – disse o homem para Daintry, virando-se em seguida para o *barman*: – E você? Seu negócio iria por água abaixo se não soubesse quanto é quatro vezes sete, não é mesmo?

O *barman* enxugou algumas gotas da cerveja derramada no balcão e grunhiu:

– Hum.

O homem virou-se novamente para Daintry:

– Posso facilmente adivinhar a sua profissão, meu caro senhor. É uma intuição que eu tenho. Deve-se estudar rostos e a natureza humana. Foi por isso que comecei a falar sobre aritmética enquanto o senhor estava ao telefone. Falei para o sr. Barker aqui: eis um assunto a respeito do qual o cavalheiro deve ter opinião formada. Não foram essas as minhas palavras?

– Hum – grunhiu o sr. Barker.

– Vou tomar outra cerveja, se não se importa.

O sr. Barker tornou a encher o copo dele.

– Meus amigos de vez em quando pedem uma demonstração. Chegam mesmo a fazer pequenas apostas, de vez em quando. Aquele é um mestre-escola, eu digo, designando alguém no metrô. E aquele outro é farmacêutico. E depois vou perguntar, polidamente. Ninguém leva a mal, depois que explico. E nove vezes em dez eu acerto. O sr. Barker já me viu fazer isso aqui. Não é mesmo, sr. Barker?

– Hum.

– E agora, senhor, se me dá licença, vou demonstrar a minha intuição para divertir o sr. Barker, numa noite fria e úmida. Está a serviço do governo, não é mesmo, senhor?

– Estou – respondeu Daintry.

Ele terminou o uísque e pôs o copo em cima do balcão. Estava na hora de tentar de novo o telefonema.

– Estamos esquentando, hem?

O homem fitou-o atentamente, os olhos semicerrados.

– Ocupa algum cargo confidencial. Sabe muito mais a respeito das coisas que as outras pessoas.

– Tenho que dar um telefonema – disse Daintry.

– Só um momento, senhor. Quero mostrar ao sr. Barker.

Ele limpou um pouco de cerveja da boca com um lenço e aproximou o rosto de Daintry.

– Lida com números. Trabalha no Departamento de Rendas Internas.

Daintry encaminhou-se para a cabine telefônica.

– Um sujeito sensível – comentou o freguês. – Eles não gostam de ser reconhecidos. Provavelmente um inspetor.

Desta vez, a linha não estava ocupada. Daintry ouviu a voz do dr. Percival, afável e tranqüilizante, como se tivesse conservado o jeito de tratar com doentes, muito tempo depois de ter deixado de se preocupar com qualquer doente:

– Alô? Dr. Percival falando. Quem é?

– Daintry

– Boa noite, meu caro. Alguma notícia? Onde está neste momento?

– Estou em Berkhamsted. Estive com Castle.

– E qual foi sua impressão?

A raiva se apoderou das palavras que Daintry tencionava dizer e destruiu-as rapidamente, como alguém faz com uma carta que decide não mais enviar.

– Minha impressão é de que você assassinou o homem errado.

– Não foi um assassinato, mas sim um erro de receita – disse o dr. Percival, gentilmente. – A coisa ainda não havia sido experimentada antes num ser humano. Mas o que o faz pensar que Castle?...

– Porque ele está certo de que Davis era inocente.

– Ele disse isso... expressamente?

– Disse.

– O que ele está querendo?

– Está simplesmente esperando.

– Esperando o quê?

– Que alguma coisa aconteça. A esposa deixou-o, levando o filho. Ele diz que brigaram.

– Já transmitimos um alerta para todos os aeroportos... e para os portos também, é claro: se ele tentar escapar, teremos uma prova *prima facie*... mas mesmo assim vamos precisar de provas mais concretas.

– Não esperou por provas concretas contra Davis.

– Mas agora C está insistindo. O que você vai fazer agora?

– Vou voltar para casa.

– Interrogou-o sobre as anotações de Muller?

– Não.

– Por quê?

– Não era necessário.

– Fez um excelente trabalho, Daintry. Mas por que acha que ele se denunciou dessa maneira?

Daintry desligou o telefone sem responder e saiu da cabine. O outro freguês disse:

– Eu estava certo, não é mesmo? É de fato um inspetor das Rendas Internas.

– Tem razão.

– Está vendo, sr. Barker? Acertei novamente!

O coronel Daintry foi embora, caminhando lentamente para o seu carro. Ficou imóvel por algum tempo, sentado ao volante, com o motor ligado, observando as gotas de chuva se perseguirem no pára-brisa. Depois, saiu do pátio e virou o carro na direção de Boxmoor e Londres, na direção do apartamento da St. James's Street, onde o *camembert* do dia anterior estava à sua espera. Foi guiando devagar. A chuva fina de novembro se transformara num verdadeiro temporal e havia ameaça de granizo. Pensou: fiz o que eles chamariam de meu dever. Mas embora estivesse na estrada a caminho de casa e da mesa a que sentaria, ao lado do *camembert,* para escrever sua carta, não tinha a menor pressa de chegar. Em sua mente, o pedido de demissão já fora consumado. Disse a si mesmo que era um homem livre, que não mais tinha deveres e obrigações. Mas jamais experimentara uma solidão tão grande como a que sentia naquele momento.

5

A campainha tocou. Castle estava esperando há muito tempo, e mesmo assim hesitou em abrir a porta. Parecia-lhe agora que fora absurdamente otimista. Àquela altura, o jovem Halliday certamente já deveria ter falado, o Toyota era um de mil Toyotas, o Serviço Especial provavelmente ficara esperando que ele se encontrasse sozinho. Castle sabia agora como fora absurdamente indiscreto com Daintry. A campainha tocou uma segunda vez e logo depois a terceira. Nada havia que pudesse fazer senão abrir. Foi até a porta com a mão no revólver em seu bolso, mas sabia que a arma não tinha mais valor que um pé de coelho. Não podia abrir caminho a bala para fora de uma ilha. Buller dava-lhe um falso apoio, latindo furiosamente. Mas Castle sabia perfeitamente que, no momento em que abrisse a porta, Buller iria fazer festa ao visitante, quem quer que fosse. Não podia ver coisa alguma através do vitral, ainda mais embaçado pela chuva. E mesmo depois que abriu não conseguiu avistar muita coisa, além de um vulto encurvado.

— Está uma noite horrível — queixou-se uma voz no escuro, uma voz que Castle imediatamente reconheceu.

— Sr. Halliday! Eu não o estava esperando!

Castle pensou: ele veio me pedir para ajudar seu filho. Mas o que eu posso fazer?

— Bom rapaz, bom rapaz... — murmurou o quase invisível sr. Halliday, nervosamente, para Buller.

— Pode entrar — disse Castle. — Ele é inofensivo.

— Um excelente cão.

O sr. Halliday entrou cautelosamente, encostado à parede. Buller abanou o que restava da cauda e começou a babar.

— Como pode ver, sr. Halliday, ele é amigo de todo mundo. Tire o casaco. E vamos tomar um uísque.

— Não sou muito dado a bebida, mas não vou recusar.

— Lamentei profundamente ao ouvir pelo rádio a notícia a respeito de seu filho. Deve ter ficado muito preocupado.

O sr. Halliday seguiu Castle até a sala de estar, dizendo:

— A culpa foi mesmo dele, senhor. Mas talvez isso lhe sirva de lição. A polícia andou apreendendo uma porção de coisas da loja dele. O inspetor mostrou-me algumas e eram realmente repugnantes. Mas, como eu disse ao inspetor, não creio que meu filho lesse o que vendia.

— Espero que a polícia não o tenha incomodado também.

— Oh, não! Como eu lhe disse uma vez, senhor, acho que a polícia até sente pena de mim. Sabem que minha livraria é muito diferente.

— Teve alguma oportunidade de entregar minha mensagem a seu filho?

— Achei que era mais sensato não fazê-lo, senhor, tendo em vista as circunstâncias. Mas não se preocupe. Entreguei a mensagem a quem de direito.

Ele levantou um livro que Castle vinha tentando identificar e olhou para o título.

— O que está querendo dizer com isso, sr. Halliday?

— Tenho a impressão, senhor, de que incorreu num pequeno equívoco durante todo esse tempo. Meu filho jamais tomou conhecimento das coisas em seu ramo de atividades. Mas *eles* acharam que era melhor, em caso de haver algum problema, que *o senhor* acreditasse.

O velho inclinou-se e esquentou as mãos no bico de gás. Quando fitou Castle novamente, havia um brilho divertido e malicioso em seus olhos.

— Tendo em vista a situação, senhor, temos que tirá-lo daqui o mais depressa possível.

Foi um choque para Castle descobrir quão pouco haviam confiado nele, até mesmo aqueles que tinham mais razão para confiar.

— Se me permite perguntar, senhor, onde exatamente estão sua esposa e seu filho? Tenho ordens...

— Esta manhã, quando ouvi a notícia a respeito de seu filho, tratei de mandá-los para longe daqui. Para a casa da minha mãe. Ela pensa que tivemos uma briga.

— Isso é ótimo. É uma dificuldade a menos.

O velho sr. Halliday, depois de esquentar as mãos por

tempo suficiente, começou a andar pela sala. Deu uma olhada nas prateleiras de livros e disse:

– Eu lhe darei um preço tão bom quanto qualquer outro livreiro por estes livros: 25 libras. É tudo o que tem permissão de levar para fora do país. E todos esses livros se enquadram no meu negócio. São edições da World's Classics e da Everyman's que não mais são reimpressas. E quando isso acontece... a que preços absurdos são postas à venda!

– Pensei que estivéssemos com alguma pressa.

– Uma coisa que aprendi nos últimos cinqüenta anos foi não me afobar – disse o sr. Halliday. – Assim que a pessoa começa a se apressar indevidamente, não demora a cometer erros. Se tem meia hora a seu dispor, sempre diga a si mesmo que dispõe de três horas. Não disse alguma coisa a respeito de um uísque, senhor?

– Se podemos dispor de tempo...

Castle serviu dois uísques.

– Temos o tempo necessário. Já preparou uma valise com tudo o que é necessário?

– Já.

– O que vai fazer com o cachorro?

– Acho que vou deixá-lo para trás. Ainda não tinha pensado... Talvez pudesse levá-lo a um canil.

– Não seria muito sensato, senhor. Seria um vínculo entre nós dois, se saíssem a procurá-lo. Seja como for, teremos que dar um jeito de mantê-lo quieto pelas próximas horas. Ele costuma latir quando fica sozinho?

– Não sei. Buller não está acostumado a ficar sozinho.

– O que estou pensando é na possibilidade de os vizinhos se queixarem. Um deles pode chamar a polícia. E não queremos que a polícia encontre uma casa vazia.

– Haja o que houver, isso não demorará muito a acontecer.

– Isso já não terá mais qualquer importância quando estiver em segurança no exterior. É uma pena que sua esposa não tenha levado o cachorro.

– Ela não podia. Minha mãe tem um gato... e Buller tem o hábito de matar todos os gatos que encontra.

– Esses *boxers* são realmente muito desagradáveis, quando se trata de gatos. Eu também tenho um gato.

O sr. Halliday puxou as orelhas de Buller, que imediatamente começou a fazer-lhe festa.

– É o que sempre digo. Quando se está com pressa, é inevitável que se esqueçam algumas coisas. Como o cachorro. Tem um porão, senhor?

– Mas não é um porão à prova de som, se está pensando em escondê-lo lá.

– Notei, senhor, que tem em seu bolso o que parece ser uma arma. Estou enganado?

– Achei que, se a polícia aparecesse... Mas o revólver só tem uma bala.

– O recurso do desespero, senhor?

– Eu ainda não havia me decidido a usá-lo.

– Preferia que me entregasse o revólver, senhor. Se formos detidos, pelo menos tenho uma licença para porte de arma, por causa de todos esses assaltos a lojas que estão ocorrendo atualmente. Qual é o nome do cachorro, senhor?

– Buller.

– Venha até aqui, Buller, venha... É um bom cachorro.

Buller encostou o focinho no joelho do sr. Halliday.

– Bom cão, Buller, bom cão. Não vai querer criar problemas, não é mesmo? Não para um dono como o que você tem...

Buller abanou o coto de rabo.

– Eles pensam que sabem quando se gosta deles – comentou o sr. Halliday.

Ele coçou por trás das orelhas de Buller, que demonstrou toda a sua apreciação.

– E agora, senhor, se não se importa de me entregar a arma... Ah, você mata gatos, hem?... Mas que cachorro perverso!

– Eles vão ouvir o tiro – disse Castle.

– Vamos dar um pequeno passeio até o porão. Um só tiro... ninguém vai dar muita atenção. Vão pensar que é um estouro de cano de descarga.

– Buller não irá acompanhá-lo.

– É o que vamos ver. Venha, Buller, Vamos dar um passeio. Um passeio, Buller.

– Estou dizendo que ele não irá.

– Está chegando o momento de partirmos, senhor. É melhor descer comigo até o porão. Eu queria poupá-lo disso.

– Não quero ser poupado de coisa alguma.

Castle desceu na frente até o porão. Buller seguiu-o e o sr. Halliday foi atrás.

– Eu não acenderia a luz, senhor. Juntamente com o estampido, isso pode atrair alguma atenção.

Castle fechou o que fora outrora a calha de carvão.

– E agora, senhor, se me entregar a arma.

– Não. Pode deixar que eu mesmo faço.

Ele tirou a arma do bolso e apontou para Buller. Sempre disposto a uma brincadeira, provavelmente pensando que o cano fosse um osso de borracha, Buller abocanhou-o e puxou. Castle puxou o gatilho duas vezes, por causa da câmara vazia. Sentiu náusea e murmurou:

– Vou tomar outro uísque antes de partirmos.

– Bem que o merece, senhor. É curioso como uma pessoa pode se afeiçoar a um animal estúpido. Meu gato...

– Eu não gostava de Buller. É só porque... nunca matei qualquer coisa antes.

6

– É muito penoso dirigir com esta chuva – comentou o sr. Halliday, rompendo um longo silêncio.

A morte de Buller emperrara a língua de ambos.

– Para onde estamos indo? Heathrow? A esta altura, os agentes de imigração já devem ter sido alertados.

– Vou levá-lo para um hotel. Se abrir o porta-luvas, senhor, vai encontrar uma chave. Quarto *423*. Entre no elevador e suba direto. Não passe pela recepção. Fique esperando no quarto até alguém ir buscá-lo.

– E se uma camareira.

– Pendure do lado de fora da porta o aviso de "Favor não incomodar".

– E depois que...

– Não sei dizer, senhor. Minhas instruções foram só essas.

Castle ficou imaginando como Sam receberia a notícia da morte de Buller. Sabia que nunca seria perdoado.

– Como se envolveu em tudo isso, sr. Halliday?

– Não estou envolvido, senhor. Sou membro do Partido desde menino. Ingressei no Exército aos dezessete anos... dizendo a minha idade errada, voluntariamente. Pensei que ia para a França, mas mandaram-me para Arkhanguelsk. Fui prisioneiro de guerra durante quatro anos. E vi e aprendi muita coisa nesses quatro anos.

– Como eles o trataram?

– Foi difícil, mas um rapaz é capaz de suportar muita coisa. Havia sempre alguém amistoso. Aprendi um pouco de russo, o suficiente para servir-lhes como intérprete. Davam-me livros para ler quando não podiam dar comida.

– Livros comunistas?

– Claro, senhor. Um missionário distribui a Bíblia, não é mesmo?

– Quer dizer que você é um dos fiéis.

– Não posso deixar de reconhecer que tem sido uma vida solitária. Nunca pude comparecer aos comícios nem participar de manifestações. Nem mesmo meu filho sabe. Eles me usam como podem, em pequenas missões... como no seu caso, senhor. Por diversas vezes fui incumbido de recolher suas mensagens nos pontos de contato. Foi um dia feliz para mim quando entrou na loja. Senti-me menos sozinho.

– E sua fé nunca vacilou, Halliday? Nem mesmo com Stálin, Hungria, Tchecoslováquia?

– Vi o bastante na Rússia quando era rapaz... e na Inglaterra também, com a Depressão, quando voltei... para ficar inoculado contra essas coisas sem grande importância.

– Sem importância?

– Se me perdoa dizê-lo, senhor, sua consciência é um tanto seletiva. Eu poderia dizer-lhe... Hamburgo, Dresden, Hiroshima. Isso não abalou nem um pouco a sua fé no que chama de democracia? Talvez tenha abalado ou então não estaria comigo neste momento.

– Tudo isso foi a guerra.

– Minha gente está em guerra desde 1917.

Castle contemplou a noite escura entre os movimentos dos limpadores do pára-brisa.

– Está me levando para Heathrow.

– Não exatamente.

O sr. Halliday pousou a mão, leve como uma folha de outono, no joelho de Castle.

– Não se preocupe, senhor. *Eles* estão cuidando do senhor. Confesso que o invejo. Vai conhecer Moscou.

– Nunca esteve lá?

– Nunca. O mais próximo que jamais cheguei foi o campo de prisioneiros nas proximidades de Arkhanguelsk. Por acaso assistiu a *As três irmãs?* Assisti apenas uma vez, mas jamais esqueci o que uma delas disse, e repito a mesma coisa para mim quando não consigo dormir de noite: "Vender a casa, liquidar tudo por aqui e partir para Moscou".

– Vai encontrar uma Moscou muito diferente daquela que Tchékhov descreveu.

– Há uma outra coisa que uma das três irmãs disse: "As pessoas felizes não percebem se é inverno ou verão. Se eu vivesse em Moscou, não me importaria com o tempo que estivesse fazendo". Digo a mim mesmo, quando estou me sentindo muito deprimido, que Marx também nunca conheceu Moscou. Olho pela Old Compton Street e penso: Londres ainda é como a Londres de Marx. O Soho ainda é o Soho de Marx. Foi aqui que se imprimiu pela primeira vez o *Manifesto comunista*.

Um caminhão emergiu subitamente da chuva, derrapou e quase os atingiu. Depois seguiu, indiferente, noite afora.

– Há motoristas que são execráveis – comentou o sr. Halliday. – Sabem que nada poderá afetá-los nesses mastodontes. Devíamos ter penalidades mais rigorosas para direção perigosa. Sabe, senhor, é isso o que estava realmente errado na Hungria e Tchecoslováquia: direção perigosa. Dubcek era um motorista perigoso... – só isso.

— Para mim, não é tão simples. Nunca desejei terminar minha vida em Moscou.

— Talvez lhe pareça um pouco estranho... já que não é um de nós. Mas não deve preocupar-se. Não sei o que fez por nós, mas deve ter sido importante. Pode estar certo de que eles saberão cuidar do senhor. Ora, eu não ficaria surpreso se lhe concedessem a Ordem de Lênin ou se o senhor fosse transformado em selo postal, como aconteceu com Sorge.

— Sorge era um comunista.

— Sinto-me orgulhoso de pensar que está a caminho de Moscou neste meu velho carro.

— Mesmo que esta viagem de carro durasse um século, Halliday, nem assim conseguiria converter-me.

— Tenho minhas dúvidas. Afinal assumiu grandes riscos para nos ajudar.

— Tenho ajudado apenas em relação à África e mais nada.

— Exatamente, senhor. Está no caminho. A África é a tese, diria Hegel. O senhor pertence à antítese... mas é uma parte ativa da antítese, um daqueles que ainda irão pertencer à síntese.

— Tudo isso não passa de jargão para mim. Não sou filósofo.

— Um militante não precisa ser, e é justamente um militante, senhor.

— Não para o comunismo. Agora, sou apenas uma baixa.

— Eles irão curá-lo em Moscou.

— Numa enfermaria psiquiátrica?

A frase silenciou o sr. Halliday. Teria descoberto uma pequena falha na dialética de Hegel ou seria o silêncio da dor e da dúvida? Castle jamais saberia, pois o hotel estava logo à frente, as luzes borradas pela chuva. O sr. Halliday disse:

— Salte aqui. É melhor eu não ser visto.

Os carros continuaram a passar quando eles pararam, uma longa corrente iluminada, os faróis de um carro iluminando as luzes traseiras de outro. Um Boeing 707 desceu ruidosamente no Aeroporto de Londres. O sr. Halliday tateou no banco traseiro do carro.

– Já ia esquecendo uma coisa.

Ele pegou uma sacola de plástico, que outrora devia ter contido mercadorias livres de direitos alfandegários.

– Tire as coisas da sua valise e ponha aqui. Podem notá-lo da recepção se entrar no elevador levando uma valise.

– Não há espaço suficiente na sacola.

– Neste caso, deixe o que não puder levar.

Castle obedeceu. Mesmo depois de todos aqueles anos de segredo, ele compreendia que, numa emergência, o jovem recruta de Arkhanguelsk era o verdadeiro especialista. Abandonou com relutância o pijama, pensando que uma prisão se encarregaria de fornecer outro, e o suéter. *Se eu conseguir chegar tão longe, eles terão que me providenciar um agasalho.*

O sr. Halliday disse:

– Tenho um pequeno presente. É o exemplar do Trollope que me pediu. Não vai mais precisar agora de um segundo exemplar. É um livro grande, mas terá um longo tempo de espera. Sempre há, na guerra. O livro se chama *The way we live now*.

– O livro recomendado por seu filho?

– Oh, não! Enganei-o um pouco nesse ponto. Sou eu que leio Trollope e não ele. O autor favorito dele é um homem chamado Robbins. Deve perdoar-me por meu pequeno logro. Queria que pensasse um pouco melhor a respeito de meu filho, apesar daquela loja dele. Não é um mau rapaz.

Castle apertou a mão do sr. Halliday e disse:

– Tenho certeza de que não é, Halliday. E espero que tudo corra bem para ele.

– Não se esqueça: vá direto para o quarto 423 e fique esperando.

Castle afastou-se, seguindo para o hotel, levando a sacola de plástico. Sentia-se como se já tivesse perdido contato com tudo que conhecera na Inglaterra. Sarah e Sam estavam a salvo na casa de sua mãe, que nunca fora um lar para ele. Pensou: *eu me sentia mais em casa em Pretória. Tinha um trabalho para fazer ali. Mas agora não resta nenhum trabalho que eu possa fazer.* Uma voz gritou-lhe, através da chuva:

– Boa sorte, senhor. A melhor das sortes.

E um instante depois, ele ouviu o carro afastar-se.

7

Castle ficou aturdido. Ao cruzar a porta do hotel, entrou direto no Caribe. Não havia mais chuva. Havia palmeiras em torno de uma piscina, o céu brilhava com incontáveis estrelas. Podia sentir o cheiro do ar quente, úmido e sufocante, de que tão bem se recordava, por umas férias distantes que tirara logo depois da guerra. Estava inclusive cercado por vozes americanas, o que era inevitável no Caribe. Não havia risco de ser notado por quem quer que fosse na longa recepção, pois estavam todos ocupados demais com um afluxo de passageiros americanos, que haviam acabado de chegar. De que aeroporto? Kingston? Bridgetown? Um garçom preto passou, carregando dois drinques a base de rum, para um casal jovem sentado à beira da piscina. O elevador estava ali, a seu lado, as portas abertas, esperando-o. E, no entanto, ele ainda hesitava, espantado... o jovem casal começou a beber o ponche, através de canudos, sob as estrelas. Castle estendeu a mão para convencer-se de que não havia chuva. E foi nesse momento que alguém logo atrás dele disse:

– Ora, se não é o Maurice! O que está fazendo nesta espelunca?

Castle parou, a mão a meio caminho do bolso. Olhou ao redor. Sentiu-se satisfeito por não estar mais com o revólver.

O homem que falara era alguém chamado Blit, que fora seu contato na embaixada americana alguns anos antes, até ser transferido para o México... talvez porque não soubesse falar uma só palavra de espanhol. Blit tratara-o por Maurice desde o primeiro encontro entre os dois, mas ele jamais fora além de "Blit".

– Para onde está indo?

Blit não esperou resposta. Sempre preferia falar a respeito de si próprio.

– Eu estou a caminho de Nova York. O avião atrasou. Vou passar a noite aqui. Esta espelunca é uma grande idéia. Exatamente como as Ilhas Virgens. Eu até poria minhas bermudas, se as tivesse trazido.

– Pensei que estivesse no México.

– Isso já é coisa do passado. Estou novamente no escritório europeu. Ainda está na negra África?

– Estou.

– Seu avião também atrasou?

– Tenho que esperar um pouco – respondeu Castle, esperando que a ambigüidade não fosse questionada.

– O que me diz de um Planter's Punch? Pelo que me disseram, o daqui é muito bom.

– Virei encontrá-lo dentro de meia hora.

– OK, OK. Ao lado da piscina.

– Está certo.

Castle entrou no elevador e Blit seguiu-o.

– Vai subir? Eu também. Que andar?

– Quarto.

– Eu também. Vou lhe dar uma carona.

Seria possível que os americanos também o estivessem vigiando? Nas circunstâncias, parecia inseguro atribuir qualquer coisa à coincidência.

– Vai jantar aqui? – perguntou Blit.

– Não sei ainda. Depende.

– Ah, sempre preocupado com a segurança! Continua a ser o mesmo Maurice de sempre!

Avançaram juntos pelo corredor. O quarto 423 apareceu primeiro. Castle tateou com a chave pelo tempo suficiente para ver Blit continuar em frente sem qualquer hesitação, até o quarto 427... não, até o 429. Castle sentiu-se mais seguro depois de trancar a porta do quarto, com o cartaz de "Favor não incomodar" pendurado do lado de fora.

O termômetro do aquecimento central indicava 24 graus centígrados. Era quente o bastante para o Caribe. Ele foi até a janela e olhou para fora. Lá embaixo estava o bar redondo e o céu artificial acima. Uma mulher robusta, de cabelos azuis, cambaleou pela beira da piscina. Devia ter tomado muitos ponches de rum. Castle examinou o quarto cuidadosamente, na possibilidade de haver alguma indicação quanto ao futuro, assim como vasculhara a sua própria casa à procura de algum vestígio do passado. Duas camas, uma poltrona, um guarda-roupa, uma cômoda, uma escrivaninha vazia, exceto por um mata-borrão, um aparelho de TV, uma porta que dava para o banheiro. O assento do vaso tinha uma tira de papel estendida de um lado ao outro, assegurando que era higiênico. Os copos para escovas de dentes eram envoltos por plástico. Voltou para o quarto e abriu o mata-borrão. Descobriu, pelo papel de carta timbrado, que estava no Starflight Hotel. Um cartão relacionava os restaurantes e bares. Num restaurante, chamado Pizarro, havia música e dança. O *grill room*, em contraste, chamava-se Dickens. Havia um terceiro restaurante, de auto-serviço, chamado Oliver Twist. "Sirva-se mais." Outro cartão informava que havia ônibus de meia em meia hora para o aeroporto de Heathrow.

Por baixo do aparelho de TV havia uma pequena geladeira, contendo garrafas em miniatura de uísque, gim e conhaque, além de água tônica e soda, duas marcas de cerveja e garrafas pequenas de champanhe. Ele pegou um J&B por hábito e sentou-se para esperar.

– Terá um longo tempo de espera – dissera o sr. Halliday, ao lhe dar o Trollope.

Começou a ler, por falta de qualquer outra coisa para fazer: "Que o leitor seja apresentado a Lady Carbury, de cujo caráter e feitos muito dependerá qualquer interesse que estas páginas possam ter, enquanto ela está sentada em sua escrivaninha, em seus próprios aposentos, em sua própria casa, na Welbeck Street". Castle descobriu que não era um livro que pudesse distraí-lo da maneira como ele vivia agora.

Foi até a janela. O garçom preto passou lá embaixo e ele viu Blit aparecer, olhando ao redor. Não era possível que já tivesse passado meia hora. Ele tranquilizou-se. Não haviam passado mais que dez minutos. Blit ainda não podia estar sentindo a ausência dele. Apagou as luzes do quarto. Assim, se Blit olhasse para cima, não iria vê-lo. Blit sentou-se no bar circular e fez um pedido. Era um Planter's Punch. O *barman* estava pondo a fatia de laranja e a cereja. Blit tirara o casaco. Estava com uma camisa de mangas curtas, o que contribuía para aumentar a ilusão das palmeiras, da piscina e da noite estrelada. Castle observou-o pedir o telefone do bar e fazer uma ligação. Seria apenas imaginação de Castle ou Blit realmente levantara os olhos na direção da janela do quarto 423 enquanto falava? Estaria comunicando o quê? A quem?

Ouviu a porta se abrir às suas costas e a luz se acendeu. Virando-se rapidamente, avistou uma imagem passar rapidamente pelo espelho do guarda-roupa, como alguém que não desejasse ser visto. Era a imagem de um homem pequeno, de bigode preto, metido num terno escuro e carregando uma pasta preta tipo executivo.

– Atrasei-me por causa do tráfego – disse o homem num inglês preciso.

– Veio me buscar?

– O tempo está um pouco escasso para nós. Há necessidade de você pegar o próximo ônibus para o aeroporto.

O homem abriu a pasta em cima da escrivaninha e começou a tirar o que estava lá dentro: primeiro uma passagem de avião, depois um passaporte, um vidro que parecia conter cola, um saco de plástico estofado, uma escova de dentes e um pente, um aparelho de barbear.

– Já tenho tudo de que preciso – disse Castle.

O homem ignorou o comentário, dizendo:

– Vai verificar que a passagem é só até Paris. Isso é algo que lhe explicarei.

– Mas eles estarão vigiando todos os aviões, qualquer que seja o destino.

– Estarão observando em particular o avião para Praga, que deverá decolar na mesma ocasião que o avião para Moscou, atrasado devido a problemas com os motores. Uma ocorrência incomum. Talvez a Aeroflot espere um passageiro importante. A polícia estará muito atenta aos aviões de Praga e Moscou.

– A vigilância começará antes... nas mesas da imigração. Não vão esperar nos portões.

– Isso já foi providenciado. Deve aproximar-se das mesas... deixe-me ver seu relógio... dentro de cinqüenta minutos aproximadamente. O ônibus partirá dentro de trinta minutos. Aqui está seu passaporte.

– O que vou fazer em Paris, se conseguir chegar até lá?

– Haverá alguém à sua espera quando deixar o aeroporto. Receberá outra passagem. E mal terá tempo para pegar outro avião.

– Para onde?

– Não tenho a menor idéia. Saberá de tudo em Paris.

– A esta altura, a Interpol já terá avisado a polícia francesa.

– Não. A Interpol nunca age num caso político. É contra os regulamentos.

Castle abriu o passaporte.

– Partridge, a perdiz... Vocês escolheram um bom nome. A temporada de caça ainda não acabou.

Ele olhou para a fotografia.

– Mas esta fotografia jamais passará. Não está nada parecida comigo.

– Tem razão. Mas vamos fazê-lo mais parecido com a fotografia.

O homem levou os instrumentos do seu ofício para o banheiro. Ajeitou uma fotografia ampliada do rosto do passaporte entre os dois copos de escovas de dente.

– Sente-se nesta cadeira, por favor.

Ele começou a aparar as sobrancelhas de Castle e depois passou para os cabelos, pois o homem do passaporte tinha os cabelos bem rentes. Castle ficou observando a tesoura a se movimentar, pelo espelho. Ficou surpreso ao constatar como o corte dos cabelos mudava toda a aparência de seu rosto aumentando a testa. Parecia até mudar a expressão dos olhos.

– Tirou-me dez anos de idade – comentou ele.

– Fique quieto, por favor.

O homem começou depois a prender os fios de cabelo de um bigode ralo, o bigode de um homem tímido, que carece de confiança.

– Uma barba ou um bigode cerrados sempre se tornam suspeitos – disse ele.

Era um estranho que estava agora olhando Castle do espelho.

– Pronto. Está acabado. Creio que está bom o suficiente.

Ele voltou até a pasta e tirou um tubo branco, que transformou numa bengala.

– É um homem cego, o que desperta sempre simpatia, sr. Partridge. Foi pedido a uma aeromoça da Air France que esperasse o ônibus do hotel. Ela o levará através da imigração até o avião. Chegando a Paris, em Roissy, será levado até Orly. Outro avião estará com problemas nos motores. Talvez você não seja mais o sr. Partridge. Pode haver outro disfarce no carro, outro passaporte. O rosto humano é extremamente adaptável. O que é um bom argumento contra a importância da hereditariedade. Nascemos praticamente com o mesmo rosto... pense num bebê... mas as circunstâncias o vão alterando.

– Parece fácil – disse Castle. – Mas será que vai dar certo?

– Achamos que dará – disse o homem, arrumando sua pasta. – Saia agora, e lembre-se de usar a bengala. Por favor, não mexa com os olhos. Se alguém lhe falar, mexa com toda a cabeça. Procure manter os olhos com uma expressão de vazio.

Sem pensar, Castle pegou o exemplar de *The way we live now*.

– Não, não, sr. Partridge. Um cego não costuma carregar um livro. E deve deixar aqui esta sacola.

– Mas contém apenas uma camisa, um aparelho de barbear...

– Uma camisa tem a marca da lavanderia.

– Não vai parecer estranho se eu não tiver bagagem?

– O agente da imigração não saberá disso, a menos que peça para ver sua passagem.

– O que provavelmente acontecerá.

– Mas não tem importância. Está apenas voltando para casa. Vive em Paris. O endereço está no passaporte.

– Qual a minha profissão?

– É aposentado.

— Isso pelo menos é verdade.

Castle saiu do elevador e começou a tatear o caminho na direção da entrada do hotel, onde o ônibus estava à espera. Avistou Blit ao passar pela porta que dava para o bar e para a piscina. Blit estava olhando para o relógio, com um ar de impaciência. Uma mulher idosa segurou o braço de Castle e disse:

— Vai pegar o ônibus?

— Vou.

— Eu também. Deixe-me ajudá-lo.

Ele ouviu uma voz gritando às suas costas:

— Maurice!

Tinha que andar devagar, porque a mulher estava andando devagar.

— Ei, Maurice!

— Acho que alguém o está chamando – disse a mulher.

— Deve ser um engano.

Ouviu passos às suas costas. Desvencilhou o braço da mulher e virou a cabeça, como fora instruído a fazer, lançando um olhar vazio um pouco à esquerda de Blit. Surpreso, Blit disse:

— Desculpe. Pensei..

A mulher disse:

— O motorista está nos fazendo sinal. Temos que nos apressar.

Ao se sentarem juntos, no ônibus, a mulher olhou pela janela e disse:

— Você deve ser muito parecido com o amigo daquele homem. Ele ainda está parado lá, olhando para nós.

— Todas as pessoas no mundo, pelo que dizem, têm um sósia – respondeu Castle.

PARTE SEIS

CAPÍTULO I

1

Ela tinha se virado para olhar para trás pela janela do táxi e nada vira através do vidro fosco. Era como se Maurice tivesse deliberadamente se afogado, sem ao menos soltar um grito, nas águas de um lago cor de aço. Ela fora roubada, sem qualquer esperança de recuperação, da única vista e do único som que desejava. Ressentia-se agora de tudo o que era caridosamente oferecido, como os pobres substitutos que um açougueiro oferece pelo melhor pedaço que guardou para outro freguês.

O almoço na casa da sra. Castle foi um suplício. A sogra tinha um convidado que não pudera cancelar, um clérigo com o nome nada atraente de Bottomley, a quem ela chamava de Ezra, que acabara de voltar de uma missão na África. Sarah sentiu-se como uma das amostras nas conferências que o clérigo provavelmente devia fazer. A sra. Castle não a apresentou devidamente, limitando-se a dizer:

– Esta é Sarah.

Era como se ela fosse egressa de um orfanato. O que, diga-se de passagem, realmente acontecera. O sr. Bottomley mostrou-se insuportavelmente bondoso com Sam e tratou-a como a um membro de sua congregação negra, com um interesse calculista. Tinker Bell, que fugira apavorado assim que eles haviam chegado, com medo de Buller, estava agora amistoso demais, roçando a todo instante na saia dela.

– Gostaria que me contasse como é realmente um lugar como Soweto – pediu o sr. Bottomley. – Meu campo de atuação foi a Rodésia. Os jornais ingleses exageraram também a situação por lá. Não somos tão pretos quanto nos pintam.

Ele corou subitamente ao perceber o equívoco. A sra. Castle serviu-lhe mais água.

– O que estou querendo saber é se se pode criar uma criança devidamente lá em Soweto.

Os olhos brilhantes dele fixaram-se em Sam, como um refletor num *night club*.

– Como Sarah pode saber disso, Ezra? – disse a sra. Castle, explicando em seguida, com visível relutância: – Sarah é minha nora.

O sr. Bottomley ficou ainda mais vermelho.

– Ahn... Quer dizer que está aqui em visita?

– Sarah está morando comigo – disse a sra. Castle. – Por algum tempo. Meu filho nunca viveu perto de Soweto. Ele trabalhava na embaixada.

– Deve ser ótimo para o menino vir visitar a avó – comentou o sr. Bottomley.

Sarah pensou: será que a vida vai ser assim, daqui por diante?

Depois que o sr. Bottomley foi embora, a sra. Castle disse-lhe que precisavam ter uma conversa muito séria.

– Telefonei para Maurice e ele estava numa disposição inteiramente insensata.

A sra. Castle virou-se para Sam e ordenou:

– Vá brincar no jardim, meu caro.

– Está chovendo – objetou Sam.

– Tinha esquecido. Neste caso, suba, e fique brincando com Tinker Bell.

– Eu vou subir, mas não quero brincar com seu gato. Buller é meu amigo. Ele sabe o que fazer com gatos.

Quando ficaram a sós, a sra. Castle disse:

– Maurice declarou que deixaria a casa se você voltasse. O que você fez, Sarah?

– Prefiro não falar a respeito. Maurice me mandou vir para cá e por isso eu vim.

– Qual dos dois é... bem, o que costumam chamar de parte culpada?

– Sempre tem que haver uma parte culpada?

– Vou telefonar novamente para Maurice.

– Não posso impedi-la, mas tenho certeza de que não vai adiantar.

A sra. Castle fez a ligação e Sarah rezou a Deus, no qual não acreditava, que lhe permitisse pelo menos ouvir a voz de Maurice. Mas a sra. Castle informou:

– Ninguém atende.

– Ele provavelmente está no escritório.

– Numa tarde de sábado?

– Os horários são um tanto irregulares no trabalho dele.

– Pensei que o Foreign Office fosse mais organizado.

Sarah esperou até o anoitecer. Pôs Sam na cama e depois saiu de casa, indo até a cidade. Entrou no Crown e pediu um J&B. Quis uma dose dupla, em homenagem a Maurice. Depois foi para a cabine telefônica. Sabia que Maurice lhe recomendara que não tentasse fazer qualquer contato. Se ele ainda estivesse em casa e controlassem o telefone, teria que simular raiva, continuar uma discussão que não houvera. Mas pelo menos saberia assim que ele estava em casa e não numa cela policial ou a caminho de uma Europa que ele jamais vira. Deixou o telefone tocar por muito tempo antes de desligar. Sabia que assim tornava mais fácil o trabalho deles para verificar a origem da ligação. Mas não se importava. Se eles viessem procurá-la, pelo menos teria notícias de Maurice. Sarah saiu da cabine, tomou o uísque e voltou para a casa da sra. Castle.

– Sam está chamando por você – disse-lhe a sra. Castle.

Sarah subiu para ver o filho.

– O que é, Sam?

– Acha que Buller está bem?

– Claro que está. O que poderia haver de errado com Buller?

– Tive um sonho.

– O que sonhou?

– Não me lembro. Buller vai sentir a minha falta. Eu gostaria que tivéssemos trazido Buller.

– Sabe que não é possível. Mais cedo ou mais tarde, Buller acabaria matando Tinker Bell.

– Eu não me importaria com isso.

Sarah desceu novamente, relutante. A sra. Castle estava vendo televisão.

– Alguma coisa interessante no noticiário? – perguntou Sarah.

– Raramente escuto as notícias – respondeu a sra. Castle. – Gosto de ler as notícias no *Times*.

Mas na manhã seguinte não havia nos jornais qualquer notícia que pudesse interessar a Sarah. Era domingo... e Maurice jamais trabalhava aos domingos. Ela voltou ao Crown e telefonou novamente para casa. Outra vez deixou a campainha soar por muito tempo, já que Maurice podia estar no jardim com Buller. Mas, finalmente, teve que renunciar a toda e qualquer esperança. Consolou-se com o pensamento de que ele conseguira escapar. Mas, depois, lembrou-se de que eles tinham o poder de detê-lo – não era por três dias? – sem qualquer acusação formal.

O almoço, um rosbife, foi servido pela sra. Castle pontualmente à uma hora.

– Vamos ouvir as notícias? – propôs Sarah.

– Não brinque com a argola de seu guardanapo, Sam – disse a sra. Castle. – Simplesmente tire o guardanapo e deixe a argola ao lado do prato.

Sarah sintonizou a Rádio 3. A sra. Castle comentou:

– Nunca há qualquer notícia importante aos domingos.

E ela estava certa, é claro.

Nunca um domingo passara mais lentamente. A chuva tinha cessado e um sol débil esforçava-se em encontrar uma brecha entre as nuvens. Sarah levou Sam para passear pelo que era chamado de uma floresta, ela não entendia por quê. Não havia árvores, apenas arbustos baixos e uma vegetação rasteira. Uma área fora limpa para dar lugar a um campo de golfe. Sam comentou:

– Gosto mais de Ashridge.

Um pouco depois, ele disse:

– Um passeio sem Buller não é um passeio.

Sarah perguntou-se: por quanto tempo a vida será assim? Atravessaram um canto do campo de golfe para chegar mais depressa à casa. Um golfista, que evidentemente tivera um lauto almoço, gritou-lhes que se afastassem dali. Como Sarah não reagisse com rapidez suficiente, o homem voltou a gritar:

– Ei, você! Estou falando com você, Topsy!

Sarah recordou-se de que Topsy era o nome de uma garota preta em algum livro que os metodistas lhe haviam dado para ler, quando era criança.

Naquela noite, a sra. Castle disse:

– Está na hora de termos uma conversa séria, minha cara.

– Sobre o quê?

– Pergunta sobre o quê? Essa não, Sarah! Sobre você e meu neto, é claro... e sobre Maurice. Nenhum dos dois está querendo me contar o motivo dessa briga. Você ou Maurice têm razões para um divórcio?

– Talvez. Abandono não é causa para divórcio?

– Quem abandonou quem? Não se pode considerar como abandono o fato de você ter vindo para a casa de sua sogra. E Maurice... ele não a abandonou, se ainda está em casa.

– Ele não está mais em casa.

– E onde está então?

– Não sei, sra. Castle, não sei. Não pode simplesmente esperar mais um pouco, sem dizer nada?

– Esta é a *minha casa*, Sarah. Seria conveniente saber pelo menos por quanto tempo pretende permanecer aqui. Sam tem que ir à escola. Há uma lei em relação a isso.

– Prometo que se nos deixar ficar por uma semana...

– Não a estou expulsando, minha cara, mas apenas querendo fazer com que se comporte como uma pessoa adulta. Acho que deveria procurar um advogado e conversar com ele, se não quer falar comigo. Posso telefonar para o sr. Bury amanhã. É ele que cuida do meu testamento.

– Dê-me apenas uma semana, sra. Castle. (Houvera uma ocasião em que a sra. Castle sugerira que Sarah devia chamá-la de "mamãe", mas ela ficou obviamente aliviada quando Sarah continuou a chamá-la de sra. Castle.)

Na manhã de segunda-feira, Sarah levou Sam até a cidade e deixou-o numa loja de brinquedos, enquanto ia ao Crown. Telefonou para o escritório, o que era algo inteiramente sem sentido. Se Maurice ainda estivesse em Londres e em liberdade, ele certamente teria lhe telefonado. Na África do Sul, há muito tempo, quando trabalhara para ele, jamais fora tão imprudente. Mas naquela pacífica comunidade rural, que jamais conhecera um distúrbio racial ou uma batida na porta à meia-noite, a noção de perigo parecia fantástica demais para ser verdadeira. Pediu para falar com a secretária do sr. Castle. Quando uma voz de mulher atendeu, ela indagou:

– É Cynthia quem está falando?

Ela a conhecia de nome, embora nunca tivessem se encontrado ou sequer falado ao telefone antes. Houve uma longa pausa, uma pausa longa o suficiente para que se avisasse alguém para escutar a conversa. Mas Sarah não podia acreditar nisso naquela pequena cidade de pessoas aposentadas, enquanto observava dois motoristas de caminhão terminarem de tomar sua cerveja. A voz fina e seca ao telefone voltou a falar:

– Cynthia não está.

– Pode me dizer a que horas posso encontrá-la?

– Lamento, mas não sei dizer.

– E o sr. Castle está?

– Quem está falando, por favor?

Sarah pensou: estou quase traindo Maurice. Desligou prontamente. Sentia que também traíra seu próprio passado, um passado de reuniões secretas, mensagens cifradas, as precauções que Maurice adotava em Johannesburg para dar-lhe instruções e manter a ambos fora do alcance da BOSS. E depois de tudo isso, Muller estava ali, na Inglaterra... sentara-se à mesa com ela.

Ao voltar para casa, deparou com um carro estranho no caminho. A sra. Castle recebeu-a no vestíbulo:

– Há alguém querendo falar-lhe, Sarah. Mandei-o esperar no gabinete.

– Quem é?

A sra. Castle baixou a voz e disse, num tom de evidente repulsa:

— Acho que é da polícia.

O homem tinha um bigode louro muito grande, que cofiava nervosamente. Não era o tipo de policial que Sarah conhecera na juventude. Não podia entender como a sra. Castle percebera a profissão dele. Ela o teria tomado por um pequeno comerciante local, que há muitos anos atendia as famílias ali residentes. O homem parecia tão simpático e amistoso quanto o gabinete do dr. Castle, que permanecera inalterado depois da morte dele, com o suporte de cachimbos sobre a escrivaninha, a urna chinesa para as cinzas, a cadeira giratória na qual o estranho não se atrevera a sentar, por excesso de constrangimento. O homem estava de pé junto à estante, o vulto corpulento bloqueando parcialmente os volumes vermelhos dos clássicos Loeb e os volumes de couro verde da *Encyclopaedia britannica,* décima primeira edição. Ele perguntou:

— Sra. Castle?

Sarah quase respondeu: "Não, a sra. Castle é minha sogra", de tão estranha que se sentia naquela casa.

— Sou eu mesma. O que deseja?

— Sou o Inspetor Butler.

— Pois não?

— Recebi um telefonema de Londres. Pediram-me que viesse até aqui para falar-lhe... isto é, se a encontrasse aqui.

— Por quê?

— Eles acham que talvez possa nos dizer como entrar em contato com seu marido.

Sarah sentiu um imenso alívio. O que significava que Maurice não estava preso! Mas logo ocorreu-lhe que podia ser uma armadilha... até mesmo a gentileza, suavidade e evidente honestidade do Inspetor Butler, o tipo de armadilha que a BOSS costumava preparar. Só que aquele não era o país da BOSS.

— Não, não posso. Não sei onde ele está. Por quê?

— Parece que é algo a ver com um cachorro.

– Buller?
– Se é esse o nome dele...
– É o nome dele. Por favor, conte-me o que aconteceu.
– Tem uma casa em Berkhamsted, na King's Road?
– Tenho, sim.

Sarah soltou uma risada de alívio, antes de acrescentar:

– Buller andou novamente matando um gato? Mas eu estou aqui. Sou inocente. Deve procurar meu marido, não a mim.

– Bem que tentamos, sra. Castle, mas não conseguimos encontrá-lo. No escritório dele, dizem que não está. Parece que ele saiu de casa e deixou o carro, mas...

– Era um gato muito valioso?

– Não é com um gato que estamos preocupados, sra. Castle. Os vizinhos queixaram-se do barulho... uma espécie de ganido... e alguém telefonou para a delegacia de polícia. Ocorreram alguns assaltos recentemente em Boxmoor. A delegacia despachou um homem até lá para verificar o que estava acontecendo... e ele encontrou uma janela da cozinha aberta... não precisou quebrar nenhum vidro... e o cachorro...

– E foi mordido? Ao que eu saiba, Buller nunca mordeu uma pessoa.

– O pobre cachorro não podia morder ninguém... não no estado em que se encontrava. Tinha sido baleado. Quem quer que o tenha feito, foi muito desastrado. Lamento ter que dizê-lo, sra. Castle, mas eles foram obrigados a dar um tiro de misericórdia em seu cachorro.

– Oh, Deus! O que Sam vai dizer?

– Sam?

– Meu filho. Ele adorava Buller.

– Também gosto muito de animais.

O silêncio de dois minutos que se seguiu pareceu tão longo quanto o tributo de dois minutos aos mortos, no dia do armistício.

– Lamento ter que transmitir-lhe uma notícia dessas – disse o Inspetor Butler, finalmente.

E o tráfego de veículos e de pedestres da vida novamente recomeçou.

– Estou imaginando o que direi a Sam.

– Diga-lhe que o cachorro foi atropelado e morreu instantaneamente.

– Acho que é o melhor. Mas não gosto de mentir para uma criança.

– Há mentiras brancas e mentiras pretas, sra. Castle.

Sarah perguntou-se se as mentiras que ele a obrigaria a dizer seriam brancas ou pretas. Ela olhou para o bigode louro espesso, fitou os olhos bondosos, perguntou-se o que levara aquele homem a se tornar um policial. Seria um pouco como mentir para uma criança.

– Não quer sentar-se, inspetor?

– Sente-se, por favor, sra. Castle. Se não se incomoda, prefiro ficar de pé. Passei a manhã toda sentado.

Ele olhou para a fileira de cachimbos no suporte, a expressão concentrada: como se fosse um quadro valioso, que ele, como *connoisseur*, podia apreciar devidamente.

– Obrigado por ter vindo pessoalmente, ao invés de simplesmente dar a notícia pelo telefone.

– Para ser franco, sra. Castle, eu tive que vir, pois há algumas outras perguntas. A polícia de Berkhamsted acha que pode ter havido um assalto. Havia uma janela aberta e o assaltante pode ter atirado no cachorro. Nada parece ter sido mexido, mas somente a senhora ou seu marido poderão confirmá-lo. Porém, ao que parece, não conseguiram entrar em contato com seu marido. Ele tinha inimigos? Não há qualquer sinal de luta. O que seria de se esperar, se o outro homem estivesse com uma arma.

– Não conheço nenhum inimigo de meu marido.

– Um vizinho informou que tinha a impressão de que seu marido trabalha no Foreign Office. Esta manhã, eles tiveram alguma dificuldade em localizar o departamento certo. E quando o conseguiram, foram informados de que seu marido não era visto desde sexta-feira. Quando o viu pela última vez, sra. Castle?

– Na manhã de sábado.

– Veio para cá no sábado?

– Exatamente.
– E ele ficou em casa?
– Ficou. É que decidimos nos separar. Para sempre.
– Uma briga?
– Uma decisão, inspetor. Estamos casados há sete anos. Não se tem uma explosão depois de sete anos de casamento.
– Seu marido possuía um revólver, sra. Castle?
– Não, ao que eu saiba. Mas é possível.
– Ele ficou muito transtornado... com a decisão?
– Nenhum dos dois se sentiu muito feliz, se é isso o que está querendo saber.
– Poderia ir até Berkhamsted para dar uma olhada na casa?
– Não tenho o menor desejo de ir. Mas eles podem me obrigar, não é mesmo?
– Não se trata de obrigá-la. Mas eles não podem excluir a possibilidade de assalto... Talvez haja desaparecido algo valioso, que eles não tenham percebido. Tinha muitas jóias?
– Jamais tive jóias, inspetor. Não éramos ricos.
– Ou um quadro valioso?
– Também não.
– Resta então a possibilidade de que seu marido tenha cometido um ato insensato e impensado. Se ele se sentia infeliz e tinha uma arma.

O Inspetor Butler pegou a urna chinesa e examinou-a. Depois, desviou sua atenção para Sarah. Ela percebeu que aqueles olhos bondosos não eram os olhos de uma criança.

– Não parece estar muito preocupada com essa possibilidade, sra. Castle.
– E não estou. É o tipo de coisa que meu marido jamais faria.
– Claro, claro... Tenho certeza de que conhece seu marido melhor que qualquer outra pessoa e está absolutamente certa. Mas poderia informar-nos imediatamente caso seu marido a procure?
– Claro.
– Sob tensão, as pessoas de vez em quando fazem coisas estranhas. Até mesmo perdem a memória.

Ele lançou um último olhar para o suporte de cachimbos, como se relutasse em deixá-los.

— Vou telefonar para Berkhamsted, sra. Castle. Espero que não tenha ficado muito transtornada. E pode estar certa de que a informarei imediatamente se souber de alguma notícia.

Já na porta, Sarah perguntou-lhe:

— Como soube que eu estava aqui?

— Os vizinhos com crianças são mais conhecidos do que imagina, sra. Castle.

Sarah ficou observando-o entrar no carro. Só depois é que voltou para o interior da casa. E pensou: não vou dizer a Sam por enquanto. Que ele se acostume primeiro à vida sem Buller. A outra sra. Castle, a verdadeira sra. Castle, encontrou-a do lado de fora da sala de estar.

— O almoço está esfriando. Não era um policial?

— Era, sim.

— O que ele queria?

— O endereço de Maurice.

— Por quê?

— Como vou saber?

— E você lhe deu?

— Maurice não está em casa. Como posso saber onde ele se encontra?

— Espero que esse homem nunca mais volte.

— Eu não ficaria surpresa se isso acontecesse.

2

Mas os dias foram passando sem que o Inspetor Butler voltasse e sem que houvesse notícias. Sarah não telefonou novamente para Londres. Era algo que não mais adiantava. Certa ocasião, ao telefonar para o açougueiro, a fim de encomendar costeletas de carneiro em nome da sra. Castle, teve a impressão de que o telefone estava sendo interceptado. Provavelmente era apenas sua imaginação. O controle das ligações telefônicas tornara-se uma arte aperfeiçoada demais para que simples amadores pudessem percebê-lo. Sob pressão da sra. Castle, ela tivera uma entrevista com o diretor da escola local e acertara a matrícula de Sam. Voltara profundamente deprimida desse encontro. Era como se tivesse acabado de institucionalizar a vida nova, selando-a como a um documento, com um lacre de cera. Agora, nada mais iria mudar. A caminho de casa, passou na quitanda, na biblioteca e na farmácia. A sra. Castle lhe dera uma lista do que desejava: ervilhas, um romance de Georgette Heyer e um vidro de aspirinas para dor de cabeça, cuja causa Sarah tinha certeza serem ela e Sam. Por alguma razão que não soube definir, pensou nas grandes pirâmides de terra, entre cinzentas e verdes, que cercavam Johannesburg. Muller falara a respeito da cor dessas pirâmides ao entardecer. Sentia-se mais perto de Muller, o inimigo, o racista, do que da sra. Castle. Teria trocado aquela pequena comunidade de Sussex, com seus habitantes liberais, que a tratavam com cortesia e bondade, até mesmo por Soweto. A cortesia podia ser uma barreira maior que um golpe direto. Não era com a cortesia que uma pessoa desejava viver, mas sim com o amor. Ela amava Maurice, amava o cheiro de poeira e a degradação de seu país, e agora estava sem Maurice e sem um país. Talvez fosse por isso que ficou satisfeita até mesmo ao ouvir a voz de um inimigo pelo telefone. Percebeu imediatamente que se tratava de um inimigo, embora o homem se apresentasse como "um amigo e colega de seu marido".

— Espero não estar telefonando numa ocasião inoportuna, sra. Castle.

— Não, não está. Mas não ouvi direito o seu nome.

— Dr. Percival.

O nome era vagamente familiar.

— Ah, sim... Maurice já falou a seu respeito...

— Certa ocasião, tivemos uma noite memorável em Londres.

— Estou lembrando agora. Com Davis.

— Isso mesmo. Pobre Davis...

Houve uma breve pausa.

— Eu gostaria de saber, sra. Castle, se não poderíamos ter uma conversa.

— Não estamos conversando agora?

— Estava pensando numa conversa mais íntima do que é possível pelo telefone.

— Estou muito longe de Londres.

— Nós podemos mandar um carro ir buscá-la, se isso ajudar.

"Nós", pensou Sarah, "nós"... Era um erro da parte dele falar como uma organização. "Nós" e "eles" eram termos desagradáveis. Eram um alerta, deixavam-na cautelosa.

O homem disse:

— Se pudesse almoçar aqui um dia qualquer desta semana...

— Não sei se poderei ir.

— Queria falar-lhe a respeito de seu marido.

— Eu já tinha imaginado.

— Estamos todos um tanto preocupados com Maurice.

Sarah sentiu uma súbita exultação. "Nós" não o mantinham preso em algum lugar secreto, desconhecido do Inspetor Butler. Maurice estava longe... com uma Europa inteira de distância. Era como se ela também, assim como Maurice, tivesse escapado. Já estava a caminho de seu lar, que era o lugar onde Maurice estava. Não obstante, tinha que ser muito cautelosa, como nos velhos tempos em Johannesburg.

— O que Maurice fizer ou deixar de fazer não me diz mais respeito. Estamos separados.

— Mesmo assim, não gostaria de receber notícias dele?

Então eles tinham notícias de Maurice! Parecia até a ocasião em que Carson lhe dissera:

"Ele está em segurança em L. M., esperando por você. Agora, precisamos apenas levá-la até lá".

Se Maurice estava livre, os dois voltariam a se encontrar em breve. Sarah percebeu que estava sorrindo ao telefone. Graças a Deus que ainda não haviam inventado o videofone. Não obstante, tratou de apagar o sorriso do rosto. E disse:

— Não estou muito interessada em saber onde ele se encontra. Não poderia mandar uma carta dizendo tudo o que deseja? Tenho que cuidar do meu filho.

— Infelizmente, sra. Castle, há coisas que não se podem

dizer por escrito. Se pudermos mandar um carro ir buscá-la amanhã...

– Amanhã é impossível.

– Então na quinta-feira.

Sarah hesitou pelo máximo de tempo a que se atrevia.

– Bem...

– Podemos mandar um carro buscá-la às onze horas.

– Mas não preciso de um carro. Há um trem que sai daqui às onze e quinze.

– Se prefere assim, podemos nos encontrar num restaurante. Sugiro o Brummell's, perto de Victoria.

– Em que rua fica?

– Nisso me pegou. Walton... Wilton... Ora, não importa. Qualquer motorista de táxi saberá onde fica o Brummell's. É um lugar muito tranqüilo.

O dr. Percival acrescentou as últimas palavras, suavemente, como se estivesse recomendando, com pleno conhecimento profissional, uma boa casa de repouso. Sarah teve uma súbita imagem mental do interlocutor, um típico representante da Wimpole Street, presunçoso, com um *pince-nez* pendurado, que só usava na hora de escrever uma receita, o sinal, como a realeza se levantando, de que estava na hora de o cliente ir embora.

– Até quinta-feira – disse ele.

Sarah não se deu ao trabalho de responder. Desligou e foi ao encontro da sra. Castle. Estava novamente atrasada para o almoço, mas não se importava. Começou a cantarolar um hino que uns missionários metodistas lhe haviam ensinado. A sra. Castle ficou atônita.

– O que aconteceu? Há algo errado? Era aquele policial outra vez?

– Não. Era apenas um médico. Um amigo de Maurice. Não há nada errado. Importa-se, só por uma vez, se eu for a Londres na quinta-feira? Levarei Sam para a escola de manhã e ele poderá voltar sozinho.

– Claro que não me importo. Mas estava pensando em convidar novamente o sr. Bottomley para almoçar.

— Tenho certeza de que Sam e o sr. Bottomley vão se entender muito bem.

— Vai procurar um advogado em Londres?

— É possível.

Uma meia mentira era um preço pequeno a pagar por sua nova felicidade.

— Onde vai almoçar?

— Comerei um sanduíche em algum lugar.

— É uma pena que tenha escolhido justamente a quinta-feira. Encomendei um rosbife para esse dia. Mas... se for almoçar na Harrods, poderia me trazer umas coisas de que estou precisando.

Naquela noite, Sarah não conseguiu dormir. Era como se tivesse conseguido um calendário e começasse agora a marcar os dias que a separavam da libertação. O homem com quem falara era um inimigo, estava absolutamente convencida disso. Mas não era a Polícia de Segurança, não era a BOSS. Ela não perderia os dentes ou um olho no Brummell's. Não tinha motivos para temer.

3

Não obstante, Sarah sentiu-se um pouco desolada quando o identificou, à sua espera, na extremidade de uma sala comprida, cheia de espelhos e reluzente no Brummell's. Não era, no final das contas, um especialista da Wimpole Street. Mais parecia um médico de família, antiquado, com óculos de aros de prata, uma pequena barriga, que deu a impressão de se equilibrar na beira da mesa, quando se levantou para cumprimentá-la. Em vez da receita, tinha na mão um cardápio imenso. E disse:

— Fico contente que tenha tido a coragem de vir até aqui.

— Coragem por quê?

— Este é um dos lugares onde os irlandeses gostam de jogar bombas. Já lançaram uma bomba pequena. E, ao contrário do que acontecia na *blitz,* as bombas irlandesas costumam atingir o mesmo lugar duas vezes.

Ele entregou um cardápio para Sarah examinar. Toda uma página era dedicada ao que se chamava de entradas. O cardápio parecia quase tão grande quanto o catálogo telefônico da sra. Castle. O dr. Percival disse, atencioso:

– Não aconselho a truta defumada... é sempre um pouco seca demais aqui.

– Não tenho muito apetite.

– Pois então vamos despertar o apetite, enquanto conversamos um pouco. Aceita um xerez?

– Prefiro tomar um uísque, se não se importa.

Quando ele lhe pediu que escolhesse a marca, Sarah automaticamente respondeu:

– J&B.

E depois de uma breve hesitação, ela acrescentou:

– Peça por mim, por favor.

Quanto mais cedo essas preliminares estivessem encerradas, mais cedo ela teria as notícias pelas quais ansiava com um apetite que não sentia pela comida. Enquanto o dr. Percival escolhia, ela olhou ao redor. Havia um retrato indefinível e lustroso na parede, com o nome de George Bryan Brummell por baixo. Era o mesmo retrato que estava no cardápio. O mobiliário era impecável e de um bom gosto cansativo. Sentia-se que nenhuma despesa fora poupada e nenhuma crítica seria admitida. Os poucos clientes eram todos homens e pareciam ter saído diretamente do coro de uma comédia musical antiga, os cabelos pretos, não muito compridos, não muito curtos, ternos escuros, coletes. As mesas estavam discretamente separadas. As duas mesas mais próximas da que o dr. Percival escolhera estavam vazias. Sarah perguntou-se se isso acontecia por acaso ou deliberadamente. Pela primeira vez, ela percebeu que todas as janelas eram gradeadas.

– Num lugar como este – disse o dr. Percival – é melhor ser inglês. Por isso, sugiro o carneiro estofado de Lancashire.

– O que achar melhor.

Por um longo tempo, o dr. Percival não disse nada, exceto algumas palavras para o garçom a respeito do vinho. Finalmente, ele desviou sua atenção e os óculos de aro de prata para Sarah, soltando um longo suspiro.

— Bem, o trabalho mais difícil já está feito. O resto agora compete a eles.

Ele tomou um gole de xerez antes de acrescentar:

— Deve andar muito preocupada, sra. Castle.

Estendeu a mão e tocou no braço de Sarah, como se fosse realmente o médico da família.

— Preocupada?

— Sem saber, dia após dia...

— Se está se referindo a Maurice...

— Todos nós gostávamos muito de Maurice.

— Fala como se ele estivesse morto. Com o verbo no passado.

— Oh, desculpe. Não tive essa intenção. É claro que ainda gostamos dele. Mas Maurice seguiu por um caminho diferente... e receio que seja muito perigoso. E todos nós esperamos que não se envolva.

— Como eu poderia me envolver? Estamos separados.

— Claro, claro... Era a providência óbvia. Chamaria muita atenção se fossem juntos. Se isso acontecesse, não creio que a imigração fosse tola o bastante a ponto de não perceber. É uma mulher muito atraente e a cor também a distingue... Claro que sabemos que ele não lhe telefonou para casa. Mas há muitos outros meios de se enviar uma mensagem... um telefone público, um intermediário... Não poderíamos controlar todos os amigos dele, mesmo que os conhecêssemos.

O dr. Percival empurrou o xerez para um lado, abrindo espaço para o carneiro. Sarah começou a sentir-se mais à vontade, agora que o assunto fora exposto claramente à mesa, entre os dois... como o carneiro.

— Acha que também sou uma traidora?

— Na firma, como deve saber, não usamos uma palavra como "traidor". Deixamos isso para os jornais. Você é africana... e repare que não estou dizendo sul-africana... e seu filho também. Maurice deve ter sido muito influenciado por isso. Digamos... ele escolheu uma lealdade diferente.

O dr. Percival provou o prato.

— Tome cuidado.

– Cuidado?
– As cenouras estão muito quentes.

Se aquilo era realmente um interrogatório, então era muito diferente do método usado pela Polícia de Segurança em Johannesburg ou Pretória.

– Minha cara, o que tenciona fazer... quando ele se comunicar com você?

Sarah abandonou a cautela. Enquanto fosse cautelosa, de nada saberia.

– Farei o que ele me mandar...

– Fico satisfeito por ter dito isso. Significa que podemos ser francos. Claro que sabemos... e espero que você também já saiba... que ele chegou em segurança a Moscou.

– Graças a Deus!

– Não tenho muita certeza a respeito de Deus, mas pode certamente agradecer à KGB. (Não se deve ser dogmático... pois eles sempre podem estar do mesmo lado.) Imagino que mais cedo ou mais tarde ele irá pedir-lhe que vá ao seu encontro lá.

– E eu irei.

– Com seu filho?

– Claro.

O dr. Percival voltou a concentrar-se no prato. Era evidente que se tratava de um homem que apreciava a boa comida. Sarah tornou-se mais descuidada em seu alívio por saber que Maurice estava salvo. E disse:

– Não pode me impedir de ir.

– Não tenha tanta certeza assim. No escritório, temos uma extensa ficha sobre você. Era muito amiga, na África do Sul, de um homem chamado Carson. Um agente comunista.

– Claro que eu era amiga dele. Estava ajudando Maurice... para o seu serviço, embora não soubesse disso na ocasião. Maurice me disse que era para um livro sobre o *apartheid* que ele estava escrevendo.

– E Maurice talvez já estivesse nessa ocasião ajudando Carson. E Maurice está agora em Moscou. A rigor, não é da nossa conta, é claro. Mas o MI5 pode achar que você deve ser investigada... a fundo. Se permite que um velho lhe dê um conselho... um velho que foi amigo de Maurice...

Uma súbita recordação surgiu na mente de Sarah, a lembrança de um vulto de sobretudo a brincar de esconde-esconde com Sam, por entre as árvores de inverno.

– E de Davis... Não era também amigo de Davis?

Uma colher cheia de molho parou a caminho da boca do dr. Percival.

– Isso mesmo. Pobre Davis! Foi uma morte triste para um homem ainda jovem.

– Eu não bebo Porto.

– Minha cara jovem, como pode ser tão irrelevante? Vamos esperar para decidir sobre o Porto até pedirmos o queijo. Eles têm aqui um excelente Wensleydale, diga-se de passagem. Tudo o que eu ia dizer-lhe é que deve ser sensata. Fique quietinha no campo com sua sogra e seu filho.

– O filho de Maurice.

– Talvez.

– O que está querendo insinuar com esse talvez?

– Conheceu um homem chamado Cornelius Muller, um tipo não muito simpático da BOSS. E que nome! Ele tem a impressão de que o verdadeiro pai... minha cara, espero que me perdoe se tenho de falar um tanto cruamente... mas não quero que cometa o mesmo erro que Maurice...

– Não está sendo muito objetivo.

– Muller acha que o verdadeiro pai do menino foi algum homem do seu próprio povo.

– Sei inclusive a quem ele está se referindo... mas ele agora está morto.

– Não, não está.

– Claro que está morto! Foi morto num distúrbio.

– Viu o cadáver?

– Não, mas...

– Muller garante que ele está vivo... e na prisão. Condenado à prisão perpétua.

– Não acredito.

– Muller diz que esse homem está disposto a reivindicar a paternidade.

– Muller está mentindo.

– É bem possível. O homem pode ser um mero embuste. Ainda não verifiquei os aspectos legais, mas duvido muito que pudesse provar alguma coisa em nossos tribunais. O menino está indicado em seu passaporte?

– Não.

– E ele tem passaporte?

– Não.

– Então terá que solicitar um passaporte para tirá-lo do país. Isso implica muitas providências burocráticas. E o pessoal incumbido de emitir passaporte pode às vezes ser muito vagaroso... muito mesmo.

– Mas que desgraçados todos vocês são! Mataram Carson. Mataram Davis. E agora...

– Carson morreu de pneumonia. E o pobre Davis... de cirrose do fígado.

– Muller diz que foi pneumonia. Você diz que foi cirrose. E agora está me ameaçando e a Sam.

– Não ameaçando, minha cara, apenas dando um conselho.

– Seu conselho.

Sarah teve que parar de falar abruptamente. O garçom se aproximava para remover os pratos. O prato do dr. Percival estava vazio, mas o dela continuava praticamente intacto.

– O que me diz de uma velha torta de maçã inglesa, com cravo-da-índia e uma fatia de queijo? – perguntou o dr. Percival, inclinando-se para a frente e falando em voz baixa, como se estivesse indicando o preço que estava disposto a pagar por certos favores.

– Não, obrigada. Não quero mais nada.

– Oh! está certo! A conta então – disse o dr. Percival ao garçom, com visível desapontamento.

Assim que o garçom se afastou, ele censurou-a suavemente:

– Não deve ficar zangada, sra. Castle. Não há nada de pessoal em tudo isso. Se ficar furiosa, certamente irá tomar a decisão errada. É apenas uma questão de caixas.

O dr. Percival começou a expor a teoria, mas interrompeu-se bruscamente, como se por uma vez descobrisse que a metáfora era inaplicável.

– Sam é meu filho e o levarei comigo para onde quer que eu vá. Para Moscou, para Timbuctu, para...

– Não pode levar Sam até que ele tenha um passaporte. E estou ansioso em evitar que o MI5 tome qualquer medida preventiva contra você. Se eles souberem que está solicitando um passaporte... e pode estar certa de que inevitavelmente saberão...

Sarah levantou-se e foi embora, deixando tudo para trás, deixando o dr. Percival a esperar na mesa pela conta. Se ela tivesse ficado por mais um momento, não tinha certeza se poderia confiar em si mesma sobre a faca que permanecera em seu prato para o queijo. Vira certa vez um homem branco, tão bem nutrido quanto o dr. Percival, ser esfaqueado num jardim público em Johannesburg. E lhe parecera algo muito fácil de fazer. Da porta, tornou a olhar para ele. A grade na janela por trás dava a impressão de que ele estava sentado a uma mesa de uma delegacia policial. Evidentemente, ele a seguira com os olhos. E levantou o dedo indicador, sacudindo-o gentilmente na direção dela. Podia ser encarado como um gesto de admoestação ou de advertência. Mas Sarah não se importava.

CAPÍTULO II

1

Da janela do décimo segundo andar do grande prédio cinzento, Castle podia ver a estrela vermelha sobre a universidade. Havia uma certa beleza na vista, assim como em todas as cidades à noite. Somente à luz do dia é que era desolada. Haviam-lhe deixado bem claro, especialmente Ivan, que esperara seu avião em Praga e o acompanhara a uma reunião em algum lugar perto de Irkutsk, com um nome impronunciável, que tivera uma sorte extraordinária em conseguir aquele apartamento. Pertencera, os dois cômodos, mais a cozinha e um banheiro particular, a um camarada recentemente falecido, que quase conseguira mobiliá-lo inteiramente, antes de sua morte. Um apartamento vazio, como regra, continha apenas um aparelho de calefação. Tudo o mais, até o vaso sanitário, tinha que ser comprado. O que não era fácil e exigia muito tempo e ainda mais energia. Castle perguntava-se algumas vezes se não teria sido justamente por isso que o camarada morrera, esgotado pela longa procura da cadeira de braços de vime verde, do sofá marrom muito duro, sem almofadas, da mesa que parecia ter sido manchada de gordura de forma quase homogênea. O aparelho de televisão, o mais recente modelo em preto e branco, era um presente do governo. Ivan explicara tudo, cuidadosamente, na primeira visita que tinham feito ao apartamento. À sua maneira, insinuara sua dúvida pessoal sobre o merecimento da concessão daquele precioso apartamento. Ivan pareceu a Castle tão antipático quanto na ocasião em que o conhecera em Londres.

Talvez se ressentisse do fato de ter sido chamado de volta e atribuísse a culpa de tudo a Castle.

O objeto mais valioso no apartamento parecia ser o telefone. Estava coberto de poeira e desligado, mas mesmo assim possuía um valor simbólico. Talvez um dia, em breve, pudesse ser usado. Castle o usaria para falar com Sarah. Ouvir a voz dela significava tudo para ele, qualquer que fosse a comédia que tivesse de representar para os ouvintes... e certamente haveria muitos ouvintes. Ouvi-la faria com que a longa espera se tornasse suportável. Certa vez ele abordara o assunto com Ivan. Já percebera que Ivan preferia conversar na rua, mesmo nos dias mais frios. Como era trabalho de Ivan mostrar-lhe a cidade, decidira aproveitar uma oportunidade à saída da grande loja de departamentos GUM (um lugar onde se sentira quase em casa, porque lhe recordara as fotografias que vira do Crystal Palace). E perguntara:

— Acha que é possível que mandem ligar meu telefone?

Tinham ido à GUM para comprar um sobretudo revestido de pele para Castle, pois a temperatura estava alguns graus abaixo de zero.

– Posso pedir. Mas tenho a impressão de que, no momento, eles querem mantê-lo encoberto.

– É um processo longo?

– Foi, no caso de Bellamy. Mas você não é um caso tão importante. Não podemos conseguir muita publicidade.

– Quem é Bellamy?

– Deve estar lembrado dele. Era um homem muito importante no Conselho Britânico. Em Berlim Ocidental. O organismo sempre foi uma cobertura, como o Corpo de Paz, não é mesmo?

Castle não se dera ao trabalho de negar. Simplesmente não era da sua conta.

– Agora que falou, estou me lembrando do caso.

Acontecera durante o seu período de maior ansiedade, enquanto esperava por notícias de Sarah, em Lourenço Marques. Mas não se recordava dos detalhes da deserção de Bellamy. Por que alguém iria desertar do Conselho Britânico, e que valor ou mal tal deserção poderia ter para alguém?

– Bellamy ainda está vivo?

Tudo aquilo parecia ter ocorrido há muito tempo.

– Por que não estaria?

– O que ele faz?

– Vive da nossa gratidão. Como você. É verdade que inventamos um trabalho para ele. É consultor da nossa divisão de publicações. Tem uma *dacha* no campo. É uma vida muito melhor do que teria em sua terra, com uma pensão. Creio que farão o mesmo por você.

– Mandar-me ler livros numa *dacha* no campo?

– Exatamente.

– Há muitos nessa situação... vivendo da gratidão de vocês?

– Conheço pelo menos seis. Há Cruickshank e Bates... deve estar lembrado deles, pois eram do seu serviço. Deveremos encontrá-los no Aragvi, nosso restaurante georgiano, onde dizem que o vinho é muito bom. Claro que eu não posso ir lá por conta própria. E você irá vê-los também no Bolshoi, quando tiver autorização para sair à vontade.

Passaram pela Biblioteca Lênin.

– Poderá encontrá-los aqui também.

E depois de uma breve pausa, Ivan acrescentara, venenosamente:

– Lendo os jornais ingleses.

Ivan providenciara uma corpulenta mulher de meia-idade para fazer a limpeza no apartamento e ajudá-lo também a aprender um pouco de russo. Ela deu um nome russo a tudo o que havia no apartamento, apontando com o dedo grosso. Era muito exigente na pronúncia. Embora fosse vários anos mais jovem que Castle, tratava-o como se ele fosse um menino, com uma firmeza repressiva, que lentamente se transformara numa espécie de afeição maternal. Quando Ivan estava ocupado, ela ampliava o campo de suas lições, levando Castle em sua companhia à procura de comida no Mercado Central e em viagens pelo metrô. (Ela escrevia números num pedaço de papel, para explicar os preços e tarifas.) Depois de algum tempo, ela começou a mostrar-lhe fotografias de sua família. O marido era um jovem de uniforme, numa fotografia tirada em algum parque público, com os contornos do Kremlin recortados em cartolina por trás da cabeça. Usava o uniforme de forma um tanto desleixada (podia-se perceber que não estava acostumado) e sorria para a câmara com uma expressão de imensa ternura. Talvez a mulher estivesse parada atrás do fotógrafo. Ele fora morto em Stalingrado. Castle, por sua vez, mostrou-lhe fotografias de Sarah e Sam, que na fuga levara escondidas no sapato, algo que não confessara ao sr. Halliday. A mulher ficou surpresa ao verificar que eram pretos. Depois disso, por algum tempo, a atitude dela mudou, tornando-se distante. Ela não só tinha ficado chocada como também desorientada, pois Castle abalara todo o seu senso de ordem. Nisso, parecia-se bastante com a mãe dele. Em poucos dias, porém, ela voltou a ser como antes. Mas durante aqueles poucos dias, Castle sentiu um exílio dentro do exílio, a saudade de Sarah aumentando ainda mais.

Ele já estava em Moscou há duas semanas. Com o dinheiro que Ivan lhe dera, comprara alguns acessórios extras para o apartamento. Até mesmo encontrara edições escolares, em inglês, das peças de Shakespeare, de dois romances de Dickens, *Oliver Twist* e *Hard times,* além de *Tom Jones* e *Robinson Crusoé.* A neve subia até os tornozelos nas ruas secundárias, e ele sentia cada vez menos vontade de conhecer a cidade em passeios com Ivan ou até mesmo com Anna... o nome da empregada. De noite, esquentava um pouco de sopa e depois sentava, todo encolhido, perto da calefação, com o telefone empoeirado e desligado ao seu lado, lendo *Robinson Crusoé.* Às vezes, podia ouvir Crusoé falando, como se fosse num gravador, com sua própria voz: "Pus por escrito a situação de tudo o que era meu; não tanto para deixar a quem viesse depois de mim, pois não gostaria de ter mais que uns poucos herdeiros, mas sim para libertar meus pensamentos da concentração cotidiana e para ocupar minha mente".

Crusoé dividiu a satisfação e pesares de sua situação em "bem" e "mal". Sob o cabeçalho de "mal" escreveu: "Não tenho vivalma com que falar ou com que me aliviar". No lado oposto, do "bem", enumerou "tantas coisas necessárias", arrancadas dos destroços, para suprir minhas necessidades e permitir-me subsistir enquanto viver". Pois ele tinha a cadeira de braços verde de vime, a mesa manchada de gordura, o sofá incômodo e a calefação com a qual se aquecia agora. Seriam suficientes se Sarah ali estivesse... ela estava acostumada a condições bem piores, e Castle podia recordar alguns dos quartos sórdidos em que tinham sido obrigados a se encontrar e fazer amor, em hotéis infectos, sem discriminação de cor, nos bairros mais pobres de Johannesburg. Recordava-se de um quarto em particular, sem móveis, onde haviam sido muito felizes no chão. No dia seguinte, quando Ivan fez a sua habitual referência escarninha à "gratidão", Castle explodiu:

– Como pode chamar a isto de gratidão?

– Não são muitas as pessoas sozinhas que têm uma cozinha e um chuveiro só para si... e dois cômodos ainda por cima.

– Não estou me queixando disso. Mas prometeram-me que eu não ficaria sozinho. Prometeram-me que minha esposa e meu filho viriam também.

A intensidade da raiva dele deixou Ivan apreensivo.

– Isso às vezes demora.

– Nem mesmo tenho qualquer trabalho para fazer. Sou um homem vivendo de esmolas. É assim o maldito socialismo de vocês?

– Calma, calma... Espere mais um pouco. Assim que eles o liberarem...

Castle quase agrediu Ivan, e percebeu que o russo pressentiu-o. Ivan murmurou alguma coisa e depois desceu a escada de cimento.

2

Teria sido um microfone que transmitiu a cena a uma autoridade superior ou fora o próprio Ivan quem a comunicara? Castle não podia saber, mas o fato é que sua ira provocou os efeitos que desejava. Foi liberado, retiraram a cortina que o envolvia, afastaram até mesmo Ivan, conforme pôde constatar mais tarde. Assim como Ivan fora removido de Londres, porque deviam ter concluído que tinha o temperamento errado para ser o controle certo de Castle, ele aparecera agora mais uma vez, com uma aparência humilde, antes de sumir para sempre. Talvez eles tivessem um *pool* de controles, assim como em Londres havia um *pool* de secretárias. Ivan ficara por baixo. Mas ninguém, naquele tipo de serviço, era passível de ser despedido, pelo temor de revelações.

Ivan fez seu canto de cisne como intérprete num prédio não muito longe da prisão de Lubianka, que ele apontara orgulhosamente para Castle, num dos passeios anteriores. Castle perguntou-lhe, naquela manhã, para onde estavam indo. Ivan respondeu evasivamente:

– Eles decidiram sobre o seu trabalho.

A sala em que ficaram esperando estava revestida de livros, em horríveis encadernações econômicas. Castle leu os nomes de Stálin, Lênin e Marx em caracteres russos. Ficou satisfeito ao constatar que já estava começando a entender o russo. Havia na sala uma escrivaninha grande, sobre a qual repousava um luxuoso mata-borrão de couro e um bronze do século XIX, de um homem montado a cavalo. O bronze era muito grande e pesado para ser usado como peso de papéis. Portanto, só podia estar ali por motivos decorativos. Um homem idoso e corpulento, de cabelos grisalhos e um bigode antiquado, amarelado pela fumaça de cigarro, saiu por uma porta atrás da escrivaninha. Foi seguido por um jovem vestido corretamente, carregando uma pasta. Era como um acólito ajudando um sacerdote de sua fé. Apesar do bigode espesso, havia realmente algo de sacerdotal no velho, no sorriso bondoso e na mão que estendeu como se estivesse oferecendo uma bênção. Houve muita conversa, perguntas e respostas, entre os três. Depois, Ivan assumiu o papel de destaque, como intérprete.

– O camarada quer que saiba que o seu trabalho foi altamente apreciado. Quer que compreenda que a própria importância do seu trabalho tem-nos acarretado problemas que tiveram de ser resolvidos em alto nível. É por isso que você tem sido mantido isolado durante essas duas semanas. O camarada está preocupado em garantir-lhe que não deve pensar que houve qualquer falta de confiança. Desejava-se que a sua presença aqui só fosse conhecida da imprensa ocidental no momento certo.

– A esta altura, eles já devem saber que estou aqui – disse Castle. – Onde mais eu poderia estar?

Ivan traduziu e o velho respondeu; o jovem acólito sorriu com a resposta, baixando os olhos.

– O camarada diz: "saber não é a mesma coisa que publicar". A imprensa só pode publicar quando você estiver oficialmente aqui. A censura cuidaria de tal providência. Vai ser marcada uma entrevista coletiva para muito breve, e na ocasião lhe diremos o que deve falar aos jornalistas. Talvez façamos um pequeno ensaio antes.

– Diga ao camarada que eu quero ganhar a vida aqui.

– O camarada diz que já a ganhou, muitas vezes.

– Neste caso, espero que mantenham a promessa que me fizeram em Londres.

– E o que foi?

– Prometeram que minha esposa e meu filho em breve viriam também para cá. Diga-lhe, Ivan, que estou me sentindo terrivelmente solitário. Diga-lhe que quero usar meu telefone. Quero ligar para minha esposa, só isso, não para a embaixada britânica ou para um jornalista. Se a cortina foi levantada, então podem me deixar falar com ela.

A tradução levou bastante tempo. Castle sabia que uma tradução sempre acabava sendo mais longa do que o texto original. Só que, desta vez, estava excessivamente maior. Até mesmo o acólito parecia estar acrescentando algumas frases. O camarada importante mal se deu ao trabalho de falar. Continuou a olhar para os outros com uma expressão bondosa, como se fosse um bispo.

Finalmente, Ivan virou-se novamente para Castle. Tinha uma expressão amargurada que os outros não podiam ver. E disse:

– Eles estão ansiosos em contar com a sua colaboração na seção editorial que cuida da África.

Castle sacudiu a cabeça na direção do acólito, o qual se permitiu um sorriso encorajador.

– O camarada diz que gostaria que você fosse o principal consultor sobre literatura africana. Diz que há muitos escritores africanos e gostaria que escolhesse os mais importantes para tradução. E é claro que os melhores escritores (escolhidos por você) seriam convidados a nos fazer uma visita pela União dos Escritores. É um cargo muito importante, e eles estão felizes em oferecer-lhe.

O velho fez um gesto com a mão na direção das prateleiras, como se estivesse convidando Stálin, Lênin e Marx... ah, sim, havia Engels também... a darem as boas-vindas aos escritores africanos que ele iria escolher.

Castle disse:

– Eles não me responderam. Quero minha esposa e meu filho aqui comigo. Foi o que me prometeram. Boris prometeu.

Ivan disse:

– Não quero traduzir o que está dizendo. Tudo isso está a cargo de um departamento diferente. Seria um grande erro misturar os assuntos. Eles estão lhe oferecendo...

– Diga que me recuso a discutir o que quer que seja enquanto não falar com minha esposa.

Ivan deu de ombros e falou. Desta vez, a tradução não foi maior que o texto – uma frase brusca e furiosa. Foi o comentário do velho camarada que ocupou todo o espaço, como as notas ao pé da página de um livro supereditado. Para demonstrar que sua decisão era irreversível, Castle virou-se e ficou olhando pela janela, para a rua que mais parecia uma vala estreita entre as muralhas de concreto, as quais não podia divisar direito por causa da neve que caía, como que despejada de um balde imenso e inesgotável. Não era a neve que Castle recordava da infância e que associava a bolas de neve, histórias de fadas e brincadeiras com tobogãs. Aquela era uma neve implacável, interminável, aniquiladora, uma neve em que se podia esperar o fim do mundo.

Ivan disse, furioso:

– Vamos embora agora.

– O que eles disseram?

– Não compreendo a maneira como eles o estão tratando. Soube de Londres o tipo de porcaria que nos mandou. Vamos embora.

O velho camarada estendeu a mão, cortesmente; o jovem parecia um pouco perturbado. Lá fora, o silêncio da rua coberta de neve era tão intenso que Castle hesitou em rompê-lo. Os dois caminharam rapidamente, como inimigos secretos que estão procurando o local certo para resolver suas divergências de uma vez por todas. Finalmente, quando já não podia mais suportar a incerteza, Castle indagou:

– E então, qual foi o resultado de toda aquela conversa?

– Eles me disseram que eu estava cuidando de você da maneira errada. A mesma coisa que falaram quando me trouxeram de volta de Londres. "É preciso mais psicologia, camarada, mais psicologia!" Eu estaria muito melhor se fosse um traidor como você.

A sorte trouxe-lhes um táxi. Embarcaram rapidamente e seguiram viagem num silêncio ressentido. (Castle já notara que ninguém conversava num táxi.) Na porta do prédio de apartamentos, Ivan acabou transmitindo, relutantemente, a informação que Castle queria:

— O trabalho irá esperar por você. Não há o que temer. O camarada mostrou-se muito compreensivo. Vai conversar com os outros a respeito do seu telefone e de sua esposa. Ele suplica... suplica, foi essa a palavra que ele próprio usou... que você seja um pouco paciente. Disse que terá notícias muito em breve. Ele compreende... compreende, note bem... a sua ansiedade. Pois eu não compreendo nada. A minha psicologia está obviamente muito ruim.

Ele deixou Castle parado na entrada do prédio e afastou-se pela neve, desaparecendo de sua vida para sempre.

3

Na noite seguinte, quando Castle estava lendo *Robinson Crusoé* junto da calefação, alguém bateu na porta (a campainha estava escangalhada). Um senso de desconfiança crescera dentro dele ao longo de tantos anos de serviço secreto, e foi por isso que gritou, automaticamente, antes de abrir a porta:

— Quem é?

— Meu nome é Bellamy — respondeu uma voz estridente.

Castle destrancou a porta. Um homem pequeno e pálido, de casaco de pele cinzento e chapéu de astracã também cinzento, com um ar de timidez, entrou no apartamento. Era como um ator a representar um camundongo numa pantomima, esperando o aplauso de pequenas mãos. E disse:

— Moro perto daqui. Acabei tomando coragem e resolvi vir fazer uma visita.

Ele olhou para o livro na mão de Castle e acrescentou:

— Oh, Deus, interrompi sua leitura!

— É apenas *Robinson Crusoé*. Tenho muito tempo para ler.

– Ah, o grande Daniel! Ele foi um dos nossos.
– Um dos nossos?
– Talvez Defoe tenha sido mais um tipo do MI5 – Bellamy tirou as luvas de pele cinzentas e esquentou as mãos na calefação, olhando ao redor. – Posso ver que ainda está no estágio de indigência. Todos nós já passamos por isso. Eu mesmo não sabia onde encontrar as coisas, até que Cruickshank me ensinou. E depois eu ensinei a Bates. Ainda não os conheceu?
– Não.
– Não sei por que eles ainda não vieram procurá-lo. Você já foi liberado e ouvi dizer que a entrevista coletiva está para ser promovida.
– Como soube?
– Por intermédio de um amigo russo.

Bellamy soltou uma risadinha nervosa e tirou das profundezas do casaco de pele uma meia garrafa de uísque.

– Um pequeno *cadeau* para o novo membro.
– É muita gentileza sua. Sente-se. A cadeira é mais confortável que o sofá.
– Vou primeiro me desembrulhar... eis uma boa expressão.

Ele levou algum tempo para se desembrulhar, pois havia muitos botões. Depois de se acomodar na cadeira verde de vime, soltou outra risadinha e perguntou:

– Como vai o seu amigo russo?
– Não é lá muito amigo.
– Pois se livre dele. Não tenha compaixão. Eles querem que sejamos felizes.
– Como faço para me livrar dele?
– Basta mostrar a eles que o homem não é o seu tipo. Uma palavra indiscreta a ser captada por um desses pequenos aparelhos eletrônicos para os quais provavelmente estamos falando neste momento. Quer saber de uma coisa? Assim que cheguei aqui, eles me confiaram... não vai nunca acreditar... a uma mulher de meia-idade da União dos Escritores. Deve ter sido porque eu era do Conselho Britânico. Não demorei a aprender como resolver uma situação dessas. Sempre que Cruickshank e eu nos reuníamos, não deixava de me referir a

ela, desdenhosamente, como "minha governanta". Ela não durou muito tempo. Foi embora antes que Bates chegasse e... sei que é errado da minha parte achar graça... ele acabou casando com ela.

– Não entendi como foi... isto é, por que eles o quiseram aqui. Eu estava fora da Inglaterra quando isso aconteceu e não li as notícias dos jornais.

– Os jornais, meu caro, são terríveis. Simplesmente me crucificaram. Li-os depois, na Biblioteca Lênin. Qualquer um pensaria que eu era uma espécie de Mata Hari.

– Mas qual o valor que você tinha para eles... no Conselho Britânico?

– Eu tinha um amigo alemão e ele estava infiltrando uma porção de agentes no Leste. Nunca lhe passou pela cabeça que a minha pequena pessoa estava observando-o o tempo todo e tomando anotações. E depois o menino tolo foi seduzido por uma mulher horrível. Merecia ser castigado. Eu jamais teria feito qualquer coisa para pô-lo em risco, mas seus agentes... É claro que ele adivinhou quem era o responsável por tudo. Admito que não criei muitos obstáculos para ele adivinhar. Mas tive que escapar muito depressa, porque ele foi à embaixada para falar de mim. E não sabe como fiquei contente quando deixei tudo aquilo para trás.

– E sente-se feliz aqui?

– Claro que me sinto. A felicidade sempre me parece uma questão de pessoas e não de lugares. E tenho aqui um ótimo amigo. Claro que é contra a lei, mas eles fazem exceções no serviço, e ele é um oficial da KGB. Compreendo que o pobre garoto de vez em quando tem que ser infiel no cumprimento do dever. Mas é muito diferente do que aconteceu com meu amigo alemão... pois não é amor. Às vezes, chegamos mesmo a rir um pouco dos casos. Se você está solitário, ele conhece uma porção de garotas.

– Não estou solitário... enquanto durar meu livro.

– Vou lhe mostrar um lugarzinho onde poderá comprar brochuras em inglês por baixo do balcão.

Já era meia-noite antes que eles terminassem a meia

garrafa de uísque, e Bellamy despediu-se. Passou muito tempo a vestir novamente todas as peles e continuou falando durante todo o tempo:

– Tem que conhecer Cruickshank. Vou dizer a ele que estive com você. E precisa conhecer Bates também, é claro. Mas isso significa que terá de conhecer também a sra. União-dos-Escritores Bates.

Ele esquentou bastante as mãos antes de pôr as luvas. Dava a impressão de estar inteiramente em casa, embora confessasse:

– Eu me senti um pouco infeliz a princípio, é verdade. Sentia-me perdido, até que conheci meu amigo... como naquele coro de Swinburne, "os rostos estranhos, a vigília silenciosa e..." como é mesmo que continua?... ah, sim... "Toda a dor!" Eu costumava fazer conferências sobre Swinburne... um poeta menosprezado.

Já na porta, acrescentou:
– Precisa conhecer minha *dacha* assim que a primavera chegar...

4

Depois de alguns dias, Castle descobriu que sentia falta até de Ivan. Precisava de alguém a quem detestar. Não podia, se quisesse ser justo, detestar Anna, que parecia compreender que agora ele estava ainda mais sozinho do que nunca. Ela demorava-se um pouco mais de manhã e dizia-lhe ainda mais nomes russos, apontando com o dedo roliço. Tornou-se ainda mais exigente com a pronúncia de Castle. Começou a acrescentar verbos ao vocabulário dele. O primeiro foi o equivalente a "correr". Ela fez os movimentos de correr, erguendo os cotovelos e os joelhos, alternadamente. Devia receber seus salários de outra fonte, porque Castle não lhe pagava nada. Aliás, o pequeno estoque de rublos que Ivan lhe dera ao chegar já estava consideravelmente reduzido.

Uma das partes dolorosas de seu isolamento era o fato de não ganhar nada. Começou a desejar até mesmo uma escrivaninha em que pudesse sentar-se e examinar relações de escritores africanos. Poderiam afastar seus pensamentos, por algum tempo, do que acontecera com Sarah. Por que ela ainda não viera encontrar-se com ele, trazendo Sam? O que eles estavam fazendo para cumprir a promessa?

Uma noite, às nove e meia, ele chegou ao fim do suplício de Robinson Crusoé. Ao verificar a hora, estava se comportando um pouco como Crusoé. "E assim deixei a ilha, no dia 19 de dezembro, e descobri pelo diário de bordo do navio, no ano de 1686, depois de ali ter passado vinte anos, dois meses e dezenove dias..." Castle foi até a janela. A neve, por um momento, não estava caindo, e pôde divisar claramente a estrela vermelha sobre a universidade. Mesmo àquela hora, as mulheres estavam trabalhando, removendo neve. De cima, elas pareciam enormes tartarugas. Alguém estava tocando a campainha de sua porta. Que tocasse! Ele não iria abrir. Provavelmente era apenas Bellamy ou talvez alguém ainda mais indesejável, o desconhecido Cruickshank ou o desconhecido Bates. Mas a campainha não estava escangalhada? Castle virou-se bruscamente e olhou para o telefone, aturdido. Era o telefone que estava tocando!

Levantou o fone e uma voz lhe falou em russo. Não conseguiu entender uma só palavra. Não houve mais nada, a não ser o ruído estridente de discar. Castle continuou com o fone encostado no ouvido, estupidamente, esperando. Talvez o telefonista tivesse lhe dito para esperar. Ou será que lhe dissera: "Ponha o fone no gancho que chamaremos de novo"? Talvez fosse um telefonema da Inglaterra. Relutantemente, Castle acabou repondo o fone no gancho. Sentou ao lado do aparelho, esperando que tocasse de novo. Já fora "desembrulhado" e parecia agora que fora "ligado". Teria entrado em "contato" se tivesse conseguido aprender as frases certas de Anna. Mas não sabia nem mesmo como chamar o telefonista. Não havia catálogo telefônico no apartamento. Era algo que verificara assim que chegara.

Mas o telefonista devia ter-lhe informado alguma coisa. Tinha certeza de que a qualquer momento o telefone voltaria a tocar. Adormeceu ao lado do aparelho e sonhou, como não acontecia há uma dúzia de anos, com a primeira esposa. No sonho, eles brigavam como jamais tinham feito na vida.

Anna encontrou-o pela manhã adormecido na cadeira de vime. Quando ela o acordou, Castle disse:

– Anna, o telefone foi ligado.

Como ela não compreendesse, Castle apontou para o telefone e disse:

– Trrrimmm, trrrimmm.

Os dois riram, alegremente, pelo absurdo de um som tão infantil na boca de um homem já idoso. Castle tirou a fotografia de Sarah e tornou a apontar para o telefone. Anna sacudiu a cabeça e sorriu para encorajá-lo. E Castle pensou: ela vai se dar bem com Sarah, vai mostrar-lhe onde fazer compras, vai ensinar-lhe palavras russas, vai gostar de Sam.

5

Mais tarde, naquele mesmo dia, quando o telefone novamente tocou, Castle teve certeza de que devia ser Sarah. Alguém em Londres devia tê-la informado do número, possivelmente Boris. Sentia a beca ressequida e mal conseguia dizer:

– Alô? Quem está falando?
– Boris.
– Onde você está?
– Aqui em Moscou.
– Esteve com Sarah?
– Falei com ela.
– E ela está bem?
– Está, sim.
– E Sam?
– Ele também está bem.
– Quando eles estarão aqui?
– É sobre isso que desejo falar-lhe. Fique aí, por favor. Não saia. Estou indo para seu apartamento.
– Mas quando irei vê-los?

– É o que precisamos conversar. Há algumas dificuldades.
– Que dificuldades?
– Espere até eu chegar aí.

Castle não conseguiu ficar quieto. Pegou um livro, largou-o um instante depois. Foi até a cozinha, onde Anna estava preparando uma sopa. Ela disse:
– Trrrimmm, trrrimmm.

Mas já não era mais engraçado. Castle voltou à janela. Estava nevando novamente. Quando finalmente bateram na porta, ele tinha a impressão de que se haviam passado muitas horas.

Boris estendeu-lhe uma sacola de plástico de *free shop* de aeroporto.
– Sarah pediu-me que lhe trouxesse J&B. Uma garrafa dela e outra de Sam.
– Quais são as dificuldades, Boris?
– Dê-me pelo menos o tempo suficiente para tirar o casaco.
– Esteve realmente com ela?
– Falei com ela pelo telefone. De um telefone público. Ela está no campo, com sua mãe.
– Já sei.
– Eu teria chamado muita atenção se fosse visitá-la lá.
– Então como soube que ela está bem?
– Ela me disse.
– E ela parecia estar bem?
– Tenho certeza de que ela está bem, Maurice.
– Quais são as dificuldades? Você conseguiu me tirar de lá!
– O que foi muito simples. Um passaporte falso, o golpe do homem cego e aquele pequeno tumulto que providenciamos na imigração, enquanto você era levado pela aeromoça para o avião da Air France. Um homem parecido com você, indo para Praga. O passaporte dele não estava em ordem...
– Ainda não me disse quais são as dificuldades.
– Sempre imaginamos que, depois que você estivesse

em segurança aqui, eles não poderiam impedir que Sarah viesse também.

– E não podem.

– Sam não tem passaporte. Deveria tê-lo incluído no passaporte da mãe. Aparentemente, pode levar muito tempo para providenciar. E há mais: seu pessoal já insinuou que, se Sarah tentar partir, poderá ser presa sob a acusação de cumplicidade. Ela era amiga de Carson, foi sua agente em Johannesburg... Meu caro Maurice, lamento dizer, mas as coisas não são absolutamente tão simples quanto pensávamos.

– Você prometeu!

– Sei que prometemos. De boa-fé. Talvez ainda fosse possível tirá-la da Inglaterra clandestinamente, se ela deixasse o menino. Mas Sarah diz que não fará isso jamais. O menino não se sente feliz na escola, não se sente feliz com sua mãe.

A sacola de plástico continuava esperando em cima da mesa. Havia sempre uísque... o remédio contra o desespero. Castle disse:

– Por que me tirou de lá? Eu não corria nenhum perigo imediato. Pensei que estava em perigo, mas você devia saber...

– Você enviou o sinal de emergência. Nós atendemos.

Castle rasgou o plástico, abriu a garrafa de uísque. O rótulo de J&B doía como uma triste recordação. Despejou duas doses reforçadas.

– Não tenho soda.

– Não tem importância.

– Sente-se na cadeira, Boris. O sofá é tão duro quanto um banco de escola.

Castle tomou um gole. Até mesmo o sabor do J&B doía. Se Boris tivesse lhe trazido um uísque diferente, Haig, White Horse, Vat 69, Grant's – ele recitou para si mesmo os nomes das marcas de uísque que nada lhe significavam, para manter a mente em branco e o desespero sob controle, até o J&B começar a produzir efeito. – Johnnie Walker, Queen Anne, Teacher's. Boris interpretou erroneamente o silêncio dele e disse:

— Não precisa se preocupar com microfones. Aqui, em Moscou, pode-se dizer que estamos seguros no centro do ciclone.

Uma pausa e ele acrescentou:

— Era muito importante para nós tirá-lo da Inglaterra.

— Por quê? As anotações de Muller estavam seguras com o velho Halliday.

— Nunca deram a você o quadro real, não é mesmo? Aqueles fragmentos de informações econômicas que nos transmitia não tinham qualquer valor por si mesmos.

— Então por quê...?

— Sei que não estou sendo muito claro. Não estou acostumado a uísque. Mas deixe-me tentar explicar. Sua gente imaginava que tinha um agente no posto, aqui em Moscou. Mas fomos nós que o plantamos para eles. As informações que você nos transmitia, entregávamos a ele para que as mandasse de volta. Seus relatórios deram autenticidade ao nosso homem aos olhos de sua gente, pois podiam ser verificados. E, durante todo o tempo, nosso homem estava transmitindo também outras informações... falsas. Era esse o verdadeiro valor dos seus informes. Um ótimo golpe. Mas foi então que aconteceu o caso Muller e a Tio Remus. Decidimos que a melhor maneira de neutralizar a Tio Remus era a publicidade. Mas não podíamos fazer isso e deixá-lo em Londres. Você tinha que ser a nossa fonte... trouxe consigo as anotações de Muller.

— Eles saberão também que eu trouxe notícias do vazamento aqui.

— Exatamente. Não podemos mais continuar com essa manobra. O agente deles em Moscou irá desaparecer por trás de uma cortina de silêncio. Talvez, dentro de alguns meses, cheguem rumores à sua gente de que houve aqui um julgamento secreto. Isso fará com que fiquem ainda mais convencidos de que todas as informações que receberam eram verídicas.

— Pensei que estava apenas ajudando o povo de Sarah.

— Estava fazendo muito mais do que isso. E amanhã irá dar uma entrevista coletiva.

– E se eu me recusar a falar a menos que tragam Sara....

– Poderemos nos safar sem você. Mas, neste caso, não pode esperar que resolvamos o problema de Sarah. Nós lhe somos gratos, Maurice. Mas a gratidão, como o amor, precisa ser renovada diariamente ou está sujeita a morrer.

– Está falando agora como Ivan costumava falar.

– Não, Maurice, não como Ivan. Sou seu amigo. Quero continuar seu amigo. E um homem precisa desesperadamente de um amigo para começar vida nova em novo país.

A oferta de amizade tinha agora o som de ameaça ou advertência. Castle recordou-se da noite em Watford em que procurara em vão o apartamento miserável com o quadro da Berlitz na parede. Parecia-lhe que toda a sua vida, depois que ingressara no serviço, aos vinte e poucos anos, fora marcada pela impossibilidade de falar. Como um trapista, escolhera a profissão do silêncio e agora reconhecia, tarde demais, que fora uma vocação errada.

– Tome outro uísque, Maurice. As coisas não estão tão ruins assim. Você precisa apenas ter um pouco de paciência, mais nada.

Castle tomou outro uísque.

CAPÍTULO III

1

O médico confirmou as apreensões de Sarah em relação a Sam. Mas fora a sra. Castle quem primeiro reconhecera a natureza da tosse dele. Os velhos não precisam de instrução médica; parecem acumular diagnósticos ao longo de uma vida inteira de experiências, ao invés de em apenas seis anos de estudos intensivos. O médico, no fundo, não era mais do que uma exigência legal, para assinar a receita da sra. Castle. Era ainda jovem e tratou a sra. Castle com todo o respeito, como se ela fosse um especialista eminente, com quem poderia aprender muita coisa. Ele perguntou a Sarah:

– Havia muita coqueluche... em sua terra?

A terra a que ele se referia era obviamente a África.

– Não sei. Acha que é perigoso?

– Não, não e perigoso. Mas será uma quarentena um tanto prolongada.

O que era uma frase nada tranqüilizadora. Sem Maurice, Sarah tinha ainda maior dificuldade em disfarçar sua ansiedade, porque não era partilhada. A sra. Castle estava se mostrando inteiramente calma, se bem que um pouco irritada pela quebra da rotina. Se não fosse por aquela estúpida briga, ela obviamente pensava, Sam poderia curtir sua doença em Berkhamsted, longe dali. Ela poderia perfeitamente transmitir os conselhos necessários pelo telefone. Deixou os dois, jogando um beijo na direção de Sam, e desceu para ver televisão.

– Posso ficar doente em casa? – perguntou Sam.

– Não. Tem que ficar aqui de cama.

– Eu gostaria que Buller estivesse aqui para conversar com ele.

Ele sentia mais saudade de Buller do que de Maurice.

– Quer que eu leia para você?

– Quero, sim, por favor.

– E depois você tem que dormir.

Sarah havia apanhado alguns livros ao acaso, na pressa da partida. Entre eles estava o que Sam chamara de livro do jardim. Ele gostava daquele livro muito mais do que a mãe. As recordações da infância dela não continham qualquer jardim. A luz forte do sol incidia sobre os telhados de ferro corrugado e sobre um chão de terra batida. Mesmo com a presença dos metodistas não havia relva. Ela abriu o livro. A voz da televisão murmurava lá embaixo, na sala de estar. Não podia ser confundida por engano, mesmo à distância, com uma voz humana. Era uma voz que parecia uma lata de sardinhas. Empacotada.

Sam já estava dormindo antes mesmo que ela abrisse o livro, um braço caído para fora da cama, como era seu hábito, para Buller lamber. Sarah pensou: eu o amo, é claro que o amo, mas ele é como as algemas da Polícia de Segurança em meus pulsos. Iriam se passar semanas antes que ela fosse liberada, e mesmo então... Sarah estava de volta ao Brummell's, olhando para o dr. Percival a sacudir-lhe o dedo, em sinal de advertência. Será que eles teriam providenciado tudo aquilo?

Fechou a porta suavemente e desceu. A voz enlatada fora desligada e a sra. Castle estava esperando-a, de pé, na base da escada.

– Perdi o noticiário – disse Sarah. – Sam queria que eu lesse um pouco para ele; mas dormiu logo.

A sra. Castle olhava para algum ponto além dela, com uma expressão furiosa, como se divisasse um horror que era a única capaz de ver.

– Maurice está em Moscou – disse a sra. Castle.

– Eu já sabia.

– Ele apareceu na televisão, com uma porção de jornalistas. Justificando-se. Ele teve a coragem, a desfaçatez... Foi por isso que brigou com ele? Fez muito bem em deixá-lo!

– Não foi esse o motivo da nossa separação. Apenas simulamos uma briga. Maurice não queria que eu fosse envolvida.

– Você estava envolvida?

– Não.

– Graças a Deus! Eu não gostaria de expulsá-la desta casa com o menino doente.

– Teria expulsado Maurice se soubesse antes?

– Não. Eu o teria detido aqui apenas pelo tempo suficiente para chamar a polícia.

Ela virou-se e voltou para a sala de estar, caminhando como se estivesse cega, até esbarrar no aparelho de televisão. E era mesmo como se estivesse cega, pois seus olhos estavam fechados, Sarah percebeu. Pôs a mão no braço da sra. Castle.

– Sente-se. Foi um terrível choque.

A sra. Castle abriu os olhos. Sarah esperava vê-los cheios de lágrimas, mas estavam secos... secos e impiedosos.

– Maurice é um traidor.

– Tente compreender, sra. Castle. A culpa foi minha e não de Maurice.

– Você disse que não estava envolvida.

– Maurice estava querendo ajudar meu povo. Se não tivesse me amado e a Sam... Foi o preço que ele pagou para salvar-nos. Não pode imaginar, aqui na Inglaterra, os horrores de que ele nos salvou.

– Um traidor!

Sarah perdeu o controle ao ouvir a acusação reiterada.

– Pois muito bem, então ele é um traidor! Um traidor de quem? De Muller e seus amigos? Da Polícia de Segurança?

– Não tenho a menor idéia de quem seja Muller. Ele é um traidor do seu país.

– Ah, o país dele! – exclamou Sarah, desesperada com todos os clichês fáceis que contribuem para formar um julgamento. – Ele disse certa vez que eu era o seu país. Eu e Sam.

– Estou contente pelo fato de o pai dele estar morto.

Era outro clichê. Num momento de crise, talvez fosse aos velhos clichês que a pessoa se apegasse, como uma criança aos pais.

– Talvez o pai dele pudesse compreender melhor.

Era uma discussão sem sentido, como a que tivera na última noite com Maurice.

– Desculpe, sra. Castle. Não quis dizer isso.

Ela estava disposta a render-se a qualquer coisa, por um pouco de paz.

– Vou embora assim que Sam melhorar.

– Para onde?

– Para Moscou... se me deixarem.

– Não vai levar Sam. Ele é meu neto. Sou a tutora dele.

– Só se Maurice e eu estivermos mortos.

– Sam é um súdito britânico. Farei dele um pupilo da coroa. Amanhã mesmo irei procurar meu advogado.

Sarah não tinha a menor idéia do que fosse um pupilo da coroa. Mas sabia que era mais um obstáculo que nem mesmo a voz que lhe falara por um telefone público levara em consideração. A voz pedira desculpas; alegara, assim como o dr. Percival fizera, que era um amigo de Maurice. Mas Sarah confiara mais nela, apesar da cautela e ambigüidade, apesar do vestígio de sotaque estrangeiro na voz.

A voz se desculpara pelo fato de Sarah ainda não estar a caminho, ao encontro do marido. Isso podia ser providenciado quase imediatamente se ela fosse sozinha. A criança tornava quase impossível que ela passasse despercebida, por mais eficaz que fosse o plano.

Sarah respondera, com desespero na voz: "Não posso deixar Sam sozinho". A voz lhe assegurara que, no momento oportuno, seria encontrado um meio de levar Sam também. Se ela confiasse nele... O homem começara a dar indicações veladas de como e quando poderiam se encontrar, o que ela deveria levar, apenas uma valise e um agasalho, o resto poderia ser comprado ao final da viagem. Mas Sarah o interrompera: "Não! Não posso ir sem Sam!"

E desligara o telefone. Agora, ainda havia a doença de Sam e aquela expressão misteriosa que a atormentou a caminho do quarto... Um "pupilo da coroa"... Parecia um quarto num hospital. Uma criança poderia ser forçada a ir para um hospital, assim como era obrigada a ir para uma escola?

2

Não havia ninguém a quem perguntar. Em toda a Inglaterra, ela não conhecia ninguém além da sra. Castle, do açougueiro, do quitandeiro, da bibliotecária, da professora... e do sr. Bottomley, é claro, que constantemente aparecia, quando não telefonava. Ele vivera tanto tempo em sua missão africana que talvez só se sentisse realmente em casa com Sarah. Era um homem bondoso e inquisitivo, pródigo em banalidades piedosas. Sarah imaginava o que ele diria se pedisse sua ajuda para fugir da Inglaterra.

Na manhã seguinte à entrevista coletiva, o dr. Percival telefonou, pelo que parecia ser uma estranha razão. Aparentemente, estavam devendo algum dinheiro a Maurice e queriam saber o número da conta bancária dele a fim de efetuar o pagamento. Eles pareciam ser escrupulosamente honestos nas pequenas coisas. Mas, depois, Sarah começou a pensar se eles não estariam com receio de que dificuldades financeiras pudessem levá-la a adotar recursos desesperados. Podia ser uma espécie de suborno para mantê-la quieta. O dr. Percival disse-lhe, ainda com o tom cordial de médico da família:

— Fico contente ao constatar que está sendo sensata, minha cara. Continue a ser sensata.

Era quase como se ele estivesse dizendo: "Continue a tomar antibióticos".

E depois, às sete horas da noite, quando Sam dormia e a sra. Castle estava em seu quarto, arrumando-se para o jantar, o telefone tocou novamente. Era uma hora improvável para ser o sr. Bottomley, pensou Sarah. Foi atender... e era Maurice. A ligação estava tão clara que parecia até que ele estava falando da sala ao lado. Atônita, Sarah perguntou:

— Onde você está, Maurice?

— Você sabe onde estou. Eu a amo, Sarah.

— Eu o amo, Maurice.

— Temos que falar depressa, pois nunca se sabe quando eles poderão cortar a ligação. Como está Sam?

— Está doente, mas não é nada grave.

— Boris disse que ele estava bem.

— Eu não disse a ele. Era apenas mais uma dificuldade. Há uma porção de dificuldades.

— Sei disso. Dê um beijo em Sam por mim.

— Claro.

— Não precisamos mais continuar a fingir. Eles estarão sempre escutando.

Houve uma pausa. Sarah pensou que ele se fora ou haviam cortado a ligação. Mas Maurice logo voltou a falar.

— Sinto uma saudade terrível de você, Sarah.

— Oh, querido, eu também sinto saudade de você! Mas não posso deixar Sam aqui!

— Claro que não pode. Compreendo perfeitamente.

Num súbito impulso, do qual se arrependeu imediatamente, Sarah disse:

— Quando ele estiver um pouco mais crescido...

Soava como a promessa de um futuro distante, quando ambos estariam muito velhos.

– Seja paciente, querido.

– Tem razão. Boris me disse a mesma coisa. Serei paciente. Como está mamãe?

– Prefiro não falar a respeito dela. Vamos falar apenas sobre nós. Diga-me como você está.

– Todo mundo aqui é ótimo. Eles me deram uma espécie de emprego. Estão gratos. Por muito mais do que eu tencionei fazer.

Ele disse alguma coisa que Sarah não entendeu, porque houve alguns estalidos na ligação... algo a respeito de uma caneta-tinteiro e um bolinho com chocolate dentro.

– Minha mãe não estava longe da verdade.

– Tem amigos aí, Maurice?

– Tenho, sim. Não estou sozinho. Não se preocupe, Sarah. Há um inglês que pertencia ao Conselho Britânico. Convidou-me a visitar sua *dacha* no campo quando a primavera chegar. Quando a primavera chegar. – Ele repetiu a frase com uma voz que Sarah mal reconheceu... a voz de um velho que já não podia mais contar com certeza com qualquer primavera futura.

– Maurice, Maurice, por favor, continue a ter esperança... – Mas no silêncio opressivo e ininterrupto que se seguiu, ela compreendeu que a ligação para Moscou fora cortada.

SOBRE O AUTOR

Graham Greene nasceu no vilarejo de Berkhamsted, em Hertfordshire, ao norte de Londres, em 2 de outubro de 1904, o quarto de seis filhos. Seus pais, Charles Henry Greene e Marion Raymond, eram primos de primeiro grau e membros de uma grande e influente família da burguesia. Foi educado primeiramente na Grammar School de Berkhamsted, que era dirigida por seu pai. Infeliz com o internato, fez várias tentativas de suicídio, incluindo o jogo de roleta-russa, segundo o próprio Greene. Em 1921, aos dezessete anos, realizou um tratamento de psicoterapia em Londres, que durou sete meses, depois do qual passou a freqüentar a escola durante o dia, ao mesmo tempo em que morava com a sua família. Depois, cursou o Balliol College, de Oxford. Em 1926 tornou-se editor assistente do *The Times* e conheceu a católica (por conversão) Vivien Dayrell-Browning. Converteu-se também ele, ainda nesse ano, e o catolicismo viria a desempenhar um papel determinante na sua obra. Casaram-se um ano depois e tiveram dois filhos.

Greene publicou seu primeiro romance, *The Man Within*, em 1929, e o livro teve uma recepção boa o bastante para convencê-lo a abandonar o jornalismo como atividade principal para dedicar-se à literatura. A seguir publicou *The Name of Action* (1930) e *Rumour at Nightfall* (1932), que não tiveram sucesso e que ele nunca mais deixou que fossem reeditados. A fama como escritor veio em 1932, com a publicação de *Stamboul Train*, que Greene chamou de "divertimento" (nessa classificação incluiria seus romances de suspense e mistério, embora tivessem sempre um viés filosófico), em oposição a outros romances seus, que ele chamava de "sérios". A renda como romancista Greene complementava com pequenos trabalhos jornalísticos. Em 1934, publicou o romance *It's a battlefield*; em 1935, *England made me,* e viajou pela Libéria. Na volta foi contratado como crítico de cinema para o *Spectator*, função que desempenhou até 1939. Em 1936, publicou o romance *A Gun for Sale* e o livro de viagem sobre a África, *Journey without Maps*. Em 1938, ano da publicação de *Brighton Rock* [*O condenado*], visitou o México, para relatar as perseguições religiosas que lá ocorriam. Como resultado, escreveu *The Lawless Road* (1939) e o célebre romance *The Power and the Glory* [*O poder e a glória*] (1940), considerado por muitos seu trabalho mais profundo e que seria condenado pelo Vaticano em 1953. Em 1939, publicou também *The Confidential Agent*. Em 1940, tornou-se editor literário do *Spectator*. No ano seguinte ele começou a trabalhar no Ministério das Relações Exteriores, mais especificamente no departamento de inteligência M16, tendo sido recrutado pelo célebre agente duplo Kim Philby. Foi mandado para Serra Leoa, onde permaneceu de 1941 a 1943 (quando publicou o romance *The Ministry of Fear*). Essa estada gerou, mais tarde, o romance *The Heart of the Matter* (1948), passado no oeste da África. Seguiram-se ainda os romances *The Third Man* (1950, escrito como um argumento para o cinema), *The End of the Affair* [*Fim de caso*] (1951), *The Quiet American* [*O americano tranqüilo*] (1955), *Loser Takes All* (1955), *Our Man in Havana* (1958), *A Burnt-Out Case* (1960), *The Comedians* [*Os farsantes*] (1965), *Travels with My Aunt* (1969), *The Honorary Consul* [*O cônsul honorário*] (1973), *The Human Factor* (1978), *Doctor Fischer of Geneva or The Bomb Party* (1980), *Monsignor Quixote* (1982), *The Tenth Man* [*O décimo homem*] (1985) e *The Captain and the Enemy* (1988).

No decorrer de sua carreira, a distinção entre romances de entretenimento e romances "sérios" atenuou-se, de modo que suas últimas obras, como *The Human Factor*, *The Comedians*, *Our Man in Havana* e *The Quiet American* são uma mescla dos dois estilos. Também nestes últimos livros, o papel do catolicismo decresceu, em relação à importância dada à temática religiosa em seus primeiros livros. Toda sua obra, porém, é permeada por personagens atormentados por crises morais e existenciais, presos em meio ao pecados e numa realidade que desafia a colocação em prática do ideal religioso.

Nas palavras do romancista William Golding, Greene foi "o derradeiro cronista da consciência e da ansiedade do homem do século XX". Sua orientação política tendeu sempre à esquerda, e no final da vida Greene criticava ferrenhamente o imperialismo norte-americano, além de apoiar Fidel Castro, que ele conhecera pessoalmente. Em 1966, mudou-se para a cidade de Antibes, na França, e seus últimos anos foram passados em Vevey, na Suíça. Morreu em abril de 1991.

Graham Greene escreveu também vários livros de contos, *In search of a character* (1961), um relato de viagem na África, oito peças teatrais, quatro livros autobiográficos – *A Sort of Life* (1971), *Ways of Escape* (1980) e *A World of My Own* (1992, publicado postumamente) e *Getting to know the general* [*O lobo solitário*] (1984) – e quatro livros infantis, além de inúmeros ensaios, críticas literárias e de cinema. Muitos de seus romances e contos foram adaptados para o cinema e para a televisão.

Coleção **L&PM** POCKET (LANÇAMENTOS MAIS RECENTES)

323. **Brasil Terra à Vista** – Eduardo Bueno
324. **Radicci 2** – Iotti
325. **Júlio César** – William Shakespeare
326. **A carta de Pero Vaz de Caminha**
327. **Cozinha Clássica** – Sílvio Lancellotti
328. **Madame Bovary** – Gustave Flaubert
329. **Dicionário do viajante insólito** – M. Scliar
330. **O capitão saiu para o almoço...** – Bukowski
331. **A carta roubada** – Edgar Allan Poe
332. **É tarde para saber** – Josué Guimarães
333. **O livro de bolso da Astrologia** – Maggy Harrissonx e Mellina Li
334. **1933 foi um ano ruim** – John Fante
335. **100 receitas de arroz** – Aninha Comas
336. **Guia prático do Português correto – vol. 1** – Cláudio Moreno
337. **Bartleby, o escriturário** – H. Melville
338. **Enterrem meu coração na curva do rio** – Dee Brown
339. **Um conto de Natal** – Charles Dickens
340. **Cozinha sem segredos** – J. A. P. Machado
341. **A dama das Camélias** – A. Dumas Filho
342. **Alimentação saudável** – H. e Â. Tonetto
343. **Continhos galantes** – Dalton Trevisan
344. **A Divina Comédia** – Dante Alighieri
345. **A Dupla Sertanojo** – Santiago
346. **Cavalos do amanhecer** – Mario Arregui
347. **Biografia de Vincent van Gogh por sua cunhada** – Jo van Gogh-Bonger
348. **Radicci 3** – Iotti
349. **Nada de novo no front** – E. M. Remarque
350. **A hora dos assassinos** – Henry Miller
351. **Flush - Memórias de um cão** – Virginia Woolf
352. **A guerra no Bom Fim** – M. Scliar
353(1). **O caso Saint-Fiacre** – Simenon
354(2). **Morte na alta sociedade** – Simenon
355(3). **O cão amarelo** – Simenon
356(4). **Maigret e o homem do banco** – Simenon
357. **As uvas e o vento** – Pablo Neruda
358. **On the road** – Jack Kerouac
359. **O coração amarelo** – Pablo Neruda
360. **Livro das perguntas** – Pablo Neruda
361. **Noite de Reis** – William Shakespeare
362. **Manual de Ecologia** – vol.1 – J. Lutzenberger
363. **O mais longo dos dias** – Cornelius Ryan
364. **Foi bom prá você?** – Nani
365. **Crepusculário** – Pablo Neruda
366. **A comédia dos erros** – Shakespeare
367(5). **A primeira investigação de Maigret** – Simenon
368(6). **As férias de Maigret** – Simenon
369. **Mate-me por favor (vol.1)** – L. McNeil
370. **Mate-me por favor (vol.2)** – L. McNeil
371. **Carta ao pai** – Kafka
372. **Os Vagabundos iluminados** – J. Kerouac
373(7). **O enforcado** – Simenon
374(8). **A fúria de Maigret** – Simenon
375. **Vargas, uma biografia política** – H. Silva
376. **Poesia reunida (vol.1)** – A. R. de Sant'Anna
377. **Poesia reunida (vol.2)** – A. R. de Sant'Anna
378. **Alice no país do espelho** – Lewis Carroll
379. **Residência na Terra 1** – Pablo Neruda
380. **Residência na Terra 2** – Pablo Neruda
381. **Terceira Residência** – Pablo Neruda
382. **O delírio amoroso** – Bocage
383. **Futebol ao sol e à sombra** – E. Galeano
384(9). **O porto das brumas** – Simenon
385(10). **Maigret e seu morto** – Simenon
386. **Radicci 4** – Iotti
387. **Boas maneiras & sucesso nos negócios** – Celia Ribeiro
388. **Uma história Farroupilha** – M. Scliar
389. **Na mesa ninguém envelhece** – J. A. P. Machado
390. **200 receitas inéditas do Anonymus Gourmet** – J. A. Pinheiro Machado
391. **Guia prático do Português correto – vol.2** – Cláudio Moreno
392. **Breviário das terras do Brasil** – Luis A. de Assis Brasil
393. **Cantos Cerimoniais** – Pablo Neruda
394. **Jardim de Inverno** – Pablo Neruda
395. **Antonio e Cleópatra** – William Shakespeare
396. **Tróia** – Cláudio Moreno
397. **Meu tio matou um cara** – Jorge Furtado
398. **O anatomista** – Federico Andahazi
399. **As viagens de Gulliver** – Jonathan Swift
400. **Dom Quixote – v.1** – Miguel de Cervantes
401. **Dom Quixote – v.2** – Miguel de Cervantes
402. **Sozinho no Pólo Norte** – Thomas Brandolin
403. **Matadouro Cinco** – Kurt Vonnegut
404. **Delta de Vênus** – Anaïs Nin
405. **Hagar 2** – Dick Browne
406. **É grave Doutor?** – Nani
407. **Orai pornô** – Nani
408(11). **Maigret em Nova York** – Simenon
409(12). **O assassino sem rosto** – Simenon
410(13). **O mistério das jóias roubadas** – Simenon
411. **A irmãzinha** – Raymond Chandler
412. **Três contos** – Gustave Flaubert
413. **De ratos e homens** – John Steinbeck
414. **Lazarilho de Tormes**
415. **Triângulo das águas** – Caio Fernando Abreu
416. **100 receitas de carnes** – Sílvio Lancellotti
417. **Histórias de robôs: volume 1** – Isaac Asimov
418. **Histórias de robôs: volume 2** – Isaac Asimov
419. **Histórias de robôs: volume 3** – Isaac Asimov
420. **O país dos centauros** – Tabajara Ruas
421. **A república de Anita** – Tabajara Ruas
422. **A carga dos lanceiros** – Tabajara Ruas
423. **Um amigo de Kafka** – Isaac Singer
424. **As alegres matronas de Windsor** – Shakespeare
425. **Amor e exílio** – Isaac Bashevis Singer
426. **Use & abuse do seu signo** – Marília Fiorillo e Marylou Simonsen
427. **Pigmaleão** – Bernard Shaw

428. **As fenícias** – Eurípides
429. **Everest** – Thomaz Brandolin
430. **A arte de furtar** – Anônimo do séc. XVI
431. **Billy Bud** – Herman Melville
432. **A rosa separada** – Pablo Neruda
433. **Elegia** – Pablo Neruda
434. **A garota de Cassidy** – David Goodis
435. **Como fazer a guerra: máximas de Napoleão**
436. **Poemas de Emily Dickinson**
437. **Gracias por el fuego** – Mario Benedetti
438. **O sofá** – Crébillon Fils
439. **O "Martín Fierro"** – Jorge Luis Borges
440. **Trabalhos de amor perdidos** – W. Shakespeare
441. **O melhor de Hagar 3** – Dik Browne
442. **Os Maias (volume1)** – Eça de Queiroz
443. **Os Maias (volume2)** – Eça de Queiroz
444. **Anti-Justine** – Restif de La Bretonne
445. **Juventude** – Joseph Conrad
446. **Singularidades de uma rapariga loura** – Eça de Queiroz
447. **Janela para a morte** – Raymond Chandler
448. **Um amor de Swann** – Marcel Proust
449. **À paz perpétua** – Immanuel Kant
450. **A conquista do México** – Hernan Cortez
451. **Defeitos escolhidos e 2000** – Pablo Neruda
452. **O casamento do céu e do inferno** – William Blake
453. **A primeira viagem ao redor do mundo** – Antonio Pigafetta
454. (14).**Uma sombra na janela** – Simenon
455. (15).**A noite da encruzilhada** – Simenon
456. (16).**A velha senhora** – Simenon
457. **Sartre** – Annie Cohen-Solal
458. **Discurso do método** – René Descartes
459. **Garfield em grande forma** – Jim Davis
460. **Garfield está de dieta** – Jim Davis
461. **O livro das feras** – Patricia Highsmith
462. **Viajante solitário** – Jack Kerouac
463. **Auto da barca do inferno** – Gil Vicente
464. **O livro vermelho dos pensamentos de Millôr** – Millôr Fernandes
465. **O livro dos abraços** – Eduardo Galeano
466. **Voltaremos!** – José Antonio Pinheiro Machado
467. **Rango** – Edgar Vasques
468. **Dieta Mediterrânea** – Dr. Fernando Lucchese e José Antonio Pinheiro Machado
469. **Radicci 5** – Iotti
470. **Pequenos pássaros** – Anaïs Nin
471. **Guia prático do Português correto – vol.3** – Cláudio Moreno
472. **Atire no Pianista** – David Goodis
473. **Antologia Poética** – Garcia Lorca
474. **Alexandre e César** – Plutarco
475. **Uma espiã na casa do amor** – Anaïs Nin
476. **A gorda do Tiki Bar** – Dalton Trevisan
477. **Garfield um gato de peso** – Jim Davis
478. **Canibais** – David Coimbra
479. **A arte de escrever** – Arthur Schopenhauer
480. **Pinóquio** – Carlo Collodi
481. **Misto-quente** – Charles Bukowski
482. **A lua na sarjeta** – David Goodis
483. **Recruta Zero** – Mort Walker
484. **Aline 2: TPM – tensão pré-monstrual** – Adão Iturrusgarai
485. **Sermões do Padre Antonio Vieira**
486. **Garfield numa boa** – Jim Davis
487. **Mensagem** – Fernando Pessoa
488. **Vendetta** *seguido de* **A paz conjugal** – Balzac
489. **Poemas de Alberto Caeiro** – Fernando Pessoa
490. **Ferragus** – Honoré de Balzac
491. **A duquesa de Langeais** – Honoré de Balzac
492. **A menina dos olhos de ouro** – Balzac
493. **O lírio do vale** – Honoré de Balzac
494. (17).**A barcaça da morte** – Simenon
495. (18).**As testemunhas rebeldes** – Simenon
496. (19).**Um engano de Maigret** – Simenon
497. **A noite das bruxas** – Agatha Christie
498. **Um passe de mágica** – Agatha Christie
499. **Nêmesis** – Agatha Christie
500. **Esboço de uma teoria das emoções** – Jean-Paul Sartre
501. **Renda básica da cidadania** – Eduardo Suplicy
502. (1).**Pílulas para viver melhor** – Dr. Lucchese
503. (2).**Pílulas para prolongar a juventude** – Dr. Lucchese
504. (3).**Desembarcando o Diabetes** – Dr. Lucchese
505. (4).**Desembarcando o Sedentarismo** – Dr. Fernando Lucchese e Cláudio Castro
506. (5).**Desembarcando a Hipertensão** – Dr. Lucchese
507. (6).**Desembarcando o Colesterol** – Dr. Fernando Lucchese e Fernanda Lucchese
508. **Estudo de mulher** – Balzac
509. **O terceiro tira** – Flann O'Brien
510. **100 receitas de aves e ovos** – José Antonio Pinheiro Machado
511. **Garfield em Toneladas de diversão** – Jim Davis
512. **Trem-bala** – Martha Medeiros
513. **Os cães ladram** – Truman Capote
514. **O Kama Sutra de Vatsyayana**
515. **O crime do Padre Amaro** – Eça de Queiroz
516. **Odes de Ricardo Reis** – Fernando Pessoa
517. **O inverno da nossa desesperança** – John Steinbeck
518. **Os piratas do Tietê** – Laerte
519. **Rê Bordosa: Do começo ao fim** – Angeli
520. **O Harlem é escuro** – Chester Himes
521. **Café-da-manhã dos campeões** – Kurt Vonnegut
522. **Eugénie Grandet** – Balzac
523. **O último magnata** – Scott Fitzgerald
524. **Carol** – Patricia Highsmith
525. **100 receitas de patisseria** – Sílvio Lacellotti
526. **O fator humado** – Graham Greene
527. **Tristessa** – Jack Kerouac
528. **O diamante do tamanho do Ritz** – S. Fitzgerald
529. **As melhores histórias de Sherlock Holmes** – Arthur Conan Doyle
530. **Cartas a um jovem poeta** – Rilke
531. **Memórias de Maigret** – Simenon
532. **O misterioso sr. Quin** – Agatha Christie
533. **Os analectos** – Confúcio
534. (21).**Maigret e os homens de bem** – Simenon
535. (22).**O medo de Maigret** – Simenon
536. **Ascenção e queda de César Biroteau** – Balzac
537. **Sexta-feira negra** – David Goodis